巫

신비
소설

무

7

예정된
이별의 시간

문성실 장편소설

巫

신비소설

무 7

예정된
이별의 시간

달빛정원

巫

신비
소설

무

7

차례

제 1 화

아기는
천리를 본다

1

정연은 방학 동안 하루하루를 버티기가 힘들었다. 이 불편한 방에 갇혀 살아야 하는 자신의 처지가 한심했다. 남들에게는 황금 같은 방학이 자신에게는 감옥에 갇힌 나날이 되고 말았다. 정연은 침대에 비스듬히 누워 천장을 물끄러미 바라보았다. 새하얀 벽지는 깨끗하고 벽과 천장을 잇는 몰딩도 새하얗기만 했다. 그 색깔이 참으로 한심하고 지루하게만 느껴졌다. 삼면으로 둘러싸인 하얀 벽의 한쪽에는 분홍빛에 은색 가루가 은은하게 빛나는 포인트 벽지가 붙어 있었다. 정연은 자신이 열여섯 살인데도 왜 저 지겨운 분홍색에서 벗어날 수 없는 것인지 한숨만 나왔다. 자신의 의견은 하나도 반영되지 못한 공주풍의 연베이지색 침대와 장롱, 그 옆으로 이어진 같은 색 계열의 서랍책상까지……. 다른 사람들이 아무리 예쁘다고 말해도 도무지 맘에 들지 않았다.

정연은 두꺼운 이불을 머리 위로 뒤집어썼다. 겨우 열여섯 살인데도 왜 이리 인생이 우울한지. 이렇게 재미없고 지루한 시간을 두고 이팔청춘이니 좋은 시절이니 하는 건 말도 되지 않는다고 생각했다. 정연은 베개에 얼굴을 박고 생각에 잠겼다.

열여섯 생애 동안 언제가 행복했던가. 곰곰이 생각해보지 않아도 답은 분명했다. 엄마가 정연의 옆에 찹쌀떡처럼 붙어 있던 그 나날들……. 그때가 정말로 행복했는지는 알 수 없지만 가슴이 사무치도록 그리운 것만은 분명했다.

엄마가 돌아가신 지 벌써 3년, 정연의 시간은 멈춰버렸는데도 다른 사람들의 시간은 잘도 흘러가고 있었다.

엄마가 죽고 나서 아빠의 사업은 놀라울 정도로 번창했다. 어떻게 그럴 수 있는지 이상했지만, 참 신기하게도 엄마가 죽자마자 아빠의 사업은 하는 족족 성공이었다. 아빠가 성공가도를 달릴수록 사람들은 어서 좋은 안주인이 들어와 내조를 해야 한다고 떠들어댔다.

엄마가 죽고 일 년쯤 지나 아빠는 새로운 여자를 만났고 정연에게 소개시켰다. 그 여자는 곧 새엄마라는 이름으로 정연의 집으로 들어왔다. 뒤이어 새엄마의 배가 조금씩 불러오는 데는 오랜 시간이 걸리지 않았다. 결국 한 달 전에는 무려 열다섯 살이나 어린 동생이 태어났다.

새엄마가 들어온 뒤로 사람들은 정연에게 잘됐다고들 말했다. 엄마도 생기고 동생도 생겼으니 더 이상 외롭지 않겠다고 했다. 그러고는 뒤로 돌아서서 자기들끼리 쑥덕거렸다. 그들이 정연의 앞에서 얘기하는 것과 뒤돌아서 주고받는 말이 퍽이나 다르다는 것을 정연은 잘 알고 있었다.

새엄마가 생긴 뒤로 정연은 더욱 외로웠다. 주말마다 정연을 보러 오던 이모도 외할머니도 발길을 뚝 끊었다. 엄마 대신 모든 것을 해줄 것 같았던 그분들은 이젠 연락조차 하지 않는 남처럼 멀어졌다. 마치 기다린 것처럼 외가 식구들이 모두 연락을 끊어버리자 정연은 깊은 상처를 받았다.

정연은 모두들 자신을 거추장스러워한다고 생각했다. 새엄마와 새살림을 차린 아빠에게도, 어린 동생을 낳은 새엄마에게도, 다른 친척들에게도 자신은 없는 것이 더 나을 것 같았다. 자신의 존재를 소중히 생각하는 사람은 단 한 명일 테지만, 그 사람은 이미 이 세상에 없었다.

정연은 이불을 젖히며 벌떡 일어섰다. 그 사람이 갑자기 미친 듯이 보고 싶어 참을 수가 없었다. 정연은 책상 서랍에서 손바닥만 한 액자를 꺼냈다. 액자 안의 그 사람이 정연을 향해 환히 미소 짓고 있었다.

"엄……."

정연은 차마 그 이름을 끝까지 부르지 못했다. 분명 자신의 방안에 혼자 있는데도 누군가가 듣고 있을 것 같고 감시하는 것만 같았다. 매일매일 치마폭을 잡아당기면서 떼쓰고 뒹굴며 부르던 그 말을 이제 입 밖으로 내기도 힘들었다.

3년이 지났지만 엄마에 대한 기억은 조금도 바래지 않았다. 등하교 때마다 자신의 손을 잡고 학교를 오가던 엄마의 모습은 지금도 생생했다. 너무 착해빠져서, 너무 순해빠져서 아무리 떼를 쓰고 투정을 부려도 다 받아주고 다 져주던 엄마가 액자 속에서 웃고 있었다. 떠나기 몇 달 전에는 해골같이 바짝 말라 제대로 걷지도 못하던 불쌍한 엄마가 정연의 기억에서 사라지지 않았다.

바보처럼 착하게 살다가 준비할 시간도 주지 않고 훌쩍 떠나버린 엄마가 처음엔 너무너무 미웠다. 있는 대로 투정을 받아주더니 그렇게 훌쩍 떠나버린 엄마를 용서할 수가 없었다. 아직 혼자할 수 없는 게 많은데 그렇게 훌쩍 가버리니 야속했다. 엄마는 병같은 거 이길 수 있다고, 곧 나을 거라고, 멀쩡해져서 둘이 함께여행이나 다닐 거라고 약속해놓고 떠나버렸다. 처음에는 엄마가밉고 또 원망스러워서 용서되지 않았다. 하지만 조금씩 시간이지나면서 정연은 깨달았다.

착한 엄마가 얼마나 많은 사랑을 남기고 떠났는지, 얼마나 깊은 인내심으로 정연을 받아주고 사랑해주었는지를. 자신이 엄마를 얼마나 힘들게 했는지 잘못한 일들만 기억에 남았다. 늘 제멋대로인 외동딸을 곁에서 챙겨주고 일으켜주며 한시도 놓지 않고함께 해주었던 게 바로 엄마였다. 급식 투정을 하면 몰래 좋아하는 반찬을 싸서 주기도 하고, 싫어하는 아이가 생기면 정연이 모르게 상대편 아이를 어르고 달래서 정연이가 상처를 받지 않도록했다는 걸 엄마가 병들고 나서야 알았다.

정연은 엄마를 잊지 않으려고 애썼다. 엄마를 잊는다는 건 정말 씻을 수 없는 배신 같았다. 그래서 새엄마는 여전히 정연에게'아줌마'였다. 아빠에게 몇 번이나 혼나고 설득도 당했지만 친엄마를 배신할 수는 없었다. 정연에게 엄마는 단 한 명이었다.

정연은 환히 웃고 있는 엄마의 얼굴을 도로 책상 서랍에 넣었다. 그대로 침대에 누워 눈을 감으니 액자 속의 엄마가 눈앞에 나타났다. 엄마가 환하게 웃으며 머리를 쓰다듬어주었다. 정연은 기분이 좋았다.

"엄······."

이번에도 정연은 그 말을 끝까지 내뱉지 못하고 입을 다물었다. 그 이름을 부르는 순간 따스한 감각들이 단숨에 사라질 것만 같았다.

"정연아."

하지만 누군가가 이 시간을 방해했다. 듣기 싫은 목소리가 방 밖에서 이렇게 말했다.

"정연아, 좀 나갔다가 올게. 아줌마가 점심 차려주실 거야. 점심 거르지 말고 꼭 먹으렴."

새엄마의 목소리였다. 정연은 가만히 몸만 웅크린 채 귀를 쫑긋 세웠다. 새엄마는 잠시 정연의 대답을 기다리다가 곧 발걸음을 옮겼다. 계단을 내려가는 발소리가 들렸다. 멀리서 새엄마가 가정부 아줌마와 속닥거리더니 곧 현관문이 여닫히는 소리가 났다.

정연은 창가로 다가가 커튼 뒤로 몸을 숨겼다. 그러고는 현관을 나선 새엄마가 정원을 지나 대문 밖으로 사라지는 것을 확인했다. 정연은 새엄마의 차가 시야에서 완전히 사라질 때까지 기다렸다가 방문을 열고 2층 복도로 나왔다. 그리고 옅은 황토빛 복도를 지나 아래층 계단으로 내려갔다.

"정연이 일어났어? 아직도 자는가 했구먼. 방학이라고 만날 늦잠 자면 안 된다. 내일부터는 꼭 아침 먹을 때 내려와. 알것지?"

정연의 얼굴을 보자마자 가정부 아줌마가 잔소리를 시작했다.

"에고, 네 새엄마 말이다. 겨우 애 낳은 지 한 달밖에 안 된 산모가 돌아다니면 안 되는데 말이다. 내가 해도 되는데 굳이 직접 장을 본다고 고집을 피웠단 말이지. 그러니께 오늘 저녁은 꼭 같이 밥 먹어야 헌다, 알것지?"

정연은 대답을 하는 둥 마는 둥 식탁에 앉았다. 갑자기 허기가 밀려왔다.

아줌마는 아침 겸 점심으로 정연이 먹을 만한 것들을 꺼내 식탁 위에 올려놓았다. 가족 수에 비해 무척이나 커다란 8인용 나무 식탁에 정연이 혼자 앉아 있으니 더욱 휑뎅그렁했다.

"그래도 너그 새엄마 같은 사람 없다. 방학도 됐으니 새엄마랑 옷도 좀 사러 다니고 맛있는 것도 먹으러 다니고 그래. 집에 오면 불편할 거라고 내가 그렇게 산후조리원에 한두 달 있으래도 너 땜에 안 된다고 집에 오지 않았냐, 너그 새엄마가. 에그, 만날 네 눈치 보느라 늦잠도 못 자고 낮잠도 못 자면서 고생하지 않니, 산모가 말이여."

정연은 일부러 귀를 벅벅 팠다. 누가 누구 눈치를 본다는 건지 가정부 아줌마 말에 짜증이 났다. 새엄마의 눈치를 보느라 아침에 일찍 일어나고도 방 안에 처박혀 있다가 아침 겸 점심으로 간신히 허기를 때우고 새엄마랑 식탁에서 마주치지 않으려고 애쓰는 사람이 누군데 그런 소리를 하나 싶었다. 방 안에 처박혀 감옥살이를 하는 사람은 오히려 자신인데 가정부 아줌마는 아무것도 모르면서 잔소리만 해댔다.

"너그 동생도 보고, 좀 안아주고 그래라, 응? 그래도 아버지는 같으니 네 동생이구만 어째 한 번 쳐다도 안 보고 말이여."

정연은 매일 반복되는 잔소리에 정말 짜증이 날 지경이었다. 되도록 감정을 내보이기 싫어서 꾹꾹 참고 있는데 가정부 아줌마는 사람을 폭발하기 직전까지 내모는 재주가 있었다.

"다 먹었어요."

정연은 후다닥 그릇을 비우고는 쌩 일어나버렸다. 밥을 코로 먹었는지 입으로 먹었는지 알 수가 없었다.

정연은 거실 소파로 나와 TV 리모컨을 찾았다. 새엄마가 오기 전까지 거실에서 뒹굴 생각이었다. 하루 종일 방 안에만 있으려니 좀이 쑤셨다.

"어?"

그런데 거실 소파 옆에 있는 빨간색 유모차가 눈에 띄었다. 유모차는 아기 침대처럼 완전히 눕혀지는 요람이었다. 유모차의 양옆에는 푹신한 느낌의 까만 손잡이가 있고, 그 위쪽으로는 달랑거리는 작은 모빌이 있었다. 모빌은 자동으로 천천히 돌아가며 은은한 오르골 소리를 냈다. 모빌이 한 바퀴 돌 때마다 자장가와 짧은 동요들이 흘러나왔다.

주저하던 정연은 빨간 유모차 곁으로 살짝 다가갔다. 작은 침대 같은 요람형 유모차 안에 하얀 속싸개로 꽁꽁 싸맨 갓난아기가 쌔근쌔근 잠들어 있었다.

"아줌마, 왜 이게……."

정연은 왜 아기가 밖에 나와 있느냐고 물으려다가 입을 다물었다. 새엄마가 밖에 나가 있는 동안 아줌마가 돌보기 쉽도록 거실로 옮겨놓은 게 분명했다. 정연은 어서 애를 안방으로 데려가라고 말하려다가 입을 다물어버렸다. 그랬다가는 어린 동생을 좀 돌보라는 둥, 너 때문에 새엄마가 애를 거실에 내놓지도 못하고 내내 안방에서 감옥살이를 한다는 둥 잔소리가 이어질 것 같아서 아무 말도 하지 않기로 했다.

정연은 빨간 유모차 따위는 무시하고 TV를 켰다. 뭐 재밌는 게 없나 싶어 이리저리 채널을 돌려보았지만 좀처럼 흥미로운 프로그램을 찾을 수가 없었다. 이래저래 모두 다 따분했다.

이럴 바엔 차라리 방학이 없는 편이 훨씬 나을 것 같았다.

"힝⋯⋯."

채널이 지나가는 사이로 또 다른 소리가 들렸다. 훌쩍거리는 작은 소리⋯⋯. 빨간 유모차 안에서 들려오는 아기 소리가 분명했다.

"아줌마⋯⋯."

정연은 부엌 쪽을 바라보며 가정부 아줌마를 불렀다. 설거지를 하는 아줌마가 아기 소리를 듣지 못한 것 같았다.

"히잉⋯⋯."

이번엔 훌쩍이는 소리가 좀 더 커졌다.

"아줌마⋯⋯."

정연은 또다시 부엌을 바라보며 아줌마를 불렀다. 그런데 이번엔 아줌마가 음식물 쓰레기를 모아들고 부엌 옆의 문 밖으로 나가는 모습이 보였다. 늘 그렇듯 음식물 쓰레기를 모아 다용도실로 통하는 바깥문을 지나 마당으로 갖고 나가는 게 분명했다. 그렇게 쓰레기를 버리고 오려면 최소 5분은 걸릴 것이었다. 이 순간 정연은 아줌마를 부르며 버럭 소리를 지를지, 아니면 아기 울음 따위는 들리지 않는 2층으로 재빨리 달아나버릴지 고민했다.

"히잉…… 힝…… 흐애앵!"

정연의 결정보다 아기 울음소리가 더 빨랐다. 어떻게 할지 결정하지 못한 그 순간 아기는 킹킹거리더니 결국 울음을 터뜨리고 말았다. 정연은 TV를 끄고 벌떡 일어섰다. 5분쯤이야 혼자 울어도 괜찮겠지 하며 슬금슬금 자리를 피할 셈이었다. 그렇게 소파 곁을 빠져나오는데 빨간 요람 안에 하얀 천으로 돌돌 말린 작디작은 아기와 두 눈이 딱 마주치고 말았다.

"어?"

순간 정연은 두 발이 딱 멈춰버리고 말았다.

새엄마가 아기를 낳는 날, 아빠 손에 이끌려 어쩔 수 없이 병원에 갔다. 그곳에서 유리창 너머로 처음이자 마지막으로 어린 동생을 자세히 보았다. 신생아 침대에 누워 있는 신생아를 분홍 옷을 입은 간호사가 안아다가 유리 너머로 보여주었다. 그때 정연은 동생의 모습을 제대로 보았고, 그 뒤로는 항상 천에 돌돌 말린 모습밖에 보지 못했다.

그때 아기는 채 눈도 뜨지 못했는데 이제는 동그랗게 눈을 뜨고 있었다. 정연을 똑바로 바라보기까지 했다. 기억 속 아기는 아주 못생기고 얼굴은 새빨개서 이게 사람인가 싶고 못생겼다는 생각밖에 안 들었는데, 어느샌가 피부도 맑고 뽀얘졌다. 포동포동 오른 살이 여간 귀여운 게 아니었다. 정연은 그 모습이 신기해서 자신도 모르게 아기 곁으로 다가갔다. 아기는 인기척을 알아챘는지 갑자기 킹킹거리던 것을 멈추고 정연의 얼굴을 빤히 쳐다보았다. 정연도 아기의 눈을 바라보았다.

"아, 아니구나."

가까이 다가가 눈을 바라보니 아기가 자신의 얼굴을 쳐다보는 것이 아니었다. 정연의 얼굴 주변을 보는 듯했지만 초점이 맞지 않았다. 눈동자도 까맣고 또렷한 것이 아니라 회색 막으로 한 겹 덮인 듯했다. 과학 잡지에서 본 회색 눈동자의 외계인처럼 비정상적으로 큰데다 눈동자의 중심이 까맣지 않고 흐릿한 빛이었다.

"너…… 어디 보냐?"

정연은 그 회색 눈동자에게 물었다.

"힝, 흐애앵!"

회색 눈동자가 기다렸다는 듯 울음을 터뜨렸다.

"우, 울지 마. 아줌마! 아줌마!"

정연이 있는 힘껏 불렀지만 아줌마는 이미 마당 밖으로 나갔는지 아무런 대답이 없었다. 정연은 등줄기에서 땀이 주르륵 흘렀다. 눈앞에 아주 작은 아이가 바들바들 떨며 빽빽 울어대는데 모른 척 2층으로 올라갈 수가 없었다.

"흐애앵! 흐애애앵!"

정연은 아기의 등 밑으로 떨리는 손을 집어넣었다. 하얀 속싸
개로 두 손까지 돌돌 말아둔 아기는 꼭 애벌레 같았다. 꼼짝달싹
도 못하는 작은 애벌레가 얼굴이 새빨개지도록 울어대고 있었다.
정연이 두 손으로 등을 살짝 들어주자 울음소리가 조금 잦아들었
다. 아기의 등 뒤로 뜨끈뜨끈한 열기가 느껴졌다.

"등이…… 더워? 그래서 울었어?"

정연은 말도 못하고 알아듣지도 못하는 아기에게 물어보는 자
신이 우스웠지만 자신도 모르게 자꾸 말을 걸었다.

"흐으응……."

아기는 마치 대답을 하는 것처럼 울음과는 또 다른 소리를 냈
다.

이대로 눕혀놓았다가는 요람에 닿은 등이 더 뜨뜻해져 힘들어
하겠다는 생각이 들었다. 정연은 잠깐 고민하다가 아기를 살며시
들어올렸다.

"조, 조심해, 조심……."

정연은 누구에게 말하는지 알 수 없는 말을 중얼거렸다. 애벌
레 같은 아기의 등을 한 손으로 받치고 또 다른 손으로는 아기의
목을 받쳤다. 아기는 목에 힘이 없어서 잘못 들었다가는 큰일 난
다는 말이 두 귀에 윙윙거렸다.

"흐응……."

아기는 조금 꿈틀거리더니 정연의 가슴에 머리를 댔다. 오른팔

로 작은 머리를 받치고 왼팔로 몸통을 받치니 금세 어깨가 뻣뻣
해졌다. 어쩐지 불편하기 짝이 없는 자세가 되고 말았다.

"어, 어떡하지? 자, 잠깐만……."

정연은 목석처럼 굳은 자세로 발만 움직여 안방으로 향했다. 안
방 침대에 아기를 놓았다가 다시 안으면 좀 나을 것 같아서였다.
정연은 굳은 로봇처럼 안방으로 들어갔다. 다행히 살짝 밀어도 문
이 스르르 열렸다. 안방 가운데에 커다란 오크 침대가 놓여 있었
다. 정연은 게걸음으로 침대에 다가가 살며시 허리를 굽혔다.

새엄마와 아빠가 사용하는 침대는 굉장히 넓어서 아기가 떨어
질지 모른다는 불안감이 사라졌다. 정연은 팔을 펴지도 못하고
허리만 숙여 아기를 침대 위에 내려놓았다. 아기는 다시 눕는 게
싫은지 살짝 눈가를 찌푸렸다. 아주 작디작은 생명인데도 얼굴에
감정이 드러나는 게 신기했다.

"미, 미안해. 다시 안아줄게."

이번에는 왼팔에 아기 얼굴을 기대게 하고 오른팔로 아기의 몸
통을 받쳤다. 그러고는 두 팔을 가슴 쪽으로 바짝 끌어당겨 아기
를 안았다. 아까보다 훨씬 더 편안한 자세였다. 아기 역시 편한지
잠잠해졌다. 정연은 아기의 얼굴을 내려다보았다. 동그란 회색
눈이 깜빡깜빡 정연을 바라보는 듯 다른 곳을 바라보았다. 아직
또렷하게 보이지 않아서인지 초점이 영 맞지 않았다.

정연은 별로 인정하고 싶지 않았지만 그 모습을 보고 도저히
인정하지 않을 수 없었다.

'귀엽다!'

그동안 안아보고 싶다는 생각을 꾹 누르고 있었는데 막상 아기를 안아보니 보드랍고 따스한 느낌이 너무 좋았다. 정연은 주위를 살폈다. 귀도 쫑긋 세웠다. 아무런 소리도 들리지 않았다. 아무도 보고 있지 않을 것 같았다. 그래서 아기의 볼에 자신의 볼을 살며시 대보았다.

"우와!"

말랑말랑한 살결이 정연의 볼로 전해졌다. 따끈따끈한 호빵처럼 보드랍고 따스한 느낌이 너무 좋았다.

"도…… 동생아……."

정연은 자신도 모르게 아기의 얼굴에 살짝 입술을 갖다댔다. 입술 사이로 보드라운 아기의 볼이 오물오물 전해졌다. 너무너무 보드라운 느낌에 입술이 간질간질, 팔다리가 찌릿찌릿했다.

그동안 까맣게 잊고 있었지만, 사실 정연은 아기를 참 좋아했다. 아주 어릴 적부터 아기를 좋아했다. 엄마가 살아 있을 때는 몇 번이나 동생을 낳아달라고 떼를 쓰기도 했다. 인형을 업고 다니며 엄마 흉내를 내던 때가 떠올랐다. 그런 걸 지금껏 까맣게 잊고 있었다.

"아가야……."

정연은 아기를 안은 모습을 거울에 비춰보고 싶었다. 그래서 새엄마가 쓰는 안방 화장대 앞으로 다가갔다. 거울 속에 단발머리의 여학생과 그 팔에 안겨 있는 작고 연약한 생명이 비쳤다. 아기는 정연의 동생이라기보다 정연의 아기 같았다.

"애기야, 저기 봐. 저기…… 저게 너야."

정연은 거울에 아기 얼굴을 비춰 보여주었다. 아기는 자신의 얼굴이 보이지 않는지 거울 속 어딘가를 쳐다볼 뿐이었다.

정연은 거울에 자신과 아기를 이리저리 비춰보며 자신이 안고 있는 모양이 아기에게 불편하지는 않은지 확인해보았다. 그러다가 문득 새엄마의 화장대 위에 놓여 있는 네모반듯한 까만 상자를 발견했다.

"어?"

정연은 두 눈을 깜빡거렸다. 너무나 눈에 익은 상자였다. 너무나 갖고 싶어서 한 달 전에 아빠에게 사달라고 한 최신 휴대전화 상자였다. 휴대전화를 바꾼 지 얼마나 되었다고 또 휴대전화 타령이냐는 핀잔에 새엄마의 출산이 오늘내일 하는데 휴대전화 타령이라는 잔소리까지 듣고 나서 포기한 바로 그 기종이었다.

정연은 머릿속이 어지러웠다. 절대로 안 된다던 아빠가 몰래 주려고 사두었나 하는 생각이 들었다. 하지만 아빠는 한 번 안 된다고 하면 절대로 안 되는 사람인데 조금 의아한 생각이 들었다. 정연은 아기를 안은 팔을 부자연스럽게 움직이며 휴대전화 상자를 열었다. 검정색의 뻣뻣한 뚜껑을 열자 안이 텅 비어 있었다. 순간 정연의 등줄기가 차갑게 얼어붙었다. 어떻게 된 일인지 알 것 같았다.

얼마 전 새엄마의 휴대전화 배터리가 금세 닳는 것 같다며 좋은 걸로 바꾸라던 아빠의 말이 기억났다. 연락이 몇 번 안 된 것을 가지고 뭘 그러느냐는 새엄마의 대답에 "불안하니까 그렇지"라고 말하던 아빠의 목소리가 들려오는 듯했다. 아빠가 정연의 부탁은 단칼에 거절해버리고 새엄마의 휴대전화를 자신이 그토록 갖고 싶어 했던 저 최신 기종으로 바꿔준 게 분명했다.

순간 정연이 딛고 있는 방바닥이 저 깊은 심연으로 푹 꺼지는 듯했다. 적어도 이 집에서만큼은, 적어도 자신을 낳아준 아빠의 한쪽 가슴에는 자신의 자리가 있다고 생각했는데 이제 더 이상 자신이 서 있을 공간이 없다는 걸 깨달았다. 이 집이 진저리나도록 무섭고 싫었다. 갑자기 두 눈이 뜨거워졌다. 가슴속 깊은 곳에서 뜨겁고 단단한 것이 울컥 치미는 것 같았다.

"너, 너무해!"

정연은 이제 발걸음을 쿵쾅거리며 거실로 나왔다. 두 팔에 안긴 아기가 두 눈을 깜빡거리며 놀란 듯 초점 없는 눈동자로 정연의 얼굴을 쳐다보았다. 조금 전만 해도 아기가 흔들릴까 조심하던 정연의 마음이 쌀쌀맞게 변해버린 걸 알아챈 것일까?

"절로 가!"

정연은 빨간색 유모차 위에 조금은 거칠게 아기를 내려놓았다.

"힝……."

깜짝 놀란 눈이 파르르 떨며 올려다보았지만 정연은 모른 척 외면했다.

"흐애앵!"

다시 안아달라는 울음소리가 거실에 울려 퍼졌지만 정연은 무시했다. 정연은 곧바로 자기 방에 들어가 바지춤에 지갑을 쿡 찔러 넣고 백팩을 멘 뒤 현관 밖으로 달려 나갔다. 그때까지도 빨간 유모차 안의 동생은 빽빽 울어대고 있었다. 왠지 마음이 불편하고 걱정스러웠지만 잘 깎인 잔디밭 너머로 가정부 아줌마가 걸어오는 모습이 보였다. 정연은 그대로 마당 밖으로 뛰쳐나갔다.

"정연아, 어디 가니?"

아줌마가 또 잔소리를 할 기세였지만 정연은 아무런 대답 없이 재빨리 대문 밖으로 나섰다.

"어디 가는데? 오늘 저녁 먹기 전엔 꼭 들어와야 한다! 어디 가는지 말이나 하고 가지. 아이고, 계집애! 대체 왜 저러는지 몰라!"

등 뒤로 아줌마의 잔소리가 뜨거웠다.

2

정연은 버스에 올라탔다.

딱히 갈 곳은 없는데 어딘가로 떠나고 싶을 때면 버스에 올라탔다. 그렇게 생전 가본 적도 없는 어딘가를 향해 달리는 동안 맨 뒷좌석에 앉아 이어폰을 꽂고 있으면 어쩐지 이 지겨운 세상에서 멀리멀리 떠나는 듯한 기분이 들었다.

'오늘은 정말 이대로 떠나버릴까? 내가 없어지면 다들 좋아하

겠지? 아빠는 내 눈치도 안 보고 새엄마랑 동생이랑 신나게 살 텐데…….'

정연은 차창 밖을 내다보며 생각에 잠겼다. 아빠는 새엄마를 무척 좋아하는 게 분명했다. 예전에 참 착한 엄마에게는 가끔 화도 내고 버럭 소리도 지르더니 새엄마에게는 그런 모습을 한 번도 보이지 않았다. 엄마에게보다 훨씬 더 친절하게 대해주었고, 화를 내는 경우도 없었다. 엄마에게는 힘든 내색도 하고 매일 접대니 뭐니 핑계를 대며 하루가 멀다 하고 집에 늦게 들어왔는데, 새엄마가 온 뒤로는 술자리도 많이 줄어들었고 귀가 시간도 꽤나 앞당겨졌다.

아빠는 엄마가 비쩍비쩍 말라 걷기 힘들어졌을 때도 부축하고 다닌 적이 없었다. 매일 병과 싸우던 엄마의 살이 모두 사라지고 앙상한 뼈만 남았는데도 모든 것을 간병인에게 맡기더니 새엄마가 임신을 하고 배가 불러올 때는 항상 새엄마를 살뜰히 챙기고 아꼈다. 정연의 눈치를 보면서 "네 엄마가 임신을 해서 말이다", "임신한 사람은 말이지……", "네가 태어날 때도 이랬는데" 하며 변명을 하곤 했다. 그러니 정연이 없어지면 눈치도 보지 않고 마음껏 애정 표현도 하고 새엄마도 챙기고 엄청나게 좋아할 것이 뻔했다.

아빠에게도 새엄마에게도 정연은 끔찍한 방해물이 분명했다. 얼마나 거추장스럽고 성가신 존재일까! 얼마나 사라지기를 바라고 있을까! 얼마나 자신이 싫고 미울까!

"아냐, 아냐, 그렇지 않아!"

정연은 문득 들려오는 소리에 한쪽 이어폰을 빼고 힐끗 옆을 보았다.

버스 옆 좌석에 하얀 한복을 입은 동그란 상고머리의 꼬마가 앉아 있었다. 초등학생쯤 되어 보이는 아이가 하얀 한복을 입은 모습이 조금 이상했다. 조금 전에 들린 소리 역시 아이가 낸 것이 분명했다. 아이는 정연의 얼굴을 살짝 바라보더니 도로 버스가 달리는 앞쪽을 바라보았다. 그러면서 계속 고개를 휘휘 돌렸다. 꼬마가 자신에게 말을 걸었는지 아닌지 알 수가 없었다. 어쨌든 뭔가 이상한 느낌이 드는 아이였다.

'이상해. 모른 척하자.'

정연은 곧 시선을 거두고 다시 차창 밖을 바라보았다.

'내가 없으면 새엄마도 엄청 편할 거야.'

정연은 새엄마가 항상 자신의 눈치를 본다는 것을 알고 있었다. 동화책을 보면 세상에 온갖 못된 계모가 나오는데 정연의 새엄마는 그런 계모들과 조금 달랐다. 정연이 아빠에게 혼나기라도 하면 진심으로 말리면서 편을 들어주고 웬만해선 정연이 하려는 일에 반대하지 않았다. 처음엔 엄마 코스프레를 하나 싶어서 너무너무 싫었다. 하지만 일 년이 지나도록 새엄마의 태도는 별로 달라지지 않았다.

정연은 아빠가 회사 사장이고 집이 좀 잘사니까 새엄마가 착한 척 잘 보이고 들어와서는 자신을 구박하고 괴롭힐 거라고 자주 상상했다. 하지만 시간이 지나도 그런 내색은 전혀 없었다. 아기에게 예쁘다고 말해주고 뽀뽀도 해주면서 사랑을 듬뿍 주고 싶을 텐데도 정연 앞에서는 무척이나 조심하는 눈치였다.

새엄마는 회사 일을 끝내고 집에 돌아온 아빠가 정연에게 먼저 인사를 하고 나서야 어린 동생을 보여주었다. 정연 앞에서 아빠가 아기에게 뽀뽀라도 하면 새엄마는 당황해서 어쩔 줄 몰라 했다. 실컷 즐겁게 살아갈 수도 있을 텐데 정연 때문에 여러모로 눈치를 보는 게 느껴졌다.

'그러니 내가 얼마나 싫을까. 내가 없어지면 진짜 좋아하겠지? 이대로 없어져버리자!'

"아냐, 아냐, 아니라고!"

정연은 또다시 들려오는 목소리에 깜짝 놀라 옆을 바라보았다. 하얀 한복을 입은 아이가 말한 게 틀림없었다. 이번엔 아까와 달리 두 사람의 눈이 똑바로 마주쳤다. 정연은 음악이 들려오는 이어폰을 양쪽 귀에서 빼버렸다.

"뭐라고? 나한테 말한 거야?"

정연이 묻자 아이는 뒷머리를 벅벅 긁으며 눈을 찡그렸다.

"아우, 정말 곤란해요. 이러면 다들 절 이상한 사람으로 본단 말이에요."

누구에게 말하는지 모르지만 아이는 혼잣말을 중얼거렸다. 정신이 이상한 아이일까봐 더럭 겁이 났지만 또렷한 눈빛을 보면 그렇지는 않은 것 같았다.

"누구랑 말하는 거야?"

정연이 용기를 내어 물었다. 소년은 한숨을 크게 내쉬더니 다시 뒷머리를 벅벅 긁어댔다.

"네, 알겠어요."

소년은 포기한 듯 중얼거리더니 정연의 두 눈을 똑바로 쳐다보았다.

"누나, 저기…… 절 이상하게 봐도 좋아요. 하지만 제가 말하는 게 모두 사실이라는 것만 알아주세요."

정연은 까맣게 반짝거리는 소년의 눈을 바라보았다. 차림새는 이상해 보였지만 두 눈이 또렷한 아이였다.

"누나, 집 나가지 말아요. 그리고 늦기 전에 집에 돌아가요."

"뭐?"

정연은 깜짝 놀란 눈으로 소년을 바라보았다.

"식구들이 모두 누나를 기다리고 있대요. 누나가 없어지면 좋아할 사람은 아무도 없다고요."

정연의 눈이 더욱 커졌다. 어찌 된 영문인지 아이는 정연의 마음을 들여다본 것처럼 얘기하고 있었다. 정연은 갑자기 두 팔에 소름이 돋고 더럭 무서운 기분이 들었다.

"무, 무슨 소리야, 그게……."

정연은 하얀 한복을 입은 소년에게서 등을 돌리며 도로 이어폰을 귀에 꽂았다. 어서 버스에서 내려 이 무시무시한 아이로부터 벗어나야 한다는 생각이 들었다. 정연이 몸을 돌려 거리를 두자

아이가 인상을 찡그리며 중얼거렸다.

"거봐요, 다들 무서워한다고요. 이렇게 아는 척하면요. 죽은 엄마라고 하면 더 무서워할 걸요?"

"뭐라고?"

정연은 이어폰을 꽂고도 아이의 말에 온 신경을 기울이고 있었다. 이제 이어폰 너머로 무슨 노래가 들리는지도 알 수 없었다. 다만 자신의 귀가 잘못되지 않았다면 분명 소년이 '죽은 엄마'라고 말했다. 그 말만 머릿속에 가득 찼다.

"어휴……."

아이는 머리를 몇 번 흔들더니 결심한 듯 정연을 바라보았다. 아이의 두 눈이 더욱더 맑게 반짝거렸다.

"누나, 지금부터 제가 하는 말은 누나의 친엄마가 하는 말이에요. 제가 미쳤다고 생각해도 좋고 이상한 아이라고 생각해도 좋아요. 근데, 누나의 엄마가 너무 간곡하게 부탁하셔서 모른 척할 수가 없어요. 그러니까 제발 잘 들어주세요."

"뭐?"

정연은 온몸 가득 소름이 돋았다. 아이의 말을 이해하려 했지만 머리가 윙윙거리며 텅 비어버리는 느낌이었다.

"누나, 돌아가신 아줌마는 누나가 아줌마를 잊어야 한다고 하세요. 아줌마는 누나 때문에 이승을 떠나지 못하고 계신대요. 이제 그만 아줌마를 잊고 잘 살아달래요."

"뭐? 누, 누가?"

정연은 어지러운 머리를 간신히 들고 소년에게 물었다.

"누나의 친엄마요. 3년 전에 돌아가신 어머니 말이에요. 그분이 부탁하고 계세요."

"뭐? 그게 무슨……."

정연은 머리가 빙글빙글 도는 느낌이었다. 이 아이의 말이 점점 사실처럼 느껴졌다. 아이는 정말로 엄마를 알고 있는 것 같았다.

"새엄마는 좋은 분이래요. 이제 친엄마처럼 믿고 따라주길 바란대요."

"아, 아냐. 그럴 수 없어! 그건 엄마를 배신하는 거야!"

정연은 머리를 흔들었다. 정연에게 엄마는 한 명뿐이었다. 언제나 손을 잡고 학교에 데려다주고 데리러 오던 엄마. 언제나 정연의 머리를 묶어주고 땋아주던 엄마. 엄마가 그런 말을 할 리 없다는 생각이 들었다. 엄마를 잊으면…… 새엄마를 엄마라고 여기면…… 엄마가 얼마나 슬퍼할까 싶었다. 지금껏 그렇게 생각했다. 그래서 새엄마가 나쁜 사람이 아니란 걸 알면서도 마음을 열지 않았다. 엄마를 배신할 수는 없기에.

"그건 배신이 아니에요. 아줌마가 진심으로 원하는 거래요. 동생이랑 아빠랑 새엄마랑 한 식구로 잘 살아주길 바란대요. 그래야 아줌마가 진짜 눈을 감을 수 있을 거래요."

"거짓말! 그럴 리가 없어! 난 엄마를 잊지 않을 거야! 내게 엄마는 우리 엄마뿐이야!"

정연은 고개를 흔들었다. 단발머리 사이로 맑은 눈물이 방울

방울 흩어졌다. 흔들리는 버스도, 이어폰에서 흘러나오는 소리도 느낄 수 없었다. 정연의 귀에는 아이의 말소리밖에 들리지 않았다. 아이의 말 속에 담긴 엄마 이야기가 가슴 아프도록 구슬프게 들려왔다. 잊지 못할 소중한 엄마가 마치 자기 앞에 있는 것만 같았다. 정연은 그것이 너무 반갑고 기뻐서 속이 울렁거렸다.

엄마가 세상을 떠난 뒤로 이렇게 엄마에 대해 마음 터놓고 이야기한 적이 없었다. 누구와도 엄마에 대해 말하고 싶었지만 이렇게 생판 모르는 아이와 죽은 엄마 이야기를 하게 될 줄은 몰랐다. 게다가 그리운 엄마가 자신의 곁에 있다니 이보다 더 가슴 떨리는 일은 없을 것이다.

"어휴, 누나. 그건 배신이 아니에요. 누나가 잊어줘야 아줌마도 떠날 수가 있어요. 좋은 곳으로 가실 수 있단 말이에요."

하얀 한복을 입은 소년이 한숨을 내쉬더니 천천히 이야기를 시작했다.

"누나. 사람은 죽으면 이승이 아닌 저승으로 떠나야 해요. 그런데 누나의 엄마는 떠나지 못하고 구천을 떠돌고 있어요. 왜냐면 누나가 놓아주지 않으니까요. 아줌마는 누나가 너무너무 걱정되어 누나를 두고 갈 수가 없대요. 그래서 죽은 지 3년이나 지났는데도 누나 곁을 떠돌고 계신 거예요."

"엄마가? 엄마가 항상 내 곁에 있었던 거야? 흑. 그럼 절대 엄마를 안 잊을 거야. 그럼 이렇게 늘 내 곁에 있을 수 있잖아."

"아이고, 안 돼요!"

오히려 잊지 않겠다는 정연의 대답에 소년은 두 손을 내저으며 질색했다.

"아줌마가 누나의 수호령이면 괜찮지만 누나는 수호령이 따로 있어요. 그런데 수호령도 아닌 아줌마가 누나 곁을 맴돌면 아줌마의 혼백은 다 날아가버리고 말아요. 그러면 영혼의 기억도 차차 날아가 사라져요. 지금은 누나를 사랑하는 마음, 걱정하는 마음이 있지만 시간이 조금 더 지나면 아줌마는 기억을 모두 잃고 말아요. 그러면 생각도 없이 구천을 떠도는 불쌍한 부유령이 되는 거예요."

"부, 부유령?"

정연은 눈을 크게 뜨고 물었다. 아이의 말을 정확히 알아들을 수 없었다.

"네, 저승에 가지 못하고 이승을 떠도는 부유령이 되죠. 누나가 제사를 올려도 제사상도 받지 못하고 쫄쫄 굶는 불쌍한 영혼이 되는 거예요. 한마디로 집 없는 거지 신세가 되는 거죠."

"아, 안 돼!"

정연은 눈살을 찌푸렸다. 말라비틀어진 거지꼴이 되어 허공을 맴도는 엄마의 모습이 떠올라 눈물이 왈칵 쏟아졌다.

"내가 엄마를 그렇게 만든다니…… 말도 안 돼!"

정연은 무릎에 얼굴을 파묻고 울음을 터뜨렸다. 버스에 타고 있는 몇몇 사람이 맨 뒷좌석의 소년과 소녀를 힐끔힐끔 쳐다보았다. 하지만 정연은 주변 사람들을 의식하지 못했다.

"누나, 아줌마는 그만 떠나야 해요. 기운이 약해지기 전에, 기억이 사라지기 전에 하루라도 빨리 보내드려야 해요."

하얀 한복을 입은 아이의 손이 정연의 머리를 쓰다듬었다. 흐르는 눈물을 달래는 그 손길은 분명 엄마의 손보다 작고 어렸지만 어쩐지 엄마와도 같은 느낌을 주었다. 속상한 일이 있어 얼굴을 파묻고 우는 정연의 머리를 부드럽게 쓰다듬어주던 엄마의 따스한 손길 같았다.

"그러니까 누나, 집으로 돌아가세요. 다른 생각 말고 새로운 식구들과도 잘 지내도록 해요. 아줌마는 누나가 새엄마랑 아빠랑 잘 지내는 모습을 보면 안심하고 떠날 수 있을 거래요."

"으…… 으웅, 웅!"

정연은 얼굴을 파묻은 채로 고개를 끄덕였다. 말할 수 없을 만큼 엄마가 그립고 보고 싶지만 지금 자신이 무엇을 해야 할지 알 것만 같았다. 고집스럽게 엄마를 놓아주지 않아서 거리를 떠도는 가엾은 부랑자로 만들 수는 없었다. 지금 엄마를 위해 해줄 수 있는 일이라면 무엇이든 해야겠다고 생각했다.

정연은 부산스럽게 움직였다. 휴대전화와 이어폰을 백팩에 넣고 어깨에 메려다가 소년 쪽을 바라보았다.

"지금도 엄마가 여기 있어?"

"네, 누나 앞에 서 계세요. 누나를 보고 계세요."

"그, 그래?"

정연은 버스의 앞좌석을 이리저리 살펴보았다. 오늘따라 한산한 버스에는 몇몇이 자리에 앉아 있을 뿐, 서 있는 사람은 아무도 없었다. 이 텅 빈 공간에 서서 자신을 바라보고 있다니, 심장이 뭉클했다.

"저기…… 엄마한테 좀 전해줘. 내가 어렸을 때 엄마한테 떼쓰고, 내 고집만 세우고, 엄마 말도 안 듣고 괴롭힌 거 미안하다고. 엄마가 아파서 말라갈 때도 엄마는 왜 아프냐며 성질이나 부리고, 엄마 때문에 불행하다고 막말했던 것도 정말정말 미안하다고 말 좀 해줘. 나 정말 후회한다고……. 엄마처럼 날 사랑해준 사람이 없는데, 그것도 모르고 엄마를 원망만 했다고. 지금은 안다고. 얼마나 엄마가 소중한 사람인지. 얼마나 엄마가 날 사랑했는지. 얼마나 고마운지 모른다고…… 말 좀 해줘……."

정연은 눈물이 흘러넘쳐서 도저히 고개를 들 수 없었다. 푸른색 청바지의 허벅지가 진청색이 되도록 눈물이 흐르고 또 흘렀다.

"다 듣고 계세요. 알고 있대요, 누나 마음. 미안해하지 말라고 하세요. 행복한 모습 보여주면 그게 아줌마에게는 제일 행복한 일이라고…… 꼭 행복하라고 하세요."

"응! 응! 응!"

정연은 무릎에 얼굴을 파묻은 채 고개를 끄덕였다.

차창 사이로 살며시 바람 한 줄기가 흘러 들어와 정연의 등을 스치고 지나갔다. 어쩐지 그 바람 줄기가 엄마의 손길처럼 한없이 따사롭게 느껴졌다.

"누나, 새어머니와 아버지께서 누나를 많이 아끼고 사랑한대요. 그분들은 누나가 한 발만 다가오기를 항상 기다리고 있대요. 정말 누나를 진심으로 생각하는 분들이니까 걱정하지 말래요. 아줌마는 잊고 새어머니를 엄마로 생각해달라고 하세요."

"으…… 으흑!"

정연은 차마 대답하지 못하고 얼굴을 손에 묻은 채 고개를 끄덕였다. 죄의식으로 멍들어 있던 마음이 용서를 받는 기분이었다. 새엄마와 친하게 한 식구로 지내는 것이 돌아가신 엄마가 진정으로 바라는 일이라고는 한 번도 생각해본 적이 없었다. 아니, 엄마가 그런 정연의 모습에 배신감을 느낄 거라고 생각했다. 하지만 엄마의 사랑은 정연이 생각하는 것보다 훨씬 깊은 것이 분명했다. 자신이 잊히더라도 정연이 행복하길 바라는 엄마의 넓은 마음에 정연의 가슴이 뜨듯해졌다.

"누나가 한 발만 다가서서 한 식구로 가까워지는 모습을 보여주면 아줌마는 이승을 떠날 수 있으시대요."

소년은 정연을 바라보며 방긋 웃었다.

"누나, 그런 모습 보여줄 수 있죠?"

정연은 소년의 미소가 눈부셔서 눈을 비볐다. 어쩐지 엄마의 얼굴이 겹쳐지는 것만 같았다. 정연은 눈물을 훔치며 힘껏 고개를 끄덕였다.

"누나가 오늘이라도 당장 그런 모습을 보여주는 게 좋아요. 부유령이 되어 이승을 떠돌면 아줌마가 아주 위험해져요. 특히 누나가 이렇게 돌아다니면 더욱 그래요. 저 같은 무당 중에 어떤 분들은 아줌마를 없애려고 할 수도 있고요, 힘없는 부유령을 차지하려는 나쁜 영혼들도 있어요. 특히 삼칠일, 100일, 3년……. 이렇게 중요한 시간이 지나가면서 영혼의 기운이 굉장히 약해져요. 기운과 함께 기억도 약해지면서 영원히 이승을 정처 없이 떠돌게 되는 거예요."

"저, 정말?"

정연은 불안함에 몸을 떨었다. 엄마가 정처 없이 허공을 떠도는 불쌍한 영혼이 된다고 생각하니 불쌍하고 안타깝기 짝이 없었다.

"네, 정말이에요. 제가 보기에 이미 아줌마는 힘이 많이 빠져 있는 상태예요. 참 연약한 영혼이에요. 이런 상태에서 다른 기운의 공격을 받으면 정말 큰일 날 수도 있어요. 그러니까 더 돌아다니지 말고 얼른 집으로 돌아가요. 그리고 아줌마가 바라는 대로 해주세요. 아줌마를 위해서요, 네?"

하얀 한복 차림의 소년이 빙긋 웃으며 정연의 손을 꼭 잡아주었다. 아이의 작은 손을 통해 뭔가 알 수 없는 기운이 정연의 가슴속으로 흘러 들어오는 것만 같았다. 뜨겁고 두근거리는, 강한 용기와 믿음 같은 감정이 부글부글 끓어오르는 것 같았다.

"응, 알았어!"

정연은 정신이 번쩍 드는 것 같아 백팩을 메고 냉큼 일어섰다. 얼른 집으로 돌아가야겠다는 생각만 들었다. 집에 돌아가면 새엄마에게 말도 걸고, 동생도 돌봐주고, 퇴근하는 아빠에게 인사도 해야겠다는 생각이 머릿속에 가득했다. 뭔가 알 수 없는 의지가 가슴 밑바닥에서 부글부글 끓어올랐다.

"아 참, 저, 저기. 그런데 말이야……."

정연은 자리에서 일어나다 말고 소년에게로 몸을 틀었다.

"그런데 엄마가 천국으로 떠났는지 어떻게 알아? 내가 잘하고 있는지, 그래서 우리 엄마가 좋은 곳에 갔는지 어떻게 확인하지? 널 다시 만날 수 있을까? 네 이름이 뭐야? 어느 학교에 다녀?"

"음."

소년은 조금 곤란한 표정을 지었다.

"제 이름은 낙빈이에요……. 저는 산속 깊이 살아서 다시 만나긴 어려울 거예요. 음……."

소년은 잠시 고민에 빠진 표정을 짓더니 초점 없는 눈동자로 버스 위쪽을 바라보았다. 소년은 멍하니 누군가의 말을 듣는 표정이었다. 정연도 소년과 함께 허공을 바라보았다. 아무런 설명이 없어도 보이지 않는 그 어디에 엄마가 있을 거라는 확신이 들었다.

"와, 그렇군요! 잘됐네요."

소년은 허공을 보며 싱긋 웃더니 다시 정연 쪽을 바라보았다.

"누나, 누나네 집에 백일도 안 된 아기가 있다면서요?"

"응, 내 동……."

정연은 동생이라고 말하려다가 말문이 막혔다. 아직 동생이라고 말하기엔 너무 어색했다.

"누나, 아기는 천 리를 본다는 말 들어봤어요?"

"뭐? 그게 무슨 말이야? 아기들은 시력이 나빠서 코앞에 있는 것도 잘 안 보인다던데?"

정연은 눈을 동그랗게 뜨고 되물었다.

"후후. 백일이 되기 전에 아기들은 저 같은 무당처럼 영적인 것을 볼 수 있어요. 영적인 세계에서 살다 와서 그런지 처음 세상에 나오면 실물보다 영혼을 더 잘 보는가 봐요. 아줌마가 그러시는데, 누나의 동생이 아줌마의 얼굴을 똑바로 쳐다보더래요."

정연은 오늘 낮에 아기를 안고 있을 때를 떠올렸다. 처음으로 만져본 어린 동생이 정연의 품에서 흐릿한 회색 눈동자로 허공을 바라보던 모습이 생각났다. 정연의 얼굴을 보는 것 같으면서도 초점 없이 다른 어딘가를 보던 그 눈빛. 그제야 정연은 아기가 바라보던 곳이 어딘지 알아챘다. 초점이 풀린 것 같았던 아기의 눈은 정연의 곁에 있는 엄마의 얼굴을 본 게 틀림없었다.

"그러니까 누나, 아기의 눈동자를 보면 알 수 있을 거래요. 아줌마가 누나 곁에 남아 있는지, 아니면 저승으로 떠나갔는지 말이에요."

"그렇구나!"

정연은 고개를 끄덕였다.

"아 참, 그거 말하고 싶으셨대요."

"뭐?"

정연은 두 눈을 크게 뜨며 소년을 바라보았다.

"그 아기가 누나 어릴 적 모습이랑 정말 닮았대요. 갓난아기인데도 콧대가 서 있고 눈을 크게 뜨면 쌍꺼풀이 생기는 게 정말 똑같대요. 신생아 때 머리숱이 없는 것도 닮았대요."

"걘 남자앤데?"

"아, 그래요? 그래도 진짜 똑같대요. 그래서 아기 얼굴을 보고 아줌마도 깜짝 놀라셨대요."

"정말?"

정연은 아기의 모습을 찬찬히 떠올려보았다. 자신도 그렇게 작고 여린 생명일 때가 있었나 싶고, 아기가 자신을 닮았다니 신기했다.

"누나, 그럼 이제 얼른 가요. 얼른요!"

소년이 징연을 재촉했다.

정연은 어쩐지 소년과 엄마에 대해 계속 이야기하고 싶기도 하고 얼른 집으로 돌아가 엄마의 소원을 들어주고 싶기도 한 복잡한 심경이 되었다. 하지만 싱긋 웃으며 정연을 밀어내는 소년의 얼굴을 보니 뭘 해야 할지 분명해졌다. 정연은 두 다리에 힘을 불끈 실어 자리에서 일어섰다. 마침 버스가 덜컹거리더니 서서히 속도를 줄였다. 정연은 내리는 문 앞으로 다가가 지지대를 꼭 붙잡았다. 그러고는 뒷좌석에 앉아 있는 하얀 한복 차림의 소년을 바라보았다.

소년은 동그란 상고머리를 바람에 나풀거리며 정연을 향해 엄지손가락을 번쩍 들어 보였다.

"으응!"

정연 역시 엄지손가락을 살짝 들어올렸다.

덜컹거리던 버스가 완전히 서더니 치익 하는 소리와 함께 뒷문이 열렸다.

"얘, 엄마한테 정말정말 사랑한다고 전해줘."

정연은 버스 계단을 내려가기 전에 마지막으로 소년을 향해 외쳤다.

"네, 듣고 계세요."

소년은 활짝 웃으며 정연을 향해 손을 흔들었다.

"아줌마는 그보다 천만 배 더 사랑하신대요."

버스 문이 닫히기 전 소년이 정연의 등에 대고 소리쳤다.

그 순간 정연은 왈칵 눈물이 났다. 눈앞이 완전히 흐려져 하나도 보이지 않았다. 살아생전 엄마의 목소리가 들려오는 것만 같았다.

아빠는 항상 정연에게 물었다.

"엄마가 좋아, 아빠가 좋아?"

그러면 정연은 항상 메롱 혀를 내밀며 말했다.

"엄마! 난 엄마가 젤 좋아. 엄마 사랑해!"

그러면 엄마는 정연의 볼에 뽀뽀하며 말했다.

"엄마는 그보다 천만 배 더 사랑해."

그 달콤한 엄마의 목소리가 정연의 두 귀를 가슴 시리도록 간질였다. 시린 눈을 비비고 보니 소년을 태운 버스는 벌써 저 앞까지 달려가고 있었다. 하지만 더 이상 외롭지 않았다. 정연은 자신의 곁에 서 있는 엄마의 존재를 느끼며 결코 쓸쓸하지 않았다.

3

정연은 대문 앞에 섰다. 집이 보이지 않을 정도로 길고 높은 담장 사이에 짙은 남색 대문이 높다랗게 서 있었다. 대문을 열고 들어서면 넓은 잔디밭 사이로 드문드문 큰 돌이 박혀 있고 키 큰 단풍나무 몇 그루가 그림처럼 굽어 있는 멋진 집이었다. 정연은 잠시 대문 앞에 쭈그리고 앉았다. 벌써 하늘이 어둑어둑해지기 시작했다.

엄마와 아빠가 처음 결혼했을 때는 참 좁디좁은 슬레이트집의 단칸방에 살았다고 했다. 그렇게 좁은 단칸방에서 정연을 낳고부터 아빠 일이 술술 풀리더니 사업이 번창하고 순식간에 큰돈이 굴러들어왔다고 했다. 그래서 한때 정연은 이름 대신 '복덩이'라고 불렸다. 엄마가 죽기 전까지만 해도 복덩이라는 말을 이름 대신 가끔 들었다.

"엄마, 나 정말 거추장스러운 거 아니지? 아빠한테 나 여전히 복덩이인 거지?"

정연은 자신이 없었다. 하얀 한복을 입은 꼬마를 만났을 때만 해도 새엄마와 아빠가 자신을 사랑하고 기다리고 있다는 말을 믿었지만 막상 집 앞에 오자 여전히 자신이 거추장스러운 존재가 아닐까 하는 의심이 들었다.

갑자기 화장대 위의 휴대전화도 생각났다. 자신의 부탁 따윈 잊어버리고 새엄마에게 휴대전화를 사준 아빠가 과연 자신을 여전히 복덩이로 생각하고 있는지 의심스러웠다. 엄마는 정연이 새엄마와 잘 지내라고 일부러 아빠와 새엄마가 정연을 아낀다고 거짓말을 했을지도 몰랐다.

순간 수많은 동화책에 나오던 못된 계모들의 이야기가 머릿속을 스치고 지나갔다. 신데렐라를 재투성이로 만든 계모, 백설공주에게 독사과를 건네준 계모, 밑 빠진 독에 물을 붓게 한 콩쥐의 계모……. 어쩌면 모든 계모가 이렇게 못되고 간사하게 의붓딸을 괴롭히는지 기가 찰 정도였다. 착한 계모는 없다는 생각이 정연의 머릿속을 가득 메웠다.

그때 정연의 앞으로 갑자기 작은 바람이 일더니 발가락 앞에서 먼지가 휘날렸다. 정연은 어쩐지 그것이 죽은 엄마의 목소리 같다는 생각이 들었다. 먼지들이 정연에게 말하고 있었다.

바보 같은 생각 하지 마라.

"알았어, 들어갈게."

정연은 한숨을 내쉬며 청바지를 툭툭 털었다. 버스 안에서는 불끈불끈 솟아오르던 자신감이 어느새 모두 사그라진 것만 같았다.

딩동.

정연은 힘겹게 벨을 누른 다음 까맣고 작은 화면을 비스듬히 바라보았다. 자신의 모습이 저 너머에 어떻게 비칠지 걱정스러웠다.

"어마, 정연아! 너, 말도 없이 어디 갔다 이제 오는 거야? 얼른 들어와!"

인터폰 저편에서 가정부 아줌마의 호들갑스러운 목소리가 들려왔다. 오전 내내 방 안에 틀어박혀 있다가 아무 말도 없이 집을 나가 어둑해져서야 나타났으니 걱정한 모양이었다. 아마도 정연이 들어가자마자 잔소리가 쏟아질 것이다.

정연은 잘해보려고 했는데 처음부터 삐걱거리는 것 같아 가슴이 답답했다. 이렇게 생각과 현실은 언제나 달랐다. 좀 잘해보려고 해도 뭔가 아귀가 맞지 않는 일이 많았다.

"너 이 녀석! 말도 없이 어딜 갔다 오는 거야? 전화를 아무리 해도 안 받고!"

'아차!'

현관에 들어서자마자 벌겋게 화가 난 아빠의 목소리가 울려 퍼졌다. 정연은 뜨끔했다. 버스에서 음악을 듣는 동안 무음으로 해놓는 바람에 전화가 오는 것도 몰랐던 것이다.

상상 속에서는 늦게 들어오는 아빠를 마중하며 현관에서 인사를 하고 서로 반기는 다정한 모습이었는데 현실에서는 정반대가 되고 말았다. 하필이면 오늘따라 아빠가 일찍 들어와 정연을 기다리고 있었다. 일이 꼬일 대로 꼬이고 있었다.

"여보, 그만하세요."

새엄마가 벌겋게 얼굴이 상기된 아빠의 팔을 붙잡았다. 정연은 새엄마를 물끄러미 바라보았다. 진정으로 자신을 위해서 저러는 것일까, 아니면 아빠 앞에서 가식을 떠는 것일까 의심스러웠다.

버스 안에서 그 아이의 입을 통해 들었던 '새엄마는 누나를 진심으로 아끼고 사랑한다'는 따위의 말은 더 이상 생각나지 않았다.

"어디 다녀오는 거야?"

아빠는 처음보다 조금 수그러든 목소리로 물었다. 정연은 대꾸할 맘이 생기지 않았다. 새엄마에게만 최신 휴대전화를 사주고 자신의 말 따위는 휴지 조각으로도 생각하지 않는 아빠와 얘기하고 싶지 않았다. 정연은 아무 말 없이 발아래만 내려다보았다.

"너 정말 이럴……."

"여보, 제발!"

아빠는 속이 터진다는 듯 가슴을 팡팡 쳤다. 새엄마가 말리지 않았다면 정연을 한 대 때릴지도 몰랐다. 정연은 눈앞 가득 눈물이 넘쳤다. 아무것도 모르면서 화를 내는 아빠도, 말리는 새엄마도 얄밉기만 했다. 다들 눈앞에서 사라졌으면 좋겠다는 생각만 들었다.

그렇게 세 사람이 모두 굳어 있는데 말 많은 가정부 아줌마가 정연의 곁으로 후다닥 달려왔다. 그러고는 정연의 어깨를 감싸며 거실로 슬슬 이끌었다.

"아이고 사장님, 그만하세요. 오늘 하루 종일 애기 엄마가 얼마나 애써서 준비했는데요. 오늘 같은 날에는 그러지 마세요. 정연이 너도 오늘 같은 날엔 이러는 거 아냐. 새엄마가 몸 푼 지 한 달밖에 안 됐는데도 이거 다 손수 차렸어. 너, 이러는 거 아니야."

아줌마에게 이끌려 거실로 들어간 정연은 평소와 달리 소파가 한쪽으로 치워져 있는 것을 보았다. 그 대신 커다란 갈색 상이 하나 가득 차려져 있었다. 상 위에는 큼지막한 생선과 고기, 먹음직스러운 과일과 떡, 생선과 나물까지 한 상이 차려져 있었다. 그 가운데에는 길고 하얀 초 두 자루와 사진 한 장이 놓여 있었다. 낯익은 사진 한 장…….

아! 그립고 그리운 엄마의 사진이었다.

"정연아, 너그 엄마 죽은 지 3년 된 날이다. 나도 깜빡했는데, 너그 새엄마가 아침부터 장을 봐와서 이렇게 차려났다. 삼년상은 특별하다면서 몸도 성치 않은 사람이 이거를 다 차렸잖아. 너그 새엄마가 얼매나 착한 사람인가 모른다."

정연은 끊임없이 떠드는 가정부 아줌마의 목소리가 더 이상 들리지 않았다. 눈앞이 아득하도록 차오른 눈물 사이로 환하게 웃고 있는 엄마의 얼굴만 보였다. 엄마는 해골처럼 말라 있던 죽기 전의 그 모습이 아니었다. 세상에서 가장 예쁜 얼굴로 가장 행복한 웃음을 짓고 있었다. 정연의 기억 속에 가장 예뻤던 모습이었다.

"몰랐어. 오늘이 3년…… 몰랐어."

엄마가 돌아가신 날을 까맣게 잊고 있었다니. 정연은 차오르는 미안함에 가슴이 아렸다.

"미안해, 엄마. 미안해……."

정연은 무너지듯 쓰러졌다. 반짝이는 하얀 대리석 바닥에 엎드려 엉엉 소리 내어 울었다. 그 모습을 보며 아빠도 새엄마도 아무런 말을 잇지 못했다.

엄마를 사랑한다면서, 잊지 않겠다면서 어떻게 이렇게 엄마가 떠난 날도, 제삿날도 잊고 있었는지 정연은 너무 미안해서 얼굴을 들 수 없었다.

"엄마, 미……."

그 순간 정연의 머릿속에 하얀 한복을 입은 소년의 말이 떠올랐다.

'삼칠일, 100일, 3년……. 이렇게 중요한 시간이 지나가면서 영혼의 기운이 굉장히 약해져요. 기운과 함께 기억도 약해지면서 영원히 이승을 정처 없이 떠돌게 되는 거예요.'

정연은 뒷머리가 하얗게 얼어붙는 느낌이었다.

"엄마……."

3년! 3년이 지나면 영혼의 기운이 더욱더 약해지고 만다. 기운과 함께 기억도 약해지면서 정연의 엄마는 거지처럼 떠도는 부유령이 되어버릴 수도 있다고 했다. 정연은 벌떡 몸을 일으켰다. 엄마를 그렇게 만들 수는 없었다. 엄마의 기운이 약해지기 전에 얼른 천국으로 보내드려야 한다는 생각이 들자 정연은 번개를 맞은 것처럼 머리가 번쩍했다.

정연은 쏟아지는 눈물을 두 팔로 벅벅 닦으며 일어섰다. 뒤를 돌아보니 새엄마와 아빠가 안타까운 얼굴로 정연을 바라보고 있었다. 오해할 여지가 전혀 없었다. 두 사람의 눈에 비친 것은 정연에 대한 안타까움, 슬픔, 미안함, 그리고 깊은 애정이었다. 의심을 하면 끝이 없지만 믿으려고 하니 그 눈빛이 그대로 가슴속으로 전해지는 것만 같았다.

'왜 그동안 몰랐을까. 저 두 사람의 눈빛이 진실하다는 걸.'

정연은 눈물로 범벅된 얼굴이 아마도 굉장히 못생겼을 거라고 생각했다. 그래도 그 얼굴이 자신의 감정을 숨김없이 전하고 있을 거라고 믿었다. 정연은 손을 들어 흠뻑 젖은 얼굴을 팔뚝으로 쓱쓱 닦았다. 눈물에 젖은 단발머리가 얼굴에 붙었다. 젖은 눈동자가 불안하게 흔들렸다. 두려움이 가득한 발걸음이 정연을 바라보는 아빠와 새엄마 쪽으로 조금씩 움직였다.

"새엄…… 고마……."

'새엄마, 고맙습니다'라고 말하고 싶었지만 목이 메어 그 말이 나오지 않았다. 정연은 새엄마 앞에서 고개를 푹 숙였다. 두 눈에서 뚝뚝 떨어진 눈물이 하얀 대리석 바닥에 방울졌다.

"아, 아니야. 당연히 내가 해야 하는데……. 미안해. 미리 말하고 같이 준비할 걸. 네가 힘들 것 같아서 내가 혼자 해버렸어. 미안해."

정연은 고개를 흔들었다. '그게 뭐가 미안해요. 내가 미안하지요'라고 말하고 싶었지만 또 말이 나오지 않았다.

'정연아, 말하지 않으면 알 수 없어.'

그 순간 정연의 머릿속에 엄마의 음성이 들려오는 것만 같았다.

엄마, 엄마를 위해서, 그리고 가족을 위해서 정연은 자신이 움직여야 한다는 것을 깨달았다. 그 모든 것이 누구보다 자신을 위한 길이라는 것도 깨달았다.

"고…… 고마워요. 새…… 엄…… 마."

정연은 뚝뚝 떨어지는 눈물 사이로 흐릿하게 보이는 새엄마를 향해 두 팔을 뻗었다. 두 눈을 크게 뜨고 입을 막고 있는 새엄마의 얼굴이 흐릿하게 보였다. 정연의 두 팔이 새엄마의 어깨를 감쌌다.

작았다. 작은 어깨였다. 정연의 어깨보다 작은 어깨가 그곳에 있었다. 참 작고 여린 여자가 정연보다도 작은 체구로, 하지만 넓은 마음으로 정연을 감싸기 위해 그곳에 서 있었다. 이리도 어깨가 작은 여자가 자신을 거부하는 새 딸 때문에 얼마나 힘들었을까. 때로는 모두 포기하고 의붓딸을 모른 척하고 싶었을 것이다. 그런데도 새엄마는 지금껏 정연을 놓지 않았다.

새엄마는 차라리 새침한 사춘기 여자아이가 없었다면 실컷 사랑하고 사랑받으며 살았을 거라고 한탄했을지도 모른다. 그래도 새엄마는 많은 시간이 지나고도 여전히 정연을 기다리고 있었다. 정연보다도 작은 여자가 정연과 아빠, 그리고 죽은 엄마까지 보듬으며 그곳에 서 있었다. 이제야 정연은 그 모든 사실을 깨달았다. 새엄마는 나쁜 사람이 아니었다. 진짜…… 착한 사람이었다. 엄마의 말대로 거짓된 사람이 아니라 정말로…… 착한 사람이었다.

"미안해요, 고마워요……."

한 번 터진 눈물은 멈추지 않았다. 심지어 전염되었다. 정연의 팔에 감싸인 작은 어깨가 들썩였다. 입을 막고 울음을 참는 새엄마의 흐느끼는 소리가 들렸다. 아직 산후 부기로 통통 부은 그 얼굴에서 하염없이 눈물이 쏟아졌다.

"정연아, 정연아. 고마워. 고마워……. 내가 많이 부족해서…… 미안해."

새엄마는 정연의 허리에 두 팔을 두르고 작은 품에 정연을 꽉 안았다. 서로 떨어지지 않으려는 듯 정연의 허리를 꼭 붙잡고 손가락을 꼈다. 두 여자가 껴안고 지금껏 쌓인 감정을 모두 쏟아내며 소리 내어 엉엉 울었다.

옆에서 그 모습을 지켜보던 아빠가 고개를 돌렸다. 아빠의 눈에도 눈물이 차오르고 있으리라. 가정부 아줌마는 이제야 온전히 가족이 된 그들을 보며 알아들을 수 없는 말을 중얼거리더니 총총히 부엌으로 향했다. 오랫동안 쌓인 시름이 씻은 듯이 내려가는 느낌이었다. 말하지 않아도 서로를 감싸 안고 흘리는 눈물 속에 고마움과 미안함과 사랑과 믿음이 있었다. 살갗이 닿은 순간 그 모든 것이 고스란히 느껴졌다. 너무나 멀었던 새엄마와 정연의 사이가 눈물이 한 방울 흐를 때마다 점점 더 가까워졌다.

정연은 엄마가 죽고 3년 만에 차려진 제사상에 깊이깊이 고개를 숙이며 절했다. 얼마나 엄마를 사랑하는지, 얼마나 감사한지 마음속으로 되뇌고 또 되뇌었다. 그 모든 말을 엄마가 고스란히 들을 수 있다고 생각하니 한마디 한마디가 아까웠다. 사랑과 감사의 말을 한없이 하고 또 해도 부족하고 또 부족하기만 했다. 정연은 자신의 마음속 말을 듣고 환하게 웃음 짓는 엄마를 상상했다. 정연은 엄마가 부드러운 손길로 정연을 안아주고 머리카락을 쓰다듬어줄 거라고 생각했다. 그것이 정연과 엄마가 이승에서 함께하는 마지막이 될지도 모른다는 것을 잘 알고 있었다.

제사가 끝나자 정연은 가족과 함께 넓은 식탁에 둘러앉았다. 처음으로 맛본 새엄마의 음식은 그 정성만큼이나 깊은 맛이 났다. 정연도 새엄마도 눈물로 퉁퉁 부은 얼굴이었지만 어느 때보다도 맛있게 저녁을 먹었다.

몇 번 멈칫거리던 새엄마는 정연의 밥 위에 굴비도 뜯어서 올려주고 산적도 올려주었다. 혹시 정연이 거부할까봐 눈치를 보았지만 정연은 제가 좋아하는 것이든 싫어하는 것이든 새엄마가 건네주는 반찬을 모조리 먹어치웠다. 신기하게도 모두 맛있었다.

'엄마, 엄마도 맛있었어? 아까 제사 지낼 때 다 맛봤잖아, 그지?'

정연은 속으로 엄마에게 말을 걸었다. 엄마는 분명히 자기 말을 듣고 있을 것만 같았다.

'엄마가 먹었던 거라 그런지 나도 참 맛있어. 이제 좀 안심되지? 그러니까 이제 떠나. 아까 그 애가 그랬어. 3년이 지나면 엄마가 또 많이 약해진대. 그러면 나쁜 귀신들한테 당할 수도 있대. 그러니까 이제 그만 돌아가. 나, 잘 지낼 거야. 아까 봤지? 대신 매년 엄마 제사상은 내가 차려줄게. 일 년에 한 번만 나를 보러 와. 솜

씨가 없다고 안 먹으면 안 돼. 내가 열심히 제사상 차려줄 테니까 잊지 말고 꼭 와야 해, 알았지?'

정연은 하얀 쌀밥을 입에 가득 넣으며 엄마를 향해 말했다. 이 상했다. 두 눈에서 눈물이 자꾸 삐질삐질 흘렀다. 그러면서 이상 하게도 입가에 미소가 살짝살짝 감돌았다. 정연은 참으려고 했지 만 눈물도 웃음도 멈출 수가 없었다.

"저기, 정연아."

그때 새엄마가 정연에게 뭔가를 내밀었다. 눈에 익은 작은 상 자였다.

"어, 이건……."

정연은 깜짝 놀라 새엄마의 얼굴을 바라보았다. 새엄마의 화장 대 위에서 보았던 최신 휴대전화 상자가 분명했다. 아빠가 새엄 마에게 선물한 줄 알았던 그 네모난 휴대전화 상자였다.

"저기…… 이런 말 하면 이상하게 들리겠지만, 나랑 네 아빠랑 며칠 전에 같은 꿈을 꿨어."

새엄마는 아빠와 정연의 얼굴을 번갈아 바라보며 어떻게 얘기 할지 고민하는 듯했다. 새엄마가 말을 잇지 못하자 아빠가 마저 말했다.

"……죽은 네 엄마가 꿈에 나와서 말하더라. 미안하지만 자기 대신 선물을 해주면 안 되느냐고. 네가 갖고 싶어 하는 그 휴대전 화…… 네 엄마가 너한테 주고 싶은가 보더라."

아빠는 짐짓 천장을 바라보았다. 갑자기 눈물이 핑 도는 모양이었다.

정연은 새엄마가 내민 까맣고 딱딱한 휴대전화 상자를 멍하니 바라보았다.

"저기, 이것도 좀 이상하게 들리겠지만…… 꿈에서 네 엄마가 내 손에 사진을 올려놓고 보여주더라. 이렇게 내 손바닥을 펼치고는 사진을 보여줬어."

새엄마는 가만히 정연의 오른손을 잡았다. 그러고는 손바닥이 천장을 바라보도록 살며시 돌리더니 손바닥에 무언가를 놓는 시늉을 했다.

"내가 그 사진을 보니까 우리 아기의 얼굴이었어. 그래서 내가 좀 놀랐더니 그러시더라."

정연은 새엄마의 다음 말을 알 것 같았다.

"'이거 정연이의 아기 때 얼굴이에요. 동생이랑 똑같지요?' 하면서 웃으시더라. 그래서……."

새엄마는 정연에게 밀어주었던 까만 휴대전화 상자를 열었다. 아까는 텅 비어 있던 상자 안에 정연이 갖고 싶어 한 최신 휴대전화가 들어 있었다. 그것도 가죽으로 휴대전화 케이스까지 구비되어 있었다.

새엄마는 가죽 케이스를 꺼내더니 정연의 얼굴을 한 번 살폈다. 혹시나 싫어하는 게 아닐까 걱정하는 얼굴이었다. 정연은 새엄마에게서 휴대전화를 받아 열어보았다. 가죽 휴대전화 케이스를 열자 안쪽 비닐 지갑에 똑같이 생긴 아기 얼굴 둘이 눈에 들어왔다.

정연은 가만히 그 얼굴들을 들여다보았다. 똑같이 생긴 아기들이었다. 한 명은 꽃무늬가 촘촘히 박힌 속싸개를 목까지 돌돌 말고 있고, 또 한 명은 새하얀 속싸개를 돌돌 말고 있다는 것 외에는 하나도 다르지 않은 얼굴이었다. 머리숱은 별로 없고 동그랗게 뜬 눈에 반쯤 쌍꺼풀이 있는 동그스름하고 하얀 얼굴의 아기들이었다.

"여기 꽃무늬 속싸개가 너고, 하얀 속싸개가 네 동생이야. 신기하지? 내 착각인지 모르겠지만 꿈속에서 네 엄마가 보여준 사진이 이거랑 똑같았어. 그래서 내가 이렇게 만들었어. 괜찮니?"

성연은 아무 말도 할 수 없었다. 눈물만 뚝뚝 떨어졌다.

정말이다. 정말 똑같았다. 엄마가 말한 대로 동생과 정연의 얼굴이 판에 박은 것처럼 똑같았다. 정말 신기할 정도로 같았다. 그 모습을 사진으로 보니 왠지 모르게 눈물이 왈칵 쏟아졌다.

아기의 얼굴이 정연과 똑같다는 것을 확인한 순간 아기는 완전히 정연의 동생이 되어버렸다. 아기 덕분에 정연과 새엄마는 한 가족이 되어버렸다. 떨어지려야 떨어질 수 없는 한 가족으로 묶여버렸다. 너무도 단단하게…… 정연은 그게 너무 고맙고 기뻐서 말할 수 없이 가슴이 벅차올랐다.

새엄마도 정연의 두 손을 붙잡고 눈물을 흘렸다. 너무 기쁜데도 한없이 흐르는 눈물을 주체할 수가 없었다. 높이 쌓였던 마음의 장벽이 무너지면서 모두 눈물이 되어버린 모양이었다.

"흐잉. 흐애앵!"

그때였다. 지금껏 조용히 잠만 자던 어린 동생의 울음소리가 들렸다. 정연은 누구보다도 빨리 자리에서 일어섰다. 그리고 안방의 아기 침대로 달려갔다. 하얀 아기 침대 안에 어린 시절의 정연과 똑같이 생긴 아기가 있었다.

정연이 다가가자 인상을 찡그리던 작은 동생이 정연을 물끄러미 바라보았다. 아니, 정연이 아닌 어딘가를 초점이 흐린 눈으로 바라보았다. 정연은 아기를 살며시 들어올렸다. 아기가 불편해하지 않도록 두 팔 가득 아기를 안아 올렸다. 아기는 정연의 오른쪽 어깨 너머 어딘가를 바라보는 듯했다. 정연도 자신의 오른쪽 어깨 너머를 바라보았다. 아기가 바라보는 그곳에 누가 있는지 정연은 알고 있었다.

"엄마, 고마워요. 선물 잘 받았어."

정연은 아기에게만 들릴 만한 목소리로 중얼거렸다. 눈물이 주르륵 흘러내렸다. 마지막으로 건네준 엄마의 선물이 너무나 값지고 고마워서 말을 이을 수 없었다. 정연은 좀 더 고개를 돌려보았다.

안방 문 앞에 아빠와 새엄마가 서 있었다. 두 사람 모두 한없이 흐뭇한 얼굴로 정연을 바라보았다. 동생을 안은 정연의 모습을 처음 본 것이다. 그 모습이 이토록 감동적이고 아름다울 줄은 상상도 못했다. 정연은 보일 듯 말 듯 살짝 미소를 지었다.

"새엄마, 아빠. 혹시 아기는 천 리를 본다는 말 아세요?"

"뭐?"

뜬금없는 말에 두 사람 모두 두 눈이 동그래졌다.

정연은 빙긋 웃으며 초점 없는 아기의 눈동자를 바라보았다. 그 눈동자 끝에 엄마가 있다는 것을 알 수 있었다. 아기는 정연의 어깨 너머를 바라보더니 조금씩 눈동자가 돌아갔다. 머리 위로, 천장 위로…… 정연은 아기가 바라보는 쪽으로 몸을 틀었다. 아기의 초점 없는 눈이 방문을 지나 저 멀리로 점점 멀어지는 듯한 느낌이 들었다.

한참 동안 먼 곳을 보던 아기가 다시 천장을 멍하니 바라보았다. 그러더니 어느 순간 정연을 올려다보았다. 이번에는 정연의 어깨 너머가 아니었다. 머리카락도 아니었다. 동그란 회색 눈동자가 분명 정연의 두 눈을 똑바로 바라보고 있었다.

아기와 두 눈이 마주치는 순간 정연은 알 수 있었다. 이제 아기의 눈을 사로잡던 엄마의 영혼이 정연의 곁에 없음을. 이제 엄마는 가야 할 곳으로 떠났음을 알 수 있었다.

'엄마, 안녕…….'

정연은 마음속으로 작별을 고했다. 작별이지만 슬프지는 않았다. 아니, 슬프지 않으려고 애를 썼다. 엄마가 선물한 또 다른 소중한 가족들이 정연을 둘러싸고 있었기 때문이다.

아기의 얼굴로 물방울 하나가 툭 하고 떨어졌다.

기쁜데…… 이상하게 눈물이 났다.

너무나 고맙고 기뻐서 자꾸 눈물이 났다.

정연은 자신의 팔에 안긴 아기의 얼굴을 바라보았다. 한없이 맑고 순수한 회색 눈동자가 정연을 바라보고 있었다. 아직은 세상의 때가 하나도 묻지 않은 여린 눈동자였다. 그 얼굴이 너무나 평화롭고 너무나 예뻐서 눈을 뗄 수가 없었다. 그 얼굴에 정연의 얼굴도 함께 들어 있다는 것이 너무나 기쁘고 감사했다.

이제 정연은 자신을 둘러싼 사람들의 이름을 알았다.

짧을 수도 있는 길을 참 멀리도 돌고 돌아왔지만 이제야 비로소 그들과 자신이 가족이라는 걸 알게 되었다.

제 2 화

전생 엿보기

칠흑같이 어두운 밤
이왕이면 홍월紅月이 뜨는 달의 날에
그 누구도 없는 은밀한 방에서
밤하늘에 빛나는 푸르른 거울을 바라보라.
불빛 한 점 없는 까만 방
이왕이면 파르르 떨리는 촛불을 밝히고
그 누구도 오지 않는 은밀한 방에서
자신을 비추는 푸르른 거울을 바라보라.
살을 벨 것 같은 날카로운 푸르름 저편에
전생의 그대가 보이리니…….

1

　도시 한복판, 빼곡한 주택들 사이에 한 공간을 차지하고 있는 숭인중학교. 오늘도 점심시간 종소리와 함께 수많은 아이들이 운동장으로 쏟아져 나왔다. 아이들은 짧은 점심시간을 1분도 놓치지 않기 위해 애를 쓰고 있었다. 아이들은 식당이 가장 붐비지 않는 시간을 골라 눈 깜짝할 사이에 밥을 삼키고 운동장으로, 화단으로, 교실 구석으로 자유를 만끽할 수 있는 곳을 골라 모여들었다.

　공 하나만 있으면 몇 시간이라도 뛰어놀 준비가 된 남학생들은 게 눈 감추듯 밥을 집어삼키고 썰물처럼 운동장으로 빠져나갔다. 햇살이 잘 들어오는 교실 창가에는 한 무리의 여학생들이 모여들기 시작했다. 오늘 책상에 앉아 아이들에게 놀랄 만한 이야기를 들려주고 있는 아이는 혜진이었다. 평소에도 재미난 이야기를 많이 해주는 혜진이 귀밑까지 내려오는 단발머리를 찰랑거리며 두 눈을 동그랗게 뜨고 새로운 이야기에 열을 올렸다.

　"거짓말!"

　겁이 많기로 소문난 하정은 혜진의 말을 듣다 말고 온몸을 파르르 떨면서 힘껏 고개를 휘저었다.

　"거짓말! 거짓말! 아앙, 그런 말 하지 말란 말이야!"

고수머리를 짧게 자른 하정은 막 붉은 여드름이 송송 나오기 시작한 하얀 얼굴을 찌푸리며 혜진의 말을 끊었다. 하지만 입심 좋은 혜진은 화제를 바꿀 생각이 추호도 없었다. 이 놀라운 이야기를 하지 않는다면 따분한 하루를 보낼 힘이 없어지고 만다.

　"하지만 정말이야. 나 어제 정말로 봤다니까!"

　혜진은 자신이 겪은 어젯밤 이야기를 반복했다. 아이들이 흥미로운 얼굴을 하고 모여들기 시작했다.

　"어제 하도 잠이 안 와서 뒤척거리다가 심심하기도 하고 궁금하기도 해서 촛불 하나 켜놓고서 거울을 봤다니까. 그런데…… 정말로 보인 거야!"

　"꺄악, 난 싫어! 안 들을 거야!"

　결국 겁을 잔뜩 집어먹은 하정은 혜진의 옆자리를 포기하고 교실 끝으로 달아나버렸다. 대신 흥미진진한 얼굴의 다른 친구들이 혜진의 옆으로 밀착했다. 지금 혜진은 전생前生을 보는 방법에 대해 말하고 있었다. 며칠 전 학급에 돌던 만화책에 전생을 보는 방법이 나왔는데, 용감무쌍하게도 혜진이 그 방법을 시험해보았다는 것이다.

　"어제 가족들이 모두 잠들고 나서 나도 자려고 누웠다가 다시 일어났어. 시계를 보니까 새벽 2시인 거야. 잠도 안 오는데 갑자기 그 만화책이 생각나지 뭐야? 그래서 몰래 거실에 있는 초를 가져다가 내 방에서 해봤어. 책상 위에 거울을 세워놓고 나서 촛불을 켰어. 니들도 읽었지? 그때 거울을 똑바로 쳐다보면 아무것도 안 보인다고. 지금의 나밖에 안 보인다고 말이야. 그래서 난 시키는 대로 거울을 곁눈으로 살짝 쳐다봤어. 얼굴을 옆으로 돌리고 눈알만 움직여서 이렇게 살짝 쳐다보는데……."

혜진은 어제 했던 그대로 직접 해 보였다. 손바닥 두 개를 펼쳐 거울을 만들고 얼굴을 왼쪽으로 잔뜩 돌린 다음 눈알만 오른쪽으로 굴려 손바닥 쪽을 바라보았다. 아이들은 혜진의 얼굴을 두근거리는 마음으로 뚫어져라 지켜보고 있었다.

"글쎄…… 정말로 보였다니까! 거기에 까만 옷을 입은 해녀가 날 보고 있는 거야. 아우, 그때만 생각하면 정말…… 심장이 터질 것 같아! 정말 얼마나 놀랐는지……."

혜진은 고개까지 설설 저으며 너스레를 떨었다.

"우와, 그럼 네 전생이 해녀였던 거야?"

"응, 그렇다니까! 그래서 그런지 나 누구한테 수영을 배운 적이 없는데도 처음부터 헤엄을 치고 그랬다니까! 그래서 우리 식구들이 나보고 별종이라고 그러잖아. 우리 식구들은 다 맥주병인데 나만 물개라고."

"꺄아, 하지 마! 제발 그런 얘기 좀 그만해!"

모두들 흥미진진하게 전생에 대해 이야기꽃을 피우는데 교실 앞쪽에서 또 하정의 비명 소리가 들렸다. 이야기를 듣기 싫다며 앞으로 도망갔는데도 하정의 귀에 모든 얘기가 고스란히 전해진 모양이었다. 하정은 이런 얘기는 딱 질색이었다. 귀신, 미스터리 현상, 영혼, 전생…… 현실이 아닌 괜한 상상을 불러일으키는 모든 것이 무섭고 두려웠다.

"으휴, 밤 12시에 욕실에서 칼을 물고 거울을 보면 미래의 남편이 나온다는 얘기까지 했다간 진짜 맞아 죽겠네! 남편이 궁금하면 해보라니까. 식구들 다 잠든 밤 12시에 욕실에서 칼을 물고……."

"꺄악! 하지 말라니까!"

하지만 조금만 무섭다 싶으면 과민반응을 하는 하정 때문에 오히려 다른 아이들은 신이 났다. 혜진은 하정의 반응이 재밌어서 일부러 더 크게 말했다.

하정은 이런 이야기를 들은 날이면 꼭 잠을 설쳤다. 아이들의 이야기를 들으면 마치 자신이 그 상황에 놓인 것처럼 생생하게 상상되어 너무나 무서웠다. 피를 빨아먹는 흡혈귀 이야기를 들으면, 그날 밤 누군가가 창문을 열어젖히고 달려들어 자신의 피를 빨아먹을 것만 같았다. 누군가의 사진에 괴상한 귀신 형상이 함께 찍혔다는 말을 들으면, 한 달 정도는 어떤 사진이건 간에 플래시가 터질 때마다 무언가 등 뒤에서 자신을 노려보는 듯한 느낌을 지울 수가 없었다.

하정은 이 이야기 때문에 자신이 며칠 밤은 단잠을 이루지 못할 것임을 알았다. 그래서 더욱더 필사적으로 두 귀를 막았다. 하지만 어찌 된 일인지 아무리 귀를 막아도 온 신경이 그쪽으로만 쏠리는 바람에 아이들의 이야기를 모두 듣고 말았다. 왜 이렇게 겁이 많은지 정말 속상했지만 노력한다고 바뀌는 게 아니었다.

학교에서 집으로 돌아온 하정은 자신의 방으로 들어갔다. 좁은 듯하지만 아담한 책상과 학생용 침대, 그리고 작은 장롱까지 있을 건 모두 있는 하정만의 공간이었다. 엄마는 딸의 방이니 부드럽고 따스한 색을 써야 한다면서 침대와 장롱, 그리고 책상까지 은은한 베이지색을 맞춰주었다.

하정의 취향이 조금 유아스러운 점도 감안해 침대보와 베개는 연두와 연분홍이 섞여 있었다. 심지어 작고 세모난 텐트 모양의 알록달록한 캐노피까지 침대 머리맡에 걸려 있었다. 하정은 그런 색이 좋았다. 아직은 어른인 척하기도 싫고 더 나이 들더라도 무시무시한 어른의 세계로 한 발 들여놓고 싶은 생각이 없었다. 그래서 하정은 조금은 유아스러운 자신의 방이 너무 좋았다.

하정은 늘 그렇듯 집에 오자마자 의자에 가방을 놓은 뒤 침대 위로 풀썩 뛰어들었다. 베개에 얼굴을 묻고 후후 숨을 쉬니까 모든 긴장이 풀리고 평화가 찾아오는 것만 같았다. 이렇게 하루 종일이라도 방 안에서 버틸 수 있을 정도였다.

"하정아, 저녁 먹자."

부엌에서 엄마의 목소리가 들려올 때까지도 하정은 고개를 들지 않았다. 하정은 대자로 침대 위에 널브러져 있다가 간신히 몸을 일으키고 옷을 갈아입었다. 그리고 천천히 느린 걸음으로 방에서 나왔다.

"오늘은 해물전골이야. 이거 봐. 한 개씩 맛볼 수 있게 전복도

넣었어."

"우와!"

하정은 신이 나서 식탁 앞에 앉았다. 엄마와 아빠, 그리고 두 살 위의 언니까지 네 식구가 둘러앉은 식탁 가운데에 뜨끈뜨끈한 해물전골이 놓였다. 냄비 뚜껑을 열자마자 뭉게뭉게 피어나는 하얀 김에 하정은 신이 났다.

"전복 하나씩 먹어봐. 할머니가 택배로 보내주셨어. 제주도 해녀분들이 직접 캔 전복이래."

"아이……."

하정은 기분 좋게 전골 국물을 한 술 뜨려는 순간 '해녀'라는 말에 얼굴을 찌푸렸다. 조금 전까지만 해도 까맣게 잊고 있던 이야기가 떠오르고 말았다. 두 눈을 동그랗게 뜨고 '난 전생에 해녀였어'라고 말하던 혜진의 모습이 어른거렸다.

"아아, 정말……."

"왜 그래?"

영문을 모르는 엄마가 물어보았지만 하정은 무서운 이야기가 생각나서라고 말할 수가 없었다.

"그게…… 뜨거워서."

하정은 대충 둘러대고 후루룩 국물을 떠먹기 시작했다. 하지만 한 번 되살아난 전생 이야기가 하정의 머릿속에서 떠나지 않았다.

식사를 마치고 책상머리에 앉아 공부를 시작한 지 30여 분. 하지만 머릿속에는 단 한 글자도 들어오지 않았다. 책꽂이 사이에 세워둔 작은 손거울, 방문 바로 옆에 달린 전신 거울, 침대 머리맡에 있는 아끼는 보석 상자의 작은 거울까지……. 거울이란 거울은 모조리 하정의 신경을 자극하고 있었다.

하정은 거울 속의 무언가가 자꾸만 자신을 주시하다가 불을 끄고 누우면 어둠 속에서 파랗게 귀신불을 밝힐 것만 같았다. 아니면 전생 속의 하정이 현실의 하정을 뚫어져라 바라볼지도 모른다는 생각도 들었다.

"으, 안 되겠다!"

마침내 하정은 책상머리에서 벌떡 일어났다. 이대로는 공부는커녕 잠도 한숨 못 잘 것이 분명했다. 결국 하정은 방 안에 있는 거울을 모두 모아들고 안방으로 직행했다.

"그게 다 뭐야?"

침대에 앉아 있던 엄마는 다짜고짜 안방에 들어와 품안의 거울을 쏟아놓는 하정의 괴상한 행동에 두 눈을 크게 떴다.

"잉, 무섭단 말이야! 학교에서 무서운 이야기를 들어서 그래. 괜찮을 때까지 엄마 아빠 방에다 놔줘!"

"하이고, 참! 또 겁먹은 거야?"

손도 못 대게 하며 애지중지하는 은색 공주 거울에 보석 상자와 거울 액자, 그리고 손거울까지 자기 방의 거울을 죄다 가져온 하정에게 엄마는 기가 차다는 표정을 지었다. 가족들은 하정이 어린 시절부터 겁이 많아서 무서운 영화의 예고편만 봐도 잠을 자지 못하고 덜덜 떤다는 사실을 잘 알고 있었다.

"끙끙……."

그게 다가 아니었다. 언젠가 사달라고 떼를 써서 걸어준 전신 거울까지 들어 옮기는 데는 아주 기가 찰 지경이었다.

"정말 별나! 너 같은 겁쟁이도 없을 거야. 아니, 이제 아침에 드라이는 어떻게 하고 세수는 어떻게 할 거야?"

"엄만…… 낮엔 괜찮아. 밤에만 무섭지! 나중에 안 무서워지면 다 가져갈 거니까 손대지 말고 가만히 놔둬. 알았지?"

"아우, 정말 너 땜에 못살아!"

하정은 아끼는 거울을 아무도 건드리지 못하게 하라고 신신당부한 뒤에야 제 방으로 건너갔다. 아마도 한 달 동안은 하정의 거울들이 안방에 놓여 있어야 할 듯싶었다.

"휴우, 이제야 됐네."

속 시원히 거울을 치우고 나니 책 속의 글자들이 머릿속으로 쏙쏙 들어왔다.

"음, 이건 이거니까 a를 저쪽으로 보내면 a는 4가 되고…… b는 이렇게 해서……."

그렇게 열심히 공부를 하고 있을 때였다.

파밧!

어찌 된 일인지 갑자기 세상이 암흑 속에 잠기고 말았다. 예기치 않게 집 안의 불이 모두 꺼져버린 것이다.

"꺄악, 엄마!"

하정은 더럭 겁이 나 큰 소리로 엄마를 불렀다.

"어머, 정전인가 봐. 엄마가 플래시 찾을 테니까 가만있어!"

어둠 속에서도 방 밖에서 들려오는 엄마의 목소리는 하정에게 큰 위안이 되었다.

"정전이야?"

하정은 목소리를 높여 물어보았다. 큰 소리로 말하면 아무래도 두려움이 훨씬 줄어드는 것 같았다.

"응. 앞집도 다 깜깜하네. 엄마가 초 찾고 있으니까 거기 있어. 아유, 어디 뒀더라?"

방 밖에서 엄마는 초를 찾느라 바쁜 모양이었다. 부스럭거리는 소리, 이리저리 걸음을 옮기는 소리로 분주한 모습을 상상할 수 있었다.

"헤에……."

하정은 의자에서 일어나 책상 위로 기어 올라갔다. 그러고는 꼭 닫혀 있는 창문을 활짝 열어보았다. 그러자 별천지가 눈앞에 펼쳐졌다. 저 멀리 산꼭대기에서 반짝반짝 빛나는 빨간 불빛을 제외하고는 온 동네가 암흑 속에 묻혀 있었다. 플래시를 들고 밖으로 나와 '이게 어떻게 된 일이냐'고 떠드는 사람들과 분주히 촛불을 켜는 사람들 덕분에 여기저기 희미하고 노란 불빛이 반짝거렸다. 그 흐린 불빛들을 제외하고는 여기도 저기도 까맣기만 했다. 항상 불빛이 환하고 현란한 주택가 밀집 지역에서 이렇게 까만 풍경은 처음 보았다.

"갑자기 웬일이야? 번개가 치지도 않았는데?"

멍하니 창밖을 내다보는 하정의 뒤로 엄마가 촛불을 들고 들어왔다. 노란 촛불은 엄마가 움직일 때마다 흐늘흐늘 몸을 흔들었다.

"여기 침대 머리맡에다 촛불 놓을게, 하정아. 오늘은 공부 그만하고 일찍 자. 할 거 있으면 내일 새벽에 깨워줄 테니까."

엄마는 기다란 초를 침대 머리맡의 두꺼운 플라스틱판 위에 올려두고 하정에게 그만 자라고 말했다. 어두운 데서 책을 보다간 눈이 크게 나빠질 테니까 이런 날에는 푹 자는 것이 하정에게 좋을 거라는 판단에서였다.

"알았어, 엄마. 내일 책가방만 챙기고 잘게."

책가방을 챙기면서 하정은 기분이 들떴다. 전기가 없던 옛날처럼 세상이 온통 깜깜하고 촛불 하나에만 의지해야 한다는 사실이 어쩐지 재미있게 느껴졌다. 그 때문인지 가방을 챙기고 나서 이불을 덮고 누웠는데도 침대 머리맡에 켜둔 촛불을 끄지 않았다. 하롱하롱 흔들리는 촛불 아래 푹신한 침대에 누워 있는 자신이 동화 속 공주님이 된 듯한 황홀한 느낌을 불러일으켰다.

"앗! 내일 체육복 챙겨야지!"

침대에서 이리 뒤척 저리 뒤척이다가 문득 내일 체육 시간에 입을 체육복을 꺼내놓지 않았다는 사실이 떠올랐다.

"아차, 큰일 날 뻔했네!"

하정은 몸을 발딱 일으켜 장롱 쪽으로 걸어갔다. 늘 그렇듯 체육복은 장롱 안에 잘 걸려 있을 것이다. 엄마는 교복과 체육복을 꼭 장롱 안 옷걸이에 반듯하게 걸어놓으니까.

하정은 천천히 장롱 문을 열었다. 그런데 바로 그 순간 하정의 몸이 그 자리에서 휘청거렸다.

"거…… 거울!"

거울이란 거울은 모두 안방에 갖다놓았지만 장롱 안쪽에 붙은 거울만은 그 자리에서 반짝거리고 있었다. 게다가 침대 머리맡에서 흔들리는 촛불까지 그 거울에 비쳤다.

'아무도 없는 방에서 혼자 촛불을 켜고 거울을 바라보면 자기의 전생이 보인대…….'

그 순간 하정의 귀에 친구 혜진의 목소리가 생생하게 울려 퍼졌다. 아무도 없는 방, 촛불, 거울……. 혜진이 말한 조건이 완벽하게 맞아떨어졌다. 형용할 수 없는 차갑고 음산한 기운이 온몸을 덮치는 것만 같았다. 하정은 너무 무서워 눈을 감을 수도 없었다. 그때였다. 갑자기 하정의 뒤쪽에서 촛불이 아주 심하게 흔들리는 듯했다. 하정은 거울에 비친 촛불을 멍하니 바라보았다. 분명 바람 한 점 없는데 왜 거울 속의 촛불이 휘청댈까 생각하는 그때였다.

하정의 눈앞에서 푸른빛을 내뿜던 거울이 출렁출렁 파도치는 순간 끔찍하게 일그러진 얼굴의 여자가 거울 속에 서서히 나타났다.

얼굴…… 분명히 얼굴이었다. 거울 저편에 하정, 자신의 얼굴이 나타났다. 나이도 다르고, 피부색도 다르고, 눈·코·입도 다르지만 하정은 그것이 자신의 얼굴이라는 것을 본능적으로 알았다. 전생의 하정. 그녀는 붉은 갈색 머리에 피부가 하얀 이방인의 얼굴이었다. 하정은 후들거리는 다리로 버틸 수가 없어서 그 자리에 털썩 주저앉았다. 하지만 어두운 거울 속에서는 하정이 모르는 이야기가 멈추지 않고 흘러가고 있었다.

"난 아니에요. 살려주세요, 제발 좀 살려주세요!"

붉은 갈색 머리를 산발한 여인이 너무나 애처롭게, 너무나 불쌍하게 죽을힘을 다해 애원하고 있었다. 푸른 눈동자의 여인은 핏물이 이곳저곳에 잔뜩 배어 있었다. 남루한 옷차림, 비쩍 마른 팔뚝, 공포로 바들바들 떨고 있는 여인은 평범한 시골 아낙의 자태였다. 그녀는 음침한 지하에서 두 손과 두 다리가 커다란 고문용 의자 위에 단단히 묶인 채였다.

"이 마녀야! 어디서 누굴 우롱하려 드느냐! 네년의 검은 속을 누가 모를 줄 아느냐! 우리 주 예수 그리스도의 이름으로 지옥과 악마의 편인 너에게 죽음보다 더한 형벌을 내리리라!"

그녀의 앞에서 건장한 남자가 새까만 채찍을 손에 들고 위엄 있는 목소리로 여인을 윽박질렀다. 하정은 겁에 질려 벌벌 떨고 있는 여인의 눈동자를 통해 그 무시무시한 남자의 얼굴을 똑똑히 볼 수 있었다. 커다란 덩치의 그 외국인은 물론 처음 보는 얼굴이지만 이상하게도 아주 낯설지는 않았다.

"아녜요! 전 절대 아니에요! 살려주세요……. 제발 좀 살려주세요!"

여인은 불쌍한 눈초리로 자비를 구걸했다. 그러나 아니라고, 아니라고 부르짖는 여인의 목소리는 취조하는 남자의 믿음을 더욱더 확고하게 만들 뿐이었다.

"너의 사악한 입에서 다시는 거짓말이 나오지 않도록 해주마! 내 너의 입이 다시는 죄를 짓지 않도록 해주마!"

거대한 황토빛 근육을 번쩍이는 남자는 고문용 의자에 앉아 있는 여인의 옆에서 지글지글 끓고 있는 쇳덩이를 집어 들었다.

"다시는 네 입이 죄를 짓지 않게 해주지!"

순간 붉게 달아오른 인두가 공포로 가득한 여인의 얼굴로 향했다.

신음마저 끊긴 그 자리에는 회색 연기와 살 타는 냄새만 안개처럼 자욱했다. 똑바로 바라볼 수 없을 만큼 엉망으로 일그러진 여인의 얼굴만 끔찍하게 남아 있었다. 고통과 괴로움, 공포와 저주가 뒤범벅된 얼굴이었다.

하정은 살이 타는 냄새를 맡으며 두 눈을 감았다. 너무 무서워 뒷걸음칠 수도, 소리를 지를 수도 없었다. 너무 두렵고 끔찍해서 차마 움직이지도 못했다. 하정은 콧속으로 밀려오는 고기 타는 냄새를 맡지 않으려고 숨을 참았다. 하지만 아무리 숨을 참아도 냄새를 막을 수가 없었다. 그 냄새는 눈앞에 있는 외국인 여자가 아니라 하정의 입에서, 하정의 몸에서, 하정의 깊은 내면에서 올라오는 냄새였다.

"아······ 아으······ 아······."

이 끔찍한 경험에 하정은 고개를 설설 흔들었다. 더 이상 아무것도 보고 싶지 않았다. 아무것도 알고 싶지 않았다. 하지만 거울은 흐릿하게 일그러지는 듯하더니 또 다른 이야기를 시작하고 있었다.

거울이 한 번 더 파도처럼 출렁거리자 이번에는 다른 풍경이 하정의 눈앞에 펼쳐졌다. 조금 전에 보았던 어둡고 탁하고 깊은 지하가 아니라 사방이 넓게 뚫린 산속이었다. 하정의 주위가 순식간에 깊고 깊은 겨울의 숲 속으로 바뀌어 있었다.

따앙, 따앙, 따앙!

귀를 뚫을 것 같은 날카로운 쇳소리가 온 하늘에 울려 퍼졌다. 두꺼운 철과 철이 만나 빚어내는 묵직한 쇳소리였다. 하정은 주위를 둘러보았다. 코를 찌르던 살 타는 냄새는 사라지고 한겨울 바람이 콧속으로 들어왔다. 하정은 메마른 겨울 산을 등지고 뒤를 돌아보았다. 해진 옷을 입은 남자가 눈에 들어왔다. 한겨울인데도 거무튀튀한 몸에서는 땀이 배어나고 있었다. 유난히 오른팔이 두꺼운 남자가 둥그런 쇠망치를 들고 붉은 쇳덩이를 쾅쾅 내리치는 중이었다.

하정은 남자를 유심히 바라보았다. 낡디낡은 그의 옷차림은 현대의 것이 아니었다. 사극에나 나올 법한 누빔 한복이었다. 하나

72

로 틀어 올린 머리를 누런 천으로 질끈 동여맨 그는 빨갛게 달아
오른 쇳덩이를 향해 쇠망치를 내리쳤다. 하정은 대장장이의 모습
이 아주 낯설지는 않았다.

따앙, 땅!

이글이글 달아오른 쇳덩이는 남자가 내리칠 때마다 점점 제 모
양을 찾아갔다.

끼이익…….

그때였다. 낡은 싸리문을 열고 누군가가 들어왔다. 하정은 소
리가 나는 쪽으로 고개를 돌렸다. 그곳에는 며칠 동안 피죽도 한
그릇 못 먹은 듯 파리한 여자가 서 있었다. 툭 튀어나온 광대뼈 아
래로 바싹 마른 얼굴이 볼품없는 여자는 쭉 찢어진 눈에 불만이
가득했다. 하정은 그녀가 처음 보는 얼굴이지만 조금 전에 고문
을 당하던 외국인 여자와 동일인이라고 생각했다. 국적도 생김새
도 다르지만 왠지 그런 생각이 들었다. 또한 그녀는 하정 자신과
같은 사람이었다. 기억하진 못하지만 자신의 오래된 옛 모습임을
알 수 있었다. 그 모습이 바로 자신의 '전생'이라는 것도.

하정의 과거 속 그녀는 몹시 지친 얼굴로, 그리고 원망이 그득
한 얼굴로 남자를 노려보았다. 색깔도 알아볼 수 없을 정도로 낡
은 옷은 춥디추운 계절에 어울리지 않게 얇았다. 너무 가난해서
두꺼운 옷을 지어 입을 수도 없는 모양이었다. 여자는 성난 발걸
음으로 남자 쪽으로 터벅터벅 걸어왔다. 하지만 남자는 여자를
본 척도 하지 않았다.

"언제까지 그놈의 도끼인지 뭔지만 만들 거요? 자식새끼 걱정은 안 하고 허구한 날 그것만 할 거요?"

여인은 원망 가득한 목소리로 남자를 나무랐다. 너무나 캄캄하고 한심한 나날에 눈물도 메말랐다. 독한 소리를 해대지 않으면 살아남을 수 없는 절박함 속에서 여인은 원망스러운 마음을 숨기지 않았다.

"나가라. 부정 탄다."

남자의 입에서는 차갑고 매정한 말만 흘러나왔다. 남자는 여자 쪽으로 한 번도 돌아보지 않았다. 여인은 더욱더 억울하고 원통하다는 듯 한숨을 섞어 말했다.

"이 양반아! 언제까지 이렇게 살 거요? 언제까지! 처자식은 눈곱만치도 생각 안 해주는 지아비가 무슨 지아비요!"

"나가! 나가라고 했잖여, 이년아! 부정 탄다, 당장 나가!"

남자 역시 화가 치민다는 눈초리로 당장 나가라며 소리를 질렀다. 그는 처자식보다 지금 두드리고 있는 붉은 철 쪼가리가 훨씬 더 중요한 모양이었다.

"나가긴 내가 어딜 나가! 돈 벌어와! 돈 벌어서 처자식 먹여 살리기 전엔 나도 못 나가! 당신이 나가! 그따위 칼자루 버리고 나가서 구걸이라도 해와! 해오란 말이야!"

여인은 미친 듯이 고개를 흔들며 소리쳤다. 여인은 한 발도 물러설 기색이 없었다. 서늘하게 노려보는 남자의 눈동자가 무섭지도 않은지 그녀는 성난 목소리를 낮추지 않았다. 답답하고 속상한 심정을 토해내느라 정신이 없었다. 그래서 여인을 바라보는 남자의 눈동자가 싸늘하게 변하는 것도 알지 못했다.

"이따위 거! 이따위! 다 갖다버려! 이게 다 무슨 소용이야! 쌀을 구해오란 말이야! 돈을 벌어오란 말이야!"

마침내 성난 마음을 다잡지 못한 여인은 남자가 두드리고 있던 커다란 쇳덩이의 아래쪽을 발로 찼다. 거기에는 쇳덩이를 올려놓고 수없이 때리는 둥그런 돌판이 있고, 그 아래에는 돌판보다도 큰 나무 밑동이 있었다. 여인은 그 나무 밑동을 무심히 발로 건드렸다. 그녀의 행동은 불에 기름을 뿌린 것과 같았다. 싸늘하게 타오르던 남자의 눈동자가 희번덕 뒤집힌 것이다.

"이년이!"

붉으락푸르락 달아오른 남자가 뜨거운 쇳덩이를 번쩍 쳐들었다. 둥그런 쇠망치를 몇 번이나 제 몸으로 받아낸 길고 날카로운 쇳덩이였다. 아직 붉은 기운이 채 가시지도 않은 쇳덩이가 순식간에 여인의 눈앞으로 달려들었다.

치지직!

"으악! 으아아악!"

차가운 겨울 하늘이 들썩거릴 정도로 자지러지는 비명이 온 세상을 메웠다. 또다시 살이 타는 냄새와 회색 연기가 자욱하게 올라왔다.

"안 돼, 안 돼!"

하정은 더 이상 참을 수가 없었다. 이번에도 역한 냄새가 코를 찔렀다. 자신의 또 다른 얼굴이 반복적으로 고통스러운 비명과 함께 끔찍하게 일그러지는 것을 더 이상 지켜볼 수가 없었다. 하지만 남자의 성난 얼굴은 조금도 달라지지 않았다. 그는 바닥에 널브러져 미칠 듯한 고통에 요동치는 여자의 얼굴에서 붉은 쇳덩이를 치우지 않았다.

"그만해요, 제발 그만해요!"

하정은 자신도 모르게 거울 안쪽, 여인의 얼굴을 뒤덮은 새빨간 쇳덩이를 향해 오른손을 뻗었다.

"꺄아악!"

이글거리는 쇳덩이가 주는 아찔한 아픔이 오른손으로 전해졌다. 그 순간 그녀는 무시무시한 눈빛으로 자신을 노려보는 대장장이의 얼굴에 온몸을 부르르 떨었다.

새빨간 쇳덩이가, 그리고 땀으로 범벅된 남자의 이글거리는 눈동자가 하정을 뚫어져라 노려보고 있었다.

2

"하정아, 하정아! 빨리 일어나!"

누군가가 아득히 자신을 부르는 목소리가 들렸다. 순간 하정은 자리에서 벌떡 일어섰다. 뜨겁게 달아오르던 모든 감각이 사라지면서 등줄기로 차가운 바람이 느껴졌다.

"하정아, 얼른 일어나. 어제는 일찍 잤으면서 왜 이렇게 늦게 일어나?"

하정은 멍한 얼굴로 주위를 바라보았다. 베이지색 책상과 베이지색 장롱, 머리 위로 세모난 텐트 모양의 알록달록한 캐노피도 눈에 들어왔다. 집이었다. 엄마의 목소리였다. 음식 냄새가 두 손 가득 밴 엄마가 하정의 눈앞에 서 있었다.

"아……."

하정은 자신의 아래쪽을 바라보았다. 푹신한 침대가 느껴졌다. 창 가득 들어온 밝은 햇살이 베이지색 책상 위에 비쳤다. 가지런히 챙겨놓은 책가방과 체육복 가방이 그 위에 놓여 있었다. 잘 정돈된 하정의 방이었다. 어느 것 하나 바뀐 것 없이 평소와 똑같았다.

"꿈꿨니? 왜 그렇게 멍하니 있어? 어서 일어나! 빨리 일어나서 학교 가야지."

"아, 으응."

엄마가 등을 떠밀며 재촉하자 그제야 하정은 겨우 일어섰다. 온몸이 찌뿌드드했다. 아마도 악몽을 꾸면서 있는 힘껏 몸을 움츠린 모양이었다.

'다행이다. 꿈이구나…….'

하정은 깊은 안도의 한숨을 내쉬었다. 모든 것이 꿈이었던 모양이다. 너무 생생해서 진짜일까 걱정했는데……. 그래, 모든 게 꿈이었다. 혜진의 이야기를 듣고 잠든 탓에 전생이니 뭐니 하는 이상한 꿈을 꾼 것이다. 하정은 장롱을 바라보았다. 장롱 문이 반쯤 열려 있고 그 안에 달린 거울이 보였다. 보통 때는 항상 꼭 닫아두는데 어제는 체육복을 꺼내고 제대로 닫지도 않고 자버린 모양이다. 하정은 거울을 볼 용기가 나지 않아 발을 뻗어 슬쩍 문을 닫았다.

"아유, 바보 같으니! 꿈인 줄도 모르고 그렇게 놀랐으니……."

하정은 못 말리는 자신의 겁 많은 성격에 고개를 흔들었다. 어쨌든 다 꿈이라니 다행이었다. 하정은 침대 옆의 벽을 바라보았다. 동그랗고 하얀 시계가 초침으로 원을 그리고 있었다.

"앗, 벌써 10분이나 지났네?"

어제저녁에 정전으로 일찍 잠이 들었는데도 빨리 일어나기는커녕 늦잠을 자고 말았다. 하정은 욕실로 달렸다. 조금 전까지 머릿속을 뒤덮었던 끔찍한 꿈속 이야기가 사라지고 지각할지 모른다는 걱정이 엄습했다.

쏴아…….

하정은 분수처럼 솟구치는 물줄기에 두 손을 갖다댔다. 그 차가운 물을 얼굴에 갖다대는데 정신이 번쩍 드는 것 같았다.

"아, 아야!"

갑자기 오른손에서 아찔한 통증이 느껴졌다.

"아야, 이게 뭐야?"

무언가에 찔린 상처라도 있는지 손바닥을 살펴보던 하정은 갑자기 두 다리에 힘이 빠지면서 욕실 바닥에 털썩 주저앉고 말았다. 오른쪽 손바닥 가운데에 하얀 물집이 잡혀 있었다. 하얗게 부풀어 오른 반투명한 허물은 분명 어딘가에 덴 상처였다.

지난밤 꿈속에서 빨갛게 달아오른 기다란 쇠를 붙잡았는데, 바로 그 자리였다.

시간이 어떻게 흐르는지 알 수가 없었다. 무슨 일이 일어난 건지 이해할 수도 없었다. 하정은 지금 주위에서 일어나는 모든 일이 꿈속에서 벌어지는 것만 같았다. 무엇이 꿈이고 무엇이 현실인지 잘 구분되지 않았다.

"하정아, 하정아, 하정아!"

"으, 으응?"

혜진이 부르다, 부르다가 어깨를 흔들어대고서야 하정은 간신히 정신을 차렸다. 하정의 눈앞에 혜진이 눈을 동그랗게 뜨고 쳐다보고 있었다. 학교였다. 하정은 자신의 자리에 앉아 있었다. 언제 학교에 왔는지, 언제 자리에 앉았는지도 기억나지 않았다. 모든 시간이 멍하게 지나갔다. 혜진이 어깨를 흔들어 정신을 차리기 전까지는 자신이 뭘 하고 있는지 도대체 알 수가 없었다.

"야, 너 왜 그래? 어디 아파?"

혜진은 하정의 이마와 제 이마를 번갈아 만져보며 고개를 갸웃거렸다. 첫 시간부터 내내 넋이 나간 것같이 멍한 하정이 이상해서였다.

"이상하다, 열도 없는데?"

열은 없지만 여전히 하정은 나사가 하나 빠진 것 같은 얼굴이었다. 혜진은 자꾸만 멍해지는 하정을 흔들어 깨웠다.

"야, 정신 차려! 전하정, 빨리 생물책 챙겨서 과학실로 가자, 어서!"

"어, 으응? 왜……?"

"아우, 너 왜 그래? 지난 시간에 선생님이 실험한다고 과학실로 오랬잖아! 게다가 오늘은 우리 5반이랑 6반이랑 통합 수업이란 말이야. 6반에 잘생긴 남자애들 많은 거 알지? 정신 좀 차리고 얼른 가자!"

"으, 으응."

혜진이 옆에서 이것저것 도와주고 나서야 하정은 간신히 노트와 필기도구를 챙겨 과학실에 도착할 수 있었다. 하지만 수업 시작 종이 울리고, 선생님이 설명을 하고, 5반과 6반이 함께 조를 짜고, 조별로 실험 테이블 앞에 앉고, 또 실험을 시작할 때까지 하정의 머릿속은 여전히 텅 빈 상태였다. 하정의 눈앞에는 어제 보았던 자신의 전생과 괴물같이 타들어간 얼굴만 악몽처럼 어른거릴 뿐이었다.

"어우, 야, 조심해!"

또다시 혜진이 하정의 손을 꼭 잡고 나서야 하정은 꿈에서 깨어난 듯 번쩍 눈이 떠졌다. 어느새 과학실이었다. 과학실의 넓은 책상 앞에 여섯 명씩 조를 만들어 앉아 있었다. 옆을 보니 낯선 남학생들도 보였다. 그러고 보니 통합반 실험을 한다는 혜진의 말이 기억났다. 남녀공학이지만 남녀 반이 나뉘어 있는 탓에 남학생과 통합 수업을 받을 기회는 드물었다. 그래서인지 아이들은 긴장과 흥분이 가득한 얼굴이었다.

혜진은 옆에서 이것저것 하정을 도와주고 있었다. 멍한 얼굴의 하정 대신 실험 노트도 적어주고 실험 도구도 옮겨주는 등 혜진이 제일 바빴다.

"야, 너 이거 쏟으면 큰일 나! 아우, 하정이 넌 안 되겠어. 네 실험도 내가 해줄 테니까 이거 놔!"

혜진은 오늘 하정이 제정신이 아닌 것 같아 하정 몫의 글라스와 비커까지 제가 들고 총총히 다른 친구들 사이로 섞여 들어갔다.

노트만 덩그마니 책상 위에 놓은 하정은 또다시 초점 없는 눈빛으로 멍하니 어딘가를 멀리 바라볼 뿐이었다. 하정의 머릿속에는 자신의 여러 얼굴과, 자신의 얼굴을 괴물로 만들던 남자의 얼굴이 계속 머물러 있었다.

"야, 너 우리 조 맞지? 이것 좀 도와줘."

이런저런 생각에 빠져 있는 하정의 귓가에 꿈결처럼 멀리서 누군가의 목소리가 맴돌았다.

"야, 5반의 너! 이것 좀 받아줘."

낯선 남자아이의 목소리가 하정의 귓가에 울렸다. 아마도 같이 실험하는 6반 아이의 목소리일 것이다.

"야, 얼른 이거 받아. 떨어뜨리지 말고!"

맑은 액체가 하정의 눈앞에서 출렁거렸다. 누군가가 하정의 손에 기다란 실린더를 건네고 있었다. 그 순간 하정은 잠에서 번쩍 깨어난 느낌이었다. 하정은 자신의 손에 들린 실린더를 바라보았다. 실린더 바깥에 작은 이름표가 붙어 있었다. '염산'이라는 두 글자가 눈에 들어왔다.

그 순간 하정의 머리가 하얗게 변했다.

달군 쇠, 펄펄 끓는 물, 그리고 염산…….

하정의 눈에 그 맑은 액체가 점점 가까워졌다.

"야, 어서!"

출렁거리는 맑은 액체…… 하정은 그 무시무시한 액체를 향해 두 팔을 흔들었다.

"싫어! 싫어! 싫어!"

하정은 자신을 향해 실린더를 건네는 남학생의 손이 보였다. 그 아이의 손 위로 거뭇거뭇했던 꿈속 남자의 손이 겹쳐졌다. 그 무시무시한 손이 끔찍한 액체를 들이밀고 있었다. 그 끔찍한 손이 또다시 하정을 해치려 다가오고 있었다.

"꺄아악!"

하정은 요란한 비명을 지르며 맑은 액체를 집어던졌다. 막 실린더를 건네주려던 남학생에게 손에 잡히는 병을 모두 던져버렸다.

"우왁! 으아아악!"

이름도 모르는 남학생은 두 손으로 얼굴을 감싸며 쓰러졌다. 그의 두 손 사이에서 자지러지는 비명 소리가 터져 나왔다. 그 비명 사이로 괴상한 연기와 이상한 냄새가 함께 피어올랐다. 하정의 눈앞에서 남자아이의 얼굴은 꿈속의 자신처럼 볼품없이 일그러지고 있었다.

3

암자 마당에는 오랜만에 웃음꽃이 피었다. 온통 녹푸른 숲 속은 생성하는 맑은 기운 속에서 어느 계절보다도 싱그러움이 그득했다. 물기를 머금은 뿌리는 몽글거리며 올라오는 수많은 무기염류를 푸르른 잎으로 전달해주고 초록이 짙어진 나뭇잎은 햇살을 동력으로 진한 영양분을 만들어 뿌리로 건네주었다. 물과 공기와 햇살이 만들어내는 합작품이 암자를 둘러싼 녹음에 그득했다. 숲의 기운을 받은 암자 식구들도 그 어느 때보다 기운이 넘쳤다.

그중에서도 숲과 함께 하루가 다르게 성장하는 낙빈과 미덕은 더욱더 활기가 넘쳤다. 낙빈은 뜨겁게 달아오른 암자 마당에서 양 손바닥 가득 물의 기운을 끌어올렸다. 온 산이 머금은 촉촉한 물의 기운이 발바닥의 용천龍泉을 타고 양 손바닥의 장심掌心으로 올랐다.

쏴아아…….

낙빈의 장심을 통과한 푸르른 물의 기운이 뿜어져 나왔다. 차가운 물이 미덕이 가리키는 곳으로 쏟아졌다.

"낙빈 오빠야, 최고다!"

낙빈의 손에서 시원한 물이 작은 무지개를 그리며 분수처럼 솟아나자 미덕은 신이 나서 소리를 질렀다. 매일 숲 속을 쏘다니는 강아지들에게 무슨 소용이 있을까 싶었지만, 오늘 미덕은 강아지들을 목욕시키기로 마음먹었다. 부글거리는 거품 목욕제까지 손에 바르고 이리저리 개들을 붙잡는 미덕의 모습을 보고 있으면 누가 누굴 목욕시키는지 헷갈렸다.

미덕은 미리 개들의 말로 타일러두었지만 강아지들은 보글거리는 미덕의 손바닥을 보면서 거품을 피해 이리저리 맴을 돌기 시작했다. 미덕이 뭐라고 하든 거품을 핥기만 할 뿐, 제 몸에 바르려 하지는 않았다. 미덕이 간신히 다리를 붙잡고 거품을 묻히면 강아지는 그 자리에서 펄쩍펄쩍 뛰어올라 다시 미덕의 손아귀를 빠져나간 다음 신나게 맴을 돌았다. 강아지들에게 목욕은 뒷전이고 모든 것이 재미난 놀이 시간일 뿐이었다.

"꺄아, 낙빈 오빠야! 물 좀 잘 뿌려!"

결국 이리저리 도망치는 강아지들을 맞히려던 낙빈의 물줄기가 하얀 티셔츠에 노란 반바지를 입은 미덕을 맞히고 말았다. 하필이면 얼굴이 홀딱 젖어버린 미덕이 낙빈에게 툴툴거렸다.

"알았어. 미안, 미안. 근데 이거 목욕 맞냐? 너도 좀 잘해봐."

미덕과 낙빈은 서로 아옹다옹하면서도 얼굴 가득 재미난 표정이 그득했다. 이리저리 뛰어다니는 강아지들 때문에 옷이 흠뻑 젖고 이리저리 거품이 묻어도 즐겁기만 했다.

마침내 거품 목욕에 싫증이 났는지 강아지들은 저 멀리 숲 속으로 도망치기 시작했다. 어린 강아지들도 차가운 시냇물에 한 번 담그면 끝날 일을 뭐가 이리 복잡한가 싶었을 것이다.

"야, 너네 거기 서!"

미덕은 강아지들의 뒤를 쫓아 쪼르르 숲으로 사라졌다. 이제는 목욕이 아니라 잡고 잡히는 술래잡기가 되어버렸다.

엉망진창인 앞마당을 정리하는 건 뒤에 남은 낙빈의 몫이었다.

"아이고, 하여간. 황미덕 못 말려!"

낙빈은 아무렇게나 버려진 샴푸와 빗, 그리고 이리저리 떨어진 강아지 털을 정리하면서 툴툴거렸다. 그러면서도 낙빈의 입가에는 웃음이 그득했다. 미덕과 놀다 보면 모든 것을 잊게 되었다. 그런 시간이 낙빈은 참 좋았다. 미덕과 함께하는 시간은 어린 낙빈이 감당하기에 너무나 크고 무거운 짐 속에서도 낙빈이 숨 쉴 수 있는 커다란 구멍이 되어주었다.

낙빈은 암자 앞마당에 손바닥으로 물을 골고루 뿌렸다. 이런 계절, 맑은 물이 콸콸 쏟아지는 깊은 숲 속에서는 영력으로 물을 운용하기가 어렵지 않았다. 매일매일 수련을 할수록 물의 기운도, 불의 기운도 운용하기가 쉬워졌다. 낙빈 덕에 암자 앞마당은 골고루 물기를 머금게 되었다. 말끔한 비질에 온 마당이 고르게 변했다. 그렇게 한가한 오후 시간을 보내는데 정희의 목소리가 들려왔다.

"낙빈아, 감자 먹자."

부엌에 있던 정희가 둥그런 바구니에 가득 담긴, 김이 솔솔 나는 감자를 툇마루에 내놓았다. 구수한 숭늉과 김장 김치를 든 성주가 말없이 정희를 따르고 있었다.

"스승님하고 정현인 오늘 좀 늦는다고 했으니까 승덕 오빠랑 미덕이만 오면 되겠네요."

"승덕 오빠는 내가 부를게요."

정희의 말이 떨어지자마자 성주는 총총히 승덕의 방문 앞으로 다가갔다. 그런 성주를 바라보는 낙빈과 정희가 쓸쓸한 미소를 나누었다. 마음 편히 지내면 좋으련만 시간이 지나도 성주는 긴장을 늦추지 않았다. 눈치를 주지도 않는데 꽤나 객식구티를 내면서 밥값을 하려고 애쓰는 모습이 짠했다. 진저리를 치며 성주를 싫어하는 미덕을 제외하고는 암자 식구들 모두가 성주를 걱정하고 또 도와주려 했지만 그녀는 늘 긴장하고 맘 편히 앉아 있는 법이 없었다.

성주가 깨우고 나서야 승덕은 부스스한 얼굴로 방에서 나왔다. 어제도 밤을 꼴딱 새우더니 이제야 겨우 눈을 뜬 모양이었다. 스승님이 계시지 않으면 승덕의 기상 시간은 더욱더 늦어졌다.

"으음, 감자 냄새 구수하다."

늦은 아침을 맞이하는 승덕은 코를 벌름거리며 툇마루 위에 앉았다. 성주는 승덕의 곁에 소리도 나지 않게 조심스럽게 앉았다. 암자 식구들 중에 성주가 가장 의지하는 것은 승덕이었다. 승덕도 마치 동생 승미가 살아 돌아온 것처럼 성주를 살갑게 대했다.

"미덕이는 어떡할까요? 제가 찾아볼까요?"

성주는 걱정스러운 얼굴로 정희와 승덕을 바라보았다.

"에이, 관두세요. 금방 올 거예요. 어서 드세요."

"그래, 그러자."

승덕도 정희도 성주가 애쓰는 것을 알고 있기에 곧장 손사래를 쳤다. 미덕이 오면 또 성주는 가시방석이 될 것이다. 미덕의 등쌀에 마루에 걸터앉지도 못하고 부엌에 숨거나 암자에서 멀리 떨어져 있을 것을 생각하니 굳이 미덕을 부르지 않아도 될 듯했다.

"헤헤, 맛있겠다!"

낙빈은 정희 옆에 앉아 모락모락 올라오는 감자 냄새를 맡았다. 구수한 냄새가 코를 근질였다. 그냥 맡기만 해도 침이 흐르는 냄새가 참 좋았다.

"그래, 어서들 먹자."

승덕이 먼저 감자 하나를 집어 들자 정희와 낙빈도 작은 알감자를 하나씩 들고 호호 김을 불어가며 까먹기 시작했다. 산감자의 달콤한 맛과 굵은 소금의 짭조름한 맛이 어우러져 이보다 더한 천하진미天下珍味가 없었다.

"후아, 우호. 정말 맛있네. 성주야, 너도 한입 먹어볼래?"

승덕은 감자를 반으로 뚝 가르더니 성주에게 건넸다. 낙빈은 승덕을 물끄러미 바라보았다.

모두들 성주가 음식을 먹지 못한다는 것을 알고 있었다. 마치 언제라도 이 세상을 떠날 사람처럼 이 세상의 것들을 속으로 넘기지 않는다는 것을 알았다. 행여 무언가 먹는 시늉을 하더라도 몰래 뱉어낸다는 것도 알았다. 그런 성주에게 승덕은 가끔 이렇게 먹을 것을 건넸다. 가능하면 먹는 척하기 어렵지 않은 것으로. 한입 먹는 척했다가 뱉기가 어렵지 않은 것으로 승덕은 성주에게 조금씩 먹을 것을 권하곤 했다. 그런 행동 속에 승덕의 의지가 보였다. 성주를 산 사람으로 대하려는 의지, 그녀를 꼭 살리고 싶다는 의지, 그녀를 절대로 죽음의 세계로 다시 보내지 않겠다는 의지가 비쳤다.

승덕은 성주가 이승과 저승의 결계에 생긴 혼란 속에서 되살아난 사람이란 것을 알면서도 그녀를 다시 보내고 싶지 않은 것 같았다. 아무것도 해주지 못한 동생 승미에 대한 죄책감으로 성주를 바라보는지, 그는 성주에게서 죽음의 기억을 지워주려 애를 썼다. 삶과 관련된 행동을 은연중에 반복시키면서 그녀가 떠나가지 않도록 훈련하는 것도 같았다. 요즘 승덕이 매일 밤을 새워서 찾고 있는 것도 바로 그녀를 이 세상에 붙잡아둘 방법이라는 것을 낙빈은 알고 있었다.

이승과 저승 사이에서 잘못된 길을 오가는 사람과 영혼을 제자리로 돌려보내야 하는 무당 낙빈으로서는 가끔 마음이 불편했지만 승덕을 말릴 수가 없었다. 그의 마음을 누구보다도 잘 이해하는 암자 식구들은 성주를 다시 보내고 싶어 하지 않는 승덕의 마음을 헤아렸다.

"네······."

성주는 승덕이 건넨 알감자 반쪽을 두 손에 받아들었다. 그녀는 그것을 물끄러미 바라보았다. 승덕은 성주에게서 등을 돌렸다. 그녀가 먹든 말든 상관하지 않겠다는 무언의 메시지였다. 낙빈도 정희도 성주에게 되도록 눈길을 주지 않았다. 혹시 성주가 불편해할까봐 더욱 실없는 말을 던지고 요란하게 호호거리며 열심히 감자를 먹었다.

다른 암자 식구들이 감자를 나누어 먹는 동안 성주는 승덕이 건네준 감자를 물끄러미 바라보기만 했다. 그녀 역시 그것을 삼키고 싶었다. 살아 있는 생명의 기운을 받아들여 소화시키고 싶었다. 그렇게만 된다면 성주는 자신이 살아 있음을 실감할 수 있을 것 같았다. 한입이라도 삼킬 수 있다면 살아 있는 사람들 틈에서 그녀 자신도 살아 있는 사람이라고 당당하게 생각할 수 있을 것만 같았다. 성주는 천천히 두 손을 올렸다. 그녀의 손 안에서 작은 알감자가 모락모락 김을 내고 있었다.

그녀는 반으로 쪼개진 감자의 귀퉁이를 조금 뜯어냈다. 푸슬푸슬한 식감이 그녀의 혀를 자극했다. 곧이어 그녀는 부드럽고 작은 조각을 오물오물 씹었다. 이상하게도 부드러운 감자조차 혀를 타고 목구멍으로 넘어가지 않았다. 그녀의 목구멍 앞에 투명한 막이 있는 것처럼 음식이 넘어가지 않았다. 성주는 씹고 씹고 또 씹다가 씹어도 씹어도 넘어가지 않는 감자 조각을 살며시 혀 안쪽으로 밀어 넣었다. 아무도 보지 않을 때 그 조각들을 몰래 뱉어낼 생각이었다.

성주는 돌아앉은 승덕의 등을 바라보았다. 쓸쓸한 등이 그녀를 향하고 있었다. 일부러 그녀를 위해 뒤돌아준 고마운 등이었다. 티 내지 않고 늘 그림자처럼 챙겨주는 고마운 등이 그곳에 있었다. 성주는 승덕의 등을 바라보며 지독한 죄의식에 휩싸였다.

미안했다. 이토록 애써주는데도 음식을 전혀 삼킬 수 없어서 미안했다. 산 사람도, 죽은 사람도 아닌 그녀를 온전히 산 사람으로 대해주는 승덕에게 성주는 너무나 미안한 마음을 품고 있었다. 이러다가 그에게 큰 상처만 남기고 다시 죽음의 세계로 가야 할까봐 걱정되었다. 그를 위해 살고 싶은데, 그의 동생 대신 그가 가진 죄의식과 상처를 받아주고 싶은데 그러지 못할 것만 같아 서글펐다.

그녀에게 잃어버린 기억은 그다지 중요한 것이 아니었다. 적어도 지금은 그랬다. 기억을 되찾고 싶지도 않았다. 암자 식구들은 성주의 잃어버린 인생을 되찾아주기 위해 애쓰고 있지만 그녀는 그러지 않기를 바랐다.

잃어버린 시간에 대한 본능적인 궁금증은 있었다. 대체 자신이 누구였고, 왜 죽었는지 알고 싶었다. 무엇을 잊어버렸고, 왜 잊어버린 것인지 알고 싶었다. 하지만 그랬다가는 승덕뿐 아니라 암자 식구들과 영영 헤어져야 할지도 모른다는 불안감이 엄습했다.

성주는 손 안에서 식어가는 감자를 바라보았다. 그녀의 차가운 손 때문인지 무척이나 따스했던 감자가 빠르게 차가워지고 있었다. 알고 싶지만 알고 싶지 않다. 살고 싶지만 먹을 수가 없다. 살아났지만 원래 시체였다. 성주는 자신의 모순된 인생이 서글펐다.

"성주야, 너랑 나랑 한편이다. 잊지 마라."

성주에게 승덕의 등이 말을 걸었다.

"네?"

성주는 승덕의 등을 물끄러미 바라보았다.

승덕의 맞은편에 있는 정희와 낙빈도 뜬금없는 승덕의 말에 눈을 크게 뜨고 의아한 표정을 지었다.

"이거 봐라, 서운해서 내가 살 수가 있겠니? 정현이 녀석은 누가 제 누나의 털끝 하나라도 건드릴까봐 매일 안절부절못하지. 저놈의 쌍둥이들은 어디 한 번 싸우길 하나……. 만날 같은 편이야. 무슨 일이 있으면 정현이는 정희부터 챙기기 바쁘지. 그래서 낙빈이는 내 차지였는데…… 아, 이 녀석도 이젠 미덕이한테 뺏겨버렸잖니."

"네에? 왜 제가 미덕이랑 같은 편이에요?"

낙빈이 눈을 찡그리며 승덕을 바라보았다.

"아이고, 둘이 아주 눈꼴시어서! 지들만 어리다 이거지? 미덕이는 만날 너만 기다리고, 너만 찾고, 너만 졸졸 쫓아다니잖냐. 아주 둘이 신나게 놀고 난 끼워주지도 않는단 말이지."

"우와, 내가 언제……."

낙빈은 손사래를 쳤지만 승덕은 물론 정희와 성주까지도 조용히 고개를 끄덕였다. 어른인 척하던 낙빈이 미덕이 덕분에 아이다운 웃음도 짓고, 나이에 걸맞게 행동하는 것을 모두들 잘 알고 있었다. 그렇게 모든 것을 잊고 홀가분한 얼굴로 뛰어다니는 낙빈의 모습이 어느 때보다도 밝고 환하다는 것을 모르는 사람은 없었다.

"그러니까 말이다, 성주야. 너랑 나만 외톨이야. 그러니까 우리 둘이 편먹자, 알았지?"

승덕은 성주를 향해 고개를 돌렸다. 그러고는 장난스러운 얼굴로 싱긋 미소를 지었다. 성주는 승덕을 물끄러미 바라보았다. 그리고 최대한 환하게 미소를 지으려 했다.

승덕이 애쓰는 게 보였다. 성주가 혼자라는 생각이 들지 않도록, 성주가 혼자 외로워하지 않도록 그는 한편이 되어주려고 했다. 그 마음이 고스란히 느껴졌다.

"아유, 오빠는? 성주 씨는 내 편이에요. 나랑 부엌 친구란 말예요."

"아이고, 빡빡머리 네 동생이나 해결하고 그런 말을 해."

"아유, 오빠는…… 후후."

정희도 지지 않고 성주를 살폈다.

정희도 승덕도 너무나 고마운 사람들이었다. 성주가 외로워하지 않도록 애쓰는 것이 눈에 보였다. 성주는 그들의 고마움을 가슴속 깊이 느끼고 있었다. 어디서 왔는지도 모르는 사람을 이렇게 따스하고 다정하게 감싸주는 게 너무나 고마웠다. 성주는 웃음이 잘 나오지 않았지만 애써 미소를 만들었다. 거울을 보고 몇 번이나 연습하고 또 연습한 표정을 지으며 그들의 웃음에 섞였다.

다들 한바탕 크게 웃으며 다시 뜨거운 감자를 호호 불기 시작했다. 산속에서 감자는 아무런 양념이 없어도 그 자체만으로 일품요리였다.

"아 참, 근데 낙빈아, 하나 물어볼 게 있었는데……. 음, 이것 좀 볼래?"

승덕은 갑자기 무엇인가 생각났는지 청바지와 티셔츠를 뒤지다가 아무렇게나 접힌 종이 한 장을 꺼냈다.

"이거…… 내가 좀 특이해서 뽑아봤어. 누가 자기 친구의 일이라면서 인터넷에 올렸더라고. 조금 특이해서 알아봤더니 아예 지어낸 이야기는 아닌 것 같아. 비슷한 시기에 관련된 사건도 있었고."

낙빈은 승덕이 건네주는 하얀 종이를 펼쳤다. 그곳에는 까만 글자가 빼곡히 찍혀 있었다. 자신을 'HJ'라고 밝힌 학생이 겪었던 이야기를 자세하게 적어놓은 글이었다. 겁이 많은 친구에 대한 이야기였다. HJ의 절친한 친구가 정전이 되던 날, 등 뒤에 촛불을 켜고 거울을 보게 되었다고 한다. 캄캄한 밤에 촛불을 켜고 거울을 보면 자신의 전생이 떠오른다는 이야기가 학생들 사이에서 유행처럼 번진 모양이었다. 친구는 전생에 악의적인 사고로 얼굴에 끔찍한 화상을 입는 자신의 모습을 보았다고 했다. 그런데 사건은 그것으로 끝이 아니었다. 겁이 많은 친구는 마침내 현실에서도 자신에게 염산을 끼얹으려는 가해자를 발견했고, 끔찍한 경험을 피하기 위해 자신이 먼저 염산을 던져버렸다고 했다.

"나중에 들은 이야기지만 염산을 뒤집어쓴 남학생의 얼굴이 전생에 친구의 얼굴을 반복해서 망가뜨린 그 남자의 얼굴이었다고 했습니다. 결국 제 친구는 그 남자아이의 얼굴에 염산을 뿌리고 말았습니다. 제 친구 때문에 남학생은 목과 가슴 부위에 화상을 입었고, 지금은 병원에 입원 중입니다. 제 친구는 지금도 그 아이가 무섭다면서 문병도 가지 못하고 있습니다. 요즘은 정신병원까지 다니고 있어요. 제 친구는 정말로 전생을 보았을까요? 전 다시는 전생을 보려는 시도를 못 할 것 같습니다. 요즘 들어 저도 정말 무서워서 제대로 잠이 오지 않을 때가 많습니다."

낙빈이 마지막까지 글을 읽어 내려가자 승덕의 질문이 시작되었다.

"낙빈아, 정말로 촛불을 켜고 거울을 보면 전생이 보이니? 애들이 말하는 것처럼 정말로 전생을 볼 수 있는 거냐?"

승덕의 물음에 낙빈은 턱을 괴고 잠깐 생각에 잠겼다.

"음…… 형, 저는…… 완전히 불가능하진 않다고 생각해요. 하지만 그건 전생을 보는 능력이 있는 분들의 이야기예요. 그런 분들은 최대한 집중하면 자신의 전생은 물론이고 다른 사람들의 전생도 볼 수 있어요. 하지만 이 글을 쓴 누나가 말하는 전생은 진짜가 아닐 거예요."

"진짜가 아니라고? 그럼 뭘 본 거지?"

"네, 제가 보기에…… 이 누나는 영혼들의 장난에 빠진 것 같아요."

승덕은 눈을 크게 뜨고 낙빈을 바라보았다.

"영혼들의 장난?"

"음, 그러니까 거울로 본 건 이 누나의 전생이 아니라 귀신이 장난으로 보여준 영상일 거예요. 여기 보면 전생을 본 누나가 원래 겁이 많았다잖아요. 심하게 겁이 많은 사람은 양기가 약해서 금세 음기에 사로잡히곤 해요. 그래서 헛것도 자주 보고 영혼의 장난에도 쉽게 휘둘리는 거예요. 그런 사람은 주변에 귀기鬼氣가 어리기도 쉽고요. 그 귀기가 종종 사람을 괴롭히거나 헛것을 보게 하면서 장난을 치는 경우가 많아요."

"흠, 그렇구나. 그럼 진짜 전생이라기보다는 귀신의 장난일 가능성이 높다는 거군."

승덕은 고개를 끄덕였다. 수련도 하지 않은 학생이 진짜 전생을 보는 것은 불가능해 보였다. 그보다는 겁을 집어먹은 상태에서 영혼의 장난에 걸려들었을 거라는 말이 이치에 맞다. 사실 심하게 겁을 먹거나 긴장하면 보이던 것도 잘 보이지 않고 정상적인 판단도 불가능하다. 극도로 겁을 집어먹은 상태에서 보이고 들리는 대로 믿는 것은 매우 위험한 일이었다.

"낙빈아, 그런데 너도 전생을 본 적이 있니?"

"음…… 아뇨."

낙빈의 담백한 대답에 승덕은 조금 의외라는 표정을 지었다.

"너처럼 호기심 많은 애가 왜? 너라면 전생이 뭔지 알 수 있지 않나?"

승덕은 고개를 갸웃거리며 낙빈을 바라보았다. 호기심 많은 까만 두 눈이 이리저리 장난스럽게 구르고 있었다.

"뭐, 보려고 한다면 볼 수도 있겠죠. 제 힘이 아니라 할아버지들께 여쭤보면 알 수 있을 거예요. 하지만 전생을 보면 뭐하겠어요? 전생을 봐도 이생엔 도움이 안 되는 걸요? 뭔가 이생에 문제가 생겼고 그 문제가 전생 때문이라면 몰라도, 그게 아니라면 뭐 하러 전생을 보겠어요? 이생이 전생에 의해 좌지우지되는 건 옳지 않아요. 사람은 태어날 때마다 매번 다른 삶을 살게 마련이고…… 그때마다 업을 쌓지 말고 다른 사람을 도우며 좋은 일을 많이 해서 업을 씻어야 하는 건 불변의 진리니까요. 업을 많이 씻고 선한 일을 많이 하면 전생의 업도 다 씻겨 내려갈 테니까 착하게 살려고 노력하면 되는 거지, 전생을 알 필요는 없다고요."

"햐아, 녀석 다 컸구나!"

승덕은 감탄한 듯 박수를 쳤다. 전생 따위는 잊고 최선을 다해 현생의 업을 씻는다는 말에 무척 대견한 생각이 들었다. 승덕은 낙빈이 기특한 듯 동그란 머리를 쓰다듬었다.

"헤헤, 실은 제가 전생이 뭐냐고 물었을 때 어머니가 해주신 말이에요. 전생이 있든 말든 알 필요도 없다고."

칭찬에 특히 부끄러워하는 낙빈은 결국 뒷머리를 긁적이며 자신의 말이 모두 어머니가 해준 말임을 실토했다.

"아이고, 어쩐지. 그럴 줄 알았다."

"헤헤……."

모두들 한바탕 크게 웃었다. 오랜만에 맞는 달콤한 휴식 시간
이었다.

하늘은 맑고, 숲은 푸르고, 모두의 마음도 청량하기 한이 없
는 평온한 시간이 지나고 있었다. 세상의 가장 어두운 곳을 보
고 세상에서 가장 믿기 힘든 일들을 겪은 암자 식구들은 오늘
한낮처럼 언제나 한가롭고 평화로운 세상이 계속되기를 바랐
다. 어둡고 탁한 이야기들을 저 맑은 태양이 다 밝혀주기를 간
절히 바랐다.

4

하루는 너무나도 빠르게 흘러갔다. 하늘이 순식간에 어두워지
면서 맑은 세계는 캄캄한 암흑 속에 젖어들었다. 부엉이 소리조
차 들리지 않는 고독한 밤이었다.

성주는 밤이 오지 않기를 바랐지만 산속의 밤은 언제나 일찍
찾아왔다. 그녀에게 밤은 너무 길었다. 두 눈을 감아도 잠이 오지
않았다. 생각도 멈춰지지 않았다. 대화할 사람도 없었다. 모두가
잠든 그 시간을 방해할 수는 없었다. 너무나 고요하고 너무나 외
로워서 견디기 힘든 시간이었다. 성주는 정희와 미덕이 눕는 시

간에 맞춰 언제나 함께 자리에 누웠다. 되도록 뒤척이거나 움직이지 않으려 애쓰면서. 그러다가 어린 미덕이 쌕쌕 숨을 쉬고 정희의 숨마저 고르게 바뀌면 조심스럽게 일어나 앉았다.

성주는 잠든 두 사람의 모습을 바라보았다. 언제나 그렇듯 정희는 미덕 쪽으로 반쯤 등을 돌리고 누워 있었다. 그녀의 한 손은 미덕의 가슴께를 짚었다. 그 손 아래에 얇은 이불이 있었다. 잠이 들면 이불을 냅다 차버리는 미덕의 잠버릇 때문에 춥지 않게 이불을 덮어주는 따스한 손길이었다. 그런 보살핌 아래 미덕이 잠들어 있었다.

성주는 잠든 두 사람을 부러운 듯 바라보았다. 왜 이렇게 잠이 오지 않을까? 그건 아마도 음식을 삼키지 못하는 것과 같은 이치일 것이다. 얇은 막이 막고 있는 것처럼 아무것도 삼킬 수 없는 목구멍이나 한숨도 잠들 수 없는 기나긴 밤도 성주에게 이렇게 말하고 있었다. 넌 이곳에 속한 사람이 아니라고. 돌아갈 곳은 따로 있다고. 다시 죽음의 세계로 돌아가야 한다고.

그녀는 두 다리를 가슴에 끌어안고 무릎에 머리를 댔다. 죽는다는 것, 다시 죽음의 세계로 돌아간다는 것은 별로 슬프지 않았다. 서글프지도 억울하지도 않았다. 그저 조금 궁금했다. 죽음의 세계에 속한 그녀가 왜 되살아났는지, 왜 이토록 질기게 이 세상에 버티고 있는지, 그리고 왜 암자 식구들 틈에서 그들의 일상에 작은 파장을 만드는지.

아니, 아니다. 성주는 천천히 고개를 흔들었다. 차라리 모르는 편이 나을지도 몰라. 그녀는 사라져버린 기억 저편의 자신에 대해 알고 싶은 것인지, 알고 싶지 않은지 알 수가 없었다. 알고 싶기도 하지만 왠지 꺼림칙한 기분이 들기도 했다. 잊힌 것은 그저 잊힌 대로 놓아두어야 하는 게 아닐까? 그녀는 혼란스러운 얼굴로 굳은 인형처럼 멍하니 빈 벽을 바라보았다.

몇 시간이 흘렀을까. 그녀는 아직도 한없이 검은 밤을 버티고 있기가 힘겨웠다. 성주는 인기척을 죽이며 몸을 일으켰다. 그러고는 살그머니 방문을 열고 밖으로 나왔다. 밤바람이 차가웠다. 하지만 그녀는 차가움을 느끼지 못했다. 밤바람보다 그녀의 몸이 더 차가울지 몰랐다. 성주는 검은 나무숲 사이를 바라보았다. 캄캄한 밤하늘에 하얀 달이 떠 있었다. 서쪽 하늘로 곧 고개를 숙일 것 같은 달이 그녀처럼 외로워 보였다.

성주는 소리를 죽이며 부엌으로 들어갔다. 작은 발소리도 나지 않게 조심했지만 어떤 사람들은 이미 그녀의 소리를 듣고 있을지도 몰랐다. 그녀는 그 누구에게도 방해가 되고 싶지 않았다. 그녀는 살짝 스치는 소리라도 날까 조심하며 부엌으로 들어갔다.

옛날 부엌들이 그렇듯, 암자의 부엌은 무릎 높이 정도로 낮게 만들어져 있었다. 그리고 유독 어느 곳보다도 어두웠다. 그 어두운 공간의 양쪽에 커다란 솥을 걸칠 수 있는 아궁이가 있었다. 성주는 하얀 달이 비추는 마당과 부엌문을 지나 아궁이 쪽으로 몸을 숨겼다. 어두운 그늘 속으로 들어가자 긴장이 풀리는 것 같았다. 아무런 일을 하지 않아도 부엌에 있는 검은 솥이나, 누군가가 만들었을 투박한 질그릇을 보면 기나긴 밤에도 그녀의 마음이 편안해졌다.

성주는 작은 그릇장에서 묵직한 유기그릇을 들고 나왔다. 달그락 소리가 들리지 않도록 조금씩 꺼내 편편한 부뚜막에 놓았다. 그러고는 행주를 들고 노르스름한 빛을 내는 유기그릇을 반질하게 닦기 시작했다.

이토록 캄캄한 밤인데도, 이토록 어두운 그늘인데도 누르스름한 놋은 여린 빛을 발하고 있었다. 참 이상한 일이었다. 사방이 환한 낮에도 유기는 여린 빛을 낸다. 그런데 이토록 어두운 때에도 어쩌면 변함없이 여린 빛을 내는지 알 수가 없었다. 그 모습이 참 예뻐서 성주는 매일 유기를 문지르는 일이 좋았다. 문지를수록 그 빛이 조금씩 달라진다는 것을 그녀는 알고 있었다.

닦는 방향이 달라도 얼마나 강하게, 또 얼마나 부드럽게 문지르느냐에 따라 작은 놋그릇의 빛이 조금씩 달랐다. 성주는 이런 그릇이라도 자신에 의해 변할 수 있다는 것이 위안거리가 되었다. 적어도 세상에 발붙일 곳이 하나는 있다는 생각이 들었다. 이렇게 제 정성을 알아주는 작은 사물이 있으니 그것만으로도 참 감사했다.

'어머나……'

반질반질 유기를 닦던 성주는 문득 깨달았다. 그녀의 손이 지날 때마다 달라지는 노란빛이 자신의 얼굴을 비추고 있다는 것을. 마치 흐릿한 거울처럼 그 고운 빛이 성주의 하얀 얼굴을 제 몸에 비추고 있었다.

'거울……'

그 순간 성주는 낮에 낙빈이 들려준 이야기가 생각났다. 거울로 전생을 보았다는……. 낙빈은 모든 게 귀신의 장난일 거라고 말했다. 정말로 전생을 본 건 아니라고. 그 이야기가 또렷하게 기억났다.

여릿한 유기그릇에 비친 성주의 까만 눈동자가 자신을 바라보고 있었다. 볼록한 부분과 오목한 부분이 교차하면서 달라지는 얼굴이 우습기도 하고 괴상하기도 했다. 자신을 비추는 그릇이 거울 같다는 생각이 들었다.

'캄캄한 밤에 촛불을 켜고 거울을 보면 전생이 보인다는 말을 들었어요.'

그녀의 귓가에 낙빈이 읽어준 그 말이 반복되고 있었다. 자신의 겁 많은 친구에 대해 쓴 글이 하나하나 되살아났다. 성주는 살짝 고개를 흔들었다. 그러자 놋그릇에 비친 뭉그러진 얼굴도 흔들렸다.

'전생이 아니라 잃어버린 과거도 보일까?'

그녀는 거부할 수 없는 자석처럼 하나의 생각 속으로 끌려 들어갔다. 다시 고개를 흔들어보았지만 한번 떠오른 생각은 사라지지 않았다.

'낙빈이가 말했지. 분명히. 아니라고. 진짜 전생을 볼 수 있는 건 아니라고…….'

그녀는 생각을 멈추어보려고 애를 썼다. 하지만 거부할 수 없는 생각은 머릿속을 떠나가지 않았다. 불빛 한 점 없는 어둠 속에서도 놋그릇에 비친 그녀의 얼굴이 서글프게 성주를 바라보고 있었다.

성주는 천천히 일어섰다. 컴컴한 부엌 안에서도 완전히 빛이 차단된 구석에 앉아 있던 그녀는 조심스럽게 부엌문 쪽으로 발걸음을 옮겼다. 마당으로 올라서는 댓돌 너머 밤하늘에 막 사라지려는 마지막 달빛이 산허리에 걸려 있었다. 둥그스름한 달의 대부분이 검은 산 그림자에 먹히고 아주 조금만 흐물흐물하게 남아 있었다.

그녀는 댓돌을 밟고 마당으로 올라서지 않았다. 그녀는 조심스럽게 뒤돌아섰다. 그녀의 손에서 반짝거리는 작은 놋그릇이 성주를 바라보고 있었다. 성주는 잠시 굳은 듯 멈춰 있다가 여린 빛을 발하는 유기그릇을 들어올렸다. 그녀의 하얀 두 손 사이에서 작은 빛이 어른거렸다.

그릇에 그녀의 얼굴이 비쳤다. 하얗고 파리한 낯빛이 그릇에 반사되었다. 성주는 그대로 손을 멈추었다. 그러고는 조금씩 몸을 틀었다. 그녀의 뒤로 비쳐지는 것들이 조금씩 변했다. 하얀 얼굴 뒤로 어느 곳은 좀 더 어두워지고, 또 어느 곳은 좀 더 밝아졌다.

그러다가…… 드디어 그것이 눈에 들어왔다. 막 산허리 너머로 지려는 흐릿한 달빛이 작은 그릇에 비쳤다. 성주는 그 달빛을 멍하니 바라보았다. 그냥 보아도 흐릿한 달은 누런 유기그릇에 비쳐 더욱 꺼질 듯 느껴졌다. 그 하얀 달은 그녀 같았다. 파리한 그녀의 얼굴색과 비슷했다. 성주는 멍하니 그릇에 비친 모습을 바라보았다.

그런데 그녀의 손이 흔들린 탓일까? 갑자기 그녀의 눈앞에 아른거리던 모든 빛이 파도처럼 출렁거렸다. 그녀는 다시 두 손을 맞잡으며 작은 놋그릇을 단단히 부여잡았다.

다시 그 빛이 파도치는 순간 그릇에 비치는 노란빛이 푸른색으로 물들기 시작했다. 성주는 그 모든 모습을 숨죽여 바라보았다.

그녀의 손이 떨리는지, 아니면 달빛이 흔들리는지, 그도 아니면 그녀의 손과 달빛이 모두 흔들리는지 놋그릇에 비친 모든 것이 출렁출렁 춤을 추기 시작했다. 성주는 고개를 흔들었다. 흔들리는 모습 속에서 머릿속이 어지러웠다.

춤추던 그릇이 가만히 숨을 죽인 순간 거울 안에 한 여자가 나타났다. 성주였다. 성주와 똑같이 생긴 여자였다. 당연한 일이었다. 하지만 그 여자는 성주가 아니었다. 하얀 얼굴에 슬픈 눈동자를 빛내는 여자의 모습은 성주였지만 성주가 아니었다.

그녀는 기억나지 않지만 너무나 낯익은 어느 곳에 서 있었다. 그녀의 뒤로는 출렁거리는 물결이 하얀 달빛을 받아 아름답게 빛나고, 우거진 수풀은 까만 그림자를 드리운 채 바람이 부는 대로 사륵사륵 소리를 내고 있었다.

한가로운 휴양지 같은 풍경 속에서 그녀의 얼굴은 서글픔에 젖어 있었다. 그녀는 슬픈 눈으로 검게 빛나는 물결을 하염없이 바라보기만 했다. 그녀는 푸른 원피스를 입고 있었다. 시원해 보이는 얇고 풍성한 원피스였다. 성주가 시체로 발견되었을 때 입고 있었다는 푸른 원피스를 그릇 속의 그녀도 입고 있었다.

어디일까? 몹시도 고요하고 아름다운 하늘이 끝도 없이 펼쳐진 강가였다. 그녀는 하얀 맨발로 그 강물을 바라보고 있었다. 일렁거리는 풍광 속에 또 하나의 그림자가 어른거렸다. 강물을 바라보는 그녀의 눈동자 너머로 누군가의 얼굴이 보였다. 여자였다. 몹시도 주름진 여자였다. 그 여자가 너덜거리는 볼품없는 옷을 입고 지친 눈동자로, 눈물 어린 얼굴로 성주를 바라보고 있었다. 여자는 어딘지 모르게 성주와 닮아 있었다.

여자는 낡은 윗도리와 짙은 빛깔의 주름치마에 어울리지 않게 금빛 목걸이를 걸고 있었다. 낡은 옷 틈에서 두꺼운 금빛 줄이 유독 반짝거렸다. 여자의 차림새와 어울리지 않는 목걸이는 옷 속에 감추어진 채 체인의 윗부분만 슬쩍 드러나 있었다.

성주를 바라보는 여자의 눈이 참 서글펐다. 금방이라도 눈물이 툭 떨어질 것만 같은 여자의 눈은 필사적으로 울음을 참고 있었다. 성주는 그 여자가 울지 않기 위해 버티고 있다는 것을 똑똑히 느낄 수 있었다. 그녀는 무엇을 느끼고 있는 것일까? 무엇을 생각하는 것일까? 커다란 슬픔. 말할 수 없는 가슴 아픈 감정이 성주의 심장을 쥐어뜯었다.

갑자기 늙은 여자의 뒤로 남자의 모습이 어른거렸다. 얼굴은 잘 보이지 않지만 차림새가 인상적이었다. 조금도 흐트러짐 없는 옷차림의 남자였다. 머리카락까지 한 올 한 올 단정하게 다듬은 모습이었다. 그의 얼굴에서 검은 뿔테 안경만은 분명히 보였다.

성주는 두 사람을 붙잡기 위해 손을 뻗었다. 하지만 성주의 손은 허공만 허우적거릴 뿐, 두 사람의 그림자에도 닿지 않았다. 성주가 다가가려 하자 남자가 사라졌다. 검은 뿔테 안경의 남자가 뒤로 돌아 멀리 가버렸다. 단 한 번도 뒤돌아보지 않고 냉정한 얼굴로 순식간에 사라졌다. 성주는 절망적인 마음으로 더욱더 필사적으로 손을 뻗었다. 하지만 볼품없는 옷차림의 여자 역시 슬픈 얼굴을 돌렸다. 그러고는 뒷모습만 남긴 채 저 멀리로 사라져버렸다.

'잠시만. 잠시만요⋯⋯.'

성주는 허공으로 팔을 뻗었다. 사라지는 여자를 필사적으로 붙잡으려고 온몸을 일으켰다. 미친 듯이 허공을 휘젓는 몸짓 때문이었을까. 서글픈 눈의 여자가 발을 멈추었다. 이어 천천히 고개만 돌려 성주를 바라보았다. 바로 그 순간이었다.

파아악!

여자의 낡은 옷 속에서 무언가가 여자의 등을 찢고 튀어나왔다. 그리고 인정사정없이 성주를 향해 달려들었다.

크아아악!

눈으로는 그 정체를 가늠할 수 없는 무시무시한 짐승 같은 것이 성주를 향해 미친 듯이 으르렁거리며 달려왔다. 그 끔찍한 짐승은 잠시의 틈도 주지 않고 성주의 정수리를 잡아 뜯기 시작했다. 뇌가 뽑혀 나가는 것 같은 끔찍한 고통이 온몸을 휩쌌다.

'꺄아악!'

성주의 하얀 무릎은 곧 중심을 잃고 쓰러졌다.

차랑!

그 순간 성주의 손에서 떨어진 놋그릇이 차가운 바닥을 굴렀다. 고요한 밤공기 속에서 놋그릇이 만들어내는 찢어질 듯한 금속성이 귀를 갈랐다.

"핫!"

성주는 서둘러 노란 그릇을 주워 들었다. 그녀는 그릇을 품에 안고 거친 숨을 들이마셨다. 등줄기로 진땀이 흘렀다. 차가운 금속성이 고요한 산을 울려댔지만 다행히도 깨어나는 사람의 기척은 없었다. 그녀는 마구 떨리는 두 팔을 서로 안으며 공포에 휩싸였다.

한참 동안 그녀는 숨이 잦아들기만을 기다렸다. 작은 그릇을 부여안고 주저앉은 그녀의 귓속으로 끔찍한 고통의 기억이 자꾸만 반복되었다. 성주와 똑같은 얼굴로, 똑같은 목소리로 낯선 이들을 잡으려던 그 모습이 지워지지 않았다. 그녀를 향해 달려오던 무시무시한 짐승의 포효 소리를 잊을 수가 없었다. 너무나 혼란스러웠다. 머리가 지끈거리고 이맛전에 불이 난 것 같았다.

지금 본 것은 무엇이었을까? 단순한 귀신의 장난이었을까, 아니면 진실로 죽었다 살아나기 전 그녀의 모습이었을까? 도저히 믿을 수 없을 만큼 모든 것이 너무나 생생했다.

까만 밤, 부엉이도 울지 않는 깊고 깊은 암자의 밤.

참을 수 없는 고통이 성주의 이마 한가운데를 짓눌렀다.

제3화

저주를 부르는 눈동자

1

오늘도 녹푸른 숲이 어김없이 하루를 시작하고 있었다. 거센 기합 소리가 하늘을 찔러대고 우렁찬 소리에 놀란 하늘은 검정색 두터운 껍질을 쩍 갈라내며 연푸른 말간 아침의 속살을 내보이고 있었다. 푸르름이 그득해지는 숲 속의 아침은 이미 하루를 시작한 부지런한 이들의 것이었다.

"흐엽."

"이여헙."

기운찬 기합 소리와 함께 나무와 나무가 서로 부딪치는 맑은 소리가 들렸다. 아침 산의 공기보다 더욱 차갑고 매섭게 목검이 서로 부딪치고 밀어내고 다시 부딪치기를 반복했다. 낙빈과 정현의 목검이 또다시 부딪친 순간 낙빈이 들고 있던 단단한 목검이 축축한 흙 위로 곤두박질쳤다.

"허억, 허억……."

낙빈은 정면에서 내리치는 정현의 검을 맞받으려다가 도저히 그 힘을 감당하지 못해 검을 놓치고 말았다. 연습용 검을 놓친 뒤에도 낙빈은 잊지 않고 자세를 가다듬었지만 새벽부터 계속된 반복 훈련으로 호흡은 거칠 대로 거칠었다.

단단히 방어 자세를 취한 낙빈을 찬찬히 바라보던 정현이 두 팔을 모아 합장했다. 낙빈 역시 정현을 따라 두 손을 모았다.

"낙빈아, 이번에도 어깨에 너무 힘이 들어갔어."

거친 숨을 몰아쉬는 낙빈의 정면엔 구릿빛 피부를 번쩍이며 동작 하나하나를 되짚어주는 무술 스승 정현이 있었다. 벌써 몇 시간째 훈련한 탓인지 시리도록 차가운 바람 속에서도 웃통을 벗어던진 정현의 건강한 어깨에는 땀방울이 주르륵 흘러내리고 있었다.

"낙빈아, 네게 중요한 건 힘이 아니라 유연성과 균형 감각이야. 힘으로 꺾으려다가는 모든 대련에서 누군가는 상처를 입게 된다. 게다가 어린 네가 어른보다 힘이 셀 수는 없는 법이니 힘으로써 꺾으려 하면 결국 바닥에 나뒹구는 건 네가 될 거다. 넌 힘이 아닌 기술과 유연성, 그리고 균형을 무기로 싸워야 한다. 자, 다시 한 번 찬찬히 해보자. 어서 검을 들어라."

평소에 조용하고 다정한 정현은 수련이 시작되면 누구보다 혹독하고 집요한 스승이 되었다. 정현은 자꾸만 힘을 쓰려는 낙빈에게 힘을 빼라고 주문했다. 낙빈은 유연성이 최대의 무기라는 말을 귀가 닳도록 들었지만 누군가와 대결하는 순간 어깨에 힘이 들어가는 건 어쩔 수가 없었다.

"네, 형!"

지친 몸, 가쁜 숨에도 불구하고 낙빈은 재빨리 검을 주워 들었다.

"자, 정면으로 공격해봐라!"

정현은 목검을 두어 번 휘두르더니 한쪽 어깻죽지에 검을 끼우고 낙빈에게 손짓했다.

"이야아압!"

정현의 말이 떨어지자마자 작지만 매서운 공격이 바람을 가르며 날아왔다. 낙빈은 정현의 정면으로 뛰어들었다. 낙빈은 두 발을 들어 펄쩍 날아오르며 정현의 이마를 향해 목검을 휘둘렀다.

두 검이 부딪치는 순간 정현은 낙빈의 힘을 자신의 검으로 전달받았다. 그러고는 원을 그리며 순식간에 낙빈의 거센 힘을 젖혀버렸다. 수직 하강하는 낙빈의 검은 정현이 그리는 원을 따라 빙그르르 돌았고, 결국 낙빈의 목검은 땅바닥에 꽂히고 말았다. 정현이 낙빈의 검을 땅에 꽂은 순간 검이 가지고 있던 세찬 기운은 이미 땅속 깊이 사라진 후였다. 낙빈은 자신의 목검을 멀뚱히 바라보았다. 하지만 그게 끝이 아니었다.

"혀업!"

"으윽!"

정현은 소리도 없이 빙그르르 몸을 돌려 낙빈의 등 뒤로 돌아섰다. 원을 그리던 정현의 목검이 곧바로 낙빈을 향해 휘돌았다. '앗' 하는 비명을 지를 새도 없이 짙은 나무 향이 낙빈의 목에 닿았다. 낙빈은 순식간에 자신의 목을 감싸고 있는 정현의 두 팔과 목검을 바라보며 어리둥절한 표정을 지었다.

"낙빈아, 이게 바로 네게 필요한 화경化勁이다. 무술은 힘 있는 자를 위한 것이 아니다. 자연의 법칙과 자기 자신을 아는 자를 위한 거란다. 낙빈이 네게는 힘이 부족한 대신 탄탄한 균형 감각과 날쌘 몸이 있다. 네게 대항하는 힘은 모두 원을 그려서 흘려보내라. 자연 속으로, 공기 속으로 힘을 흘려보내는 거다. 우주는 원이고 원은 자연스럽지 못한 모든 힘을 앗아가버린다. 대신 자연의 모든 힘이 너의 편이 되어줄 거다. 그걸 잊지 마라."

정현은 낙빈의 목에서 기다란 목검을 거두었다. 지금 정현은 자신에게로 향했던 낙빈의 공격력을 제외하고는 그 어떤 힘도 쓰지 않았다. 낙빈의 힘을 이용해 낙빈을 제압했다. 정현은 힘이 부족한 낙빈이 무력 대결에서 이길 수 있는 방법을 손수 보여주었다.

"아, 이제 알겠어요, 형. 그래서 제게 원을 이용한 보법, 원을 이용한 무술을 가르쳐주는 거군요. 원은 우주고, 우주는 자연스럽지 못한 힘을 흡수한다……. 무슨 뜻인지 조금씩 알 것 같아요. 형, 다시 시작해요."

"그래, 좋다!"

정현은 어떻게 하면 낙빈이 무술을 가장 잘 소화할 수 있을지 곰곰이 고민해본 결과 바로 이 화경을 궁극의 해결책으로 찾았다. 힘을 사용하지 않고 힘을 거스르지 않으면서 자연과 우주의 법칙을 중심으로 한 검법을 연마시키기로 했다.

사실 낙빈이 하루도 거르지 않고 소화하는 수련의 양은 너무 벅찼다. 타고난 무골武骨이라는 정현이 어린 시절 해왔던 것과 거의 비슷할 정도의 수련을 낙빈은 군소리 없이 따라오고 있었다. 게다가 낙빈은 매일 영력 수련도 게을리하지 않았다. 무술 수련만으로도 힘들 텐데 무당으로서의 본분까지 다하려니 낙빈의 하루 일과는 꽤나 힘들고 버거울 것이었다. 그럼에도 어린 낙빈은 군소리 한 번 하지 않고 최선을 다해 정현의 가르침을 받아들였다. 옆에서 보는 사람이 언제나 감탄할 정도로 열심이었다. 그래서인지 정현과 같은 천하 무골이 아닌데도 무술에 대한 이해력과 습득력이 가히 놀랄 만한 수준이었다.

"화경……."

낙빈은 새벽 훈련이 끝난 뒤에도 정현의 말 한마디 한마디를 되새기며 여러 동작을 머릿속에서 되풀이하고 또 되풀이했다. 무도는 직접 몸으로 해보는 것도 중요하지만 머릿속으로 반복함으로써 동작이 의미하는 바를 깨닫는 것도 매우 중요하다는 정현의 가르침대로 낙빈은 언제나 새로 배운 것들을 머릿속으로 반복하고 또 반복했다. 특히 거세게 상대를 공격하는 것이 아니라 자신을 향해 꽂히는 강한 힘을 그대로 이용하는 화경은 힘이 모자라고 몸집이 작은 낙빈에게 모든 해결책이 되어주었다.

낙빈은 정현이 제시해준 화경을 통해 많은 것을 얻었다. 화경은 남을 해하는 것이 아니라 자신과 타인을 보호하고 지키는 진실한 방법이라는 생각이 들었다. 힘으로 흥한 자는 제 힘으로 무너지게 마련이다. 화경은 그러한 대자연의 법칙을 보여주는 진정한 무술이었다.

"자, 그럼 암자로 돌아가자."

"네, 형."

두 사람은 이른 수련을 마치고 가뿐한 걸음으로 암자를 향해 걷기 시작했다. 그러다 정현이 말했다.

"나는 우편물이 있나 아랫동네에 들러볼 테니까 넌 누나들 좀 돕고 있어라."

"네, 형."

낙빈은 숲 아래로 사라지는 정현의 등을 보다가 발길을 돌렸다. 정현의 말대로 물도 긷고 마당도 청소하며 정희 누나와 성주 누나를 도울 생각이었다. 낙빈이 가뿐한 걸음으로 냇가를 가르는데 갑자기 날카로운 소리가 들려왔다.

카광!

"으악!"

낙빈은 깜짝 놀라 소리가 들린 쪽을 바라보았다. 어디서 날아왔는지 낙빈의 머리보다 네다섯 배나 큰 바윗돌이 냇물 위로 떨어졌다.

"혀엉!"

낙빈은 바위가 날아온 쪽으로 고개를 돌렸다. 그러고는 잔뜩 인상을 찌푸리며 이런 일을 꾸민 사람을 재빨리 찾아냈다.

"흐흐, 미안, 미안."

낙빈이 바라본 커다란 바위 위에는 찢어진 청바지를 입고 책상다리를 한 승덕이 있었다. 승덕은 푹 눌러쓴 빨간 모자 아래로 킥킥 웃음을 짓고 있었다.

"아이고, 정말!"

낙빈은 툴툴거리면서도 승덕과 바위를 번갈아 바라보더니 감탄한 듯 입을 열었다.

"형, 진짜 굉장하네요. 이제 저런 바위도 움직일 수 있는 거예요?"

낙빈은 재빨리 발을 구르며 승덕이 앉아 있는 바위 위로 올라섰다. 집채만 한 바위는 푸르른 이끼가 잔뜩 끼어 있고 한쪽 귀퉁이가 움푹 파여 있었다. 아마도 그 구멍에 저 바윗돌이 딱 맞을 듯했다.

"흐흐, 생각보다 쉽지 않네. 마음 같아서는 산도 들 줄 알았는데 뭐, 고작 이 정도야."

승덕은 빙긋 웃으며 미간을 찡그렸다. 승덕이 조금 집중하자 냇가에 떨어졌던 바윗돌이 두둥실 물 위로 올라왔다. 그러고는 천천히 하늘을 향해 날아올랐다. 마치 그 바윗돌에만 중력이 사라진 듯 무게를 잃고 허공 위를 휘청거렸다. 승덕이 좀 더 인상을 쓰자 검은 바윗돌이 천천히 승덕과 낙빈을 향해 다가왔고, 마침내 움푹 파인 구멍으로 들어갔다.

바위가 서로 부딪치는 소리가 몇 번 들리더니 바윗돌은 아무 일도 없던 것처럼 그 자리에 눌러앉았다.

"햐아……."

낙빈은 그 광경을 신기한 듯 바라보았다. 승덕은 그런 낙빈을 향해 빙긋 미소를 지었다.

"형, 대단해요!"

"그런 소리 마라. 니들처럼 하려면 아직 멀었어."

승덕은 손사래를 치며 고개를 흔들었다. 정현과 낙빈을 따라 아침 일찍 일어나기 시작한 건 열흘 전부터였다. 단단히 감추고 있었지만 동생에 대한 트라우마 때문에 승덕은 염동력을 사용하는 데 극심한 불안과 죄의식을 갖고 있었다. 트라우마를 극복하기 위해 수년간 갖은 애를 써보았지만 염동력만은 여전히 그의 아킬레스건이었다. 그런데 얼마 전부터 그 모든 것이 조금씩 바뀌고 있었다.

그런 변화가 성주 때문이라는 것을 낙빈은 알고 있었다. 아니, 낙빈뿐 아니라 다른 암자 식구들도 모두 알고 있었다. 동생 승미와 꼭 닮은 그녀를 본 순간부터 승덕은 달라지기 시작했다. 받아들이지 못했던 동생의 특별한 능력을 이해해주었다면 이런 비극은 없었을 거라고 생각했던 그가 드디어 자신의 능력을 조금씩 받아들이기 시작했다. 동생 승미 대신 성주를 지키고자 하는 마음이 그의 트라우마를 풀어내기 시작한 것이었다.

성주가 암자에 들어온 어느 날부터 승덕은 아침잠도 포기하고 낙빈과 정현을 따라 새벽에 일어나 주섬주섬 옷을 챙겨 입고 숲으로 나오기 시작했다. 처음에는 염력을 사용하는 것에 끔찍한 공포를 느껴 아무도 없는 곳에서 훈련했다. 하지만 하루 이틀 지나면서 승덕은 자신의 염동력이 남을 해치는 것과 아무런 관련이 없음을 점점 깨달아갔다.

그의 능력은 무서운 것도, 끔찍한 것도 아니었다. 승덕 스스로

118

조절하는 법을 익히기만 하면 조금도 해악을 끼치지 않는 힘이라는 것을 점점 더 실감했다. 스스로 조종하는 능력만 기른다면, 그것은 두 팔로 물건을 들어 옮기는 것과 다를 바 없었다. 마침내 승덕은 암자 식구들 앞에서 조금씩 선보일 만큼 자신의 능력에 대한 공포를 극복해냈다.

그럴 때마다 조금 더 빨리, 동생을 그렇게 보내기 전에 조금만 더 빨리 알았다면…… 그 아이가 자신의 능력을 조절하는 방법을 훈련하도록 도왔다면 하는 후회가 밀려왔다. 하지만 이미 모두 지난 일. 승덕은 앞으로의 일만 생각하기로 했다. 자신의 모든 공포를 극복하고 온전한 정신으로 가련한 눈빛을 가진 이들을 돕고 싶었다.

"아이고, 아침에 일찍 일어났더니 진짜 배가 고프구나. 얼른 가자, 이제."

승덕은 낡은 청바지를 풀풀 털고 일어섰다. 몸은 피곤하지만 정신은 어느 때보다 맑았다. 하루를 일찍 시작하는 것이 이토록 기분 좋을 줄은 몰랐다. 승덕은 낙빈의 어깨를 감싸고 가벼운 걸음으로 암자에 들어섰다. 부엌에서는 말간 연기가 모락모락 피어나고 있었다. 참 평화롭고 보기 좋은 광경이었다.

"오셨어요?"

마침 부엌을 나서는 성주가 보였다. 발목까지 내려오는 개량한복 치마를 입은 성주가 살짝 웃음을 지으며 낙빈과 승덕을 맞아주었다. 그녀의 손에는 작은 찻잔이 들려 있었다.

"그래, 어서 오너라. 차나 한 잔씩 하자꾸나."

천신이 툇마루에 정좌하고 있었다. 성주는 천신의 앞에 찻잔을 내려놓고 다시 부엌으로 들어갔다. 총총히 사라지는 그녀의 뒷모습에서조차 되도록 존재의 흔적을 남기지 않으려는 노력이 엿보였다. 그녀는 결코 앞에 나서지도, 불필요한 말을 하지도 않았다. 있는 듯 없는 듯 흔적을 드러내지 않고 최소한의 존재감만 나타내는 그녀의 모습에 승덕은 씁쓸한 눈빛이 되었다.

"아침부터 모두들 수고가 많구나."

"수고는요."

승덕은 천신의 곁으로 다가가 천신이 우려낸 차를 받았다. 낙빈은 성주가 사라진 부엌 쪽으로 쪼르르 사라졌다. 도울 일이 있는지 살펴보기 위해서였다.

"그래, 이제 힘을 조절하기가 어렵지는 않지?"

"……네, 스승님. 너무 한심할 정도로 조절이 어렵지 않았습니다. 이런 걸…… 이제야 알다니 안타까울 뿐입니다."

"그래. 그걸 깨닫는 게 가장 어려운 일이지."

천신은 조용히 찻잔을 기울였다.

"승덕아."

한참 동안 말없이 먼 산을 바라보던 천신이 입을 열었다. 승덕도 어딘가를 멍하니 바라보다가 그제야 정신을 차리고 천신을 보았다.

"저 아이는…… 이승을 한 번 떠난 아이란다. 언제 다시 본래의

자리로 돌아갈지 알 수가 없구나. 노파심에 네가 또다시 상처를
받을까 염려되는구나."

"아……."

승덕은 천신이 왜 그런 말을 하는지 알아챘다. 찻잔을 기울이
며 아무런 말이 없는 동안에도 승덕의 눈은 무심코 성주의 뒤를
쫓고 있었다. 그의 눈이 자석처럼 그녀를 따라 움직이고 있다는
걸 천신이 알아챈 것이었다.

"왜 그런지 모르겠지만 나는 저 아이가 잠시 여행을 하고 있다
는 생각이 드는구나. 언제 그만둘지 모르는 삶의 여행을 말이다.
승덕아, 여행자에게 깊은 정을 주면 남은 사람만 오랫동안 고통
을 받는다."

천신은 겨우 가족의 상처를 극복한 승덕이 또다시 상처를 받을
까 염려하고 있었다. 그도 그럴 것이 성주가 온 이후 승덕은 많은
것이 달라졌다. 승미에 대한 지독한 죄의식에서 조금씩 해방되고
있었고, 더불어 사라진 죄의식만큼 자신의 능력을 발휘하는 방법
을 터득하게 되었다. 마주하기를 꺼려했던 마음속 상처들이 그녀
를 통해 치유되고 있었다.

천신은 그 상처들이 다시 벌어질까 심려하고 있었다. 한 번 벌
어졌던 상처가 채 아물기도 전에 이리저리 찢겨서 생채기가 날까
염려했다. 승덕은 천신의 말이 모두 자신을 위한 것임을 잘 알고
있었다. 하지만 왜인지 가슴 한편이 시렸다. 천신마저 성주를 반
은 죽은 사람이라고 말하는 것 같아 서운하고 안타까웠다.

"스승님, 그건 저희 모두가 마찬가지 아닙니까. 죽음을 향해 여행하는 건 저 아이만이 아닙니다. 다른 사람도 언제 이승과 작별할지 모르지 않습니까. 그런 의미라면 저 역시 이승을 여행하는 여행자 아니겠습니까. 언젠가 헤어질 것을 안다고 해서 정을 주지 않는다면 아무도 만날 수 없는 것이겠지요."

"그래, 네 말이 맞구나. 그래, 그렇지……."

천신은 말을 맺지 않았다. 그럼에도 그의 염려가 사라지지 않은 것이 느껴졌다. 승덕은 그런 스승의 걱정을 애써 모른 척했다. 승덕은 성주를 그렇게 떠날 사람으로 취급하는 것, 반쯤 죽은 사람으로 취급하는 것이 가슴 아프고 슬펐다. 그런 마음들이 성주를 이승에 머물지 못하게 할까 불안하기만 했다.

승덕은 성주를 보낼 생각이 없었다. 그런 준비를 하는 것조차 꺼렸다. 그런 그의 태도를 스승이 걱정하고 있다고 해도 바꿀수는 없는 일이었다. 승덕은 낮게 한숨을 내쉬었다. 성주를 둘러싸고 승덕과는 다른 암자 식구들의 태도가 그의 가슴을 시리게 했다.

낙빈은 티를 내지 않으려 했지만 성주를 보는 얼굴이 편치 않았다. 낙빈과 함께 있는 신할아버지들이 그녀를 몹시도 꺼렸다. 죽었다 살아난 성주의 뒤에 죽음의 기운이 극심하게 느껴지기 때문이라는 걸 승덕도 알고 있었다. 친근하게 대하다가도 언뜻언뜻 얼음처럼 굳어버리는 낙빈의 행동이 성주를 멀리하고 경계하는 신들의 단속임을 모르지 않았다.

특히 미덕은 성주를 아예 시체 취급 했다. 미덕은 성주가 자신에게 손대는 것도 싫어하고 제 근처에 있는 것도 진저리를 쳤다. 다른 식구들이 느끼지 못하는 꺼림칙한 느낌을 받았는지 어쨌는지 미덕은 처음부터 그랬다. 몇 번이나 주의를 주었지만 달라지지 않았다. 아마도 미덕은 성주에게서 불길한 무언가를 읽은 듯했다.

승덕은 먼 산을 바라보았다. 여느 때처럼 청명한 산이 아침을 맞고 있었다. 그 맑은 하늘 아래 종종거리며 마당을 거니는 성주의 뒷모습이 보였다. 그녀는 짙은 바다색의 개량한복 저고리와 연한 푸른빛의 광목 치마를 입고 최대한 발소리도 내지 않고 아무런 기척도 내지 않으려 애쓰면서 정희의 일을 돕고 있었다. 그 모습이 왜 그리도 가슴 시리게 보이는지 승덕은 알 수 없었다. 왜 그녀에게서 눈을 떼지 못하는지도 알 수 없었다. 단지 죽은 동생을 닮았기 때문이라고 설명하기엔 무언가 부족했다. 이런 깊은 연민과 애틋함을 무엇으로 설명해야 할지 그는 알지 못했다.

승덕이 부엌 안으로 사라지는 성주의 모습을 멍하니 따라가는데, 반대편 암자 마당으로 건장한 회색 승복이 움직였다.

"밤새 안녕히 주무셨습니까."

깍듯이 인사하며 들어서는 것은 정현이었다. 정현의 손에는 묵직해 보이는 거대한 상자와 편지 봉투가 들려 있었다. 일찍이 새벽 수련을 마치고 아랫마을에까지 다녀온 모양이었다.

"스승님, 소포가 왔습니다."

정현은 우편물을 천신의 앞으로 내밀었다. 정현이 내민 우편물을 승덕이 하나하나 확인했다. 승덕은 스승에게 온 편지를 골라내고 가장 마지막으로 상자를 확인했다. 조미니가 보낸 소포였다. 종종 암자 식구들을 위한 물건을 바리바리 보내주는 미니의 정성이 오늘도 이어지고 있었다. 열어보라는 스승의 허락이 떨어졌다.

"성주야, 칼 좀 가져와라. 낙빈아, 정희야. 너희도 이리 오고. 미덕이도 깼으면 이리 나오고."

승덕은 일부러 큰 소리로 모두를 불렀다. 승덕의 말을 듣고 낙빈과 정희가 달려 나왔고, 그 뒤를 따라 성주가 조심스럽게 걸어 나왔다. 그녀는 승덕에게 작은 과도를 건넨 다음 조금 멀찍이 떨어져 섰다. 누군가가 그녀를 거슬려 할까 항상 조심하는 게 느껴졌다.

조금 기다려보았지만 미덕은 아직 깊은 잠에 빠져 있는지 기척이 없었다. 승덕은 차라리 그게 마음 편했다. 미덕이 나오면 성주는 설 곳을 잃어버리고 안절부절못할 게 분명하니까.

"와, 미니 누나네요? 후후, 신난다!"

낙빈은 조미니라는 이름만 보고도 가슴이 콩닥거렸다. 암자에서는 맛볼 수 없는 달콤한 간식과 요긴한 물건들을 꼼꼼히 챙겨주는 미니의 마음 씀씀이가 항상 따스하고 달콤하게 느껴지는 까닭이었다. 승덕은 단단히 봉인된 상자의 접합 부위를 과도로 갈랐다.

상자를 열자 제일 먼저 눈에 띈 것은 옷가지였다. 편안해 보이는 셔츠와 바지에 등산용 점퍼까지 부피를 줄이고 줄여서 꾹꾹 눌러 담은 게 눈에 띄었다. 옷가지 아래에는 암자 식구들 한 명 한 명을 위해 고른 책이 있었다. 서정적인 시집과 소설은 물론이고 낙빈을 위한 추리 문학선까지 생각에 생각을 거듭하며 골랐을 책이 그득했다. 책 옆에는 다과용 한과와 아이들이 좋아할 만한 스낵과 라면까지 종류별로 차곡차곡 쌓여 있었다.

모든 것을 하나하나 골라 담으면서 암자 식구들이 좋아할지 안 좋아할지 걱정 반 기대 반으로 고민했을 미니를 생각하니 모두의 입에 스르르 미소가 지어졌다. 미니는 마음 씀씀이가 참 예뻐서 잊을 수가 없는 사람이었다.

"이번에도 한 명 한 명에게 편지를 다 썼구나. 이 녀석은 참……."

승덕은 천신, 정희, 정현, 낙빈에게 편지를 건네며 고개를 흔들었다. 얼굴만큼이나 마음도 고운 미니를 생각하니 슬며시 웃음이 번졌다. 학생 노릇, 가수 노릇 하느라 시간도 없을 텐데 언제 이렇게 편지까지 하나하나 썼을까 고마웠다.

승덕은 자신의 이름이 적힌 편지를 펼쳐 내용을 훑었다. 매일 열심히 살고 있다는 것, 학업과 가수 일을 병행하기가 어렵지만 늘 암자 식구들을 생각하며 힘을 내고 있다는 말이 줄줄이 적혀 있었다. 늘 그리워하고 있다는 말과 함께 언제든 도시로 나오면 연락해달라는 당부도 잊지 않았다. 편지 뒤에는 미니의 사진도 들어 있었다. 한 장으로는 성에 차지 않았는지 편지지의 몇 배나 되는 크기에 화보에서 튀어나온 듯한 멋진 모습이 열두 컷이나 들어 있는 사진이었다.

승덕은 사진 속의 맑고 밝은 미니의 얼굴을 쳐다보다가 그런 자신의 표정을 물끄러미 바라보는 성주를 느꼈다. 모두들 미니의 편지를 읽는 동안 혼자만 편지가 없는 성주가 더욱더 외로움을 느끼고 있을 거란 생각이 들었다.

승덕은 미니의 브로마이드를 성주에게 건네주었다.

"얘가 보낸 거야. 아주 유명한 가수야. 예전에 우리가 미니를 도와준 적이 있거든."

브로마이드를 받은 성주가 사진 속의 얼굴을 물끄러미 바라보았다. 예쁘고 화려한 여자아이가 웃고 있었다. 어린 학생처럼 귀여운 얼굴도 있지만 몇 살인지 감을 잡을 수 없을 정도로 성숙해 보이는 모습도 있었다. 외모를 꾸미는 대로, 사진을 찍는 대로 팔색조 같은 매력을 뿜어내는 매혹적인 소녀가 그곳에 있었다. 무엇보다도 사진 속의 소녀는 너무나도 환한 생기를 내뿜고 있었다. 성주와는 전혀 다른 풋풋한 삶의 향기가 느껴졌다. 성주는 멍하니 사진 속 미니의 얼굴을 바라보다가 갑자기 머릿속이 휘청거리는 것을 느꼈다.

"어, 괜찮니?"

성주를 내내 바라보고 있던 승덕이 재빨리 붙잡았다. 차가운 체온이 승덕의 오른팔에 감겨왔다. 성주는 마치 현기증을 겪는 것처럼 자리에서 일어서지 못하고 승덕의 팔을 붙잡은 채 후들거렸다.

"괜찮은 거냐?"

천신의 눈에도 걱정이 가득했다.

성주는 두 눈을 꾹 감은 채 한동안 뜨지 않았다. 엄청난 감정의 회오리가 심장 속으로 밀려와 그녀는 숨을 쉬기조차 힘들었다.

"어, 어떡하죠?"

간신히 눈을 뜬 성주가 승덕의 팔을 와락 붙잡으며 울먹였다. 그녀의 불안한 눈빛이 승덕의 눈과 부딪쳤다. 성주는 다시 불안한 듯 천신을 바라보았다. 모두가 아무 말도 없이 성주를 숨죽여 지켜보았다.

"어떡하죠? 어떡해요, 오빠……."

성주는 다시 승덕의 팔을 꽉 잡았다. 가늘고 기다란 손가락이 승덕의 팔을 아플 정도로 조여왔다. 그 가는 손가락으로 그녀의 떨림이 고스란히 느껴졌다.

"이 사람…… 위험해요. 저 알아버렸어요. 이 사람 위험해요. 오빠, 이 사람…… 위험해요!"

성주의 열 손가락 너머로 불안과 걱정이 고스란히 승덕에게 느껴졌다. 승덕은 아무 말도 못하고 성주의 얼굴만 바라보았다. 하얗게 질려버린 얼굴 속에 불안과 걱정이 가득했다. 두려움과 슬픔도 뒤범벅되어 있었다. 어찌 된 일인지 그녀는 알아버린 것 같았다. 미니에게 닥친 위험을. 하지만…… 어떻게?

승덕은 성주를 멍하니 바라보았다. 깊은 통증이 승덕의 가슴을
아프게 찔러댔다.

2

천신이 미니의 어머니에게 연락하자 그녀 역시 천신에게 연락
하려던 참이었다는 대답이 돌아왔다. 성주의 말대로 미니에게 어
떤 위험이 닥친 것일까? 그렇게 천신을 앞세우고 암자 식구들이
모두 출동했다. 천신을 시작으로 승덕과 낙빈, 정희와 정현은 물
론이고 미덕과 성주에 미덕의 강아지들까지 미니의 집을 찾았다.
마당이 있는 한적한 빌라가 무리를 지은 동네에 미니의 집이
있었다. 예전 그대로 좋은 기운이 충만하도록 여기저기 애를 쓴
미니의 집이 점점 가까워졌다. 학업과 연예계 생활에 지친 미니
를 위해 뜰 가득 자연스러운 조경으로 기운을 정화한 예쁜 이층
집 앞에 도착했을 때만 해도 무엇이 문제인지 알 수가 없었다. 눈
이 빠지도록 일행을 기다리던 미니의 어머니가 그들을 정원 안으
로 맞아들이자마자 가장 먼저 문제를 알아챈 것은 미덕의 강아지
들이었다.
복실이들은 정원에 들어서자마자 허공을 향해 매섭게 짖어대
기 시작했다. 마치 하늘 어딘가에 심상치 않은 것이 머무는 것처
럼 거칠게 짖어댔다. 흰둥이와 검둥이는 하늘을 향해 펄쩍 뛰어

오르면서 입을 벌려 무언가를 물려고 했지만 원하는 대로 되지 않는 듯 낑낑거렸다.

"저기에 뭐가 있대요. 아주 검고 차갑고 안 좋은 게 있대요."

미덕은 개들 사이에서 그들이 내뱉는 말을 일행에게 전달했다.

"아아, 설마 했는데……."

미니의 어머니가 머리를 짚었다. 얼마 전부터 미니가 호소하던 두통과 불면이 예삿일이 아니었음이 확인되는 순간이었다. 미니의 어머니는 그저 미니가 조금 신경을 써서, 혹은 조금 무리를 해서 그런 것이라 생각하고 나아지기를 기다렸다. 잠잘 때마다 악몽에 시달리다가 이제는 그나마 잠도 자지 못하고 괴로워하던 것이 단순한 스트레스 탓이 아니었던 것이다.

천신은 곧장 집 안으로 들어섰다. 차가운 콘크리트 느낌을 최대한 배제하고 따스한 기운을 머금은 부드러운 원목으로 에워싸인 아늑한 실내가 그들을 맞았다. 연한 베이지색 소파나 환한 갈색의 원목 패널들이 한없이 안락한 기운을 불어넣어주는 집에는 나쁜 기운이 느껴지지 않았다. 천신은 원목으로 부드럽게 이어진 계단을 올라 미니의 방 앞에 도착했다. 천신의 뒤로 미니의 어머니와 낙빈 일행이 뒤따랐다.

"미니야, 들어가도 되겠니?"

천신은 부드럽게 노크를 하며 미니를 불렀다. 가벼운 기침 소리와 함께 "네" 하는 힘없는 목소리가 들려왔다. 대답 소리가 들리기 무섭게 천신은 문을 열고 안으로 들어갔다.

미니의 방은 커다란 창문에 걸린 얇고 하얀 레이스 커튼 덕분에 환한 햇살이 은은하게 번져 들어왔다. 부드러운 햇살이 부서져 내려오는 방의 한쪽 면에는 눈의 피로를 덜어주는 녹청색 포인트 벽지가, 나머지 삼면에는 부드러운 베이지색 벽지가 발라져 있었다.

베이지색 벽에는 미니의 아름다운 모습들이 패널이 되어 걸려 있었다. 패널에는 순수한 얼굴로 귀엽게 웃는 학생 미니, 섹시한 빛깔의 립스틱을 바르고 어른스러운 포즈를 취한 모델 미니, 폭발적인 가창력으로 무대를 뒤흔드는 가수 미니의 모습까지 팔색조의 매력을 가진 미니의 모습이 있었다.

미니의 방 안에 있는 물건들 역시 기본은 연한 나무 빛깔이었다. 창가 아래에 길게 자리한 침대도 부드러운 향기가 나는 은은한 물푸레 원목이었다. 침대 위에 하얀 침구를 덮고 있는 미니는 애써 몸을 일으켰지만 눈에 띄게 수척한 얼굴이었다. TV에서 보았던 싱그러운 활력이 사라지고 병색이 완연한 모습을 보며 천신은 깊은 숨을 들이마셨다.

"아아, 도사님. 낙빈아, 승덕 오빠!"

안색이 파리한 미니가 반색하며 일행을 맞았다.

"정희 언니, 정현 오빠까지……. 이렇게 아픈 얼굴을 보여서 속상해요. 아니, 아니다! 이렇게 만날 줄 알았으면 진즉에 아플 걸. 후후."

미니는 아픈 몸을 일으켜 침대에서 내려왔다. 편안해 보이는 하얀색 홈웨어가 펄럭거리고 그 안에 뼈만 남은 살가죽이 느껴졌다. 대체 얼마나 말랐는지 몸에 달라붙는 옷의 팔다리 부분이 모두 헐렁헐렁했다. 미니는 어지러운데도 승덕의 앞까지 다가와 그의 팔에 손을 둘렀다. 그렇게 다가오는 데만도 온 힘을 쏟았는지 미니는 팔짱을 낀 채로 숨을 헐떡거렸다.

"야, 너⋯⋯."

승덕은 미니의 어머니나 암자 식구들을 둘러보며 한마디 하려다 입을 다물었다. 눈을 반쯤 감고 힘없이 팔에 매달리는 미니에게 핀잔을 주기가 안타까웠다. 그토록 생기발랄하고 당차던 애가 숨을 쌕쌕 몰아쉬는 모습을 보니 불쌍하고 애처로워 견딜 수가 없었다.

"낙빈아, 느껴지느냐?"

"네, 스승님. 어디선가 좋지 않은 기운이 흘러나오고 있어요. 악의에 찬 기운이 누나의 심장을 향해 내리꽂히는 것만 같아요."

"그래, 그렇구나."

천신과 낙빈은 미니의 침대 쪽으로 조금 더 다가갔다. 희미한 기운이 느껴졌다. 어디에서 나오는지 알 수는 없지만 분명히 미니를 향한 악의를 느낄 수 있었다. 이 희미한 느낌을 정원에서부터 감지한 복실이들의 영적 민감성은 정말 혀를 내두를 정도로 대단한 것이었다.

"여긴 내가 처리하마."

천신은 잠시 모두를 밖으로 내보내고 방 한가운데에 섰다. 검은 도복이 바람에 펄럭이는 순간 천신의 저음이 방을 가득 메웠다.

"금강청운계!"

저 깊은 밑바닥에서 끌어올리는 깊은 음색이 방을 울리는 순간 검은 도복이 빠르게 사방을 향해 펄럭였다. 그의 두 팔이 십자로 갈라지며 다시 부딪치는 순간 두 팔 사이에서 거센 기운이 뿜어져 나왔다. 그러자 바다와 숲의 기운을 모두 안은 맑고 푸른 기운이 사방으로 뻗어나가기 시작했다.

낙빈의 눈에는 천신의 검은 도복으로 흐르는 옥색과 푸른빛이 뒤섞인 아름다운 기운이 그대로 보였다. 그것은 녹푸른 숲의 빛깔로 번쩍였다. 그 맑고 푸르고 청아한 자연의 힘이 사방으로 뻗어나가며 방 안 가득 환한 생명력을 불러일으키고 있었다. 그것은 생명력을 뿜어내는 동시에 금강의 푸른 절개만큼이나 굳고 거센 기운으로 사방을 막아버렸다. 생명은 불러일으키되 사악한 기운은 안팎으로 꼼짝 못하게 하는 강한 결계가 미니의 방에 만들어진 것이다.

낙빈은 천신이 만들어낸 강력한 기운에 멍하니 입만 벌렸다. 낙빈이 만들어내는 결계와는 차원이 다른 깊고 강력한 결계의 기운이 순식간에 미니의 방을 에워쌌다. 너무나도 무겁고 깊은 기운이라 부정한 기운이 감히 범접하지 못할 강력함이 있었다. 그것은 부정한 기운을 차단할 뿐만 아니라 이 방에서 지내는 사람의 기운을 끌어올리는 재생의 기운까지 가지고 있었다. 미니가 이곳에 누워 있기만 해도 조금씩 치유될 것이 분명했다.

"이보게, 미니를 침대에 눕히게."

"네, 지부장님."

천신의 말대로 미니의 어머니는 미니를 다시 침대에 눕혔다. 미니가 승덕의 팔을 놓지 않은 탓에 승덕은 반강제로 그녀의 침대 앞까지 가야 했다. 승덕은 새하얀 침구를 펼치고 조심스럽게 미니를 눕혔다. 하얀 이불을 덮어주고 머리를 푹신한 베개에 눕혀주는 승덕을 바라보는 파리한 얼굴의 미니가 배시시 웃음을 지었다.

"웃지 마라. 아프면서 뭐가 좋다고."

승덕은 애써 퉁명스럽게 말했지만 그의 눈에 가득한 걱정을 숨기지는 못했다.

"오빠, 가지 마요. 나 조금만 손잡아줘요. 그럼 잠이 올 것 같아."

침대에 누운 뒤에도 미니는 승덕의 손을 놓지 않았다. 마른 손이 승덕의 손가락 사이로 파고들었다. 승덕은 난처한 얼굴로 미니의 어머니 쪽을 바라보았다. 이불을 딸의 목까지 끌어올리던 어머니는 슬며시 미소를 지으며 승덕에게 고개를 끄덕였다.

"부탁해요, 승덕 씨."

어머니까지 그렇게 말하자 승덕은 차마 미니 곁을 떠날 수가 없었다. 승덕이 엉거주춤하게 미니의 손을 잡은 채로 침대 아래 무릎을 꿇는데 방문 앞에 늘어선 암자 식구들이 눈에 들어왔다. 조금은 장난스러운 얼굴로 승덕을 바라보는 낙빈과 정희, 그리고 정현. 왠지 심통 난 얼굴의 미덕. 그 뒤로 불안과 두려움에 떨며 금방이라도 눈물을 흘릴 듯한 성주가 보였다. 성주는 승덕과 눈이 마주치자마자 고개를 돌렸지만 승덕은 어쩐지 성주를 그리 혼자 두는 것이 가슴 아팠다.

"미니의 심장을 중심으로 여전히 좋지 않은 기운이 느껴지는구나. 이번에는 진언眞言◆으로 사악한 기운을 소멸시킬 테니, 다들 방 밖에서 기다려라. 승덕이는 미니를 돕는 게 좋겠구나. 넌 그 자리에서 좌선하고 네 기운을 미니에게 나누어준다고 생각하거라."

천신은 사람들을 방 밖으로 내보낸 뒤 미니를 위한 진언을 외우기 시작했다. 방 안을 울리는 그 소리는 사람의 목소리라기보다 깊은 트럼펫이나 튜바 소리 같았다. 천신의 낮은 목소리가 온 방을 울리자 마치 깊은 연못 중심에 커다란 돌멩이가 떨어진 것처럼 소리의 파동이 메아리쳤다.

"옴 사라바 디나아 훔! 옴 아모가 미로자나 마하 모나라 마니바 나마 아마라 바라 말다야훔!"

낙빈은 눈앞에서 벌어지는 일을 멍하니 바라볼 뿐, 아무 말도 할 수가 없었다. 천신의 진언은 놀랍기 그지없었다. 그가 뱉어내는 모든 말이 마치 생명이 있는 것처럼 꾸물꾸물 온 방 안을 휘젓고 다녔다. 그 말들이 온 영혼과 우주를 뒤흔드는 듯 흔들거리며 미니의 방 안에 있는 독한 사기를 찾아내기 시작했다. 교묘하게 숨어 있던 깊은 악의를 향해 그의 말이 움직였다. 그가 외우는 항마降魔의 진언이 천천히 미니의 심장을 향해 기어가더니 그곳을 공격하는 사악한 기운을 향해 파령破靈◆◆을 시작했다.

천신의 진언이 심장에 닿자 미니는 괴로운 듯 몸을 꿈틀댔다. 승덕은 미니가 고통에 몸부림치며 몸을 뒤틀 때마다 그녀의 손을 더욱더 세게 붙잡으며 자신의 힘을 나누어주려 애썼다.

천신의 진언은 그 위력이 너무나 강하고 폭발적이었다. 사악한 기운이 남김없이 사라질 때까지 그의 진언은 살아 움직이는 그림자처럼 미니의 가슴을 향해 모여들었다. 그 말 하나하나가 생명력을 가지고 사악한 기운을 뒤흔들었다. 커다란 원반처럼 미니의 가슴에 쩍 달라붙어 있던 사기가 갈 곳을 잃고 비틀비틀 괴로워하고 바들바들 떨다가 결국 미니의 가슴에서 툭 떨어져 허공으로 둥실 떠올랐다. 그것은 몽글몽글한 회색 아스트랄체◆◆◆ 덩어리처럼 보였다.

"괴, 굉장하다!"

◆산스크리트어로 '다라니陀羅尼'라고 한다. 진언의 말 속에는 그 힘과 묘력이 크고 깊어 위로는 제불보살과 제대현성 및 선신善神을 봉양하고 아래로는 지옥, 아귀, 축생 등 모든 중생에게 공양을 베푼다는 뜻을 간직하고 있다. 진언은 우주 삼라만상의 참의미를 가진 참소리이자 신주神呪의 영험력靈驗力으로 뜻한 바를 모두 이루게 하는 말이기도 하다. 여기서 천신이 반복하는 진언은 파혼破魂(사악한 영을 제거하는 진언)과 멸악취진언滅惡趣眞言(악을 제거하는 진언)이다. 진언은 그 뜻을 몰라도 하루에 세 번만 되뇌면 몸에 있는 사악한 기운을 없앨 수 있다고 하며, 불가佛家에서는 '옴'이란 발음을 아침저녁으로 되뇌면 건강에도 도움이 된다고 이야기한다.
◆◆영을 무찔러내는 술법을 뜻한다. 여기서는 좀 더 강력한 제령의 술법을 의미한다. 제령을 할 때 고집을 피우고 사라지지 않는 영은 파령을 당하며 영혼이 소멸된다.
◆◆◆아스트랄체Astral Body란 현실과 현재의 물체와 존재를 의미하는 에테르체Etheric Body와 대비되는 개념이다. 아스트랄계는 현실이 아닌 저세상을 의미하는데, 제령을 하는 경우 때로 아스트랄체가 목격된다고 보고된다. 목격자들에 의하면 아스트랄체는 보통 뿌연 연기 같은 물체로 묘사된다.

제령의 모습을 많이 보아온 낙빈이지만 천신의 제령술에는 입이 벌어졌다. 이처럼 단시간에 완벽하게 제령을 하는 사람은 거의 보지 못했다. 게다가 미니의 가슴에 갈고리처럼 붙어 눈에 띄지 않을 정도로 교묘하게 숨어 있는 기운을 단숨에 사라지게 하는 건 정말 대단한 일이었다. 언제나 묵묵히 뒤에서 지켜만 보는 천신 스승의 능력이 대체 어느 정도인지 낙빈은 짐작조차 되지 않았다.

"이제 나머지를 부탁한다, 낙빈아."

천신은 허공으로 떠오른 회색 기운을 바라보며 낙빈을 불렀다.

"네엣, 스승님!"

낙빈은 곧장 제요사마부를 꺼내 허공으로 던졌다. 괴황지에 적힌 빨간 글자가 허공의 사악한 기운을 감싸며 불꽃을 만들었다.

사방으로 불꽃이 터지더니 노란 부적이 타오르는 동시에 회색 기운도 깨끗하게 사라졌다. 마지막 남은 기운까지 모두 사라지자 천신은 미니의 어머니를 향해 고개를 끄덕였다.

"이제 되었네. 미니는 괜찮을 거야. 걱정 말게."

부푼 파마머리의 미니 어머니가 눈을 깜빡거리며 훌쩍거렸다.

"아아, 여러분이 아니었으면 어찌할 뻔했는지……."

그녀는 왜 이런 일이 생겼는지 모르겠다며 걱정스러운 얼굴로 미니를 바라보았다.

"정희야, 잠시 미니의 상태를 봐주겠니? 낙빈아, 넌 사악한 기운의 원인이 뭔지 찾아봐다오."

"네, 스승님!"

천신의 말대로 정희는 침대 곁으로 다가가 미니의 손을 붙잡았
다. 눈을 감자 미니의 생기가 느껴졌다. 너무나도 약하고 가녀린
기운이 간신히 팔딱거리고 있었다.

"미니야, 많이 힘들었지?"

정희는 미니가 너무 가엾어 눈을 찌푸렸다.

"아니에요. 잠을 못 자서 조금 지쳤을 뿐이에요. 덕분에 모두
만났으니 이것도 나쁘지 않은 걸요?"

미니는 애써 미소를 지었지만 손을 통해 느껴지는 미니의 기운
은 생각보다 심각했다. 아마도 숨을 쉬기 힘들 정도로 가슴이 답
답하고 힘들었을 것이다. 스승이 모든 기운을 몰아내기 전까지
머리가 갈라지는 듯한 끔찍한 통증도 느꼈을 것이다. 그런데도
아픈 내색 없이 미소만 보이는 마음 씀씀이가 예쁘기만 한 아이
였다.

"저기, 그럼 난……."

이제 그만 손을 놓으려던 승덕은 한껏 인상을 찌푸리는 정희의
얼굴을 보고는 입을 다물었다. 정희가 말하진 않았지만 '오빠 조
금만 더 잡고 있어요. 잠들 때까지만요'라는 무언의 압력이 고스
란히 느껴졌다. 승덕은 다섯 손가락에 단단히 손깍지를 끼고 놓
지 않는 미니를 보면서 들썩거리던 엉덩이를 도로 바닥에 붙였
다. 그런 두 사람의 모습을 씁쓸하게 바라보는 성주의 표정을 아
무도 알아차리지 못했다.

미니는 겨우 안정이 되는지 편안한 얼굴로 눈을 감았다. 곧 잠들 것처럼 한없이 평화스러운 얼굴이었다. 승덕은 미니의 얼굴을 물끄러미 바라보다가 슬쩍 뒤돌아보았다. 미니의 어머니와 이런 저런 이야기를 나누는 천신과, 그 옆에서 합장을 하고 정신을 집중한 낙빈의 모습이 보였다. 낙빈의 뒤로는 양 갈래로 머리를 묶은 미덕과 고요히 자리를 지키는 정현이 보였다.

그리고…… 차마 방 안으로 들어오지도 못하고 문 밖에 서서 불안하게 이쪽을 바라보는 성주의 얼굴이 눈에 들어왔다. 그녀의 불안한 눈이 슬픈 듯 승덕을 바라보았다. 승덕은 그녀 곁에서 조금이라도 불안감을 덜어주고 싶었지만 지금은 미니 곁에서 떨어질 수가 없었다.

"저기, 스승님."

한동안 눈을 감고 집중하던 낙빈이 천신 쪽으로 고개를 돌렸다. 낙빈은 이마의 땀을 닦아내며 고개를 저었다.

"어쩌죠? 근원을 잘 모르겠어요. 뭔가 있긴 한데 단단히 모습을 숨기고 있어요. 뭔가 미니 누나 곁에 있는데 그게 뭔지 잡히질 않아요."

"으음. 그러냐?"

미니의 어머니와 이야기를 나누던 천신이 걱정스러운 얼굴로 낙빈 쪽을 바라보았다. 웬일인지 낙빈이 애를 써도 사악한 기운의 근원을 찾아낼 수 없는 모양이었다.

"그렇다면 미덕아, 네가 해줘야겠구나. 사람보다 훨씬 예민한 개들이라면 미세한 기운도 잡아낼 수 있을 거다. 복실이를 데려와주겠니?"

"네, 할아버지!"

꿔다놓은 보릿자루마냥 기다리기가 지루했던 미덕은 기다렸다는 듯이 냉큼 대답했다.

미덕이 고른 세 마리 개의 영적 민감성은 사람과 비교되지 않을 만큼 놀라웠다. 미덕은 정원에서 기다리고 있던 천방지축 강아지들을 데리고 미니의 방으로 들어왔다. 세 마리의 개는 방에 들어오자마자 냄새를 맡으며 방 구석구석을 뒤지기 시작했다.

강아지들이 정신없이 여기저기를 뒤지고 방 안에 사람이 가득한데도 미니는 새근새근 잠에 빠져들었다. 예민할 대로 예민하던 소녀가 오늘은 아무런 소리도 듣지 못하는 것처럼 고요하고 깊은 잠에 빠져든 것이다. 그렇게 깊은 잠에 빠져들면서도 미니는 승덕의 손에 끼었던 깍지는 풀지 않았다.

강아지들은 옷장과 화장대, 침대와 바닥, 개인 화장실까지 샅샅이 돌아다니며 냄새를 맡았다. 세 마리 모두 더없이 진지하게 돌아다니기를 10여 분. 결국 강아지들은 미덕 앞에 두 다리를 세우고 앉아 낑낑거리기 시작했다.

"아이, 뭐야. 할아버지, 모르겠대요. 아이, 정말……."

미덕은 자신만만했던 만큼 실망도 커서 얼굴을 잔뜩 찌푸렸다.

"뭔가 있긴 한데 정말로 교묘하게 숨겨져 있어요. 가까이 다가가면 휙 사라지고 가까이 다가가면 휙 사라지고…… 그래서 손에 잡히질 않아요."

낙빈이 한숨을 쉬며 고개를 저었다. 복실이들이나 낙빈이나 마찬가지였다. 미니의 어머니는 어찌할 바를 몰랐고 천신은 깊은 생각에 잠겨 있었다. 정희는 걱정스럽게 미니의 얼굴을 바라보았다. 새근새근 잠든 미니는 아예 잠귀를 닫은 채 꿈의 세계에 빠져 있었다.

사람들 틈에서 있는 듯 없는 듯 불안한 얼굴로 떨던 성주가 미니의 방으로 한 걸음 들어섰다. 그 작은 움직임을 감지한 건 승덕뿐이었다. 승덕은 그녀의 불안한 움직임을 느끼고 살며시 미니의 손을 풀었다. 단단히 잡고 있던 미니의 손이 풀어지자 승덕은 재빨리 성주에게 다가갔다.

"괜찮니?"

"오빠……."

성주는 멍한 얼굴로 승덕을 바라보았다. 덜덜 떨리는 그녀의 손이 승덕의 셔츠를 움켜잡았다. 차가운 체온이 승덕의 팔로 전해졌다.

"오빠, 저거……."

성주의 손이 파르르 떨렸다. 핏기 하나 없이 하얀 손이 어딘가를 가리켰다.

"저거……."

승덕은 그녀가 가리키는 곳을 바라보았다. 성주의 하얀 손이 벽에 걸린 사진 하나를 지목하고 있었다. 그 안에 기도하듯 눈을 감은 미니의 얼굴이 있었다. 기다란 속눈썹을 살포시 내리깔고 두 손을 모은 채 기도하는 모습이었다. 한쪽으로 길게 땋아 내린 머리 군데군데를 작고 하얀 꽃으로 장식한 브로마이드였다. 하얀 그리스식 튜닉을 입고 기도하는 사진 속의 미니는 마치 여신 같았다.

그런데 성주가 떨리는 손으로 그 사진을 가리켰다. 승덕도 그 사진을 바라보았다. 그녀의 가느다란 손가락이 사진 속의 무언가를 가리키고 있었다. 기도하는 미니의 가슴 아래까지 늘어진 목걸이였다.

"저 사진 속의 목걸이는 어디 있나?"

성주의 손가락 끝을 바라본 건 승덕만이 아니었다. 언제부터인지 천신 역시 성주가 가리키는 사진을 쳐다보고 있었다. 천신은 성주가 가리키는 것이 무엇인지 단번에 알아차렸다. 천신은 미니의 어머니에게 그 목걸이의 행방을 물었다.

클로즈업된 미니의 얼굴 아래 흐릿하게 비치는 커다란 금속 목걸이를 보는 순간 승덕은 어디선가 본 것 같은 기시감에 몸을 떨었다.

'저것은…….'

그 사진은 미니가 편지에 동봉한 브로마이드에도 들어 있었다. 열두 컷 중에 여신을 형상화한 듯한 그 사진이 분명 있었다. 그게 다가 아니었다. 승덕은 미간을 찌푸렸다.

'어디선가 본 적이 있다. 어디선가…….'

승덕은 곧 그 모양을 기억해냈다. 성주가 떨리는 손가락으로 가리킨 그것. 사진 속 미니의 목에 걸린 그것. 그 문양을 찬찬히 살펴보던 승덕은 목걸이의 둥근 프레임 문양이 너무나도 낯익었다. 그것은 성주의 왼손 네 번째 손가락에 끼워져 있던 묵직한 금반지의 문양과 같았다. 반지 중심의 눈동자같이 보였던 문양과 똑같은 문양이 미니의 목걸이에 새겨져 있었다.

그 순간 승덕은 소스라치게 놀라 성주를 바라보았다. 혹시 성주가 기억을 되찾은 것일까 싶었다. 승덕이 바라본 그곳에는 사시나무처럼 떨고 있는 가엾은 여인이 있었다. 그녀는 파랗게 질린 입술로 아무런 말도 못하고 덜덜 떨기만 했다.

미니의 어머니는 일행을 미니의 방 옆으로 안내했다. 성주가 가리킨 사진 속의 목걸이는 미니의 드레스 룸에 있었다. 미니의 화장대가 있고 수많은 옷가지, 촬영 소품과 액세서리들이 보관되어 있는 드레스 룸은 작고 길쭉한 창문을 중심으로 디귿자 형태였다. 디귿자의 두 면에는 옷이 가득 걸려 있고, 다른 한 면에는 각종 액세서리가 놓여 있었다. 미니의 어머니는 액세서리가 들어 있는 서랍을 칸칸이 열며 목걸이를 찾았다.

"그게 어디 있더라……. 왜 그게…… 어째서…….."

미니의 어머니는 당황한 얼굴로 혼잣말을 중얼거리며 목걸이를 찾았다. 마침내 서랍 아래쪽에서 곱게 옻칠한 까만 상자를 찾아냈다.

"여기에 분명 목걸이가…….."

천신은 미니의 어머니가 꺼내준 까만 상자를 받아들었다. 상자 가득 은은한 연꽃 문양이 금박으로 둘러져 있고 금박의 중심에 날카로운 눈을 번뜩이는 도깨비의 귀면鬼面 무늬가 커다랗게 새겨져 있었다. 항상 담담하던 천신의 표정이 잠시 흔들렸다. 그 상자가 찾던 물건이 분명하다는 표정이었다.

"낙빈아, 제령은 암자에 가서 하자꾸나. 봉인을 해두어라."

천신은 그 까만 상자를 낙빈에게 건넸다. 상자를 받아든 순간 낙빈의 얼굴이 찌푸려졌다. 흔적을 지우기 위한 수많은 술수가 고스란히 느껴졌다. 누군가를 저주하고는 그 흔적을 고스란히 지우기 위해 엄청난 노력을 기울인 것이 느껴졌다. 그 노력을 뚫고 저주의 중심을 들여다본 순간 너무나도 교묘하고 악의 어린 저주가 날카로운 비수를 던지는 것이 느껴졌다. 견디기 힘들 정도로 차갑고 치밀한 수법이었다.

낙빈은 재빨리 한복 속에 넣어두었던 부적들을 꺼냈다. 그러고는 옻칠한 까만 상자를 감싸기 시작했다. 부적을 마치 보자기나 벽지처럼 덕지덕지 상자 위에 발라버렸다. 낙빈은 부적신장의 힘을 빌려 상자에 담긴 날카로운 저주의 기운이 다시는 나오지 못하도록 단단히 봉인했다. 혹시 모를 상황에 대비해 넉 장의 부적을 꼬아 금줄을 만든 다음 사방 동서남북으로 묶었다.

곤히 잠든 미니의 방문을 닫고 일행은 1층 거실로 향했다. 천신은 검은 상자를 사이에 두고 미니의 어머니와 마주 앉았다. 그 옆으로 낙빈과 정현이 앉고 그 옆에 정희가 미덕을 무릎에 앉힌 채로 붙어 앉았다. 승덕은 소파에 앉지 않고 거실 한쪽에 서 있었다. 아까부터 그의 팔을 꼭 붙든 채 부들부들 떨고 있는 성주 때문이었다. 성주는 하얗게 질린 얼굴로 아무런 말도 못하고 두려움 가득한 얼굴로 승덕의 팔만 잡고 있었다. 마치 무시무시한 무언가가 그녀에게 다가오기라도 하는 듯 승덕을 붙잡은 두 손에 그녀의 불안만큼이나 힘이 잔뜩 들어가 있었다.

천신은 가능한 한 안온한 표정을 지으며 미니 어머니에게 물었다. 하지만 잔뜩 굳은 눈썹 모양은 숨길 수 없었다.

"대체 이것을 어디서 얻었나?"

"그건…… 분명히 지방 촬영 때였어요. 지방에서 화보 촬영을 하던 중에 방송 관계자가 오래된 물건이라면서 선물로 줬어요. 아아, 기억나요. 그곳 국장님이 보냈다면서 코디네이터가 받아왔어요. 제가 좋은 물건 같은데 인사도 없이 받은 것 같아서 미안해했어요. 마침 사진작가가 목걸이를 보더니 촬영 콘셉트와 잘 어울리겠다면서 목에 걸고 사진을 찍자고 했어요. 그때 딱 한 번 걸어보고는 상자에 넣어 보관 중이었답니다. 그런데……."

미니의 어머니는 혼란스러운 얼굴로 고개를 저었다. 대체 어찌된 일인지 감도 오지 않는 표정이었다.

"누가 줬는지 알아보게. 누가 어디서 이 물건을 구했는지 말일세."

"네에, 알겠어요."

미니의 어머니는 즉시 주소록을 뒤지며 여기저기 전화를 걸었다. 코디네이터에게도 전화를 걸고 당시 함께 촬영한 관련자들에게도 전화를 걸었다. 다들 이미 짐작했지만 전화 통화로 알아낸 사실은 아무것도 없었다. 모든 게 거짓이었다. 미니의 어머니가 알고 있는 방송 관계자는 선물을 건넨 적이 없다고 했다. 당연히 지방 방송국 국장도 전혀 모르는 일이라고 했다. 갑자기 어디선가 나타난 이름 모를 누군가가 교묘하게 정체를 숨긴 채 미니에게 상자를 건넸다는 게 알 수 있는 전부였다.

"그럴 줄 알았네."

천신이 고개를 끄덕였다. 이토록 용의주도하게 저주의 흔적을 감춘 자가 부주의하게 흔적을 남겼을 리가 없었다.

"서주를 내린 자가 누군지는 내가 알아보겠네. 자세한 이야기는 나중에 하기로 하고 이만 암자로 돌아가는 게 좋겠군. 마음이 놓일 때까지 이 집을 지킬 사람이 필요한데……."

천신은 낙빈 일행을 천천히 쳐다보며 말을 이었다.

"낙빈이는 나와 함께 암자에 가야겠다. 저 상자를 이용해 저주의 근원을 찾는 일을 도와주었으면 좋겠구나. 정희야, 넌 미니 곁에 남아주면 좋겠는데 괜찮겠느냐?"

"네, 스승님."

정희는 흔쾌히 고개를 끄덕였다. 그런 누이를 보던 정현이 천신을 바라보았다.

"그럼 저도 함께 있겠습니다."

승덕이 '누나 바보'라고 놀릴 게 뻔하지만 어쩔 수 없었다. 늘

누이를 염려하는 정현은 정희와 함께 남기를 원했다.

"그래, 정현이가 함께 있어준다면 더욱 든든하겠구나. 그리고 미덕아."

이번에는 천신이 정희의 무르팍에 앉아 있는 미덕을 바라보았다.

"혹시나 다른 기운이 이곳을 찾아올지도 모르니 복실이들이 여기에 남았으면 좋겠구나. 영적 변화가 민감한 아이들이니 큰 도움이 될 게다. 그리고 원한다면 너도 함께 있어도 된다."

천신의 말에 미덕은 낙빈을 한 번 쳐다보고 정희와 성주도 한 번씩 쳐다보았다. 그러더니 몸을 부르르 떨었다. 그 모습에서 미덕의 생각이 모두 드러났다. 낙빈과 함께 암자에 가고 싶지만 정희랑 헤어지기는 싫은 모양이었다. 게다가 정희가 없는 암자에서 성주와 둘이 방을 쓸 생각을 하니 영 내키지 않는 마음일 것이다.

"할아버지, 전 여기 남을래요."

순순히 대답하는 미덕 옆에서 말귀를 알아들은 강아지들도 컹컹 짖었다.

"야, 니들은 잔디밭이야. 이제 여긴 들어오면 안 돼."

강아지들을 향해 승덕이 한 소리 했다. 복실이들이 또 말귀를 알아듣고는 성난 얼굴로 컹컹 짖어댔다. 미덕이 통역하지 않아도 강아지들이 불만 가득하다는 것은 모두가 알 수 있었다.

"승덕이는…… 어쩔 테냐?"

천신의 눈길이 승덕에게로 옮겨갔다. 미니는 승덕이 이곳에 머물기를 누구보다도 바랄 것이다. 승덕이 함께 있다면 심리적인 위안도 클 것이 분명했다. 승덕 역시 그런 사실을 잘 알고 있었다. 하지만 그는 이곳에 남을 수가 없었다. 그의 팔을 꼭 붙잡은 채 사시나무처럼 떨고 있는 가엾은 성주 때문이었다. 그녀를 보내고 혼자만 이 도시에 남을 수는 없었다.

"전…… 암자로 가겠습니다."

"으음……."

천신은 낮게 신음하며 조용히 고개를 끄덕였다. 미니의 어머니가 그의 곁에서 안타까운 얼굴로 승덕과 천신을 번갈아 바라보았다. 미니의 어머니는 승덕이 미니를 위해 머물러주기를 무언으로 부탁했지만 승덕은 애써 그녀의 눈을 외면했다. 미니에게는 저토록 아껴주고 위해주는 어머니가 있다. 하지만 세상에 아무런 인연의 끈도 남지 않은 여인이 있다. 그 여자가 승덕의 팔을 꼭 부여잡고 불안에 떨고 있었다. 승덕은 결코 그녀를 버려둘 수가 없었다.

3

숲에 도착했을 때는 이미 사위가 어둑어둑했지만 일행이 할 일은 끝나지 않았다. 천신은 미니의 어머니에게서 받아온 검은 상자 속 저주술의 근원을 좀 더 알아보기로 했다. 천신은 암자의 서쪽 끝에 붙어 있는 작은 창고의 사방에 낙빈과 함께 결계를 겹겹이 쳤다. 결계 안에서 목걸이 속에 교묘히 숨어 있는 저주의 기운을 끌어내어 실마리를 찾아내기 위해서였다.

두 사람이 창고에 틀어박혀 목걸이의 저주술을 푸는 것이 승덕에게는 조금 다행스러운 일이었다. 그는 성주와 따로 이야기할 시간이 필요했다.

승덕은 아무 말 없이 암자 북편 방으로 들어갔다. 산어귀를 넘어가는 붉은 태양빛이 문틈으로 길게 늘어졌다. 하얀 문지방 사이의 격자무늬 그림자가 누런 방바닥에 그득히 들어왔다. 승덕은 방 안 깊숙한 곳에 등을 지고 앉았다. 그리고 차마 건네지 못했던 성주의 물건을 꺼냈다. 어두운 그늘 속에서 작은 반지가 금빛으로 출렁거렸다. 승덕은 그 반지를 두 손에 들고 만지작거렸다. 조금은 투박하리만치 두툼한 반지의 우툴두툴한 무늬가 느껴졌다.

죽은 여자의 왼손 네 번째 손가락에 끼워져 있던 반지. 연인과의 커플링으로 보기에는 지나치게 두툼하고 묵직한 거대한 금반지였다. 중량감이 느껴지는 투박한 반지의 중간에 무늬가 새겨져 있었다. 둥근 반지의 중심에 화산처럼 불룩 올라온 무늬의 가운데 윗부분이 둥그런 눈동자 모양이었다. 번쩍이는 눈동자가 승덕을 노려보았다. 그 눈동자 무늬는 미니의 사진에서 보았던 목걸이의 문양과 정확히 일치했다. 승덕은 이 모든 것을 어떻게 이해해야 할지, 어떻게 생각해야 할지 알 수가 없었다.

승덕은 작은 반지를 바지 주머니 깊숙이 찔러 넣고 방을 나섰다. 하늘은 고요하고 숲도 고요했다. 어느새 숲은 캄캄한 어둠에 물들었고 그 깊은 그림자가 암자 마당까지 삼켜버렸다. 인기척하나 없는 것을 보니 낙빈과 천신의 제령이 여전히 계속되고 있는 모양이었다. 그는 툇마루로 내려서서 신발을 신었다. 주위는 지독하게도 고요했다. 너무 고요해서 가슴이 얼어붙을 것만 같은 밤이었다.

"성주야……."

승덕이 나지막하게 불렀다. 아는 거라곤 제 이름밖에 없는 그녀가 어떻게 미니의 사진 속에서 반지의 문양을 알아보았는지 물어보아야 했다. 그녀의 잃어버린 기억 속에 무엇이 숨어 있는지 헤집어봐야 할 순간이 왔는지도 모른다. 승덕은 쓸쓸히 한숨을 내쉬었다. 아픈 기억이라면 그대로 잊어도 좋지 않을까 생각하기도 했다. 모든 걸 잊고 새로이 인생을 시작하는 것도 나쁘지 않은 선택이지 않을까 생각했다. 하지만 승덕은 성주의 기억을 이대로 모른 척 묻어둘 수만은 없다는 걸 깨달았다. 그녀가 원하든 원하지 않든, 그리고 승덕이 원하든 원하지 않든 운명은 그들을 어딘가로 이끌고 있었다.

그녀의 사라진 기억을 꺼내야 한다면 그 일을 다른 사람의 손에 맡기고 싶지 않았다. 그 기억이 얼마나 끔찍하고 또 얼마나 괴로울지는 몰라도 죽음을 스스로 받아들여야 했던 그녀의 손을 놓지 않고 잡아줄 사람은 승덕뿐이었다.

승덕은 조심스러운 걸음걸이로 부엌을 향했다. 그곳에 성주가 있을 거란 생각이 들었다. 어두운 부엌에서도 가장 컴컴한 끝자리에 흐릿한 형체가 보였다. 승덕은 그것이 잔뜩 움츠린 성주라는 것을 알아차렸다.

"여기 있었니?"

승덕은 되도록 아무런 감정이 실리지 않도록 말을 걸었다. 두려움도 걱정도 연민도 애틋함도 들키지 않으려는 듯 애써 무심하게 그녀를 불렀다.

"승덕 오빠……."

어둠 속에서 부스스 일어서는 하얀 얼굴이 보였다. 파리한 그 얼굴이 천천히 승덕의 곁으로 다가오더니 아무 말도 없이 그의 팔을 붙잡았다. 부서질 듯 가느다란 몸이 그의 팔에 매달리는 것이 느껴졌다. 그 느낌이 애달프고 구슬퍼서 승덕은 괜히 한숨이 나왔다.

"괜찮아?"

승덕은 부엌 아궁이 옆에 털썩 걸터앉았다.

"괜찮을 거야. 미니는 걱정하지 않아도 돼. 다 잘될 거야."

승덕은 미니는 걱정하지 않아도 된다는 것을 알고 있었다. 천신은 미니가 아닌 다른 것을 걱정하는 듯했다. 그렇지 않다면 이렇게 암자로 돌아오지 않았을 것이다. 천신은 미니보다 다른 이를 걱정하는 게 아닐까? 누구도 찾아내지 못했던 저주의 근원을 한눈에 알아버린 성주, 그녀의 잊힌 과거와 현재를 걱정하는 게 아닐까 싶었다. 그래서 미니를 두고 이렇게 암자로 급히 돌아온 것이 아닌가 짐작되었다.

승덕은 한동안 침묵했다. 그의 팔을 붙들고 있는 성주도 말 한 마디가 없었다. 말은 하지 않았지만 승덕의 머릿속은 이런저런 생각으로 터질 듯했다. 무엇보다 이 복잡한 이야기를 어떤 식으로 끄집어내야 할지 깊이 고민되었다.

"……물어봐도 될까?"

오랜 침묵 끝에 승덕이 간신히 말문을 열었다.

"성주야, 어떻게 알았니? 미니가 위험에 빠졌다는 거 말이야."

승덕은 이런 이야기가 성주의 상처를 건드리지 않을까 걱정하며 조심스럽게 물었다.

"모, 모르겠어요. 저도…… 그냥…… 그렇다는 걸 알았어요. 그 사진을 보는데…… 목걸이가…….."

성주는 혼란스러운 얼굴로 고개를 저었다. 까만 단발머리가 흔들리며 바람을 만들었다. 흐트러진 머리카락이 그녀의 얼굴을 가렸다.

"혹시 기억나는 게 있니?"

"……그 목걸이…… 그 무늬를 제가 알고 있었어요."

고개를 깊이 숙인 성주의 머리카락 사이에서 작은 음성이 흘러나왔다. 승덕의 어깨가 부르르 떨렸다.

"그 문양…… 에 대해 뭔가 생각나는 게 있니?"

성주는 아무런 대답 없이 혼란스러운 듯 고개를 저었다. 승덕은 성주를 채근하지 않았다. 그저 멍하니 부엌 밖을 바라보며 기다렸다.

이제 세상은 어둠 속에 완전히 잠겨버렸다. 암자도, 숲도, 그늘에 숨은 부엌도 모든 것이 검은 그림자 속에 숨어들었다.

"오빠…… 그건…… 굉장히 위험한 거예요. 그것은 불행을 보는 눈동자예요. 그 눈동자는 불행한 것만 봐요. 너무 무섭고 끔찍한 눈이에요. 저는 그 눈을 잘 알고 있어요. 하지만……."

성주의 까만 머리가 뒤로 기울어지며 하얀 얼굴이 드러났다. 불안과 공포로 물든 까만 눈동자가 서글픈 듯 승덕을 올려다보았다.

"하지만…… 왜 제가 그걸 알까요? 저는 왜 그게 불행을 보는 눈동자라는 걸 아는 걸까요? 왜, 왜 제가…… 왜…… 왜……!"

그 하얀 얼굴에 눈물 한 줄기가 주르륵 흘러내렸다. 고통과 괴로움에 물든 가엾은 눈동자가 흔들렸다. 승덕은 그녀의 눈을 바라볼 수가 없었다. 승덕의 손이 그 가엾은 얼굴을 감쌌다. 그리고 흘러내리는 차가운 눈물을 조심스럽게 닦았다. 산 사람도, 죽은 사람도 아닌 성주의 몸은 더없이 차갑게 느껴졌다. 흐르는 눈물마저 차가웠다.

승덕은 그 눈물에 얼마나 괴롭고 슬픈 이야기가 감추어져 있을지, 기억 저편의 비밀들 속에 얼마나 아픈 것이 숨어 있을지 걱정스러웠다. 승덕은 천천히 그 가엾은 사람을 안았다. 비쩍 마른 차가운 등을 쓰다듬었다. 모른 채 살 수 있다면, 그저 모르고 살면 좋으련만. 잊은 채 살 수 있다면, 그저 잊고 살면 좋으련만. 그러면 좋으련만…….

"오빠, 무서워요. 돌아가고 싶지 않아요. 그 눈동자를 잊어버리고 싶어요. 전, 전 여기 있고 싶어요. 오빠 곁에 있고 싶어요."

그녀의 차가운 손바닥이 승덕의 셔츠를 붙잡고 늘어졌다. 그녀는 마치 무시무시한 무언가가 발끝을 붙잡고 있는 느낌이 들었다. 그 기운이 그녀를 지옥불로 끌고 가려는 것 같았다. 어둡고 탁한 죽음의 세계로 그녀를 붙잡고 늘어지는 것만 같았다.

그녀는 다시 그곳으로 가고 싶지 않았다. 그동안 산 것도 죽은 것도 아닌 채 어떤 의욕도 없었는데…… 이상했다. 끔찍한 그 기운을 느낀 순간 성주는 오히려 삶에 대한 애착이 생기고 있었다. 살고 싶었다. 살아 숨 쉬고 싶었다. 승덕이 있는 이 세상에서 그와 같은 공기를 마시며 살고 싶다는 생각이 들었다. 그 순간.

두근.

성주의 심장이 펄떡거렸다. 무언가 조금 전과 달라졌다. 왜인지 심장이 뛰었다. 다시 살아난 순간부터 심장은 움직였지만 너무나 작고 보잘것없는 떨림에 불과했다. 이런 식의 두근거림은 한 번도 느낀 적이 없었다. 그런데 커다란 고동이 느껴졌다. 귀를 멍하게 만들 정도로 얼얼한 느낌이 온몸을 타고 울려 퍼졌다. 성주는 단단히 매달리고 있던 승덕의 옷자락을 스르르 놓았다. 그러고는 자신의 두 손을 멍하니 바라보았다.

두려움에 침식당한 그 여린 여자를 감싸 안았던 승덕도 천천히 그녀에게서 떨어졌다. 눈앞의 성주는 멍한 얼굴로 자신의 두 손을 바라보았다. 몹시도 놀란 얼굴로 자신의 손을 내려다보는 그녀의 얼굴에 알 수 없는 감정이 떠오르고 있었다.

"왜…… 그러니? 성주야, 괜찮아?"

승덕을 바라보는 그녀의 눈이 놀란 토끼처럼 흔들거렸다.

"오빠……."

그녀는 대답 대신 두 손으로 승덕의 손을 붙잡았다.

"왜……?"

무슨 일이냐고 물으려던 승덕의 눈동자가 차츰 크게 벌어졌다. 승덕은 자신의 손을 붙잡은 길고 가는 손에서 희미한 온기를 느꼈다. 얼음장처럼 차가웠던 그녀의 손에서 어찌 된 일인지 은은한 온기가 느껴졌다.

체온이…… 느껴졌다. 승덕은 멍한 얼굴로 그녀의 어깨에 손을 얹었다. 차갑던 그 어깨가 조금씩 따뜻해졌다. 승덕은 다시 그 마른 몸을 천천히 감싸 안았다. 부서질 듯 다칠 듯 소중하고 조심스럽게 두 손으로 감쌌다. 그렇게 두 사람이 체온을 나누는 잠시의 시간이 지나자 차갑게 식어 있던 그녀의 등에서도 희미한 온기가 느껴졌다. 승덕은 놀란 눈으로 성주의 두 팔을 잡았다. 승덕의 두 손으로 그녀의 온기가 전해졌다.

"어, 어떻게 된 거니?"

"모르겠어요."

성주 역시 혼란스러운 얼굴로 승덕을 바라보았다. 무슨 일인지 알 수가 없었다.

"저는…… 그저…… 살고 싶다고 생각했어요. 오빠의 동생으로도 좋아요. 그 어떤 이름이 되어도 좋아요. 그저 오빠의 옆에서

154

살고 싶다고…… 살고 싶다고 생각했어요. 그랬더니…… 그랬더니…….”

승덕은 몹시도 몸을 떠는 성주를 이리저리 바라보았다. 어찌된 일인지는 모르지만 살고 싶다는 욕구가 실제 생명력에 영향을 준 모양이었다. 삶과 죽음 사이에 완전히 끼어 있던 성주의 몸이 삶의 방향으로 한 발을 내디딘 느낌이었다. 그 삶의 욕구가 새하얀 볼에 발간 핏기를 번지게 하고 얼음장처럼 차가웠던 손발에 체온을 불어넣은 것으로 보였다.

“오빠, 저는…… 오빠, 저는…… 오빠…….”

성주는 헛소리처럼 같은 말을 반복했다. 승덕을 바라보는 그녀의 물기 어린 눈동자에 수많은 감정이 뒤섞여 있었다. 승덕은 그런 성주에게 무슨 말을 해야 할지 혼란스러웠다. 섣부른 희망의 말도, 위로의 말도, 약속의 말도 나오지 않았다. 승덕은 지금 눈앞에서 벌어지는 일을 논리적으로 처리하는 것만으로도 머리가 터질 것만 같았다.

그동안 성주처럼 다시 살아난 사람들에 대해 찾았던 정보들, 그와 비슷한 과거와 현재의 수많은 이야기가 그의 머릿속에서 터질 것처럼 폭발하고 있었다. 더욱이 사시나무처럼 떨고 있는 가없는 그녀의 눈동자를 바라보는 동안 이성과는 별도로 제어되지 않는 수많은 감정의 요동도 승덕을 혼란스럽게 했다.

“오, 오빠…… 오빠…….”

성주의 손가락이 승덕을 붙잡았다. 그 길고 하얀 손가락은 얼마 전까지만 해도 분명 얼음장처럼 차가웠다. 산 사람이 아닌 것처럼 너무나 차가웠다. 지금 그 손에서 미열이 느껴졌다. 놀랍게도 은은한 온기가 승덕의 손으로 전해졌다. 덜덜 떨리는 하얀 손가락이 승덕의 손을 잡아당겼다. 그 손이 성주의 가슴으로 승덕의 손을 이끌었다. 성주의 가슴 저편에서 펄떡거리는 요동이 느껴졌다. 살아 있었다.

모든 것이 정지된 것처럼 메말랐던 성주의 모든 것이 살아 움직이고 있었다. 승덕은 전기에 감전된 것처럼 온몸을 부르르 떨었다. 너무나도 원했던 생명력! 그것이 성주에게 돌아와 있었다. 너무나도 돌려주고 싶었던 생명의 움직임이 그녀의 온몸에서 서서히 타오르고 있었다.

"오빠, 저는…… 저는……."

펄떡이는 가슴의 고동이 더욱더 가파르게 느껴졌다. 뜨거운 이야기들이 그녀의 가슴에서 승덕의 가슴으로 전해지는 것만 같았다. 온몸을 파르르 떠는 여인의 마른 몸이 승덕의 가슴으로 파고들었다. 길고 검은 단발머리가 승덕의 턱 아래에서 찰랑거렸다. 한없이 여린 여인의 마른 몸이 승덕의 품으로 파고들어왔다.

"오빠, 저는…… 저는……."

그녀는 반복하고 또 반복하면서도 자신의 말을 끝내지 못하고 있었다. 승덕의 가슴으로 파고드는 자신의 몸짓과 연결되는 말이 차마 입으로 나오지 않았다. 그녀를 살게 만든 사람이 그라는 것을. 그가 다른 여인의 손을 잡아주는 모습을 보는 순간 그 손이 자신의 손이기를 바랐음을. 그런 승덕을 보면서 한없는 질투에 찢어질 듯한 가슴의 통증을 느꼈음을 말하지 못했다. 그의 곁에 서서 그를 바라보며 다시 생을 시작하고 싶다고 생각했음을, 다시 한 번 살고 싶다고 생각했음을 말하지 못했다. 그녀는 그 모든 말을 두근거리는 심장과 온기로 전하고 있었다.

승덕 역시 아무런 말도 나오지 않았다. 자신의 품으로 파고드는 가엾은 마른 몸을 멍하니 바라보다가 저도 모르게 그 여린 몸을 두 손으로 감싸고 한참 동안 보듬어주기만 했다. 생각을 해야 하는데 머리가 돌아가지 않았다. 무엇을 생각해야 하는지, 무엇을 해야 하는지 태엽이 멈춘 시계처럼 그의 몸도 머리도 움직이지 않았다. 폭발할 듯 밀려오는 감정의 소용돌이 속에서 모든 이성이 마비된 것만 같았다.

그렇게 두 사람은 한참 동안 서로를 안고 있었다. 차갑고 검은 하늘 아래에서 서로의 체온을 나누는 이 기적 같은 일을 믿을 수가 없어서 그렇게 서로를 부둥켜안고만 있었다.

"성주야, 우선…… 그만 쉬도록 하자. 네 몸…… 너무 떨고 있어."

승덕은 똑바로 서기도 힘들 만큼 떨고 있는 성주를 일으켰다. 그녀는 휘청거리며 승덕을 붙잡았다. 그의 팔과 옷자락을 잡은 손바닥에서 이제는 얼음장 같은 차가운 기운이 느껴지지 않았다.

승덕은 성주를 데리고 그녀의 방으로 들어갔다. 승덕은 한구석에 그녀를 앉히고 이불을 폈다. 여전히 간헐적으로 몸을 떠는 그녀를 조심스럽게 눕히고도 한동안은 일어설 수가 없었다. 점점 따뜻해지는 성주의 두 손이 승덕의 손을 붙잡고 놓아주지 않았다. 승덕 역시 그 손을 놓지 않았다.

차갑게 식은 밤바람이 암자의 북편 방을 스치고 지나가는 게 느껴졌다. 그때마다 성주는 발작처럼 몸을 부들부들 떨었다. 그렇게 한참이 흐른 뒤에야 그녀는 고요해졌다. 승덕은 캄캄한 밤의 실루엣 속에서 눈을 감은 성주의 얼굴을 바라보았다. 혼란으로 가득했던 그녀의 얼굴이 어느새 고요히 잠들어 있었다.

'이럴 수가……!'

승덕은 잠든 성주의 얼굴을 보며 머릿속이 더욱더 복잡해졌다. 다시 살아난 그녀가 단 한숨도 자지 못한다는 것을 알고 있었다. 아니, 암자 식구들 모두가 알고 있었다. 그런데 체온과 함께 그녀에게 잠이 찾아왔다. 다시 살아나고 처음으로 그녀는 눈을 감았다. 그리고 달콤한 꿈의 세계를 다시 맛보고 있었다. 평화로운 얼굴로 혼란스러운 기억을 잊은 채 잠들어 있었다. 승덕의 귀에 그녀가 되뇌던 말이 떠올랐다.

'저는…… 그저…… 살고 싶다고 생각했어요. 오빠의 동생으로도 좋아요. 오빠의 옆에서 살고 싶다고…… 살고 싶다고 생각했어요. 그랬더니…… 그랬더니…….'

파리한 밤의 세계 속에 성주의 하얀 얼굴이 보였다. 길고 까만 속눈썹이 그녀의 깊은 잠을 지켜주는 것만 같았다. 살고 싶다는 의지가 도화선처럼 그녀의 생명력에 불을 붙인 게 틀림없었다. 그 생명에의 의지는 역설적으로 살아생전 그녀를 괴롭히던 깊은 상처로부터 시작되었다. 그 상처로부터 도망치고 싶다는 본능이 다시 살고 싶다는 의지로 그녀를 내몰았다.

승덕은 단단히 붙든 성주의 손을 조심스럽게 풀었다. 그는 천천히 자신의 오른쪽 바지 주머니에 손을 넣었다. 작고 둥근 반지의 차가운 느낌이 손가락으로 전해졌다. 미니를 괴롭혔던 그 문양, 성주가 단번에 알아본 그 문양…… 그 문양이 새겨진 반지를 어찌해야 하는지, 저주의 눈동자라는 이 표식을 성주에게 돌려주어야 하는지 승덕은 판단할 수 없었다.

4

까만 밤을 거의 하얗게 지새운 낙빈은 어스름한 새벽 여명이 비쳐들 무렵에야 북편 방으로 돌아왔다. 해도 달도 남지 않은 하늘 저편은 벌써 남빛으로 밝아지고 있었다. 밤새 숲 속에 숨어 있던 작은 산새들이 푸드덕 날갯짓을 시작할 때가 되어서야 비로소 낙빈은 창고를 나설 수 있었다. 잠도 못 자고 온밤을 꼴딱 새운 탓에 온몸이 녹초가 된 소년은 비척비척 방문을 열었다.

낙빈이 문을 열자 자신처럼 온밤을 하얗게 새운 것이 분명한 승덕이 낮은 조명등 하나를 켜놓고 작은 좌탁 앞에 앉아 있었다. 뭘 그리도 골똘히 생각하는지 승덕은 낙빈의 기척에 화들짝 놀랐다.

"어, 형? 아직 안 주무셨어요?"

"아아, 왔구나. 그래, 제령은 잘됐니?"

"그게…… 좀 힘들었어요. 본체를 단단히 숨긴 상태라 스승님과 제가 갖가지 방법으로 저주의 근원을 찾으려고 애를 써봤는데도 도저히 알아내기가 힘들었어요. 이상한 점은…… 그 저주가 미니 누나를 향하긴 하지만 심하게 해칠 정도로 강하지는 않다는 거였어요. 미니 누나를 굉장히 괴롭히면서도 어느 정도 강약을 조절했다고 해야 하나요? 스승님 말씀으론 그랬어요. 사실 그 저주는 미니 누나를 괴롭히기보다 다른 의도가 있는 것처럼 보인다고 하셨어요. 그게 뭔지 알아내려 했지만 실패했어요. 어휴, 여하튼 스승님은 저더러 자라고 하시고는 아직도 창고에서 나오시지 않았어요."

"그, 그러냐……."

낙빈은 하품을 해대며 자리에 누우려다 승덕의 반응이 조금 이상하다는 것을 깨달았다. 뭐랄까, 승덕은 낙빈의 말을 귓등으로 듣는 것만 같았다. 평소라면 조목조목 얘기를 귀담아듣고 이런저런 기발한 아이디어를 내던 형이 오늘은 웬일인지 반응이 건성건성이었다.

"형, 왜 그래요? 무슨 일 있었어요?"

"음……."

승덕은 대답 대신 골똘히 무언가를 생각하는 모습이었다.

"낙빈아, 그 목걸이 안에 있던 문양 말이다. 그 눈동자 문양…… 그 문양에 대해 조사하고 있는데 말이다……."

"아, 그랬어요?"

낙빈은 자리에 누우려다 말고 흥미로운 얼굴로 승덕에게 다가갔다. 그러자 승덕의 앞에 놓인 노트북뿐 아니라 뒤쪽에 그득히 쌓인 고서가 눈에 들어왔다. 승덕은 그 문양에 대한 실마리를 찾기 위해 밤을 꼬박 새운 모양이었다.

"낙빈아…… 너 이거 기억나니?"

승덕은 자신의 오른쪽 바지 주머니에 손을 집어넣더니 잠시 뜸을 들이다가 마침내 그것을 끄집어냈다. 낙빈은 승덕의 손바닥에 놓인 반지를 물끄러미 바라보았다. 그 작은 반지를 언제 보았는지 생각하는 모양이었다. 그리고 얼마 지나지 않아 낙빈은 그 반지의 주인을 기억해냈다.

"설마…… 성주 누나……? 말도 안 돼요!"

낙빈은 그 반지의 문양이 미니의 목걸이 문양과 정확히 일치한다는 걸 알아채고 소스라치게 놀랐다.

처음 성주를 만났던 그날이 기억났다. 커다란 여행 가방에 담긴 시체를 보는 순간 낙빈은 그녀의 손에서 느껴지는 자욱한 저주의 기운에 인상을 찌푸렸다. 그 두툼한 금반지에서 느껴지는 검고 차가운 느낌에 몸서리를 쳤다. 그래서 저주의 힘을 임시로 가두어두었다. 지금 승덕이 보여주는 반지에는 그때의 저주의 기운이 사라지고 없었다. 누가 제령을 했는지는 몰라도 그것은 탁한 기운이 완전히 사라진 평범한 반지에 지나지 않았다. 그런데…… 그 반지의 중심에 그 문양이 있었다. 둥근 눈동자 모양이!

161

"그럼 성주 누나가 미니 누나의 사진을 보고 놀랐던 것도……."

"그래. 미니의 브로마이드에서 목걸이를 보고 뭔가를 느꼈던 모양이야."

"그럼 성주 누나…… 기억이 돌아온 거예요?"

"아냐. 어젯밤에 얘기해봤는데 막연하게 두려운 느낌만 들었대. 예전 기억이 돌아온 건 아니라고 하는데 거짓말 같지는 않았어. 문양에 대한 강한 인상이 기억 속에 남아 있었던 모양이야."

"형, 대체…… 어떻게 된 일이죠?"

낙빈은 복잡한 얼굴로 승덕을 바라보았다. 낙빈 앞의 승덕 역시 뾰족한 답을 찾지 못한 모양이었다. 과연 성주를 중심으로 어떤 일이 있었는지, 그리고 지금 무슨 일이 일어나고 있는지 알 수가 없었다.

"형, 그럼 혹시 미니 누나에게 걸린 저주가 찾아내려고 했던 건…… 혹시……?"

낙빈은 그렇게 혼란스러워하는 승덕의 얼굴을 처음 보았다. 낙빈은 장난기 하나 없이 고통스럽고 멍한 표정의 승덕을 한 번도 본 적이 없었다. 승덕은 혹시 모르는 것이 있더라도 미지의 수수께끼를 풀겠다는 의욕이 넘쳤다. 한 번도 기가 죽거나 포기하지 않았다. 문제가 어려울수록 의지를 불태우며 도전하고 달려들었다. 그리고 마침내 놀랍고도 명확한 해결책을 제시하곤 했다. 그랬던 승덕이 멍한 얼굴로 당황하고 흔들리는 눈빛을 보였다.

"낙빈아, 그 문양은 불행의 눈동자라고 한다."

"네?"

낙빈은 승덕의 얼굴을 올려다보았다. 흔들리는 눈동자는 낙빈이 아니라 문풍지 너머 어딘가를 바라보고 있었다. 그는 낙빈에게 말한다기보다 혼잣말을 하는 것만 같았다.

"나는 밤새 이 눈동자 문양에 대해 찾아봤어. 그리고 마침내 이 눈동자가 귀면 문양 중 하나라는 걸 알아냈다."

"아……."

낙빈은 단지 눈동자 문양 하나만으로 그 기원을 찾기가 얼마나 힘든지 감도 오지 않았다. 그건 모래알 속에서 다른 색깔의 모래 한 알을 찾는 것과 마찬가지일지 몰랐다. 그런 일을 승덕은 하룻밤 만에 해냈다. 평소라면 너스레도 떨고 유머도 섞어가면서 자신이 해낸 일을 떠벌릴 법도 한데 오늘 승덕에게는 그런 낌새가 전혀 없었다. 낙빈은 승덕의 진지한 얼굴이 너무나도 슬퍼 보이는 것이 자신의 기분 탓인지 의심스러웠다.

"낙빈아, 너도 알겠지만 절의 기와나 수막새를 보면 도깨비 문양이 참 많아. 부리부리한 눈을 뜨고 우릴 쳐다보는 그 귀면 문양들은 절의 신장 역할을 하면서 좋지 않은 기운을 가진 귀신들이 얼씬도 못하게 막아주지."

"네."

낙빈은 여전히 먼 곳을 바라보며 중얼거리는 승덕에게 맞장구를 쳤다. 기와나 처마 끝뿐 아니라 청동 방패 같은 옛 물건에서 부리부리한 눈을 홉뜬 도깨비 문양을 찾기는 어렵지 않았다. 그들 도깨비 문양은 하나하나가 다르고 개성이 넘쳤다. 하지만 낙빈은 승덕이 건네준 반지에 무슨 특징이 있다는 것인지 알 수가 없었다.

"귀면 형상의 눈을 보면 툭 불거져 나와 있다는 느낌이 들도록 그려져 있어. 그 부리부리한 눈으로 좋지 않은 사기를 차단하기 위해서였지. 보통 하나의 문양이 있을 때는 정면을 응시하지만 여러 문양이 함께 있는 경우에는 눈동자들이 이쪽저쪽을 보게 되지."

"아아, 맞아요."

낙빈은 승덕의 말을 들으니 과연 그렇다는 생각이 들었다. 여러 절에서 보았듯이 문의 중심에 귀면 무늬 하나가 새겨져 있는 경우에는 커다란 눈동자가 정면을 노려보는 반면 지붕 위에 오른쪽, 왼쪽으로 귀면이 있는 경우에는 눈동자가 서로 다른 방향으로 돌아가 있는 것이 생각났다.

낙빈은 승덕이 건네준 금반지의 문양을 살펴보았다. 낙빈을 향해 튀어나올 것 같은 부리부리한 눈동자 문양이 정확히 정면을 바라보고 있었다.

"귀면 문양에서 가장 중요한 건 바로 눈동자야. 눈동자가 바라보는 곳, 눈동자의 위치, 눈동자의 모양과 시선 말이야. 그 눈동자가 바로 귀신을 몰아내는 힘을 가졌으니까."

승덕은 잠시 한숨처럼 숨을 뱉더니 말을 이었다.

"그런데 낙빈아, 그 눈은 말이다…… 거꾸로 되어 있어."

"네에?"

낙빈은 눈을 동그랗게 뜨고 승덕을 보았다. 무엇이 거꾸로 되어 있다는 건지 이해되지 않았다. 눈동자를 이리저리 살펴보았지만 도무지 알 수가 없었다.

"눈꼬리 부분을 보면 차이가 난단다."

승덕의 말을 듣고야 본래 방향과 거꾸로 된 귀면의 다른 점이 겨우 파악되었다.

"거꾸로 된 귀면은 불행을 의미한단다. 강력한 저주술인데 아무도 사용하지 않았대. 왜냐하면 불행의 귀면은 저주를 건 사람에게 그대로 돌아온다고 여겨지거든. 성주가 발견되었을 때의 사진을 확인해봤다. 거꾸로 된 눈동자 방향으로 반지가 끼워져 있더라. 성주는 강력한 저주가 담겨 있는 불행의 상징을 끼고 있었던 거야. 그런데 왜, 누가 그런 저주술을 걸었을까? 왜? 무슨 이유로?"

승덕은 혼잣말처럼 지껄이다가 두 손으로 머리카락을 헝클어뜨렸다. 생각할수록 무언가 떠오르는 불안이 그의 가슴을 자꾸만 쪼그라뜨리고 있었다.

"미안하다. 잠도 자지 못한 널 붙들고 무슨 짓인지. 그 반지…… 스승님께 말씀드리는 게 좋겠어."

그는 낙빈의 손에서 커다란 금반지를 받아가더니 방문 밖으로 사라졌다. 낙빈은 저토록 괴로운 표정을 짓는 승덕을 본 적이 없었다. 승덕은 가만히 앉아 괴로워하기보다 발로 뛰고 머리를 굴려서 문제를 해결하는 사람이었다. 그런 해결 과정 속에서 기쁨을 느끼는 타입이었다. 하지만 불행의 눈동자를 알아냈다는 승덕의 얼굴에 그 어떤 희열도 느껴지지 않았다. 그런데…… 무언가가 승덕을 달라지게 했다. 그게 뭘까? 낙빈은 승덕이 사라진 방문만 멍하니 바라보았다.

승덕은 운동화를 꿰차며 옆방을 물끄러미 바라보았다. 방은 아직 어두웠고 인기척도 들리지 않았다. 그렇다고 해서 과연 성주가 고요히 잠들어 있을까 싶었다. 승덕은 성주가 자신에게 일어난 변화를 어떻게 받아들일지, 혹시 잃어버린 기억이 하룻밤 새돌아온 건 아닌지…… 여러 가지 생각이 들었다.

승덕은 그녀가 잠들어 있는지 확인할 자신이 없었다. 아무것도 확실치 않은데 무슨 말을 해야 할지, 한마디 대답조차 준비되지 않았다.

그는 운동화를 신자마자 달리듯 앞마당을 거슬러 돌계단을 밟고 올라갔다. 그러고는 서쪽 편의 작은 창고를 향해 달렸다. 승덕은 답답한 마음을 천신이 달래주기를 간절히 바라며 정신없이 발을 굴렀다.

천신의 방을 지나 암자의 서쪽으로 도는데, 갑자기 검은 도복이 앞을 가로막았다.

"스승님……."

승덕은 마치 기다린 것처럼 고요히 서 있는 스승을 망연히 바

166

라보았다.

"아직 새벽바람이 차구나. 방에 들어가서 이야기하자."

천신은 얼굴이 하얗게 질린 승덕을 마치 아무 일도 없는 것처럼 이끌었다. 승덕은 스승의 넓은 등을 바라보며 불안감이 잦아드는 것을 느꼈다. 아마도 이것은 스승의 힘이리라. 벌렁거리고 요동치는 가슴을 차분하게 내리누르는 스승의 따스한 기운이리라. 승덕은 터덜터덜 천신의 방으로 따라갔다.

천신은 방석 위에 앉았다. 그 앞에 승덕도 천천히 앉았다. 평소와 달리 달뜬 것 같기도 하고 불안한 것 같기도 한 승덕이 천신과 눈도 마주치지 못한 채 잔뜩 망설이고 있었다.

"승덕아."

"네, 네에. 스승님."

승덕은 화들짝 놀라 천신의 얼굴을 바라보았다. 희끗희끗한 은발의 천신이 깊은 눈매로 그를 바라보았다. 한없이 아득하게만 느껴지는 고요한 눈이었다. 그 눈을 바라보면서 승덕은 마음이 차분해지는 것을 느꼈다. 복잡하게 헝클어진 머릿속이 맑아지면서 이제야 제대로 생각할 수 있을 것 같았다.

"낙빈이와 애를 써보았지만…… 저주술을 사용한 사람은 자신의 체취를 단단히 숨겼더구나. 도저히 알아내지 못하도록 겹겹으로 흔적을 감췄더구나."

"네, 그랬군요."

승덕은 천천히 고개를 끄덕였다. 그리고 꼭 쥐고 있던 금반지를 내밀었다. 천신은 아무 말 없이 반지를 물끄러미 바라보았다. 작지만 묵직함이 느껴졌다. 비교적 심플한, 순금으로 만들어진 반지였다. 반지의 중심에는 불꽃 같기도 하고 꽃잎 같기도 한 문양에 감싸인 눈동자가 새겨져 있었다. 천신이 지난밤 내내 보았던 미니의 목걸이 문양과 똑같았다.

"같은…… 문양이구나."

"네, 스승님. 성주가 미니의 사진을 보고 불안해했던 것도 이 문양을 알아보았기 때문일 겁니다."

"이게…… 성주가 가지고 있던 물건이란 말이구나……."

천신은 아무 말 없이 천천히 그 문양을 바라보았다. 어찌 보면 평범할 수도 있는 눈동자였다. 눈동자의 모양은 길쭉하거나 찢어진 외국식 문양이 아닌 전통적인 색채를 띠고 있었다. 둥글고 부리부리한 눈매 안에 원형에 가까운 눈동자가 새겨져 있고 그 바깥으로 불꽃 문양이 있었다.

단순화한 둥근 눈동자 바깥의 한쪽에 보일 듯 말 듯 작은 돌기가 있어서 눈동자의 위아래를 구분해주었다. 승덕이 아무런 말을 하지 않았는데도 천신의 손가락 하나가 그 작은 차이를 알아보고 튀어나온 부분을 문지르고 있었다.

"귀면의 눈동자 문양은 눈초리에 살짝 돌출된 부분이 있습니다. 그 부분이 위쪽으로 휘어져야 정상인데 미니의 목걸이는 반대로 되어 있었습니다. 현욱, 그 사람으로부터 성주가 발견되었을 당시의 사진과 자료들을 확인했는데…… 성주의 손에도 이 반지가 거꾸로 끼워져 있었습니다."

"그렇구나. 그럼 거꾸로 된 귀면 문양의 의미는 무엇이냐?"

천신의 물음에 승덕은 짐짓 인상을 찡그렸다.

"불행입니다."

"불행…… 불행이라……."

천신은 승덕의 말을 되풀이했다. 거꾸로 된 귀면의 눈동자가 의미하는 바를 찾아내기 위해 승덕은 거의 하룻밤을 다 보냈다.

"거꾸로 된 귀면의 눈동자는 불행을 보는 눈이라고 합니다. 바르게 놓인 귀면이 요사한 귀신을 물리치는 벽사辟邪의 의미라면, 거꾸로 놓인 귀면 문양은 귀신을 끌어들이는 힘이 있는 것으로 여겨집니다. 그 힘이 끌어들이는 것은 바로 불행과 저주의 기운이라고 합니다."

한잠도 자지 못하고 알아낸 것들을 얘기하는 승덕의 얼굴은 침울했다. 그의 얼굴 속에 새로운 지식에 대한 흥분은 없었다. 오히려 몰랐으면 좋았을 것들을 알아낸 사람처럼 표정이 좋지 않았다.

"그렇구나."

천신은 깊은 생각에 빠져 고개를 끄덕였다. 승덕도 천신도 여러 가지 생각에 몰두해 있었다.

"낙빈이와 함께 제령을 해보았다. 제령은 어렵지 않았다. 제령과 더불어 힘의 근원을 알아내려고 애를 썼는데……. 참 이상하게도 저주력은 강하지 않은 반면 저주의 근원은 이중삼중으로 단단히 감춰놓았더구나. 근본적인 해결을 위해서는 저주의 근원이 누구인지, 왜 이런 일을 했는지 알아내는 것이 더욱 중요한데 말이다. 결국 저주의 기운을 단단히 구속하되 완전한 제령은 하지 않았다. 어쨌든 그 근원을 찾아내야 이 문제가 해결될 테니 말이다."

"네, 그렇군요."

상대적으로 약한 저주력에 비해 매우 복잡하고 교묘하게 숨겨진 저주의 근원이라……. 승덕의 머릿속이 헝클어지기 시작했다.

"승덕아, 그런데 왜 그것이 두 아이에게 나타났다고 생각하니?"

천신은 낮은 목소리로 승덕에게 물었다. 승덕이 지금껏 머리가 터질 정도로 생각에 생각을 거듭한 것이 바로 그것이었다. 우연이라기엔 너무나도 기막힌 이 일을 대체 어떻게 받아들여야 할까? 저주가 서린 반지를 끼고 있던 성주에게 다가간 건 낙빈과 암자 식구들이었다. 그런데 왜 똑같은 불행의 눈동자가 미니에게도 나타난 것일까? 단순한 우연으로 치부하기엔 너무나 작위적이었다.

"스승님, 그건……."

"승덕아, 좋지 않은 생각이 드는구나. 어서 아이들한테 연락을 해보거라."

천신은 대답을 망설이는 승덕을 기다리지 않았다. 그는 무슨 생각이 들었는지 평소와 달리 조금 빠른 어투로 승덕에게 말했다. 천신의 말을 듣는 순간 승덕의 머리에도 빠직 하는 전기 음이 들리는 것만 같았다.

"네, 네엣!"

승덕은 재빨리 천신의 방에서 나왔다. 어느새 날이 새고 어슴

푸레한 하늘이 아침을 시작하려 하고 있었다.

승덕은 북편 방으로 황급히 내달렸다. 이제 겨우 잠든 낙빈이 이불을 덮고 고른 숨을 쉬고 있었다. 승덕은 방구석에 있는 휴대 전화를 들고 재빨리 방 밖으로 나왔다. 그러고는 미니의 집 전화 번호를 눌렀다. 잔잔한 벨소리가 울려 퍼졌다. 왜 그런지 자꾸만 입술이 바짝바짝 타들어갔다.

"여, 여보세요?"

이른 아침에 걸맞지 않게 또렷한 음성이 들려왔다. 중년 여인의 목소리는 분명 미니의 어머니였다. 잠이 설깬 부스스한 음성이 아니라 이미 오래전 잠에서 깨어난 긴장한 목소리였다. 그녀의 목소리를 확인하는 순간 승덕은 목구멍이 콱 막히는 기분이었다.

"유승덕입니다. 무슨 일이 있습니까?"

승덕은 다짜고짜 물었다. 긴장한 목소리에서 무언가 심상치 않은 일이 벌어지고 있음을 감지했다.

"승덕 씨군요. 네, 잠시만 기다리세요. 그러지 않아도 연락을 기다리는 중이었어요."

잠시 부스럭거리는 소리가 들렸다. 잔잔한 백색 소음 사이로 개 짖는 소리가 멀리서 들려왔다. 전화기 너머로 가느다란 목소리가 들렸다. 정희였다.

"오빠, 조금 이상한 일이 있어요. 새벽부터 복실이들이 짖기 시작했어요. 미덕이와 정현이가 집 밖에서 살펴보고 있는데…… 아침부터 매가 날아와 정원에 앉아 있어요. 그 새를 보고 복실이들이 짖는데, 미덕이 말로는 보통 새가 아닌 것 같대요. 단순히 훈련 받은 새 이상의 영적 기운을 가진 새라고…….”

“새가…… 나타났다고?”

“네, 그래요. 미니 어머니는 이전에 한 번도 본 적이 없는 새라고 하셨어요. 하지만 매가 정원에 내려앉은 것 외에 다른 일은 없어서 그냥 지켜보는 중이에요.”

“그래, 알았다. 다시 연락하마.”

승덕은 전화를 끊자마자 천신의 방으로 달려갔다. 천신은 이미 모든 것을 짐작한 듯 검은 도복 위에 기다란 두루마기를 걸치고 있었다.

“승덕아, 좋지 않은 생각이 드는구나. 미니에게 걸린 저주의 기운은 미니를 노린 게 아닌 것 같다. 그 아이를 통해 우리를 불러내려는 게 아닌가 싶구나.”

천신의 말에 승덕은 고개를 끄덕였다. 저주 자체보다는 그 저주의 근원을 숨기는 데 급급한 저주술이라니 수상쩍었다. 이는 저주의 근본 목적을 의심케 하는 결정적인 대목이었다.

‘저주가 목적이 아닌 저주술은 무엇을 위한 것일까? 그것은 미니가 저주의 대상이 아니라 도구일 뿐이라는 소리다. 그렇다면 미니를 통해 알아내고자 하는 것은 무엇일까? 미니와 통하는 사람들…… 그것은 바로 암자 식구들일지 모른다. 그럼 그들이 암자 식구들에 대해 알아내려는 것은 무엇일까?’

승덕은 모든 의문을 거꾸로 올라가보았다. 그러자 그 대답 속에 그들이 지금 보호하고 있는 성주가 있는 것만 같았다. 누군가가 신성한 집행자들에 의해 사라진 그녀의 흔적을 찾는 것이 분명했다. 그 흔적의 끝에 암자 식구들이 있음을 알아채고는 암자 식구들을 추적하기 위해 관련된 사람들을 조사하다가 미니를·알게 되었을 것이다. 미니에게서 발견된 역귀면의 눈동자가 우연이 아니라면 이러한 추리가 가장 합리적이었다.

"승덕아, 미니의 집은 물론이고 그 아이와 관련된 모든 곳에 단단히 결계를 치고 와야겠구나. 우리 아이들에게서 성주의 흔적이 비치지 않는지도 확인하고 지워야겠구나. 승덕아, 내가 돌아올 때까지 절대로 암자에서 벗어나지 말거라. 누가 찾는지도 모르는 상황에서 저 아이가 이곳에 있다는 것이 드러나서는 안 된다."

"네, 스승님."

"승덕아, 너도 잘 알고 있겠지만 이 산은 나의 공력으로 겹겹이 결계가 쳐져 있다. 적어도 이 산에 있는 이상 함부로 저 아이를 찾지도, 해치지도 못할 것이다. 그러니 절대로 산을 벗어나서는 안 된다. 네가 낙빈이와 성주를 잘 돌보고 있거라. 일이 마무리되면 곧장 돌아오마."

"네, 스승님. 다녀오십시오."

"그래."

천신은 검은 도복을 휘날리며 순식간에 산 아래로 사라졌다. 그가 사라진 산 아래로 이제 겨우 새벽이 꾸물꾸물 시작되고 있었다.

승덕은 홀로 마당에 서서 천신이 사라진 숲만 멍하니 바라보았다. 그는 세차게 머리를 흔들었다. 머릿속에 안개가 낀 것처럼 개운치 않았다. 그는 두 손을 머리카락 사이에 끼우고 아무렇게나 비벼댔다. 무언가 정체불명의 것들이 빠른 속도로 그를 옥죄고 있다는 생각이 들었다.

보이지 않는 그것은 너무나 빠른 속도로 다가오는데 승덕은 아무것도 알 수가 없었다. 정보가 부족했다. 너무나…… 부족했다. 한 번도 도움을 청한 적이 없는 그 남자, 현욱에게까지 생각이 미쳤다. 그가 성주에 대해 무엇을 알고 있는지 속이 탈 정도로 궁금했다. 그가 왜 그녀를 찾고 있었는지, 잊힌 그녀의 과거 속에 어떤 이야기가 숨어 있는지 알고 싶어 애가 탔다.

승덕은 머리에서 손을 뗐다. 그리고 멍하니 손바닥을 바라보았다. 어젯밤 그의 손에 느껴진 성주의 온기가 떠올랐다. 길고 파리한 손이 그의 손을 붙잡는 순간 느껴지던 사람의 온기가 생생했다. 처음엔 얼음장 같던 손에서 점점 더 느껴지던 따스한 온감…….

승덕은 가슴이 아팠다. 다시 깨어난 뒤로 삶에 대한 목적도 의지도 없던 그 아이는 얼음 같았다. 피도 제대로 돌지 않는 시체 같은 모습이었다. 그런데 어젯밤 그 아이는 처음으로 삶에 대한 의지를 보였다. 자신에게 다가오는 정체불명의 그림자에 두려움을 느끼고 더욱더 간절히 피하고 싶어 할수록 오히려 살고 싶다는 욕망이 강해지는 것 같았다. 아무런 이름이 없어도, 아무런 의미

가 없어도 승덕의 곁에서 살고 싶다고 그 애틋한 얼굴이 말하고
있었다.

"으윽……."

승덕은 가슴 한쪽을 찌르는 통증에 무릎을 꿇었다. 아팠다. 가
슴이…… 너무나 아팠다. 겨우 이렇게 삶의 의지를 찾은 그녀를
도울 방법이 하나도 생각나지 않는 자신이 한심하고 부끄러워서
가슴이…… 찢어질 것만 같았다.

"오빠……."

승덕이 아픈 가슴을 부여잡고 있는데 애달프고 시린 목소리가
들렸다. 승덕은 애써 표정을 다잡으며 뒤를 돌아보았다. 성주가
북편 격자문을 열고 얼어붙은 듯 서 있었다. 성주가 가슴을 부여
잡고 무릎을 꿇은 승덕의 모습을 어디서부터 보았는지 알 수 없
지만, 어쨌든 애써 만들어낸 승덕의 표정은 볼품없이 찌그러진 것
이 틀림없었다. 한없이 서글픈 얼굴의 그녀가 신발도 신지 않고
앞마당으로 내려와 승덕의 등을 붙잡고 고개 숙이는 것을 보면
그의 아프고 슬픈 마음이 얼굴에 고스란히 드러난 게 분명했다.

"오빠……."

승덕은 그의 등에 두 손을 얹고 눈물을 흘리는 성주를 말릴 수
가 없었다. 몸을 움직일 수도 없었다. 승덕은 멍한 얼굴로 아무도
없는 숲만 바라보았다. 그의 등을 짚은 길고 가는 두 손에서 사람
의 온기가 느껴졌다. 그녀의 눈에서 흘러내리는 축축한 눈물도
따사로웠다. 너무나 오랫동안 잊고 있었던 사람의 체온이 등으로

고스란히 느껴졌다. 그 따스함을 지키고 싶은데…… 어떻게 해야 할지 모르는 자신이 아프도록 밉고 또 미웠다.

승덕은 눈을 가늘게 떴다. 환히 떠오르는 아침 해가 오늘따라 눈이 부신 것은 날이 맑아서인지, 아니면 까만 밤을 하얗게 지새워서인지 알 수가 없었다. 자꾸만 승덕의 눈이 따끔따끔 아파오는 것도 밤을 새운 탓인지, 남모르게 눈물을 흘린 탓인지 알 수가 없었다.

승덕은 고요한 암자의 툇마루에 성주와 나란히 앉았다. 밤을 하얗게 새운 낙빈은 지금 깊디깊은 잠에 빠져 있었다. 승덕과 성주 두 사람만 고요한 암자를 지키고 있었다. 승덕은 아무런 말도 없이 고요히 옆에 앉은 성주를 바라보았다. 기다란 속눈썹을 파르르 떨고 있는 그녀는 묻고 싶은 것도, 알고 싶은 것도 많을 것이다. 그런데도 그녀는 한마디도 하지 않았다.

승덕은 아까부터 호주머니에 넣은 손가락을 움찔거렸다. 손에 만져지는 반지가 자꾸만 그의 마음을 긁어댔다. 승덕은 이 반지를 감추고 있을 자격이 없다는 생각을 하면서도 감히 성주에게 건네주지도 못했다. 반지와 관련된 성주의 잊힌 기억들이 다시 돌아오기를 원하지 않았기 때문이다.

승덕은 몹시도 지친 느낌이었다. 하루 동안 잠을 설친 탓만은 아니었다. 너무나도 오랜만에 그의 심장을 휘젓는 감정의 회오리 속에서 그는 힘들었다. 승덕은 지친 머리를 성주의 가녀린 어깨에 기댔다.

"체온이…… 느껴지는구나."

승덕은 부서지는 햇살에 눈을 감았다.

"……살고 싶으니까요. 전…… 살고 싶어요."

가녀린 어깨가 불안하게 떨렸다.

"그래, 살자. 겨우 두 발을 디딜 땅 한 뼘씩이 필요할 뿐인데, 어디 이 땅에 발붙일 곳이 없겠니? 살자. 살아보자. 네가 디딜 땅은 내가 되어줄게."

"감사…… 해요……."

승덕은 들릴 듯 말 듯한 성주의 대답을 들으며 감고 있는 두 눈에서 눈물이 도는 것을 느꼈다. 승덕의 코끝이 시큰해지는 건 슬퍼서가 아니었다. 오랫동안 갖지 못한 삶의 이유가 생겼기 때문이었다. 이 가녀린 여인이 발을 디딜 한 뼘의 공간이 되어주겠다고 말하는 순간 승덕에게는 살아야 할 이유가 생겨버렸다. 이깟 세상, 오늘 가도 내일 가도 전혀 후회 없을 것만 같았는데……. 어느 날 갑자기 이렇게도 끈끈한 미련이 생겨버렸다.

"인생이란 참…… 한 치 앞도 볼 수가 없구나."

승덕은 눈을 감은 채로 나지막이 중얼거렸다. 그의 머리에 닿은 성주의 어깨가 조금 움직였다. 눈을 뜨지는 않았지만 그녀가 승덕에게 더욱 의지하는 것이 느껴졌다.

"내가 예전에 무엇이었든…… 지금은 이게 저예요. 오빠, 지워진 기억 속의 내가 어떤 사람이었는지 모르지만…… 그래도 지금의 저는 여기에 있어요. 오빠, 이제 전 잃어버린 기억을 되찾고 싶지 않아요. 궁금하지도 않아요. 그저…… 오빠 옆에 있게 해주세요. 지금처럼 그냥 오빠 곁에 있게 해주세요."

그녀의 길고 가느다란 손가락이 승덕의 손을 찾았다. 미열처럼 따스한 기운이 퍼진 두 손이 승덕의 손을 부여잡았다. 승덕의 손 등 위로 차가운 물방울이 툭툭 떨어졌다. 승덕은 성주의 눈물을 닦아주고 싶었다. 그녀의 가녀린 어깨를 부둥켜안고 따스한 온기를 나누고 싶었다. 하지만 승덕은 눈을 감고 움직이지 않았다.

"응, 그래. 그러자……."

승덕은 한숨처럼 대답한 뒤 성주의 손을 꼭 잡고만 있었다. 가슴은 따스하고 기분은 몽롱했지만 머리만은 아프고 따가웠다. 한없이 달콤하고 부드러운 감정과 달리 그의 머릿속에 떠오르는 생각이 그를 괴롭혔다. 너무나 오랜만에 느껴보는 감정에 대해 이성은 여러 가지 의문을 쏟아내고 있었다.

그녀가 승미를 닮아서인가? 그녀가 기억을 되찾으면 어떻게 될지 생각해보았나? 그녀의 과거가, 그녀의 정체가 무엇이든 정말로 상관없는 것인가? 왜 그녀에게 이런 불행의 상징이 있었던 것인가? 그녀의 반지가 의미하는 것은 무엇일까? 그녀를 이대로 사랑해도 될까? 정말로 그래도 될까? 이성을 버리고 감정에 빠져들어도 되는 것일까……?

승덕은 뒤죽박죽 떠오르는 수많은 상념을 떨쳐내기 위해 더욱 더 세게 눈을 감았다. 그리고 그의 귓가로 느껴지는 그녀의 따스한 어깨에 집중했다. 그는 숨을 쉴 때마다 조금씩 올라갔다가 내려오는 가녀린 어깨의 움직임만 느끼려 했다. 그리고 얼마간의 시간이 흐르고 모든 것이 잠잠해지기 시작했다. 들끓던 생각들이 어둠 속으로 사라지고 혼란스럽던 감정의 소용돌이도 사그라졌다.

그렇게 눈을 감은 채 승덕은 생각마저 닫아버렸다. 감은 눈을 통해 들어오는 햇살이 그저 좋았다.

5

따사로운 햇살이 내리쬐는 툇마루는 춥지 않았다. 해가 중천으로 떠오를수록 툇마루에는 더욱더 따스한 기운이 그득해졌다. 숲을 가득 메운 삼나무들이 향기로운 숨을 내쉴 때마다 암자는 노곤한 잠의 세계로 빠져드는 것만 같았다.

어느새 승덕은 두 눈을 감고 깊은 잠에 빠져버렸다. 승덕을 무릎에 누인 성주는 아기처럼 잠든 그의 얼굴을 한참 동안 바라보았다. 정적만 감도는 암자의 뜰이 이토록 평화로운 것을 처음 알았다. 얼음처럼 차가운 모습으로 왜 다시 살아났는지도 모른 채 세상에 나온 스스로에 대해 그녀는 의혹과 혐오 외에는 아무것도 느낄 수 없었다.

막무가내로 자신을 적대시하는 미덕을 보면서 그녀는 자신이 진짜 괴물일지도 모른다고 생각했다. 이런 괴물이 왜 다시 살아났는지 의문만 가득했다. 그렇다고 그 의문을 나서서 해결하고 싶지도 않았다. 자신이 누구인지, 왜 이렇게 되었는지 알고 싶지 않았다. 그녀는 그저 눈에 띄지 않도록 숨어 있을 생각만 했다.

그런데 온기도 없던 그녀의 손을 문득문득 잡아주고 볕으로 이끌어준 사람이 바로 승덕이었다. 그가 만들어낸 작은 온기가 마침내 그녀의 심장을 다시 뛰게 만들었다.

알 수 없는 불안이 커진 순간 성주는 그에게 무작정 손을 내밀었다. 자신의 방어막이 되어달라는 것이 아니었다. 그 불안을 함께 나눌 사람이 필요했을 뿐이었다. 그래서 작은 손을 내밀었는데 그는 그 손을 피하지 않았다.

너무나도 예쁜 여자 가수가 누구라도 눈치챌 법한 애정 어린 눈빛을 보내는데도 지난밤 그는 성주의 손을 단단히 붙잡고 암자로 돌아왔다. 승덕이 그런 결정을 한 것은 오로지 성주를 위해서였다. 지난밤 그녀는 그의 손을 더 붙잡고 싶다는 생각을 했다. 그 손을 놓지 않고 싶다는 생각을 했다. 그리고 기적이 일어났다.

성주는 자신의 심장에 조심스럽게 손을 대보았다. 심장이 뛰고 있었다. 뛰는 것도 뛰지 않는 것도 아닌 이상한 맥이 아니었다. 살아 있는 사람의 규칙적인 박동이 느껴졌다. 성주는 자신의 심장 박동에 귀를 기울였다. 작은 음악 소리처럼 쿵쿵거리는 부드러운 선율이 느껴졌다. 소박하고 따스하고 아름다운 선율이었다.

그녀의 심장 소리에 또 다른 소리가 서서히 어우러졌다. 그녀의 허벅지에서부터 전해지는 그 낮은 소리가 심장 속으로 신비롭게 흘러 들어왔다. 두 개의 소리가 만들어내는 멜로디가 아름다웠다. 그녀의 무릎에 누운 승덕의 두근거림이었다.

성주는 승덕의 짧은 머리카락 끝을 만져보았다. 혹시 그의 달콤한 잠을 방해할까 싶어서 조심스러운 손길로 검은 머리카락의 끝부분을 매만졌다. 까슬한 머리카락이 손가락 끝을 간질였다. 생각을 많이 해서일까? 조금은 건조하고 메마른 머리카락이 성주의 손가락 사이에서 흘러내렸다. 그 순간 그녀의 심장박동이 빨라졌다. 부드러운 가락이 쿵쿵 요동쳤다. 성주는 다른 손으로 자신의 심장을 눌렀다.

승덕을 향해 두근거리는 심장이 신기했다. 낯설었다. 그렇다고 이상하지는 않았다. 당연하게 느껴졌다. 거부할 수 없는 운명 같았다. 그 운명이 싫지 않았다. 성주는 작은 미소를 지으며 자신의 심장이 만들어내는 멜로디에 빠져들었다. 그러다가 문득 낯선 느낌 하나가 떠올랐다.

배고픔이었다.

배가 고팠다. 아침부터 아무것도 먹지 않은 승덕과 낙빈도 잠에서 깨어나면 배고픔을 느낄 것이다.

'배가 고프다니…… 내가 배고픔을 느끼다니…….'

성주는 이 낯선 느낌에 어리둥절했다. 순간 그녀는 자신이 살아 있음을 또다시 절감했다.

살아 있다. 체온만 돌아오고 심장만 뛰는 것이 아니었다. 이제는 배가 고팠다. 그녀의 몸이 말하고 있었다. 살고 싶다고! 나는 살고 싶다고 외치고 있었다. 온몸을 통해 표현하고 있었다. 살고 싶다. 살고 싶다. 손을 잡고 싶고, 함께 있고 싶고, 사랑하고 싶다!

쿵쿵. 성주는 다시 자신의 가슴을 부여잡았다. 이번에는 심장 박동이 조금 아프게 느껴지기까지 했다. 사랑에 대한 갈구로 그녀의 심장이 시큰거렸다. 갑자기 눈물이 흘렀다. 아파서 흐르는 눈물이 아니었다. 고마워서…… 기뻐서…… 눈물이 흘렀다. 그녀의 무릎을 베고 잠든 사람을 바라보며 살고 싶다는 생각을 하게 해주어서 고맙다는 생각이 들었다. 곁에 있어도 된다고 허락해준 것이 고마워서…… 심장이 울고 있었다.

성주는 입술을 깨물었다. 곤히 자고 있는 그 사람에게 신음 소리라도 들릴까 입을 꾹 다물었다. 성주는 조심스럽게 눈물을 닦았다. 차가운 눈물이 곤히 잠든 승덕을 깨울까 두려웠다. 그의 머리를 조심스럽게 들어올리고 따스한 기운을 머금은 나무 바닥에 내려놓았다.

성주는 조심스러운 발걸음으로 베개와 얇은 이불을 꺼내왔다. 부드러운 베개에 그 사람의 머리를 누이고 그의 몸 위로 이불을 덮었다. 바람이 들지 않도록 꼼꼼하게 살폈다. 그렇게 편안히 잠들게 해놓고도 그 사람의 얼굴을 한참 동안 빤히 바라보았다.

언제나 책을 가까이 두고 밤이 새도록 무언가를 찾아보고, 또 무언가를 생각하는 그 사람이 지금은 아무런 생각도 없이 눈을 감고 있었다. 볕을 잘 보지 않아 남들보다 조금 하얀 얼굴이 깊은 잠에 빠져 있었다. 그녀에게 곁에 있어도 된다고 말해준 고마운 사람. 성주는 또다시 흐르는 눈물을 닦으며 살그머니 몸을 일으켰다. 그러고는 한 걸음 한 걸음 조심하며 부엌으로 들어갔다.

배고픔. 그것은 달콤한 감각이었다. 모락모락 피어오르는 밥 냄새와 조물조물 번져가는 참기름 냄새를 달콤하게 만들고, 차갑고 상쾌한 물 한 잔마저 고맙게 만드는 마법 같은 감각이었다.

성주는 쌀을 씻어 아궁이에 올린 다음 부엌 뒤꼍의 텃밭으로 나가 땅 위에 돋아난 나물을 뜯었다. 정희에게 배운 대로 참깨와 마늘로 나물을 무쳤다. 묻어둔 독에서 백김치도 꺼내고 제법 자란 기다란 상추의 여린 잎도 땄다. 그렇게 나무 소반 가득 반찬을 차리면서 성주는 기분이 좋아졌다. 김이 모락모락 나는 솥을 보며 밥그릇도 챙겼다. 또다시 가슴이 따스해졌다. 세 개의 밥그릇…… 그중 하나는 성주의 것이었다. 이제 그녀에게 허기가 생겼으니까.

성주가 뭔가 조금이라도 먹기를 바라던 승덕의 얼굴이 그녀의 머릿속을 스쳐 지나갔다. 먹지 않는 것이 죽음의 세계로 빠져나갈 준비처럼 생각되던 때에 승덕은 성주에게 단 한입이라도 먹이려고 애를 썼다. 그 한입이 성주를 삶으로 이끌어주길 바랐다. 그 마음을 잘 알고 있기에 성주는 빈 밥그릇을 바라보며 가슴이 훈훈해졌다. 자신이 밥을 떠 넣는 모습을 승덕에게 보여줄 생각을 하니 자기도 모르게 작은 미소가 새어나왔다. 이제는 승덕과 낙빈이 깨어나기만을 기다리면 되었다.

성주는 밥상을 차려놓고 부엌에서 나왔다. 맑은 하늘에 떠오른 둥근 태양이 산 전체를 내리쬐고 있었다. 그 어느 날보다도 맑고 투명한 하늘처럼 느껴졌다. 성주는 여전히 깊은 잠에 빠져 있는 승덕의 곁으로 조심스럽게 다가갔다. 툇마루 위에 얇은 이불을 덮고 누운 그의 얼굴을 보기 위해 댓돌 위에 두 다리를 쪼그리고 앉았다. 돌은 차갑지 않았다. 성주는 마루보다 낮은 곳에서 승덕의 얼굴을 편히 바라보고 싶었다. 하얀 얼굴이 고른 숨을 내쉬며 아무런 걱정 없이 눈을 감고 있었다. 참 보기 좋았다.

평화로운 얼굴이었다. 이 사람의 슬픈 과거와 불행 따위는 보이지 않았다. 삶을 뒤덮은 그늘을 드러내지 않기 위해 이 사람은 또 얼마나 힘든 나날을 보냈을까 싶었다. 성주는 자신이 이 사람의 그늘을 조금이라도 지울 수 있기를, 자신에게 그런 힘이 있기를 바랐다. 슬며시 눈가를 비볐다. 마른 장작 같던 눈에서 이제는 시도 때도 없이 눈물이 솟았다. 부드럽고 따스한 물방울이 솟았다. 모든 것이 신기했다. 살아 있었다. 그녀는 분명 살아 있었다.

성주가 시간이 흐르는 줄도 모르고 승덕의 얼굴을 들여다보는데 뭔가가 언뜻언뜻 눈가에 비쳤다. 작은 그림자였다. 그 그림자가 사랑하는 사람의 얼굴 위로 자꾸만 어릿거렸다. 성주는 떼기 힘든 눈을 들어 하늘을 바라보았다. 구름 한 점 없이 말간 하늘이었다. 그리고 저 멀리서 커다란 원을 그리며 빙글빙글 도는 무언가가 눈에 들어왔다. 성주는 멍하니 그 모습을 바라보았다. 깊은 숲에는 새도 많고 짐승도 많았다. 수많은 생명이 존재하는 숲이지만 지금 저 하늘에서 날고 있는 것은 한 번도 보지 못한 것이었다. 바로 사람만 한 매였다.

성주는 자석에라도 끌리듯 그 새에서 눈을 떼지 못했다. 거대한 매의 다리에는 가느다란 줄이 묶여 있었다. 줄을 묶은 매라면 숲에 사는 새가 아니라는 뜻이다. 아마도 오랫동안 주인에게 길들여진 새일 것이다.

'그런 새가 왜 여기에……'

성주는 암자에 들어온 첫날부터 이 산을 덮고 있는 결계에 대해 들었다. 천신이 겹겹이 쳐둔 결계 때문에 사람들이 함부로 이곳을 드나들 수 없다는 것이었다. 별다른 생각이 없는 선한 사람이라면 몰라도 악의를 품거나 위험한 사람은 한 발도 들여놓을 수 없는 산. 아무런 걱정 없이 마음 놓고 지내도 되는 안전한 곳이라는 설명도 들었다. 이 산에는 한없이 평화로운 것들만 살았다. 산새도 들짐승도 천신의 보호 아래 자연의 법칙에 충실한 나날을 살고 있었다.

자연 그대로의 것들만 살고 있는 이 숲에 저렇게 사람의 손을 탄 새가 나타난 건 처음이었다. 성주는 그 새의 다리에 묶인 기다란 줄을 바라보았다. 멀리멀리 날아야 할 새는 저 줄을 매단 순간부터 자유롭게 날아본 적이 없을 것이다. 그 길이는 몇 미터에 불과하지만 새는 다리에 묶인 줄이 자신을 훈련시킨 줄과 단단히 연결되어 있다고 여길 것이다. 그래서 저 새는 영원히 주인의 곁을 떠나지 못하고 투명한 철창에 갇혀 살아갈 것이다.

성주는 매의 다리에 묶인 기다란 줄을 멍하니 바라보았다. 그리고 어느 순간 그 줄의 끝에 무언가 달려 있는 것을 알아챘다. 그

건 분명 줄이 아니었다. 줄에 달린 그것은 이물감을 내뿜으며 환한 햇살에 반짝거렸다. 성주는 그것이 무엇인지 확인하기 위해 눈을 찡그렸다. 기다란 줄에 매달린 그것은 목걸이였다.

그 목걸이는 미니의 사진에서 본 것과 거의 같은 모양이었다. 사진에서 본 은빛 금속의 느낌은 아니었다. 그 목걸이는 태양이 비출 때마다 사방으로 번쩍거리는 황금빛을 눈부시게 뿜어냈다. 황금빛 목걸이가 흔들거리면서 둥근 원이 환시를 만들어냈다. 금빛으로 반짝이는 두 개의 원 속에서 둥근 눈동자의 형태가 나타났다. 그 순간 성주의 머릿속에서 번개가 쳤다.

"……!"

그녀는 머릿속에 폭풍처럼 떠오르는 얼굴 하나에 소름이 끼쳤다. 온몸의 세포 하나하나가 곤두설 지경이었다. 성주는 눈을 돌렸다. 승덕의 얼굴을 바라보았다. 깊은 잠에 빠져 있는 그 얼굴 위로 또 하나의 얼굴이 겹쳐졌다.

승덕보다 나이가 많은 중년 남자. 그보다 더욱 우수 어린 눈동자를 가진 남자. 깔끔하게 빗어 넘긴 검은 머리카락에 승덕처럼 무언가 빼곡히 적힌 글자를 내려다보는 남자. 책으로 가득한 고동빛 방에서 두꺼운 책을 들고 서성이는 남자. 그리고 그의 검은 뿔테 안경! 성주는 그 얼굴을 기억해냈다. 지난번 유기그릇에 나타났던 볼품없는 중년 여인 뒤의 그 남자였다. 그 남자의 얼굴이 머리를 쪼갤 것처럼 또렷하게 보였다.

남자와 함께 너무나도 초라하게 서글픈 눈동자로 웃던 여인의 모습도 나타났다. 두 사람이 성주를 바라보았다. 나무라는 것인지, 동정하는 것인지, 슬퍼하는 것인지, 야릇한 표정으로 성주를 바라보고 있었다.

"……!"

성주는 금방이라도 터져 나올 듯한 비명을 막기 위해 입을 가렸다. 승덕의 얼굴 위에 떠오르는 '그 남자'의 얼굴을 바라보며 절레절레 고개를 저었다.

성주는 멍하니 하늘을 바라보았다. 그리고 소리를 죽이며 일어섰다. 그녀는 마치 무언가에 이끌리듯 하늘을 향해 손을 휘저었다. 이어 하늘을 빙빙 휘젓는 거대한 매가 이끄는 대로 걸음을 옮기기 시작했다.

6

승덕은 오랜만에 느껴보는 아늑한 기운에 빠져들었다. 따사로운 기운이 온몸을 감싸주고 곰팡내 나는 오래된 상념들까지 씻어내주었다. 감은 눈 저편으로 너른 들판이 보였다. 봄 햇살이 그득히 내리쬐는 들판에는 새파랗다는 말밖에 나오지 않는 보리 싹이 흔들거렸다.

한없이 아름다운 그 풍경 속에서 주름 가득한 하늘빛 원피스를 입고 하늘을 향해 두 팔을 벌린 여인이 빙글빙글 맴을 돌고 있었

다. 눈이 부셔서 얼굴이 보이지는 않지만 그녀가 웃고 있는 것만
은 알 수 있었다. 승덕은 여인의 모습을 멍한 눈으로 바라보았다.
초점도 잘 맞지 않는 그 모습이 눈부시게 어른거렸다. 아름다웠
다. 좋았다. 가슴이 다 벅차도록 향기로웠다.

그렇게 부드럽고 따스하고 눈부신 순간이 다시는 찾아오지 않
을 줄만 알았는데, 그 순간이 어느새 옆에 다가와 있었다. 아무도
모르게. 어떤 낌새도 없이. 정신을 차리고 보니 승덕의 옆에 다가
와 있었다.

너른 들판을 한없이 자유롭게 빙그르르 도는 하늘빛 원피스는
풀밭에 앉기도 하고 하늘을 향해 뛰어오르기도 했다. 자유를 만
끽하듯 돌고 도는 그 모습이 성주 같기도 하고, 승미 같기도 하고,
승덕 자신 같기도 했다. 생각의 무덤에서 자유를 찾은 그들이 행
복을 만끽하며 기쁨을 온몸으로 표현하는 것이었다.

그 모습은 정말 눈물 나도록 아름다우면서도 왠지 애처로웠다.
승덕은 그 모습에서 눈을 떼지 못했다. 눈을 깜빡이지 못해서인
지 자꾸만 눈가가 시렸다. 눈을 감았다. 꿈속이라는 걸 알면서도
시린 눈이 맵게만 느껴졌다. 승덕이 지그시 눈을 감았다가 다시
뜨자 하늘빛 원피스가 보이지 않았다.

'어?'

승덕은 이리저리 고개를 흔들었다. 푸른 보리 싹 너머 멀리까
지 내려간 푸른 원피스가 눈에 들어왔다. 그와 동시에 귓가에서
천신의 말이 들려왔다.

'……그러니 절대로 산을 벗어나서는 안 된다.'

승덕의 심장이 툭 하고 떨어졌다. 승덕은 금방이라도 눈앞에서 사라질 것만 같은 푸른 원피스를 보면서 가슴이 얼어붙는 듯한 공포를 느꼈다. 이 숲을 벗어나서는 안 된다. 그러니 절대로 이 숲을 벗어나서는 안 된다. 안전한 암자를 벗어나서는 안 된다!

'안 돼…….'

승덕은 멀어지는 여인을 향해 손을 뻗었다. 손이 닿기에는 너무나도 멀어져버린 그녀의 뒷모습만 덧없이 그의 손가락 사이로 빠져나갔다. 승덕은 힘껏 소리치려고 했다. 그녀의 이름을 힘껏 불러보려고 했다. 하지만 이상하게도 신음 소리 하나 나오지 않았다. 목이 꽉 막혀 숨도 쉬지 못할 지경이었다. 승덕은 목젖이 찢어져라 소리를 냈다. 입술이 갈라지도록 그녀의 이름을 불렀다. 하지만 고요한 공기 사이로 끔찍한 침묵만 이어질 뿐이었다.

'안 돼, 안 돼, 안 돼……!'

승덕은 미친 듯이 허공을 허우적거렸다. 그는 힘껏 달렸다. 힘이 풀린 다리가 자꾸만 무너져 푸른 들판에 넘어지고 그 위를 뒹굴었다. 미친 듯이 달리며 그녀를 향해 손을 뻗었지만 이상하게도 둘 사이의 거리는 조금도 좁혀지지 않았다. 아무리 뛰고 또 뛰어도 그녀와의 거리는 멀기만 했다. 승덕은 혀가 바짝바짝 타들어가 미칠 것만 같았다.

'안 돼……. 도와줘, 제발! 안 돼!'

승덕은 미친 듯이 소리쳤다. 두 팔을 휘저었다. 사방을 둘러보며 도와줄 누군가를 찾았다.

"형! 형! 혀엉!"

그때였다. 기적처럼 누군가가 그를 구원하는 외침이 들려왔다. 낯익은 목소리와 함께 그의 몸이 마구 흔들렸다. 아름답고 평화롭던 배경도 순식간에 와르르 무너졌다. 모든 것이 허무하게 사라지며 까만 어둠만 남았다. 그 순간 승덕의 눈이 번쩍 떠졌다.

"형, 정신 들어요?"

낙빈이 눈을 동그랗게 뜨고 있었다. 승덕은 반사적으로 몸을 일으켰다. 순간적으로 팔뚝으로 한기가 밀려들었다. 아마도 흠뻑 젖은 셔츠 안으로 공기가 들어온 탓이리라. 한낮의 태양이 두 눈을 찌를 듯 밀려왔다. 승덕은 주위를 부리나케 둘러보았다.

"성주는?"

승덕은 섬뜩한 느낌에 심장이 부서질 것만 같았다. 그는 이미 대답을 알고 있는지도 몰랐다.

"형, 저도 좀 전에 일어났는데…… 아무도 없어요. 우리밖에는……. 사실은 좋지 않은 꿈을 꿨어요."

승덕은 낙빈의 꿈에 대해 물어보지 않았다. 묻지 않아도 그 꿈이 누구에 대한 것인지 알고 있으니까. 마치 미래를 아는 것처럼 예지몽을 꾸는 낙빈이 이제는 낯설지도 않았다.

"성주를 찾아야 돼!"

승덕은 더 이상 기다리지 않고 벌떡 일어섰다. 어디로 가야 할지 모르지만 당장 그녀를 찾아야겠다는 생각이 앞섰다.

"형, 잠…… 잠시만요. 제가 견신犬神을 부를게요. 견신이라면 뒤를 밟는 데 도움을 줄 거예요."

정신없이 신발을 꿰차는 승덕을 낙빈이 잡아끌었다. 언제나 치밀하게 생각한 뒤에 움직이는 승덕이 이렇게 대책 없이 서두르는 모습을 낙빈은 처음 보았다. 낙빈은 뭔가에 홀린 것처럼 허우적거리며 일어서는 그를 간신히 붙잡아둔 뒤 두 손을 모으고 눈을 감았다. 그리고 모든 정신을 하나로 모았다. 모든 생각을 모아 추적을 도와줄 견신을 불러내려고 했다.

그동안 동굴에서 홀로 수련하면서 십이지지十二地支를 수없이 불러냈고, 이제는 제법 자유자재로 운용하게 되었다. 두셋의 지지를 단번에 불러내는 것도 어렵지 않았다. 별다른 물리력 없이 상징적인 방어의 의미가 강한 십이지지는 이제 손에 익을 만했다. 그런데…… 오늘따라 견신, 즉 십이지지의 술신戌神을 불러내기가 쉽지 않았다.

낙빈은 자꾸만 가슴이 뛰어서 마음이 하나로 모아지지 않았다. 낙빈은 꿈속에서부터 성주가 위험하다고 느꼈다. 얼른 일어나라고 신할아버지가 호통을 칠 때부터 위험한 일이 벌어졌음을 느꼈다. 백두민족 조상신이 작은 금반지를 끔찍한 물건마냥 손바닥에 올려놓고 눈살을 찌푸릴 때부터, 그 반지의 주인을 당장 찾으라고 호통을 칠 때부터 불안은 시작되었다.

그렇게 호통을 치는 신들보다 낙빈을 더욱 가슴 떨리게 하는 것은 승덕이었다. 툇마루에 잠들어 있는 그를 깨우자마자 무턱대고 달려 나가려는 승덕의 낯선 모습이 낙빈의 가슴을 더욱 떨리게 했다. 그렇게 앞뒤 재지 않고 정신없이 서두르는 승덕을 보며 낙빈은 불길한 기분에 휩싸였다. 낙빈은 가슴이 쿡쿡 찌르듯이 아프고 심장이 벌렁거리면서 자꾸만 좋지 않은 느낌이 들었다.

'도와주세요, 제발……'

낙빈은 하나로 모이지 않는 정신을 애써 끌어모았다. 불안감을 억누르며 십이 간지 중 술신의 모습을 떠올렸다. 두 귀를 쫑긋 세우고 한 손에 기다란 장도리를 든 신의 모습을 눈앞에 그리면서 애써 정신을 하나로 모았다. 마침내 다행스럽게도 기다란 도포를 걸친 술신의 모습이 나타났다. 장도리를 휘두르며 귀를 쫑긋거리던 개의 신이 숲의 한쪽을 향해 장도리를 들었다.

"형, 견신을 불러냈어요. 성주 누나의 흔적을 찾아줄 거예요. 이거…… 하세요."

낙빈은 주머니를 뒤적여 노란 부적을 꺼냈다. 낙빈이 승덕의 눈앞에서 부적을 슬쩍 비비더니 손 안에 불꽃을 일으켰다. 경면주사의 붉은 글자가 화르르 타오르면서 노란 부적이 순식간에 재로 변했다.

낙빈이 승덕의 눈앞에서 신안소원부를 불태우자 승덕의 눈가에 연기처럼 무언가가 꾸물꾸물 올라왔다. 또렷한 현실 세계의 시계視界 위로 반투명한 무언가가 흐릿하게 겹쳐졌다. 그것은 어떤 형상이었다. 기다란 도포를 걸친 사람의 형상. 낙빈의 설명이 아니었다면 그의 머리에 쫑긋한 귀가 달려 있는 것도 미처 눈치채지 못했을 것이다. 승덕은 사람처럼 두 다리로 선 개의 신이 기다란 장도리 끝으로 숲 어딘가를 가리키는 것을 알아챘다.

"가자, 낙빈아!"

승덕은 더 기다릴 것도 없이 그곳을 향해 달리기 시작했다. 평상심이 사라지자 생각보다 행동이 빨랐다. 치밀한 계산보다 발걸음이 먼저였다. 주변을 돌아보기보다 그녀에 대한 생각으로 심장이 먼저 움직였다. 그런 승덕의 뒷모습을 보며 낙빈은 스산한 기운에 몸을 떨었다. 예언보다 더 또렷하게 느껴지는 불안한 본능이 낙빈의 피부를 곤두서게 했다.

성주는 방향감각을 잃고 허우적거렸다. 그저 본능적으로 기억하는 남자의 얼굴. 검은 뿔테 안경을 끼고 있는 중년 남자. 한 손에 두꺼운 책을 펼쳐든 그 남자의 얼굴을 떠올린 순간부터 성주는 거부할 수 없는 힘에 이끌리듯 어딘가를 향해 움직이고 있었다.

그 남자의 얼굴과 함께 점점 또렷하게 떠오르는 여인의 모습이 성주의 가슴을 아프게 짓눌렀다. 너무나 또렷하고 생생해서 도저히 피할 수 없는 그들의 눈을 바라보며 성주는 달리기 시작했다. 왜 달리는지도 모른 채 그저 달렸다. 그저 그들을 기억해야 한다는 생각이 성주의 머릿속에 가득했다.

얼마나 숲 속을 헤맸는지 빼곡히 늘어선 키 큰 나무에 하늘이 보이지 않다가도 하늘이 열리는 길목에 서면 어김없이 머리 위로 커다란 매가 맴을 돌았다. 거대한 새의 발목에 달린 기다란 줄을 바라보며 성주는 아무런 생각도 못하고 이끌리듯 걸었다.

얼마나 걸었을까. 하늘을 맴돌던 커다란 매가 눈앞에서 사라졌다. 그제야 마치 꿈에서 깨어난 것처럼 성주의 멍한 눈이 떠졌다. 어느새 빽빽하던 나무숲이 사라지고 돌무더기로 움푹 파인 메마른 땅이 눈앞에 나타났다. 얼마나 멀리 왔는지 몰라도 여기저기 깨진 돌무더기가 쌓여 있고 오래전에 버려진 폐석들이 나뒹굴고 있는 폐광이 눈앞에 있었다.

그제야 성주는 화들짝 놀라 자신을 내려다보았다. 개량한복 여기저기가 찢겨 있었다. 숲을 헤치며 허우적거린 탓에 손가락에도 긁힌 상처로 그득했다. 뭔가에 홀린 것처럼 왜 여기에 있는지 생각해보았다. 그 남자…… 그리고 그 여자……. 검은 뿔테 안경의 중년 남자, 그리고 그와는 달리 한없이 초라한 여자……. 누구인지 알 듯 말 듯 좀처럼 정체를 알 수 없는 두 사람이 문제의 중심에 있었다. 그들은 과연 누구일까?

푸드덕…….

성주가 혼란스러운 머리로 생각에 잠겨 있는데 커다란 날갯짓 소리가 귓가에 울려 퍼졌다. 성주는 그 소리를 향해 고개를 돌렸다. 그녀를 이곳까지 데려온 커다란 매가 드디어 아래로 내려오고 있었다. 매는 두꺼운 가죽조끼를 입은 한 남자의 어깨 위에 내려앉았다. 거대한 매가 노란 눈알에 까만 눈동자를 희번덕거리며 성주를 노려보았다. 성주의 가슴이 두려움에 얼어붙었다.

"그런 곳에 숨어 있으면…… 못 찾을 줄 알았지?"

남자는 가죽조끼보다 연한 황토색 한복을 입고 있었다. 머리에는 누런 빛깔의 두건을 질끈 동여맸고 두건 가운데에 문장紋章 같은 것이 새겨져 있었다. 희끗희끗한 은발이 어깨까지 아무렇게나 내려왔다. 그는 적대감이 가득한 눈으로 성주를 노려보았다. 성주는 아무리 기억을 뒤져봐도 나타나지 않는 그 얼굴에 파랗게 질려버렸다. 저도 모르게 남자를 피해 뒷걸음쳤다. 아무렇게나 조각난 버력들이 그녀의 발아래에서 굴렀다. 울퉁불퉁한 대지가 그녀의 움직임을 방해했다.

"꼭꼭 잘도 숨었더구나."

갑자기 그녀의 뒤쪽에서 돌무더기가 무너지더니 여자의 냉랭한 목소리가 들려왔다. 성주는 등 뒤를 돌아보았다. 노랑과 주황이 묘하게 섞인 살굿빛 한복을 입고 머리를 틀어 올린 오륙십대의 여자가 성주를 노려보았다. 눈꼬리부터 관자놀이까지 검게 그린 눈 화장이 섬뜩했다. 그녀가 움직일 때마다 샛노란 한복이 번쩍거렸다. 그녀는 무언가를 찾는 듯 성주의 온몸을 꼼꼼히 살피며 탐욕스럽게 입맛을 다셨다.

성주가 비틀거리며 그 여자로부터 멀어지려는 순간 여자의 뒤쪽에서 푸른빛 바지저고리에 새파란 마고자를 걸친 건장한 남자 둘이 나타났다. 그들은 짙은 빛깔로 물든 두꺼운 나무 방망이를 흔들며 성주를 노려보았다.

성주는 숨쉬기도 어려울 정도로 압박감을 느꼈다. 이들로부터 노골적인 적대감이 느껴졌다. 그녀는 어깨에 매를 올린 남자와 살굿빛 한복을 입은 여자로부터 멀어지기 위해 뒷걸음쳤다. 그러자 두 사람 사이에서 갑자기 주황색 튜닉을 입은 한 무리의 사람들이 나타났다. 주황빛 천을 목부터 발끝까지 감은 그들은 하나같이 머리를 짧게 밀고 있었다. 승려들 같았다. 대부분 이십대 전후로 보이는 젊은 얼굴이었지만 맨 앞의 한가운데에 선 승려는 좀 더 나이 들어 보였다.

"비천한 저주를 끝낼 때가 되었구나. 숨바꼭질은 끝났다."

그 승려는 특히나 새까만 눈동자를 번뜩이며 성주를 노려보았다. 그 검은 눈동자가 한없이 더러운 것을 바라보듯 꺼림칙한 눈빛을 감추지 않고 성주를 쳐다보았다. 성주는 끝없이 밀려오는 한기에 몸을 떨었다. 두 손으로 두 팔을 감싸 안았지만 한기는 사라지지 않았다. 무언가 그녀의 깊은 의식 속에서 꿈틀거리는 것만 같았다. 끔찍한 뱀이 그녀의 무의식 밑바닥에서 몸을 비트는 것처럼 괴상한 감각이 느껴졌다. 자신의 내면에서 느껴지는 끔찍한 감각에 성주는 몸을 떨었다. 이제 무서운 것은 눈앞에 있는 사람들이 아니었다. 그보다 무서운 것은 성주 자신이었다. 이런 끔찍한 사람들과 관련된 자신의 과거가 너무나 두렵고 무서웠다.

갑자기 나타난 세 무리의 사람들은 서로를 견제하며 성주에게서 눈을 떼지 않았다. 그들은 하나같이 성주에 대해 적대감을 감추지 않았지만, 그렇다고 서로 뭉칠 사이도 아닌 모양이었다. 그들은 제각각의 이유로 성주를 쫓아온 것으로 보였다.

성주는 울퉁불퉁한 돌무더기를 밟으며 뒷걸음쳤다. 어서 되돌아가야 한다는 생각만 머릿속에 가득했다. 다시 천신의 보살핌이 있는 안전한 숲으로 되돌아가야 했다. 이토록 메마른 버력의 들판이 아니라…….

그녀의 뒷걸음질에 맞춰 세 무리의 사람들이 그녀와의 거리를 좁혀왔다. 다들 서로 눈치를 보고 성주를 경계하느라 감히 다가오지 못하는 그 순간 주황색 튜닉을 입은 승려들이 움직이기 시작했다.

"귀면의 눈을 내놓아라! 본래 있던 자리로 가져가야겠다!"

날카로운 기합 소리와 함께 그녀의 정면에 있던 승려들이 하늘 높이 튀어 올랐다. 기다란 나무 막대를 높이 들어올린 대여섯 명의 무리가 밝은 태양을 가렸다. 새까만 그림자가 성주를 뒤덮는 순간 성주는 두 팔을 들어 얼굴을 가렸다.

"아아악!"

비명과 함께 엄청난 고통이 두 팔을 물들였다. '우두둑' 끔찍한 소리와 함께 가는 팔이 부러질 것처럼 아파왔다. 강한 힘에 중심을 잃고 휘청이던 몸이 메마른 돌무더기 위로 쓰러졌다. 그 순간 누군가가 성주의 귀에 속삭였다.

'당신이…… 그 사람의…… 딸이군요.'

낮고 침착한 남자의 목소리. 한없이 낮은 목소리가 너무나도 침착하게 말을 걸었다. 그녀의 눈앞에 나타났던 단정한 옷차림의 남자가 분명했다. 검은 뿔테 안경의 그 남자가 왜인지 철저하게 감정이 배제된 목소리로 말하고 있었다. 언제 들었는지 기억나지 않지만 그 목소리가 성주의 귓가에 울려 퍼졌다.

성주는 볼품없이 넘어진 몸을 느꼈다. 중심을 잃은 그녀는 두 손이 바닥을 짚기도 전에 등부터 떨어졌다. 등에 꽂히는 울퉁불퉁하고 날카로운 돌부리들이 고통을 배가시켰다.

"내놔라, 이 도둑! 당장 내놔라!"

젊은 승려들의 성난 목소리가 그녀의 귓속으로 따갑게 밀려들었다. 성주는 풀풀 날리는 하얀 먼지 속에서 눈을 들었다. 어깨에 매를 올린 남자와 살굿빛 한복 차림의 여인은 한 걸음 떨어져 상황을 지켜보았고 성난 승려들만 성주를 향해 괴성을 지르고 있었다.

"왜, 왜 내게……."

성주의 작은 목소리는 그녀에게 쏟아지는 아우성 속에 완전히 파묻히고 말았다.

"죽어라, 마녀! 내놓으란 말이야!"

거친 아우성 속에 기다란 막대들이 다시 하늘로 솟구치는 것이 성주의 눈에 들어왔다. 성주는 두 눈을 질끈 감으며 온몸을 움츠렸다. 끔찍한 고통을 조금이라도 줄이기 위해 자신의 몸을 가장 작게 만드는 것은 본능이었다.

'왜 나를 괴롭히는 거죠? 왜 나를 이리도 미워하는 거죠, 왜……?'

그녀의 목소리가 미처 새어나오기도 전에 또다시 온몸 구석구석에 몽둥이세례가 퍼부어졌다. 고통스러워 숨도 제대로 쉬지 못하는 그 순간 또다시 목소리가 들려왔다. 이번에는 남자가 아니었다. 여자의 목소리였다. 아득히 멀리서 들려오는 낯익은 목소리. 성주가 세상에 태어나기 전부터 들었던 단 하나의 목소리가 들려왔다. 슬픔과 고통이 잔뜩 묻어 있는 가엾은 여인의 목소리였다.

'그 사람을 만나선 안 된다. 미안하다, 애야. 미안하다…….'

몸으로 느껴지는 고통보다 더한 고통이 성주의 가슴속 깊은 곳으로부터 피어올랐다. 그 순간 성주는 이마가 쪼개질 듯한 아픔을 느꼈다.

"아아악!"

그녀는 두 손으로 머리를 감싸며 소리를 질렀다. 이대로 그녀의 머리가 두 동강 날 것만 같았다. 엄청나게 뜨거운 기운이 그녀의 이마 중심으로부터 퍼져나왔다. 거대한 불덩이가 그녀의 정수리를 활활 태울 것처럼 느껴졌다.

"아아아악!"

미칠 듯한 비명이 허공으로 퍼졌다. 그런 성주를 바라보는 세 무리의 사람들은 바짝 긴장했다. 무언가…… 나타나고 있었다. 무시무시한 무언가가!

흠씬 매타작을 당하던 성주의 근처에서 새하얀 먼지가 피어올랐다. 크고 작은 돌덩이들이 공중으로 튀어 오르며 요란한 먼지더미를 만들어내는 것이었다. 잠시 움찔거리던 주황색 튜닉의 승려들은 대형을 바로잡으며 기다란 목검을 단단히 잡았다. 그리고 먼지 사이로 보이는 여자의 모습을 가늠해보았다.

"하아아앗!"

무리의 반이 공중으로 날아오르며 마구잡이로 떠오르는 돌무더기를 이리저리 흐트러뜨렸다. 시야를 가리던 돌무더기가 사방으로 흩어지며 바닥에 꽂히자 자욱한 먼지 사이로 성주의 모습이 더욱 똑똑히 나타났다.

"역시 그것을 가지고 있었구나. 그래, 언제나 가지고 다닐 테지. 저년이 죽어도 좋다! 우린 물건을 받아야 한다. 네 목숨까지 가져가마!"

승려 무리가 대형을 만들어 다시 성주를 향해 날아올랐다. 일말의 자비도 없는 무시무시한 공격이 성주에게 쏟아졌다. 목숨까지도 순식간에 앗아갈 만큼 엄청난 공격이 그녀 위로 쏟아졌다. 하지만 머리를 부여잡은 성주는 조금도 피하지 않았다. 성주는 끔찍한 두통에 빠져 있었다. 외부의 공격을 전혀 피하지 못할 만큼 극심한 괴로움이 그녀의 온몸을 잠식했다. 그래서 그녀의 마른 몸은 끔찍한 공격에 고스란히 노출되고 말았다. 승려들의 무시무시한 공격이 그녀를 향해 내리꽂히는 바로 그 순간.

"으악! 으아아악!"

"잘못했어, 잘못했어요!"

"안 돼, 안 돼애애!"

고통의 비명 소리가 사방으로 퍼졌다. 그 비명의 주인은 성주가 아니었다. 분명 공격한 자들은 승려였지만 공격을 당한 쪽은 성주가 아닌 그들 자신이었다. 성주를 향해 날아오르던 승려들은 기다란 막대를 버린 채 바닥으로 떨어져 내렸다. 그들은 두 손으로 머리를 부여잡고 절규하기 시작했다. 그들은 뭔가 끔찍한 것을 본 듯 하얗게 눈을 홉뜨고는 고통의 비명을 질러댔다. 입으로 흰 거품을 부글부글 뱉어내고 사지를 벌벌 떨면서 마치 간질 환자처럼 발작을 일으키고 있었다.

십수 명의 승려 모두가 동시에 발작을 일으키는 장면을 보는 순간 어깨에 매를 올린 남자와 살굿빛 한복을 입은 여자는 순식간에 뒤로 물러섰다. 상황을 좀 더 주시하려는 듯 그들의 눈빛이 빛났다. 그들은 쓰러진 승려들 사이에서 머리를 쥐어짜며 괴로워하는 성주를 날카로운 눈으로 쳐다보았다. 그녀가 한참 동안 머리를 움켜잡고 요동치는 동안에도 그들은 섣불리 나서지 않았다. 그들은 조금 더 지켜보기로 했다.

그들은 귀면의 눈동자가 어디에 있는지 성주를 샅샅이 살폈다. 그 무시무시한 것을 찾아낸 후에 공격해도 늦지 않을 것이다. 그들은 그 저주의 물건이 성주의 어디에 숨어 있는지 밝히기 위해 숨죽여 기다렸다.

7

낙빈과 승덕은 미친 듯이 달리고 또 달렸다. 그들이 나아가는 길은 이미 천신의 보호를 받는 숲을 한참 지나친 지점이었다. 빠르게 전진하던 술신은 푸른 숲이 끝나고 메마른 돌무더기가 그득한 곳에서 겨우 속도를 늦추었다.

그곳은 커다란 돌산의 움푹 파인 허리 부분으로, 버려진 돌무더기만 가득했다. 작은 풀 한 포기도 살지 못하는 폐광 주위에 우연히라도 들를 동물도, 사람도 없어 보였다.

하지만 예상과 달리 그곳에 사람의 흔적이 있었다. 아니, 신음이 있었다. 술신의 뒤를 쫓아 돌산 앞에 다다를 때쯤 승덕의 눈앞이 흐릿해졌다. 신안소원부의 위력이 다한 탓인지 불투명하게 보이던 술신의 모습이 주변 배경에 거의 녹아들어버렸다.

사라지는 술신의 뒤로 거친 자갈밭을 뒹구는 주황빛 물결이 눈에 들어왔다. 승덕과 낙빈은 움푹 파인 돌무더기 속에서 신음하는 주황빛 옷차림의 승려들을 확인했다. 괴로워하는 10여 명의 승려 외에 보이는 것은 없었다.

낙빈과 승덕은 머리를 쥐어뜯으며 고통스러워하는 젊은 승려들의 곁으로 내려갔다. 아무런 위협이 없는데도 머리를 부여잡고 고통에 몸부림치는 승려들과 간신히 괴로움에서 빠져나온 몇몇이 멍한 얼굴로 하늘만 바라보고 있었다.

"이상해요. 아무것도 못 느끼겠는데요?"

낙빈은 괴로움의 원인을 찾아보려 했지만 딱히 알아낼 수가 없었다.

"이봐요, 무슨 일이에요? 누가 이렇게 만든 거죠?"

승덕은 머리를 움켜쥔 채 멍하니 하늘을 바라보는 승려에게 다가갔다. 주황빛 천으로 목 위까지 단단히 감싼 승려는 초점 없는 눈에 얼빠진 표정을 짓고 있었다. 승덕이 몇 번이나 흔들고 나서야 흐릿한 눈동자가 제자리를 찾는 듯했다. 그의 눈동자는 승덕을 바라보고 있었지만 여전히 어딘가 나사가 빠진 듯했다. 승려는 알아듣지 못할 말을 중얼거렸다.

"끔찍해! 다시 보고 싶지 않았던…… 지옥을 보고 말았어……. 저주받은 눈동자가 다시 깨어나고 말았어……. 그걸 보는 게 아니었는데…… 그걸 만지는 게 아니었는데……."

"이봐요, 그게 무슨 말이죠? 당신들은 뭘 본 거죠? 저주받은 눈동자가 뭐죠?"

"그걸 보는 게 아니었는데…… 그걸 만지는 게 아니었는데…… 으아아악!"

승려는 솟구치는 불안에 세차게 몸을 떨었다. 승덕이 몇 번이나 물어보았지만 정상적인 대화가 불가능했다. 머리를 붙잡고 괴로워하는 승려들은 아예 대화가 불가능했고 멍한 얼굴로 하늘을 보는 승려들에게서도 쓸 만한 정보를 얻기가 힘들었다. 다만 그들이 중얼거리는 '저주받은 눈동자'란 뒤집힌 귀면의 눈동자를 의미하리라는 추측만 가능했다. 귀면의 눈동자가 성주와 관련된 것은 분명한 일이지만 아무 힘도 없이 연약한 그녀가 어떻게 십수 명의 승려를 쓰러뜨리고 이곳을 떠났는지 이해되지 않았다. 그것도 외적인 고통이 아닌 정신적 고통으로 모두를 공황 상태에 빠뜨렸다니, 상상하기도 힘들었다. 대체 어떻게 이들을 단박에 고통 속으로 몰아넣는단 말인가.

"낙빈아, 신안소원부를 다시 부탁한다. 어디로 간 거지? 대체…… 대체 어디로…….'

승덕은 입술을 깨물었다. 승려들의 말보다는 성주를 믿어야 했다. 그녀의 정체가 무엇이든 그녀에게 어떤 이야기가 숨어 있든, 그녀는 그저 연약하고 안쓰러운 사람이었다. 낙빈은 위력이 떨어진 신안소원부의 기운을 높이기 위해 새로운 부적을 품에서 끄집어냈다. 노란 부적이 승덕의 눈앞에서 다시 화르륵 타오르자 배경과 하나가 되었던 술신의 모습이 다시 나타나기 시작했다.

두 귀를 쫑긋 세우고 목을 빳빳이 쳐든 뾰족한 입매의 머리가 기다란 도포 위로 나와 있었다. 머리를 제외하면 사람과 똑같은 모습의 견신이 한 손에 장도리를 들고 두 다리로 서 있었다. 뾰족한 입이 승덕 쪽으로 향하다가 다시 어딘가로 향했다.

고통에 허우적거리는 승려들을 남겨두고 승덕은 다시 급한 걸음을 뗐다. 울퉁불퉁한 돌무덤에 빠지고 돌부리에 걸리면서도 속도를 줄이지 않았다. 두세 걸음 뒤에서 승덕을 따르는 낙빈은 혼란스러웠다. 승려들에게서 제대로 정보를 얻어내지도 않고 또다시 서둘러 성주의 뒤를 밟는 승덕의 모습이 낯설었다.

작은 일에서도 수많은 정보를 캐내던 승덕이 급하게 서두르다가 돌에 걸려 넘어지는 순간 낙빈은 눈을 질끈 감았다. 승덕이 넘어지는 순간 낙빈의 가슴은 철렁 내려앉았다. 너무나 정신없이 서두르는 그의 모습이 이토록 불안하고 무서울 줄은 몰랐다. 도저히 그런 승덕의 모습을 바라보기가 어려웠다. 불안한 마음이 낙빈의 심장을 짓눌렀다.

이런 낙빈의 마음을 알지 못하는 승덕은 미친 듯이 걸음을 옮겼다. 그는 뒤도 돌아보지 않고 앞장섰다. 눈앞에 견신의 모습이 없어질까봐 조바심치듯 그는 더없이 빠른 속도로 달렸다. 그의 머릿속은 텅 빈 것 같았다. 어떤 계산도, 어떤 치밀함도 존재하지 않았다.

두방망이질하는 가슴. 그 심장의 떨림만 지금 승덕을 움직이는 유일한 이유였다.

성주의 몰골은 초췌했다. 찢어지고 더러워진 옷보다 그 안의 얇은 살점이 더욱더 볼품없었다. 작고 가는 팔다리로는 감당하기 어려운 혹독한 타격을 받은 살갗은 이미 시퍼렇다 못해 검은빛으로 울긋불긋 물들어 있었다. 피가 뭉치고 터지면서 옷을 적셨지만 성주는 그런 자신의 모습을 인식하지 못했다.

그녀는 머릿속에 떠오르는 단 하나, 그 남자를 찾아 부지런히 다리를 놀렸다. 이런 공포와 괴로움 속에서 생각나는 단 하나의 얼굴. 그 얼굴이 자신을 지켜줄 유일한 끈이라도 되는 것처럼 그를 향해 달려가고 있었다.

불편한 다리를 끌며 어딘가를 향해 본능처럼 달리는 그녀의 머릿속에서 잊고 있던 이야기들이 가끔씩 툭툭 터져 나왔다. 농익은 석류가 터지듯 숨겨진 이야기들을 더 이상 감출 수가 없었다.

참 볼품없는 여자가 있었다. 비쩍 마른 얼굴에 솜도 잘 채워지지 않은 얇은 점퍼를 걸친 여자가 성주에게 등을 돌린 채 낡은 바가지로 하얀 눈을 퍼 담았다. 산발한 머리카락은 등 아래까지 치렁치렁 늘어졌고 윗옷부터 신발까지 전혀 어울리지 않는 옷차림이었다. 죄다 어디선가 주워온 옷과 신발인 듯 제각각이었다.

성주는 그런 여자의 뒷모습을 보며 바들바들 떨었다. 온몸을 웅크린 채 추위에 발발 떠는 성주의 앞에는 약한 모닥불이 피어오르고 있었다. 주위엔 아무것도 없었다. 사방에 하얀 눈뿐, 집도 사람도 차도 도로도 보이지 않았다.

긴 머리를 늘어뜨린 여자는 그녀만큼이나 볼품없이 찌그러진 양철 양동이에 눈을 퍼 담았다. 바가지로 퍼 올린 눈이 양동이에 가득 차오르자 모닥불 위에 세워둔 철사 걸이에 양동이를 걸었다. 그녀는 약한 불이 타오르며 눈이 녹기를 기다렸다. 정말 한참을 기다렸다. 그리고 거뭇한 그 물에서 조금씩 김이 피어오르자 그녀는 눈을 뜨던 바가지로 물을 조금 퍼냈다. 하도 차가운 날이라 바가지에서는 희뿌연 연기가 몽글몽글 올라왔다. 그녀는 온기가 느껴지는 그 물을 먼저 성주에게 건넸다. 성주는 작은 새처럼 그 물을 받아 마셨다.

성주는 어렸다. 몇 살이나 되었을까? 사리분별을 하기엔 너무 어린 나이였다. 학교에 다닐 나이보다 훨씬 어린 나이, 뛰는 것도 버거울 정도의 어린 나이 같았다. 손발을 벌벌 떨던 어린 그녀가 물을 받아 마시는 순간 갑자기 온몸으로 따스한 기운이 퍼졌다. 너무나 따스한 기운이 입술을, 목을, 차가운 가슴을 녹이는 것만 같았다.

"엄마, 엄마."

따스하고 행복해진 성주가 그녀를 불렀다. 피곤하고 지친 얼굴이 성주를 내려다보았다. 힘들고 고단한 얼굴 속에 검은 눈썹이 팔八자로 처져 있었다. 그 눈은 슬퍼 보였다. 하지만 아직 어린 딸은 어머니의 표정을 알아보지 못했다.

"엄마, 엄마."

눈을 녹인 따스한 물 한 모금이 너무 좋아 아이는 엄마의 품에 매달렸다. 솜이 다 죽은 검은색의 얇은 점퍼가 너무나 차가웠다.

성주의 눈에서 눈물이 흘렀다. 기억 저편에서 어머니의 얼굴이 떠올랐다. 왠지 가슴 아프고 불쌍해 보이는 그 여인이 자신의 엄마라는 것을 성주는 기억했다. 그 얼굴을 보는 것만으로도 울음이 터질 정도로 어머니는 그녀의 가슴을 아프게 했다. 슬픈 기억 속 단편들이 저 깊은 곳에 도사리고 있는 것이 분명했다.

성주는 너덜거리는 한복으로 눈가를 훔치면서도 걸음을 멈추지 않았다. 수많은 매질에 다리에서도 지끈거리는 통증이 느껴졌지만 그녀는 발을 멈추지 않았다. 그녀의 기억이 멈추지 않고 떠오르는 것처럼.

"엄마, 그러지 말아요! 엄마, 제발 내가 빌게. 그러지 말아요, 그러지 말아요!"

또 다른 기억 속의 성주는 어머니의 한쪽 발을 붙잡고 있었다. 어머니의 발을 붙들고 누런 방바닥에 엎드려서 간절히 애원하는 그녀는 이제 제법 사리도 분별하고 세상도 이해하는 사춘기 소녀였다.

산속을 헤매던 때와 달리 제법 사람 같은 몰골의 두 사람이었다. 어머니는 허리까지 내려오는 쑥색 저고리와 발목까지 내려오는 남색 치마를 입고 있었다. 누빔 조끼까지 걸친 그 모습은 전보다 훨씬 살 만해 보였다. 더 이상 거리를 떠도는 거지의 모습이 아니었다.

하지만 성주의 가슴은 어린 시절의 따스했던 그 순간보다 훨씬 더 비참하고 괴로웠다. 성주는 어머니에게 빌고 또 빌었다. 제발 끔찍한 일들에서 멀어지기를. 어머니가 무서운 일을 하고 있다는 것을 성주는 알았다.

"모르는 소리 마라. 어떻게 살려고 그러냐? 불행을 내보내지 않으면 그걸 다 받아먹어야 하는데, 우리가 그걸 어떻게 감당하느냔 말이다. 모르는 소리 마라. 겁 없는 소리 마라."

어머니는 두 눈을 부릅뜨며 성주를 나무랐다. 팔자로 늘어져 있던 슬픈 눈썹이 이제는 뒤집힌 팔자 모양이 되어 무서운 표정을 짓고 있었다. 성주는 알고 있었다. 어머니가 그 힘을 쓸수록 달라지고 있다는 것을. 어머니가 그것에게 먹히고 있다는 것을.

달라지는 얼굴, 달라지는 성격이 말해주고 있었다.

어머니는 모르는 것 같았다. 그것의 무시무시한 힘을. 어머니는 온갖 변명을 하면서 성주의 말을 듣지 않았다. 아예 그 힘을 쓰지 않으려는 노력조차 해보지 않고 그렇게 말하는 것 같았다. 그래, 저주를 원하는 사람들 덕분에 어머니는 생계를 잇고 있었다. 저주를 부탁하고 불행을 사주하는 사람들 덕분에 두 사람은 굶주리지 않았다. 하지만 성주는 원하지 않았다. 그녀는 이런 상황에서 벗어나 평범하게 살고 싶었다. 저주술을 이용해 입에 풀칠하기는 싫었다. 굶어도 좋으니 어머니가 그 일을 그만두기만 바랐다.

'이제 그만. 이제 그만!'

성주는 눈물을 흘렸지만 어머니는 성주의 팔을 뿌리치고 방 밖으로 나섰다. 혼자 남은 성주는 어두운 방바닥에 엎드려 눈물만 흘렸다. 그냥 어머니와 둘이서 평범하게 살고 싶은데. 두 사람이 함께 일한다면 굶지는 않을 텐데……. 어머니는 성주의 부탁을 매몰차게 거절해버렸다.

성주의 다리가 휘청거렸다. 얼마나 더 걸어야 그곳에 도착할지 알 수 없지만 성주는 미친 듯이 걸음을 재촉했다. 보이지 않는 그곳이 마치 눈앞에 있는 것만 같아 조금도 지체할 수가 없었다. 다리는 휘청거렸지만 머리는 몸을 누일 생각이 없었다. 빨리. 더 빨리. 그저 발걸음만 재촉할 뿐이었다. 저 멀리 낯익은 집 하나가 어른거렸다. 언젠가 보았던 집이 아지랑이처럼 눈앞에 어른거렸다.

어머니가 방문을 벌컥 열고 들어섰다. 그러고는 이불 속에서
치밀어 오르는 역겨움에 치를 떨고 있는 성주를 향해 다급하게
외쳤다. 얼굴을 내민 성주는 사춘기가 훌쩍 넘은 성숙한 여인네
의 향기가 풀풀 났다.

"당장 떠나자, 어서!"

그 말과 함께 가방들이 준비되었다. 언제든 떠날 준비를 하고
사는 탓에 떠나기는 쉬웠다. 반시간도 되지 않아 어머니는 모든
짐을 싸고 방을 비웠다. 부엌 하나에 방 두 개의 단출한 살림이
순식간에 정리되었다. 그만큼 가진 것이 없었다.

"이번엔 또 어디로 도망가는데?"

어머니는 지친 듯한 성주의 목소리를 애써 외면했다. 다가오는
위험 속에서 마음만 급했다.

"가자. 가면서 얘기하자."

성주는 커다란 여행 가방 두 개를 현관에 세워두고 당장 나오
라며 손짓하는 어머니의 모습이 역겨웠다. 이제 지쳤다. 차라리
모든 것이 끝났으면 좋겠다는 생각이 들었다.

"줘! 돌려주란 말이야! 훔친 것을 돌려주면 모두 끝나잖아. 그
런데 왜 돌려주지 않는 건데? 왜 이렇게 사는 건데? 엄마, 제발
부탁이야. 돌려주자. 다 돌려주고 우리 둘이…… 우리 힘으로 살
자, 응? 제발…… 제발……."

성주는 지친 얼굴로 또다시 애원했다. 다급하다고 소리치는 어머니 앞에서 이를 악물고 버티면서 한 걸음도 움직이지 않았다. 어머니가 손을 잡아끌고 등을 밀어도 보았지만 성주는 꼼짝도 하지 않았다. 성주는 그저 바닥에 엎드려 애원했다.

"고집도…… 고집도……."

지친 어머니의 목소리가 들려왔다. 말로는 도저히 딸을 움직일 수 없다는 사실을 깨달은 어머니가 현관문을 도로 닫았다. 그러고는 묵묵히 저고리를 벗었다. 성주는 어머니의 모습을 멍하니 바라보았다. 어머니가 무얼 말하려는 것인지 알 수가 없어 그저 멍하니 쳐다보기만 했다. 어머니는 허리까지 내려오는 진보라색의 누빔 저고리를 벗더니 그 안에 걸친 속저고리도 벗었다. 속옷을 벗은 어머니는 성주에게 등을 보였다.

어머니의 등 가운데에 희끗한 회색이 물들어 있었다. 마치 곱사등처럼 어머니의 등가죽 위로 회색의 무언가가 불룩불룩 튀어나와 있었다. 성주는 멍한 얼굴로 어머니를 바라보았다.

"자, 봐라. 이제 돌려주고 싶어도 돌려줄 수가 없다. 이놈이 날 먹어버렸어. 이제는 도망칠 수밖에 없다."

지친 듯한 어머니의 작은 말소리가 들려왔다. 그 순간 성주는 보았다. 어머니의 등 가운데에서 회색 그림자가 꿈틀꿈틀 움직이다가 스르르 눈꺼풀을 여는 것을. 다만 그 눈꺼풀은 위가 아니라 아래로 접혀 내려갔다. 마침내 드러난 눈에서 하얀 눈자위와 까만 눈동자가 번들거렸다. 그 검은 눈동자가 성주를 바라보며 눈을 굴렸다.

불행을 준다는 그 끔찍한 도구가 이제 어머니의 몸을 먹어버렸다. 떼어낼 수 없는 불행이 그녀의 어머니를 삼킨 것이다. 성주는 그 끔찍한 모습에 눈을 감았다. 두 귀를 막았다. 저항할 수 없는 불행의 생물에 잡혀 숙주가 되어버린 끔찍한 어머니의 모습에 아무런 말도 할 수 없었다.

시간이 지날수록 기억이 봇물 터지듯 흘러나왔다. 시간은 뒤죽박죽으로 오갔다. 수많은 기억이 기억의 틈새를 벌리면서 마구잡이로 나오기 시작했다. 과거의 시간이 순서와 상관없이 마구잡이로 튀어나오자 성주의 머릿속이 지끈거렸다. 성주는 욱신거리는 머리를 붙잡으며 이리저리 비틀거렸다. 그녀의 몸이 술 취한 사람처럼 갈지자로 움직였다. 그런 와중에도 다리는 쉬지 않았다. 두 다리는 마치 다른 자의 명령을 받는 것처럼 자동적으로 앞으로 나아가고 또 나아갔다.

어머니는 커다란 짐을 등에 메고 있었다. 어머니의 마른 등에 크고 네모난 상자가 친친 동여매져 있었다. 상자는 흰색 광목천으로 둘러싸였고, 또 다른 광목천이 상자와 어머니의 몸을 하나로 둘둘 말고 있었다. 성주도 어머니도 얇은 잠옷 같은 것만 간신히 걸치고 불빛 한 점 없는 풀숲을 헤치며 달리듯 걷고 있었다.

성주는 어렸다. 아마 열 살도 되지 않은 어린 시절의 어느 날일 것이다. 잠도 깨지 않은 얼굴로 어머니가 이끄는 대로 밤 서리를 맞으며 도망치고 있었다. 어머니는 무엇이 그리 급한지 옷도 제대로 챙겨 입지 못하고 누군가로부터 도망치고 있었다.

얼마나 걸었을까. 얼마나 달려왔을까. 풀벌레 소리조차 들리지 않는 지독한 침묵 속을 미친 듯이 달리고 또 달리던 어느 순간 세찬 바람 소리가 어린 성주의 귀에 들어왔다. 그 소리는 어린아이가 듣기에도 어딘가 이상했다.

어머니는 달리던 두 발을 멈추었다. 그리고 등에 메고 있던 커다란 짐을 벗어 내렸다. 어린 딸을 네모난 등짐 옆에 단단히 붙이고는 쪼그리고 앉았다. 성주는 최대한 몸을 말고 매미처럼 등짐에 매달렸다.

어머니는 얇은 잠옷 차림인데도 목걸이만은 빼지 않았다. 그래, 성주가 태어나는 그 순간부터 어머니의 목에는 항상 저 금목걸이가 달려 있었다. 동그란 눈동자가 불꽃처럼 새겨져 있는 목걸이. 어머니의 가슴에 커다랗게 매달린 저 금목걸이는 얇은 쇠사슬로 연결되어 있었다. 어머니는 그녀의 분신처럼 언제나 함께하던 그 목걸이를 스르르 목에서 빼냈다. 그러고는 기다란 쇠사슬을 조심스럽게 손에 감았다. 그러자 그 커다란 눈동자 문양이 어머니의 손바닥에 단단히 붙어 사방을 노려보았다.

쐐액!

차가운 바람 소리가 들렸다. 바로 옆에서 들리는 것처럼 또렷했다. 그 소리가 하도 날카롭고 차가워서 성주는 눈을 감았다. 소리만으로도 몸을 몽땅 얼려버릴 것처럼 무섭고 잔혹했다. 그 잔인한 소리가 어머니를 향해 날아왔다. 다시 바람 소리가 잦아들었다.

성주는 천천히 눈을 떴다. 귓가를 스치고 지나가는 바람 소리는 어머니에게 상처를 남겼다. 무슨 일인지 몰라도 어머니의 어깨가 찢어져 있었다. 찢어진 내의 사이로 검붉은 피가 흘러내렸다. 성주는 무서워서 벌벌 떨었다. 너무나 무서워서 신음도, 울음도 나오지 않았다. 성주는 완전히 질려버린 눈으로 어머니의 상처만 쳐다보았다.

어머니는 피를 흘리면서도 비명조차 지르지 않았다. 어린 딸을 위해 아픔과 고통을 모두 참고 속으로 앓고 있었다. 그녀는 어둠 속에서 보이지 않는 적을 향해 눈을 부릅떴다. 허리 위까지 올라오는 수풀 속에서 그녀를 해치려는 적의 형체는 조금도 보이지 않았다.

쐐액!

또다시 그 끔찍한 바람 소리가 허공을 갈랐다. 성주는 이제 너무나 무서워서 두 손으로 눈을 가렸다. 혹시나 새어 들어올지 모르는 작은 빛도 무서워서 손바닥으로 눈을 내리눌렀다.

바람 소리가 지나가는 그 순간 무언가가 그녀의 손등으로 펄떡 뛰어들었다. 차가운 무언가가 그녀의 손등으로 날아들더니 움직이지 않았다. 다시 바람 소리가 사라졌다. 성주는 용기를 내어 눈을 가렸던 손바닥을 아래로 내렸다. 천천히 손을 뒤집어 손등을 바라보았다. 그녀의 오른손에 느껴진 그것이 무엇인지 확인하기 위해서였다.

그것은 손가락 한 마디 정도 되는 기다란 애벌레 모양이었다. 성주는 그것에 손을 댔다. 그러자 작은 애벌레 같은 것이 무너져 내렸다. 푸르르 흩어지며 주르르 흘러내렸다. 물이었다. 붉은 핏물. 피가 튀었다. 보이지 않는 공격에 어머니의 몸이 피를 만들고 있었다.

성주는 덜덜 떨리는 이를 악물며 고개를 들었다. 수풀 사이로 휘청거리는 어머니의 모습이 보였다. 그녀의 등에 사선으로 반듯이 그어진 낯선 자국도 보였다. 자국 사이로 붉은 핏줄기가 서서히 피어올랐다. 성주는 너무나 무서워서 온몸이 딱딱하게 굳어버렸다. 어머니가 죽을지도 모른다는 생각에 성주의 머릿속이 하얘졌다.

쐐액!

또다시 다가오는 끔찍한 바람 소리에 성주는 눈을 감았다. 이제는 아예 눈을 감고 뜨지 않을 작정이었다. 차가운 바람 소리가 허공에 흩어졌다. 그리고 둔탁한 소리 하나가 이어졌다. 툭. 무거운 무언가가 바닥으로 떨어지는 소리였다.

"으악! 끄악! 끄아아악!"

낯선 비명 소리가 들렸다. 거친 목소리로 미친 듯이 외치는 낯선 사람의 비명 소리. 아니, 어쩌면 짐승의 비명 소리일지도 몰랐다. 그제야 성주는 천천히 눈을 떴다. 눈앞에 어머니가 있었다.

어머니는 손바닥의 금빛 목걸이를 힘껏 누르고 있었다.

금빛 목걸이 아래에는 낯선 사람의 이마가 있었다. 검은빛으로 온몸을 감싼 남자였다. 코 아래까지 검은 천으로 둘둘 감싼 남자가 허옇게 눈을 뒤집은 채 짐승의 비명을 지르고 있었다. 그 남자의 이마를 누르는 것은 어머니의 가느다란 팔이었다. 어머니의 손에서 금빛으로 일렁이는 눈동자가 남자를 노려보고 있었다.

성주는 알고 있었다. 엄마의 목걸이, 그 금빛 눈동자가, 그 금빛 생물이 무엇을 바라보는지……. 어떤 설명을 들은 적이 없는데도 성주는 언젠가부터 알게 되었다. 그 눈동자는 죽어도 떠올리고 싶지 않은 아픈 기억을 끄집어내고 있다는 것을. 그가 결코 보고 싶어 하지 않는 불행한 과거를 받아먹고 있다는 것을. 그놈은 그가 결코 보고 싶어 하지 않는 미래의 불행도 끄집어내어 게걸스럽게 먹어치우고는 지독한 저주의 기운을 흔적으로 남겼다. 게걸스러운 탐욕 속에 행운은 사라지고 끔찍한 저주와 불행만 남았다.

머리가 지끈거렸다. 어린 시절부터 쌓여온 아픈 기억이 두꺼운 장막을 걷어 올리며 속속들이 삐져나오고 있었다. 하얗게 사라졌던 기억은 봇물이 터진 것처럼 성주의 뇌리 속에 소용돌이를 만들었다. 둑이 터지고 물길이 터지듯 단편적이던 기억이 점점 커지고 점점 거세졌다.

적어도 성주가 기억하는 가장 어린 시절부터 성주는 어머니와

단둘이었다. 두 사람은 한 번도 마음 편히 산 적이 없었다. 언제나 도망치고 경계하는 힘들고 피곤한 나날이 계속되었다. 도망치고 또 도망쳐도 이름 모를 자들이 어머니를 따라왔다. 숨 한 번 크게 내쉬지 못하고 힘들게 살아왔는데도 매번 정신을 차리면 다시 도망자 신세였다. 하루하루가 고단한 역경이었다. 두 다리를 뻗고 잠 한 번 못 자는 인생이 끔찍했다.

어머니와 성주는 그렇게 살았다. 그 기나긴 여정은 언제 끝날지 알 수가 없었다. 하루하루 사는 것에 급급해서 미래도 꿈도 생각해본 적이 없었다. 어릴 적에는 그런 삶이 당연한 줄만 알았다. 하지만 점점 자라면서 그런 삶은 삶이 아니라는 것을 알게 되었다. 나이가 들고 머리가 커지면서 모두가 어머니 같은 끔찍한 삶을 살지는 않는다는 것을 서서히 알아채게 되었다.

성주는 어머니가 다 그만두기를 바랐다. 다른 사람처럼 평범하게 살기를 바랐다. 성주는 어머니를 쫓는 의문의 사람들이 원하는 것이 단 하나임을 알았다. 그래서 그것을 놓아버리고 달아나자고 말하려 했다. 그것만 없으면 평범하게 살아갈 수 있을 거라고 믿었다. 죽도록 모녀를 쫓는 사람들이 원하는 것은 하나였다. 어머니의 목에서 달랑거리는 커다란 문양, 그것 하나였다.

성주가 그런 생각을 했을 때는 이미 늦어버렸다. 그것은 어머니를 삼켜버렸다. 어머니는 놈의 숙주가 되어 평생 불행과 저주 속에서 살아야 했다. 다가오는 모든 사람에게 저주와 불행을 건네며 살아갈 운명에 처해 있었다. 성주는 세상에 어머니와 자신뿐이라고 생각하며 모두 포기하기로 했다. 그렇게 하루 앞도 내다보지 못하는 불안한 나날이 계속되던 어느 날의 기억이 성주의 지끈거리는 머릿속으로 흘러나왔다.

언제든 떠날 준비를 하고 사는 것은 너무나 익숙한 일이었다. 어머니는 항상 짐을 싸놓았다. 내일 이사할 것처럼 언제나 집은 텅 비어 있었다. 그들은 삶에 꼭 필요한 것이 아니면 소유하지 않았다.

산다는 것은 하루하루 연명한다는 의미밖에 갖지 못했다. 그러던 어느 날 성주는 어머니의 짐에서 낯선 것을 발견했다.

어머니에게 저주와 불행을 주는 눈동자는 삶을 이어주는 유일한 방법이었다. 참 기묘하게도 저주와 불행을 이용하고자 하는 사람들은 놈의 냄새를 맡고 어머니를 찾아왔다. 아니, 놈이 저주와 불행을 원하는 사람들의 냄새를 귀신처럼 맡았는지도 모른다. 그날도 어머니는 저주와 불행을 원하는 이름 모를 누군가의 의뢰를 받기 위해 집을 비웠다.

집이라고 해도 언제나 낯선 잠깐의 서식지에 불과한 그곳에서 성주는 그날따라 이상한 행동을 했다. 한 번도 그런 적이 없었는데…… 호르몬이라는 것, 성장이라는 것, 유전자의 명령에 따라 움직이는 그 저항할 수 없는 사춘기의 징후가 떠돌고 도망치며 살아가는 성주에게도 다가왔다. 거부하지 못할 반항과 분노가 문득문득 치밀었다. 그러한 성정의 징후들은 사실 또래에 비해

10년 이상 늦은 것이었다. 삶이 녹록지 않아 고개도 내밀지 못했던 성징의 징후들이 드디어 성주를 찾아온 것이다.

성주는 그동안 한 번도 손대지 않았던 어머니의 짐을 모두 풀어헤쳤다. 필요한 것을 꺼내기 위해 조금 흩트린 적은 있지만 어머니의 짐을 모두 꺼내 하나하나 살펴본 것은 그날이 처음이었다. 무엇을 찾으려는 것은 아니었다. 그저 무료한 시간 속에서 또다시 저주의 의뢰를 받기 위해 사라진 어머니에 대한 반항이었을 것이다. 누군가를 불행에 빠뜨리려는 사람과, 그를 위해 사악한 저주의 기운을 아낌없이 사용하는 어머니에 대한 거부감과 미움이 그 이유였을 것이다.

부피를 최소화한 몇 벌의 옷가지와 생존에 필요한 최소한의 생활용품이 짐의 대부분이었다. 저주의 대가로 받아온 현금 뭉치들도 보였다.

그렇게 잡다한 짐들 사이에 어울리지 않는 것이 하나 있었다. 책이었다. 성주는 단 한 번도 어머니가 책 읽는 모습을 본 적이 없었다. 그런데 짐 꾸러미의 맨 밑바닥에서 어머니와 전혀 어울리지 않는 책이 나왔다. 성주는 그 책을 휘릭 넘겨보았다.

그림 하나 없이 글자만 빼곡한 책이었다. 어머니와는 정말로 어울리지 않는, 한없이 어렵게만 보이는 두꺼운 책이었다. 책은 세월의 때를 입었는지 종이가 살짝 누랬다. 자주 펼쳐본 기색이 전혀 없는데도 책장을 넘길 때마다 종이 부스러기가 조금씩 날렸다. 그만큼 오래도록 간직하고 다녔다는 의미였다. 어머니는 한 번도 읽지 않은 책을 왜 가지고 있는 것일까? 꼭 필요한 것만 가지고 다니는 어머니가 왜 이렇게 두꺼운 책을 고이고이 모셔둔 것일까?

성주는 몇 번이나 책장을 홀홀 넘겨보았지만 알 수가 없었다. 책에는 너무나 어려운 말만 적혀 있어서 이해도 되지 않았다. 배움이 짧은 어머니와 전혀 어울리지 않는 책이었다. 꼼꼼히 들여다보아도 옛날부터 전해오는 우리의 고대 언어에 대해 연구한, 지극히 학문적인 책이라는 것밖에는 알 수가 없었다.

다시 책장을 넘기다가 문득 책날개가 펼쳐졌다. 좁은 책날개에 저자의 사진이 있었다. 답답해 보이는 검은 뿔테 안경을 눌러쓰고 한없이 진지한 얼굴로 이쪽을 바라보는 남자의 얼굴이었다. 그 얼굴을 한참 바라보던 성주는 심장 한쪽이 툭 하고 떨어지는 느낌을 받았다. 디딜 곳조차 없이 허공에 떠 있던 두 발이 육지를 만나 아래로 내려앉는 기분……. 무언가 서 있을 곳을 찾은 느낌이 들었다.

성주는 진지한 표정을 짓고 있는 남자에게 매료되었다. 단정하게 빗어 넘긴 머리카락은 검고 숱이 많았다. 목까지 단추를 채운 체크무늬 셔츠도 단정하기 그지없었다. 장난기 하나 없이 진지한 눈동자와 과묵한 얼굴. 웃음기 없이 살짝 처진 입과 아래쪽으로 조금 내려간 눈매. 처음 보는 남자의 얼굴에서 성주는 자신의 얼굴을 보았다. 그 안에 자신의 얼굴이 있었다. 아무런 설명이 없어도 묘하게 겹쳐지는 그 얼굴에서 성주는 그의 이름을 알아챘다.

220

아버지.

처음으로 만나는 아버지의 얼굴이었다.

지끈. 마침내 감당하지 못할 만큼의 지독한 통증이 느껴졌다. 머리카락이 모조리 뽑힐 것처럼 아득한 고통이 성주의 관자놀이를 눌러댔다. 한시도 쉬지 않고 움직이던 두 다리가 크게 휘청거리며 아래로 내려갔다. 텅 빈 거리에 주저앉은 무릎 사이로 빨간 멍울이 맺혔다. 하지만 엄청나게 짓누르는 두통에 성주는 다른 상처나 고통 따위는 전혀 느낄 수 없었다. 검은 뿔테 안경을 끼고 있는 아버지의 얼굴만 머릿속에 가득 차오르더니 다른 생각들은 모두 사라져버렸다.

아버지……. 그제야 성주는 자신이 가고 있는 곳이 어딘지를 깨달았다. 아버지……. 성주는 자신을 존재하게 했고 자신의 존재를 밝혀줄 유일한 대상을 향해 본능적으로 움직이고 있었다. 그녀는 반드시 그곳에 가야 하는 이유를 모르면서도 그를 향해 가고 있었고 또 가야만 했다.

성주는 주변을 둘러보았다. 머릿속은 여전히 지끈거렸지만 이제는 주변 풍광이 눈에 들어왔다. 낯선 곳이었다. 처음 보는 시골 동네…… 어디가 어딘지 도저히 알 길이 없는 곳이었다. 산어귀에 사람이 사는지도 알 수 없는 집이 한두 채 보일 뿐, 사람도 차도 지나가지 않는 곳에서 혼자 정처 없이 걸음을 떼고 있었다.

성주가 잠시 멍하니 주변을 둘러보는데 저 멀리서 먼지를 풀럭이며 무언가가 달려왔다. 이 오지에도 하루에 한두 대쯤은 다닐 법한 마을버스였다. 성주는 버스를 향해 손을 흔들었다. 우선은 차가 좀 더 많이 다니는 마을로 나가야 할 것 같았다. 오지 마을의 버스는 정류장이 아니어도 손을 흔드는 사람이 있으면 언제든 멈추었다. 그것이 돈 한 푼 없는 낯선 여인일지라도 모른 척 지나치지 않는 시골 인심이었다.

8

돌무더기를 지나고도 한참 동안 달려온 낙빈과 승덕은 술신이 이끄는 대로 조금이라도 성주와 시공간의 간격을 좁히기 위해 애썼다. 낙빈과 승덕은 서로 말 한마디 없이 술신의 뒤를 따라 달리고 또 달렸다. 어떻게 성주 혼자서 이렇게 멀리, 또 이렇게 빨리 움직였는지 미심쩍기만 했다. 게다가 낙빈과 승덕이 아무리 달려도 그녀와의 사이가 좀처럼 좁혀지는 것 같지 않았다.

마침내 술신은 암자와 멀리 떨어진 산간도로 중간에서 멈춰 서고 말았다. 술신은 주변을 쿵쿵거리고 장도리를 돌리면서 성주가 사라진 마지막 지점에서 맴을 돌았다. 더 이상의 추적은 불가능한 모양이었다. 실마리를 잡지 못한 술신은 바짝 세운 두 귀를 늘어뜨리고 기다란 장도리를 바닥에 떨구었다. 이제는 방법이 없다는 것을 알아챈 낙빈이 술신과 작별했다.

"고맙습니다. 수고하셨어요."

낙빈은 두 손을 모으고 술신에게 짧게 고개를 숙였다. 여전히 귀를 늘어뜨리고 어깨가 처진 술신은 수증기처럼 스르르 공중에서 사라졌다. 승덕은 두 사람의 힘만으로는 어찌할 방법이 없다는 것을 깨닫고야 조금 제정신을 찾았다. 그동안 술신 외에는 아무것도 보지 못한 승덕이 이제야 암자 식구들에게 생각이 미쳤다. 이 상황을 이야기해두어야겠다는 데 생각이 미쳤다.

승덕은 먼저 미니의 집으로 전화를 걸었다. 전화 저편에서 미니 어머니의 목소리가 들려왔다. 승덕은 다짜고짜 물었다.

"승덕입니다. 혹시 스승님께서 그곳에 가셨습니까?"

"네, 오셨어요. 집 주변에 결계를 치느라 한동안 곁에 오지 말라고 하셨어요."

"그렇습니까."

승덕은 맥 빠진 목소리로 중얼거렸다. 이처럼 이성적인 판단이 전혀 되지 않는 상황에서는 스승의 조언이 절실히 필요하기 때문이었다.

"만약을 위해 결계를 겹겹이 치고는 있지만 아마 더 이상 미니가 위험하지는 않을 거라고 하셨어요. 지부장님은 저주한 사람들의 목표가 미니는 아니라고 하시더군요."

"네, 알겠습니다."

"그리고…… 정희 씨와 정현 씨, 그리고 미덕이는 암자로 돌아갔어요."

"네에."

승덕은 힘이 하나도 없었다. 어떻게 반응해야 할지도 알 수가 없었다. 모든 것이 멍했다. 미니의 어머니는 잠시 망설이다가 그런 승덕에게 슬며시 부탁의 말을 이었다.

"저, 미니가 깨어났어요. 승덕 씨를 찾고 있는데 잠깐만 끊지 말아주세요. 잠깐만요."

승덕이 전화를 끊을까봐 서두르는 목소리였다. 마음이 바쁜 승덕은 통화 종료 버튼을 누르려다가 안타까움과 걱정이 묻어나는 목소리를 듣고는 차마 전화를 끊지 못했다. 미니 어머니의 말이 채 끝나기도 전에 허겁지겁 달려오는 소리가 들렸다. 뒤이어 숨이 턱까지 차오른 고음의 목소리가 승덕의 귀에 울렸다.

"오빠, 승덕 오빠! 승덕 오빠예요? 너무해요. 내가 잘 때 가버리는 게 어딨어요! 내가 얼마나 속상했는지 알아요?"

"으응, 미안하다."

맑고 고운 음성이 어리광을 부리듯 서운한 마음을 감추지 않았다. 승덕은 미니에게 미안하다는 말밖에 할 말이 없었다. 이제는 미니가 뿜어대는 애정의 대상이 되어줄 수 없는 승덕은 이전보다 조금 더 차가운 말투로 말했다. 하지만 그런 승덕의 말이 미니에게는 통하지 않았다.

"아이, 도사님이 오신다기에 오빠를 얼마나 기다렸는데……. 오빠, 너무해요. 얼마 만에 만났는데 그렇게 가버려요? 오빠, 다시 올 거죠? 나 아직 위험한지도 몰라요. 저주를 건 사람들이 다시 찾아오면 어떡해요? 그죠? 오빠, 승덕 오빠, 한 번 와줄 거죠? 저 오빠한테 보여줄 것도 있고, 드릴 것도 있단 말이에요. 오빠, 네? 다시 올 거죠?"

안타까움이 가득한 한마디 한마디에는 도저히 거절하지 못하게 하는 묘한 힘이 있었다. 그 목소리만 들어도 미니가 승덕을 얼마나 좋아하는지, 얼마나 기다리는지, 얼마나 만나고 싶어 하는지 알 수 있었다. 그래서…… 도저히 거절할 수가 없었다. 그것이 허망한 약속일지라도, 기약 없는 약속일지라도 그러겠다고 대답할 수밖에 없는 목소리였다.

"응, 그래. 나중에…… 보자."

"네! 네, 네! 꼭이요. 약속했어요! 오빠, 그럼 꼭, 꼭 봐요! 조만간에요. 금방요!"

몇 번이나 다짐하듯 되풀이되는 말이 승덕의 마음을 쓸쓸하게 했다. 왠지 그 말에 담긴 듯했다. 어쩌면 다시는…… 만나지 못할지도 모른다는 예감이. 미니는 그럴지도 모른다는 예감이 들어 확인하듯 같은 말을 반복하고 또 반복하는 것만 같아 괜스레 속이 울렁거렸다. 그래서 승덕은 서둘러 휴대전화의 통화 종료 버튼을 눌렀다.

갑자기 고음의 목소리가 사라지자 승덕은 멍하니 전화기를 내려다보았다. 그의 손에 잡힌 검은 전화기가 어쩐지 몹시도 차가웠다. 뜨거운 열기가 가득한 목소리가 사라지자 더욱 차가운 느낌이 드는지도 몰랐다.

승덕은 잠시 생각해보았다. 이제 어떡하지? 이 상황을 어떻게 헤쳐 나가야 할지, 무엇이 가장 좋은 방법일지 궁리했다. 하지만 이상하게도 머리는 멍하고 생각은 정리되지 않았다. 아주 두꺼운 장갑을 끼고 작은 부품들을 조립하는 것처럼 어눌하기 짝이 없었다. 멍한 얼굴로 당황하는 승덕의 귓속에 낙빈의 밝은 목소리가 들려왔다.

"형, 저기 보세요."

낙빈이 산 저편을 향해 두 팔을 힘껏 흔들어대자 저 멀리서 낯익은 소리가 들려왔다.

월월!

워어, 월월월!

힘껏 짖느라 약간은 쉰 듯한 소리였다. 저 멀리서 복실이들을 앞세우고 달려오는 낯익은 사람들의 모습이 눈에 들어왔다. 원피스를 입은 미덕과 회색 승복을 걸친 쌍둥이 남매가 승덕과 낙빈을 향해 달려오고 있었다.

어떻게 왔느냐는 물음은 필요치 않았다. 무슨 생각으로 이렇게 쫓아왔느냐고 물을 필요도 없었다. 연락을 하려고 했다는 변명도, 약속을 지키지 못해 미안하다는 사과도 필요 없었다. 그저 얼굴을 보면 모든 것이 통할 것만 같은 또 다른 가족이 승덕과 낙빈에게 오는 중이었다.

제4화

돌이킬 수 없는 선택

1

사람이 사는 데는…… 그래, 먹을 것도 필요하다. 입을 것도 필요하다. 살 곳도 필요하다. 하지만 그보다 더욱 필요한 것이 있다. 두 발을 디딜 공간, 삶의 이유가 되어줄 작은 터전이 필요하다. 왜 사는지. 살아도 좋은지. 나는 반드시 살아야 하는 사람이라고 나를 받아주고 삶의 이유가 되어주는 나의 사람들이 필요한 법이다. 삶이 불안하고 하루하루가 위태로운 사람들은 그 이유가 더 더욱 절실한 법이다.

성주에게는 붙잡아줄 것이 필요했다. 그녀를 단단히 붙잡아줄 줄이 필요했다. 그 줄은 어머니였다. 그녀에게는 생명을 부여해주고 그녀에게 필요한 가장 원초적인 것들을 모두 해결해주는 어머니가 있었다.

그래, 그렇게 원초적인 것들만 해결되어도 얼마든지 살아가던 시절이 있었다. 매일매일 삶에 허덕이면서 한 끼 한 끼를 거르지 않고 먹느냐 마느냐 하는 동안에는…… 그래, 어머니로도 충분했다. 어머니만으로도 그녀는 살아갈 수 있었다. 적어도 이 세상에 혼자는 아니라는 것, 혈혈단신 버려진 신세가 아니라는 것만으로도 세상은 살 만하다고 생각했다.

하지만 시간이 지나고 세월이 흐르면서 욕심이 점점 커지고 말았다. 생각이라는 것을 하게 되면서 다른 사람의 삶도 지켜보고 자신의 처지도 조금씩 알아가게 되었다. 그러자 자꾸만 자신의 삶이 볼품없이 초라해 보이기 시작했다.

그래서인지 삶의 끈이 느슨하게만 생각되었다. 이 세상에서 살아가도록 붙잡아주는 생명의 끈이 자꾸만 가늘어지는 것만 같았다. 어머니가 제공해주는 원초적인 생명만으로는 부족했다. 살아야 하는 이유가 없었다. 그것이 필요했다.

생각이라는 것을 하기 시작하면서 내내 삶의 이유를 찾았는지도 모르겠다, 성주는. 그녀의 다른 한 손을 마저 잡아줄 삶의 이유가 필요했다. 언제 사라질지도 모르는 어머니라는 끈 말고. 너무나 느슨해서 언제라도 풀릴 것만 같은 그 끈 말고 다른 단단한 끈이 하나만 더 있었으면 했다.

살아갈 이유……. 적어도 그녀의 생명과 삶을 설명해주고 지지해줄 또 다른 존재가 필요했던 것 같다. 그래서 붙잡을 것을 찾았다. 그것이 무언지 모르던 순간부터 내내 찾아왔다. 그리고 마침내…… 찾아냈다. 아니, 찾았다고…… 생각했다. 그랬다.

성주는 고개를 들어 높은 계단 위에 세워진 웅장한 한옥을 바라보았다. 흡사 거대한 사찰과도 같은 모습이었다. 그래, 처음에 성주가 이곳에 들렀을 때도 그런 생각을 했던 것 같다. 발뒤꿈치를 들면 고운 자갈이 촘촘히 깔린 마당이 보일 정도의 돌담이 넓은 정원과 건물을 둘러싸고 있는 그의 집은 딱 사찰과 같은 느낌을 주었다.

돌담 위로는 작은 기와지붕 모양의 수키와가 늘어서 있고 수키와 끝에는 연꽃무늬가 새겨진 수막새가 이어져 있었다. 까치발을 하지 않아도 보이는, 이 집의 중심이 되는 커다란 건물은 자갈이 깔린 너른 마당을 지나 안쪽에 높이 올라선 돌계단 위에 놓여 있었다.

거대한 대들보가 보통의 기와보다 두세 배나 커 보이는 검은 기와를 떠받치고 다시 거대한 나무 기둥이 대들보를 견뎌내고 있었다. 마치 낮은 산처럼 높다란 계단 위에 올라앉은 이 웅대한 건물은 그저 바라보기만 해도 육중함에 가슴이 눌릴 듯했다. 웅장함을 넘어선 묘한 중압감이었다.

성주는 마침내 그 앞에 섰다. 무아지경에서 발버둥을 치며 찾으려 했던 집…… 그 사람의 집이었다. 성주는 헝클어진 매무새 탓에 스스로가 더욱 작게만 느껴졌다. 자신이 보잘것없는 존재임을 이미 알고 있는데도 이 웅장한 한옥 앞에서는 더더욱 움츠러들었다.

성주는 기다란 돌담 사이의 높고 커다란 나무 문 앞에서 주춤주춤 발걸음을 옮겼다. 무얼 어찌해야 할지 알 수가 없었다. 이 집을 향해 무작정 찾아올 때만 해도 아무런 고민도 망설임도 없었다. 그런데 막상 커다란 문 앞에 서자 망설여졌다. 그녀는 자신도 모르게 옷매무새를 가다듬었다. 그제야 엉망으로 찢어지고 헝클어진 옷이 눈에 들어왔다. 함부로 풀어진 머리카락도 손가락으로 빗었다.

성주는 손가락 사이사이가 찢어진 것을 보면서 아마도 얼굴을 비롯한 온몸이 그럴 거라는 생각에 몹시도 부끄러워졌다. 성주는 슬며시 돌아섰다. 어떻게 여기까지 왔는데……. 하지만 차마 제 모습을 보일 용기가 사라졌다. 이 집 앞에 서는 순간부터 그녀의 이성이 모든 감정을 누르는 것 같았다.

그런데 바로 그때였다. 대문 옆에 달린 네모난 스피커폰에서 말소리가 들렸다.

"들어오십시오. 교수님께서 기다리고 계십니다."

성주는 화들짝 놀라 검은 스피커폰만 멍하니 바라보았다. 그제야 집 주변에 설치된 여러 대의 CCTV가 눈에 들어왔다. 아마도 집 안에서는 성주가 다가오는 순간부터 내내 지켜보고 있었던 모양이었다.

카랑한 쇳소리가 나면서 대문을 잠그고 있던 고리가 풀렸다. 기다란 돌담 사이의 커다란 대문이 살며시 공간을 벌렸다.

성주는 조심스럽게 한 발 한 발 안으로 들어섰다. 우툴두툴한 자갈들 건너 가파른 계단 위로 커다란 기와집이 그녀를 내려다보고 있었다. 어쩐지 아찔한 느낌에 머리가 핑 돌았다. 시간이 갈수록 샘솟듯 터져 나오는 기억들 속에 아직 아버지를 만난 장면은 없었다. 그러나 쉽게 열리는 문과 그녀를 기다리는 사람을 보면 분명 그녀는 이 집에 온 적이 있다. 잃어버린 기억 속의 어디에선가 아버지, 그래, 그 낯선 이름의 존재를 만났을 것이다.

"오십시오."

성주는 머리 위쪽에서 들려오는 단정한 목소리에 고개를 들었다. 남색 한복을 위아래로 정갈하게 차려입은 남자가 계단의 꼭대기에서 성주를 내려다보고 있었다. 희끗희끗한 머리카락마저 정갈하게 하나로 묶은 품새가 보통 노인은 아닌 듯싶었다. 그런 남자가 깍듯하게 고개 숙이며 성주를 맞아주었다.

"교수님께서는 안에 계십니다. 따라오십시오."

성주가 계단을 마저 오르자 노인은 몸을 틀어 집 안쪽으로 향했다. 노인은 일정한 걸음걸이로 앞장섰다.

가까이에서 보는 기와집은 그 규모가 더욱 거대했다. 커다란 기와지붕을 받치고 있는 대들보는 웅장하기 그지없었다. 대들보를 타고 양쪽으로 늘어선 들보는 마치 사람의 갈빗대와도 같았다. 서로를 의지한 거대한 나무 기둥이 대저택을 지키고 있었다.

그런 대저택 안쪽에 여러 채의 건물을 구분하고 연결하는 낮은 돌담과 작은 문들이 있었다. 성주는 앞서가는 노인을 따라 여러 건물을 지나고 그 사이로 나 있는 통로와 문들을 지나쳤다.

정갈하고 고풍스러운 대저택은 한두 해 만에 지어진 것이 아니었다. 여러 채가 미로처럼 얽혀 있는 대저택은 한 가정을 위한 크기를 훨씬 넘어서는 것이었다. 적어도 수십 년 혹은 수백 년간 대를 이어 가꿔오고 유지해온 역사적 건축물이라 할 만했다.

이런 곳에 사는 사람이 성주를 기다리고 있다는 게 왠지 이질적으로 느껴졌다. 그녀와 어머니의 삶과는 전혀 닿을 것 같지 않은 동떨어진 세계에 그녀의 또 다른 뿌리가 있었다. 성주는 두려움에 몸을 떨었다. 무작정 만나고 싶었던 아버지라는 존재가 어쩌면 이리도 무거운지. 가슴 밑바닥부터 주눅이 들어 몸도 제대로 펴지지 않았다.

마침내 남색 한복을 입은 노인이 조심스러운 걸음걸이로 안쪽 중심에 위치한 기와집 앞에 멈춰 서더니 검은 고무신을 벗고 올라섰다. 성주 역시 그를 따라 신발을 벗었다. 반들반들하게 닦인 나무 마루에 올라서는 순간에야 성주는 흙과 먼지로 뒤덮인 운동화가 이리저리 찢어져 있는 것을 알았다. 해진 소매와 더러운 양말, 그리고 아마도 그와 다를 바 없을 몰골……. 그 모든 것이 그녀를 작고 초라하게 만들었다.

그녀의 발바닥에 붙은 먼지가 반짝거리는 마룻바닥에 자국을 남길 때마다 그녀는 쥐구멍에라도 숨고 싶은 마음이 들었다. 이 집은 어쩌면 이토록 사람을 작게 만드는지 알 수가 없었다.

성주는 조용히 노인을 뒤따랐다. 마치 죄를 지은 사람처럼 저도 모르게 몸이 앞으로 굽어졌다. 마루로 올라선 뒤에도 집 안 가운데에 작은 연못과 수풀로 꾸며놓은 중정中庭을 한참 돌아야 했다. 나무 마루 옆으로 줄줄이 방이 있고, 모든 방은 하얀 문풍지로 덧대어 안쪽이 보이지 않았다. 엄청난 규모의 건물과 수많은 방이 있지만 이상하게도 사람의 기척이 전혀 느껴지지 않았다.

마침내 성주는 중정을 돌아 가장 안쪽에 있는 격자문 앞에 도착했다. 하얀 창호지가 곱게 발린 정통 격자문의 양쪽 중앙에 특이하게도 팔각 격자무늬가 있었다. 노인이 문 앞에서 나지막한 목소리로 말했다.

"주인님, 모시고 왔습니다."

누군가에게 말을 전달하는 방식으로는 조금 작은 목소리였다. 아마도 문 저편의 사람은 크고 소란스러운 것을 싫어하는 게 틀림없었다. 주인의 차분한 성품에 맞춰 나지막하게 말하는 노인 역시 이 집에서 한두 해 일한 것이 아닐 듯싶었다.

성주는 아무런 대답도 듣지 못했지만 노인은 어떤 신호를 받았는지 공손히 고개를 숙이더니 격자문 한쪽을 스르륵 열었다. 나무와 나무가 부딪히는 둔탁한 소음 대신 부드러운 소리만 느껴졌다.

성주는 노인이 시키는 대로 주춤주춤 문 안으로 들어갔다. 기억이 돌아오길 바랐지만 아직 이 방에 들어왔던 기억이나 아버지를 만났던 기억은 깊은 암흑 속에 갇혀 있었다. 성주는 이전에 이곳을 찾아온 적이 있었는지조차 모른 채 두려움을 감추며 한 발 한 발 안으로 들어섰다. 그녀가 방 안으로 들어서자 등 뒤로 스르륵 문이 닫히는 소리가 들렸다.

방 안은 어두운 편이었다. 창문은 있지만 방문과 마찬가지로 촘촘한 팔각 격자무늬에 붙은 한지가 밝은 빛은 대부분 차단하고 은은한 빛만 통과시켰다. 방은 예상보다 깊고 거대했다. 복도 바깥쪽이 모두 전통적인 한식인 반면 방 안은 시대와 지역을 초월한 느낌이 들었다.

방 안쪽은 복도의 층고層高보다 훨씬 높아서 지붕 꼭대기까지 2층 이상의 높이일 듯싶었다. 이 높다란 방의 사면에는 문과 창문을 제외한 모든 벽에 두꺼운 나무 기둥이 박혀 있고 기둥과 기둥 사이에는 짙은 고동빛 책장이 들어서 있었다. 책장 속에는 지붕 아래부터 바닥까지 책으로 촘촘했다. 책장 중간에는 책을 꺼낼 때 사용하는 듯 기다란 나무 사다리가 달려 있었다.

대형 도서관의 서고에 들어선 듯한 착각을 불러일으키는 책들의 향연에 은근한 압박을 느낄 때쯤 팔각 창호 앞에 놓인 거대한 책상이 눈에 들어왔다. 두꺼운 목재로 만든 클래식한 책상은 진중하고 무거운 느낌을 주었다. 넓고 웅대한 책상 위에 놓인 책들과 펜대는 조금의 비틀어짐도 없이 정갈했다.

책상 저편에 등받이가 무척이나 높은 나무 의자가 있었다. 뒤편에서 창호를 통해 들어오는 빛 때문에 성주 쪽에서는 잘 보이지 않았지만 의자 사이의 검은 실루엣은 이 방의 주인이 틀림없었다.

마치 성주를 관찰하듯 미동도 없이 고요히 앉은 그 실루엣은 깍지 낀 두 손을 턱에 대고 있었다. 보이지는 않지만 검은 그림자가 몹시도 날카로운 눈빛으로 성주를 관찰하듯 촘촘히 바라보는 것이 느껴졌다. 성주는 자신도 모르게 몸을 떨었다. 자신의 비루한 몸을 감추듯 두 팔을 감싸면서 몸을 움츠렸다. 어쩌면 이리도 자신이 작고 보잘것없게만 느껴지는지 알 수가 없었다. 문득 이런 생각이 들었다.

'어머니도 얼마나 작게 느껴졌을까. 자신이…… 얼마나 작고 보잘것없게 느껴졌을까.'

시간이 얼마나 지났을까. 검은 그림자가 스르르 움직였다. 그가 높다란 책상 앞에서 몸을 일으키자 의자가 뒤로 흔들리는 소리가 들렸다. 기다란 그림자가 창호를 가렸다. 성주는 그 모습을 멍하니 바라보았다. 생각보다 키가 큰 사람이 그녀의 눈앞에서 움직이고 있었다. 그는 날씨에 비해 더울 듯한 울 스웨터를 입고 있었다. 검은 바탕에 가슴 부분에 짙은 회색 격자무늬가 한 줄로 새겨진 무척이나 따스하고 부드러울 것만 같은 스웨터였다.

"너는…… 인사가 없구나."

부드러운 남자의 목소리가 들려왔다. 말투가 무척이나 나긋하고 평온했다. 한국어를 모르는 외국인이 들었다면 부드럽고 다정하게 말하는 것처럼 착각했을 것이다. 그러나 그의 말은 성주에게 커다란 상처를 주기에 충분했다. 성주는 스스로가 몹시도 부끄럽고 초라하게 느껴졌다.

"죄송합니다. 안…… 안녕하세요."

서둘러 말하는 성주 쪽으로 검은 그림자가 움직였다. 창호를 비껴 높다란 책장 쪽으로 천천히 이동하자 그의 모습이 똑똑히 눈에 들어왔다. 성주가 어머니의 책에서 본 그 얼굴이었다. 세월의 흐름도 다 비껴간 것처럼 똑같이 단정한 머리에 똑같은 검은 뿔테 안경을 끼고 똑같이 담담한 표정을 짓고 있는 남자가 성주를 바라보았다. 한 가지 표정만으로 살았을 것 같은 그는 나이를 알아내기가 힘들었다. 어쩌면 저 사람은 스무 살에도, 서른 살에도, 마흔 살에도, 환갑에도 언제나 저 얼굴이었고 또 저 얼굴일 듯

싶었다.

성주는 초조했다. 저 사람은 성주에 대해 얼마나 알고 있을까? 우리는 언제 만난 것일까? 그전에 대체 우리에게 어떤 일이 있었던 것일까? 사라진 기억이 그녀를 초조하게 했다. 폭풍처럼 돌아오는 기억들 중에 아직 떠오르지 않은 그와의 기억.

당황하는 성주를 찬찬히 바라보는 남자의 눈동자가 느껴졌다. 그는 입으로 말하지 않았지만 그녀를 질책하는 것 같았다. 한심한 듯 고개를 흔드는 것도 같았다. 어쩔 수 없는 한심한 인생이라며 실망하는 것 같았다. 그러지 않아도 이 남자 앞에서는 작은 성주가 잃어버린 기억 때문에, 초라한 몰골 때문에 더욱더 작아져만 갔다.

"무슨 일이 있었나 보구나."

그는 낮고 작게 웅얼거렸다. 그의 말에서 무슨 일이 있었는지 말하라고 하는 은근한 압력이 느껴졌다. 성주는 자신이 알고 있는 모든 것을 말해야 한다는 의무감에 휩싸였다.

"저는…… 저는…… 기억을 잃었습니다. 그래서…… 사실은…… 지금껏 산속에 있었습니다. 제가 발견된 곳은 강가였다고 합니다. 그곳에서 발견되었을 때는 완전히 기억을 잃은 상태였습니다. 그런데…… 며칠 전에 갑자기 어떤 문양을 기억해냈습니다. 어떤 가수의 목걸이에서 그 문양을 확인했습니다. 그리고 갑자기 모르는 사람들이 저를 찾아냈습니다. 커다란 매가 그 목걸이의 문양을…… 금빛의 문양을 쥐고 있었습니다. 그 순간 저는 기억이 돌아오기 시작했습니다. 그리고…… 갑자기 이곳이 생각났습니다."

성주는 지금껏 있었던 일들을 주저리주저리 읊었다. 상대편이어디까지 이해하고 어디까지 알아들을지 감도 오지 않았지만 어쩐지 그는 모든 것을 알고 있을 것만 같았다. 성주는 마치 최면에걸린 것처럼 숨김없이 모든 것을 털어놓았다. 좀 더 조리 있게, 좀더 알아듣기 쉽게 말하고 싶었지만 이 남자 앞에서는 무슨 말을해도 바보가 되어버리는 기분이었다. 입에서 나오는 모든 말이누더기처럼 느껴질 정도였다.

남자는 논리적이지 않은 이야기를 엉망진창으로 늘어놓는 성주를 한 번도 방해하지 않았다. 한 단어도 놓치지 않겠다는 듯 두서없는 말을 차근차근 듣고만 있었다. 그녀가 거의 본능적으로이곳을 기억해냈다는 것과, 아직 이 집과 관련된 기억이 모두 돌아오지 않았다는 것까지 말한 뒤에야 그의 목소리를 들을 수 있었다.

"그래, 그랬구나."

다정한 말투였다. 분명 그랬다. 그런데도 왠지 그 말이 그녀를몹시도 채근하는 것 같았다. 나무라는 소리로 들리기도 했다.

"저는 이곳에 찾아온 게…… 죄, 죄송합니다."

성주는 뜻 모를 말을 웅얼거렸다. 무얼 사과해야 하는지 몰랐지만 용서받고 싶었다.

"너는…… 이곳에 오지 말았어야 했다. 나를 알려서는 안 되었다."

한참 후에 그가 그렇게 중얼거리자 성주는 자신의 잘못이 무엇인지 깨달았다. 그녀는 하지 말아야 할 일을 한 것이 분명했다. 거대한 매가 눈동자 문양의 목걸이를 매달고 나타난 순간부터 그녀가 본능적인 발걸음으로 이 집을 찾아온 이 순간까지. 그녀는 아마도 암흑 속에 숨어 있어야 할 남자의 존재를 위험한 사람들에게 알리고 만 것이 분명했다. 남자는 그것을 조금도 원치 않는 것이 분명했다.

"네 어머니는 나를 숨기기 위해 혼자 몸으로 모든 것을 감당했는데."

잔잔한 음성에는 거친 질책이 숨어 있었다. 엄청난 나무람에 성주는 몸을 떨었다. 심한 죄책감에 저도 모르게 다리가 풀렸다. 성주는 그 자리에 무릎을 꿇었다. 이미 깨진 무릎이 따끔했다. 무릎을 꿇은 성주는 고개를 숙였다.

"죄, 죄송합니다……."

두 손과 두 팔이 덜덜 떨렸다. 눈썹마저 파르르 흔들렸다. 몹시도 차가운 기운에 가슴이 얼어붙을 것만 같았다. 성주는 자신의 두 발 아래 꽁꽁 얼었던 빙판이 뿌드득 소리를 내며 깨지는 느낌을 받았다. 그녀가 디딘 백년설百年雪 빙판 조각이 힘없이 쪼개질 것만 같았다.

성주는 온몸이 뻣뻣하게 얼어버리는 것 같았다. 푹 숙인 머리 사이로 차가운 진땀이 흘렀다. 그녀의 두 발을 지탱하던 작은 얼음판이 이제 서서히 침몰하고 있었다.

"저는…… 제가…… 그걸 가지고 있어요. 그것…… 제가……
가지고 있어요. 제가…… 그걸 쓸 수 있어요."

성주는 침묵을 막아보기 위해 웅얼거렸다. 그녀가 가지고 있는
유일한 것, 그가 조금이라도 관심을 보일 '그것'에 대해 말하면서
용서를 구하려고 했다. 아니, 용서는 아니더라도 작은 관심이라
도 지켜내고자 했다. 손발을 덜덜 떨며 쥐어짜듯 말하는 그녀의
앞에서 검은 뿔테 안경의 무표정한 남자가 천천히 팔짱을 꼈다.

"조심하지 그랬니. 그랬다면 좀 더 너를 볼 수 있었을 텐데 안
타깝구나."

여전히 낮고 부드러운 목소리였지만 그의 말은 더없이 차가웠
다. 세상에서 가장 차가운 것이 있다면 바로 사람의 말, 부드러운
그의 말일 것이다. 감히 '아버지'라고 부를 수도 없는 그 사람이
성주 앞에서 마지막을 고하고 있었다. 이제 그를 만나서는 안 된
다고 하명하고 있었다.

사시나무처럼 벌벌 떨고 있는 그녀의 오른쪽 귀에 무언가가 스
르르 움직이는 소리가 들렸다. 그녀는 새파랗게 질린 얼굴로 천
천히 그쪽을 바라보았다. 그녀의 오른쪽에 있는 책장이 양편으로
스르르 열리더니 바로 옆에 붙어 있는 또 다른 방이 보였다. 책장
으로 닫혀 있을 때는 전혀 알아차리지 못한 비밀의 방이었다. 그
방을 보는 순간 성주는 숨이 턱 막히는 느낌이었다.

작고 비좁은 방이었다. 보통 방의 절반 크기인 그 비밀스러운
공간에 선녀 같은 여자가 앉아 있었다. 그녀는 새하얀 선녀 옷 같

은 것을 입고 있었다. 한 올 한 올 살아 있는 고슬고슬하고 부드
러운 모시 한복이었다. 새하얀 치마 아랫단에는 언뜻 보아도 실
력과 정성을 다한 연분홍빛 모란꽃이 촘촘하게 수놓아져 있었다.
머리는 한 올도 빠짐없이 틀어 올려 쪽을 지었다.

새하얀 옷을 걸친 여인은 언뜻 보아도 성주보다 어렸다. 여인
이라기보다 소녀라는 표현이 어울렸다. 그림처럼 정갈하고 아름
다운 모습으로 살포시 앉은 소녀는 누구와도 눈을 마주치지 않은
채 고개를 숙이고 있었다. 그런 소녀의 모습을 보는 성주는 숨이
막혔다. 들숨도 날숨도 마음대로 쉬어지지 않았다. 그 순간 머릿
속에서 구슬픈 노랫가락이 흘러나왔다. 입속에서 간질거렸던 그
노래, 제목도 모르는 그 노랫가락이 머릿속에서 흘러나왔다.

어루 액이야 어허루 액이야 어허라 중천의 액이로구나.
동에는 청제장군 청마적에 청화장
청갑을 쓰고 청갑을 입고 청활에 화살을 빗겨 메고
봉녹을 떨쳐놓고는 땅에 수살 막고 예방을 헌다.
어루 액이야 어허루 액이야 어루 중천의 액이로구나.

남에는 적제장군 적마적에 적화장
적갑을 쓰고 적갑을 입고 적활에 화살을 빗겨 메고
봉녹을 떨쳐놓고는 땅에 수살 막고 예방을 헌다.
이루 액이야 이허루 액이야 어루 중친의 액이로구나.

서에는 백제장군 백마적에 백화장
백갑을 쓰고 백갑을 입고 백활에 화살을 빗겨 메고
봉녹을 떨쳐놓고는 땅에 수살 막고 예방을 헌다.
어루 액이야 어허루 액이야 어루 중천의 액이로구나.

북에는 흑제장군 흑마적에 흑화장
흑갑을 쓰고 흑갑을 입고 흑활에 화살을 빗겨 메고
봉녹을 떨쳐놓고는 땅에 수살 막고 예방을 헌다.
어루 액이야 어허루 액이야 어루 중천의 액이로구나.

그제야 잃어버렸던 기억 하나가 또 떠올랐다. 이 노래를 흥얼흥얼 읊었던 것은 어머니였다. 성주가 걸음도 떼지 못하는 갓난아기였을 때부터 아장아장 걸음을 옮기던 때에도, 그리고 이름 모를 사람들을 피해 몸을 숨기던 때에도 흥얼흥얼 구슬프게 들려온 그 노랫가락은 어머니의 것이었다. 기억이 나지 않는 오랜 옛날부터 들은 그 익숙한 노랫가락 사이에서 어머니의 음성이 들려왔다.

'아가야, 이 노래는 액막이 노래란다. 어미는 액을 막는 액막이란다. 어미가 모시는 집은 어마어마하게 고귀한 집이었단다. 그 집은 예전부터 지금까지, 그리고 앞으로도 수백 년 동안 행운과 복으로 그득한 곳이란다. 어미는 그곳에서 액을 막아주는 일을 했단다. 행운과 불행은 동전의 양면과도 같아서 복福이 있는 곳에는 꼭 흉凶이 뒤따르게 마련이란다. 그래서 복과 행운이 그득한 곳에는 그만큼의 불행도 생기게 마련이다. 어미는 그러한 흉한 것들을 막아주는 액막이였단다. 행운의 양만큼 달려드는 거대한 불행들을 우리가 막았단다. 내 어머니도, 내 어머니의 어머니도……. 우리는 대를 이어 액을 막는 액막이로 살았단다. 그곳에…… 그분이 계시단다. 참으로 단정하고 아름답고 엄격한 분이지. 그토록 훌륭하신 분의 피를 받았다니. 아아, 너는 내게 온 처음이자 마지막 행운이란다, 아가야…….'

황홀한 얼굴로 액막이 시절을 얘기하던 어머니가 떠올랐다. 어머니의 음성과 함께 어머니의 등에서 풍기던 어머니의 냄새가 코끝에 퍼졌다. 순간 멈추었던 숨이 간신히 내쉬어졌다. 턱없이 부족한 산소가 콧속으로 슬며시 들어오는 게 느껴졌다. 성주는 새하얀 한복을 곱게 차려입은 소녀의 모습에서 눈을 떼지 못했다. 그 모습 위에 어머니의 모습이 겹쳐졌다.

어머니의 볼품없고 너절한 옷들 사이에 그분이 가장 소중히 여기는 옷 한 벌이 있었다. 어머니와 전혀 어울리지 않는 아름다운 옷이었다. 풍성하고 세밀한 주름이 잡힌 원피스였다. 맑은 가을 하늘처럼 연한 하늘빛 원피스는 햇빛이 반짝이는 맑은 하늘에서 바라보면 눈처럼 하얀빛으로 반짝거렸다. 치맛자락은 그렇게 눈이 부실 정도로 아름답게 퍼졌다.

어머니가 그 옷을 입은 모습을 본 적은 없었다. 하지만 하늘이 몹시도 맑은 날이면 흠이 생기지 않도록 조심스럽게 그 옷을 빨아 널어놓던 어머니의 모습이 생각났다. 눈이 부시게 맑은 하늘 아래 바람에 나부끼는 풍성한 치맛자락을 바라보며 어머니가 비밀스러운 이야기를 들려준 적이 있었다.

'그분을 모시던 날 내가 입었던 옷이란다. 감히 쳐다보지도 못할 분을 모시면서 이 더러운 몸을 가장 무구하고 정갈하게 만들기 위해 입었던 옷이란다. 참 아름답기도 하지?'

성주는 어머니 곁에서 바람에 나부끼는 치맛단을 바라보며 눈부셔하던 때가 기억났다. 하늘인지 구름인지 하얗고 푸른 치맛자락이 눈부시게 두 눈을 덮던 그날 성주는 몹시도 아름답고 황홀한 꿈을 꾸었다.

눈앞에 있는 하얀 한복 차림의 선녀 같은 여자를 보면서 성주는 어머니의 치마를 떠올렸다. 이제 더 이상 어머니의 자리는, 아니 어머니를 대신할 성주의 자리는 없다는 것을 깨달았다. 이 집의 평화를 지키는 새로운 액막이가 저리도 고운 자태로 앉아 있으니. 성주는 멍하니 여인을 바라볼 수밖에 없었다.

"네가 가져온 액운도 이 아이가 모두 해결할 거다. 이제 걱정하지 말거라."

성주는 갑자기 펑 하고 둑이 터지는 것을 느꼈다. 아무런 예고도 없이 눈물이 후드득 떨어졌다. 간신히 버티고 섰던 백년설의 작은 조각이 산산이 깨지면서 두 다리가 깊고 깊은 심연으로 빨려 들어가기 시작했다. 아무리 허우적거리고 아무리 애를 써도 다시는 붙을 수 없는 작은 얼음 조각이 그 순간 완전히 사라지고 말았다. 그녀가 그녀의 아버지에게 액막이, 그 이상도 그 이하도 아니라는 것을 깨닫는 순간 그녀는 세상에서 버틸 방법을 모두 상실하고 말았다.

그녀의 등 뒤로 차가운 바람이 느껴졌다. 부드럽게 열리는 문소리도 느껴졌다. 남자는 은은하게 빛이 들어오는 팔각 창호를 향해 뒤돌아섰다. 성주에게는 그의 차갑고 넓은 등만 보였다. 따스한 울 스웨터를 걸치고 있지만 칼보다도 예리하고 차가운 등이었다.

"그럼 나가시지요."

그녀의 등 뒤에서 낮고 조용한 노인의 목소리가 들려왔다. 그녀는 정신을 차릴 새도 없이 반자동적으로 일어섰다. 그리고 그 차가운 등을 바라보며 천천히 뒷걸음질로 방을 나왔다. 그가 던지는 무언의 명령은 단호했다. 성주가 거역할 수 있는 것이 아니었다. 그의 의지가 너무나 단호해서 성주는 그대로 뒷걸음칠 수밖에 없었다. 어떤 부탁도, 변명도, 애원도 할 수 없었다.

그녀가 뒷걸음으로 방에서 나오자마자 격자문은 다시 스르르 닫혔다. 단단히 닫힌 하얀 창호가 성주의 시야를 채웠다. 온 방에 가득한 수많은 책, 커다란 고동빛 책상, 등이 긴 의자, 그리고 키 큰 남자의 차가운 등이 순식간에 성주의 시야에서 사라졌다. 마치 꿈처럼 모든 것이 사라지고 어지러운 격자문 사이로 하얀 창호만 눈에 들어왔다.

"따라오십시오."

남색 옷을 입은 노인의 뒤를 따르면서 성주는 하염없이 눈물을 흘렸다. 이것이 마지막이라는 것을, 다시는 저 사람을 만날 수 없다는 것을 절감했다. 그녀의 어머니가 평생 다시는 그를 만나지 못한 것처럼 그녀 역시 똑같은 일을 겪고 있다는 것을 느꼈다. 거대한 저택만큼이나 크고 웅대한 아버지의 존재는 어머니와 성주처럼 작고 보잘것없는 사람들이 언감생심 다가설 수도, 끼어들 수도, 건드릴 수도 없는 것이었다. 거역할 수 없는 그 존재감 앞에 어머니도, 그녀도 무릎을 꿇을 수밖에 없었다.

"으윽!"

머리 한쪽이 쪼개질 듯 아팠다. 지극한 고통에 성주는 인상을 찡그렸다. 기억이…… 까맣게 잊고 있던, 아니 잊고 싶었던 이야기들이 떠올랐다. 어머니의 인생을 조롱하면서 보잘것없다고 외치는 자신의 얼굴이 보였다. 왜 이렇게 사느냐고, 왜 아버지를 떠났느냐고, 왜 아버지 없이 나를 키웠느냐고, 왜 나를 버려진 자식으로 만들었냐고 그녀를 나무라고 원망하는 자신의 모습이 보였다. 그런 성주 앞에서 허한 눈으로 고개를 흔들며 그럴 수밖에 없었다고, 자신에게는 그 방법밖에 없었다고 눈물을 흘리는 어머니의 얼굴도 떠올랐다. 아버지의 존재를 모르던 그때 그녀가 내뱉은 모든 말이 어머니에게는 얼마나 비수가 되었을지 성주는 이제야 깨달았다.

그녀의 아버지는 그런 존재였다. 대체 그 깊이를 알 수도 없고, 그 속을 들여다볼 수도 없는 존재였다. 그의 말 한마디에 기계적으로 움직일 수밖에 없는, 엄청난 내공을 가진 무시무시한 존재였다. 그걸 모르고…… 어머니를 나무랐다. 그래서…… 이 두 손으로 어머니를 죽게…… 만들었다.

"아흐윽!"

머리가 완전히 반으로 쪼개질 것만 같았다. 성주는 기다란 복도 중간에 쓰러져 머리를 감싸 쥐었다. 무릎을 꿇고 등을 둥글게 웅크리고는 창으로 찌르는 듯한 두통에 이를 악물었다. 고통으로 물든 신음이 이 고요한 공간으로 새어나갈까봐 피가 나도록 입술을 깨물었다. 꼭꼭 감추어져 있던 마지막 기억들이 폭포수처럼 흘러내렸다.

아버지를 만나고 다시 어머니와 대면한 그날. 어머니가 최후를 맞고 성주가 스스로 목숨을 끊은 그날의 기억이 마침내 갈라지는 뇌량 사이에서 분수처럼 솟아오르기 시작했다.

"끄윽…… 끄…… 으으……."

성주는 두 손으로 자신의 이마를 눌렀다. 이마 한가운데서 터져 나올 것 같은 무시무시하고 뜨거운 기운을 해진 손바닥으로 막고 또 막았다. 끔찍하고 가슴 아픈 기억들 속에서 성주는 입술을 깨물었다. 악다문 입술 사이에서 피가 퍼져 흘렀다. 부릅뜬 두 눈에서 핏줄이 터져 올랐다.

고통에 물든 그녀가 신음하는 동안에도 남색 옷을 입은 노인은 무표정한 얼굴로 고요히 서 있었다. 성주보다 세 걸음 앞에 멈춰서서 무심한 얼굴로 기다리고 있었다. 마침내 그녀가 자신을 추

스르고 일어서자 노인이 걸음을 뗐다.

노인은 성주가 고통스러워하는 모습을 뻔히 보면서 아무것도 묻지 않고 아무것도 알려고 하지 않았다. 그녀와 모든 것을 끊으려는 아버지와 이 거대한 대저택처럼 노인 역시 얼음처럼 차갑고 냉담했다. 성주는 집 안에 들어올 때처럼 미로 같은 복도를 돌고 기나긴 계단을 내려가 대문 밖으로 나섰다. 그녀의 발로 걸어 나가고 있었지만 쫓겨나는 것과 다르지 않았다.

서글픈 감정이 들지는 않았다. 그저 아팠다. 어머니를 생각하니 아팠고, 그 인생을 생각하니 불쌍했다. 아득한 마음 저편에서 두 발이 침몰하고 있었다. 산산이 깨진 얼음 아래 심연의 바닷속으로 빠져 들어가는 그녀의 맨발만 남아 있었다.

찰캉.

쇠보다 차갑고 얼음보다 예리한 소리가 성주의 등 뒤에서 들려왔다. 문이 닫히는 소리, 마음이 닫히는 소리, 인연이 닫히는 소리였다. 그녀의 등 뒤로는 행운과 축복만 가득한 건물이 높다란 암벽 위에 서 있었다. 그 건물은 지극히 높은 저 하늘 위에 떠 있는 것처럼 느껴졌다. 다시는 다가설 수 없고 다시는 기어오를 수 없는 완전히 다른 세계의 생명체처럼.

성주는 대문 앞에서 무릎을 꿇고 털썩 주저앉았다. 후들거리는 두 다리로 잠시도 서 있을 기운이 없었다. 모든 것을 희생해서라도 찾고 싶었던 핏줄의 끈이 잘렸다. 간신히 이어져 있던 혈연의 끈은 삭아버렸고, 그 사람이 흥미를 느낄 거라 생각했던 '그것' 역시 의미 없는 지푸라기가 되어버리고 말았다.

성주는 천천히 오른손을 들어올렸다. 아무것도 없는 텅 빈 손만 그녀를 바라보고 있었다. 어머니의 유일한 유품마저 사라지고 없었다. 이 세상 어디에도 성주의 존재를 증명할 것이 남아 있지 않았다. 아무것도…….

"미안해요…… 미안, 미안해요……."

성주는 고개를 숙였다. 마지막까지 남아 있던 비밀스러운 기억들이 그녀의 머릿속에서 흘러나왔다.

2

성주는 고개를 숙여 차가운 시멘트 바닥을 바라보았다. 단단한 바닥 위에 찢긴 낡은 개량한복과 그 사이로 피를 머금은 무릎이 눈에 들어왔다. 그녀는 더 이상 기억을 감출 수가 없었다. 더 이상 막을 방법이 없었다. 마지막까지 있는 힘을 다해 잊어버리려 했던 기억은 바로 그것이었다. 이마저 떠올리면 더 이상 숨을 쉴 수가 없을 것 같아 마지막까지 단단히 감추어두었던 그 기억이 성주의 뇌리에 짙은 아픔을 만들어내고 있었다.

성주는 멍한 얼굴로 고개를 들었다. 눈앞에 펼쳐진 단정한 도로와 담장은 모두 사라지고 지독하게도 캄캄하고 습한 지하실이 눈에 들어왔다. 빛 한 줄기 들어오지 않는 축축한 공간에는 어느

공장에서 생산했지만 팔지 못한 재고품이 천장까지 쌓여 있었다. 그곳이었다. 성주가 어머니와 함께 지낸 마지막 '집'은. 바로 그곳이었다. 집이라고 말하기도 어색한 낡은 지하 창고였다.

"이제 질렸어요. 이렇게 살고 싶지 않아요. 나…… 만날 거예요. 그분을 만나러 가야겠어요."

그래, 그랬다. 그날도 그녀는 어머니의 가슴을 후벼 파는 소리를 하고 있었다. 그녀가 얼마나 진저리치도록 싫어하는지, 얼마나 두려워하는지 알면서도 또다시 그 말을 꺼내고 있었다.

어머니의 짐 속에 숨겨져 있던 책에서 아버지의 얼굴을 발견한 뒤로 성주의 가슴은 당장이라도 뛰쳐나가야 할 것처럼 요동쳤다. 성주는 당장이라도 그의 얼굴을 확인하기 위해 달려 나가려고 했다. 어머니는 그런 딸의 다리를 붙잡고 늘어지며 제발 그만두라고 사정했다. 제발 이대로 그분이 모르게 살아가자며 성주를 다독이고, 윽박지르고, 구슬리고, 달래고, 애원했다.

어머니는 그분을 사랑하고 존경하면서도 두려워하는 것 같았다. 어머니의 태도를 보면서 성주는 이런 생각이 들었다. 아마도 아버지는 자신의 존재를 모르는 것이 아닐까? 어머니는 그분 몰래 자신을 낳은 것이 아닐까? 그래서 더욱더 절실했다. 이 좁은 땅뙤기에서 자신의 존재를 증명해주는 사람이 어머니 하나가 아니기를, 아버지라는 존재도 자신을 알아주기를, 그래서 자신의 존재 가치를 인정해주기를 바랐던 것이다.

언제 사라질지 모르는 헛된 목숨이라 더욱더 그랬는지도 모른다. 어느 날 어머니와 성주를 뒤쫓는 무서운 사람들 손에 그들의 인생이 한낱 모래알처럼 무참히 사라져버릴 것만 같아 더욱더 간절했다. 누군가라도 자신의 존재를 알아주는 사람이 있기를 성주는 바라고 원했다.

어머니는 막무가내로 반대했다. 무슨 말을 해도 어머니의 고집은 꺾이지 않았다.

"나는 감당하지 못할 불행을 가지고 말았다. 내가 그분에게 돌아가면 그분은 큰 불행을 겪게 된다. 나는 그분을 만나선 안 돼. 다시는 그 사람을 만날 수가 없단 말이다."

어머니는 밑도 끝도 없이 그렇게 말했다. 그 말을 하는 어머니의 사지가 파르르 떨렸다. 아버지에 대한 말만 나오면 어머니는 언제나 미세하게 떨었다. 그건 그리움보다 두려움에 가까워 보였다.

모진 풍파를 겪으면서 점점 강해지고 단단해진 철의 여인이 아버지라는 이름 앞에서는 몹시도 상처받기 쉬운 존재로 바뀌었다. 아버지인데…… 아버지가 딸의 존재를 모른다는 것이 성주는 납득되지 않았다. 그렇게 자신을 꼭꼭 숨긴 채 아버지를 만나지 못하게 하는 어머니가 밉고 원망스러웠다. 그렇게 파르르 떠는 어머니가 조금도 불쌍하지 않았다. 어머니가 그럴수록 성주는 자신의 존재가 부정되는 것만 같아 더욱 괴롭고 비참했다.

"애야, 엄마는 위험을 몰고 다니는 사람이야. 내게는 불행이 쫓아와. 그런 내가 네 아버지를 만날 수는 없어."

"그럼 나만 만나면 되지! 내가 만날게요!"

성주는 모질게 소리치며 습기 가득한 지하실을 빠져나왔다. 지하실 문을 열면서 어머니의 함에 담긴 금빛 목걸이를 재빨리 챙겼다.

'이것…… 이따위 것만 없으면……!'

성주는 모든 불행의 원흉을 목에 걸었다. 성주가 어릴 적에는 단 한 번도 목에서 풀지 않았던 망량魍魎(도깨비)의 눈동자를 언제부턴가 어머니는 가끔씩 목에서 풀어두기 시작했다. 어머니는 그 금빛 요물을 가끔 목에 둘렀지만 대개는 작은 상자 안에 넣어두었다. 어떤 변화가 일어났는지는 몰라도 어머니에게서 이 끔찍한 도구를 훔쳐내기에는 그 편이 안성맞춤이었다.

그녀는 일부러 탕탕 소리를 내며 어두운 계단을 올라간 다음 지상과 통하는 문을 거칠게 열어젖혔다. 캄캄한 지하실에서 빛 속으로 나오는 순간 숨이 턱 막히는 기분이 들었다. 눈이 부셔서가 아니었다. 갑작스러운 온도와 습도의 변화 때문도 아니었다. 그녀의 눈앞에 글자 그대로 '위험'이라는 푯말을 붙인 듯한 사람이 서 있었기 때문이다.

그 여자는 너무나도 붉었다. 머리끝부터 발끝까지 온통 붉은빛이었다. 하늘하늘 바람에 흔들리는 얇은 드레스가 붉은빛이었다. 허리 아래까지 치렁치렁 늘어지는 머리카락도 새빨간 핏빛이었다. 심지어 성주를 바라보는 서슬 퍼런 눈동자까지 붉은빛이었다.

그녀는 사람인지, 악마인지, 도깨비인지, 요정인지 알 수 없는 위험한 여인이었다. 한없이 아름답게도 보였지만 그녀의 아름다움을 알아채기에는 가슴 서늘한 공포와 두려움이 절대적이었다. 그런 여자가 어머니와 성주의 비밀스러운 공간 앞에 버티고 있었다. 성주의 얼굴이 새파랗게 변했다.

"어머니, 도망쳐……!"

성주는 곧장 뒤돌아 소리쳤다. 지금껏 보았던 어떤 위험보다도 살벌한 것이 찾아왔다. 도저히 도망칠 수 없을 듯한 무시무시한 공포가 결국에는 모녀를 찾아낸 것이다. 지금껏 모녀를 따라다니던 숱한 적들 중에서도 가장 강력하고 무시무시한 기운을 뿜어내는 공포의 암살자가 끝내 모녀를 찾아낸 것이다. 성주는 온몸이 공포로 쪼그라들 것만 같았다. 어머니만이라도 살아남기를 바라면서 나오지도 않는 소리를 쥐어짜내 소리쳤다.

사실 꽉 막힌 지하 창고에서 도망칠 구석이라곤 계단밖에 없었다. 다른 출입문이 없다는 걸 알면서도 그녀의 목소리를 듣고 어머니가 살아날 방법을 찾기를 바랐다. 어머니를 괴롭히는 끔찍한 저주와 불행이 어머니를 지켜주기를 바랐다.

성주의 심장이 두방망이질했다. 그녀의 목에 걸린 금빛 상징물이 터질 것처럼 아프게 느껴졌다. 그녀의 가슴에 걸린 금빛 눈동자가 펄떡거리는 것만 같았다. 성주는 저도 모르게 두 팔을 모아 가슴팍을 가렸다. 옷 속에 숨겼더라도 저 여자는 성주의 목에 걸린 저주의 상징을 알아챌 것만 같았다.

그때였다. 차갑고 작은 손가락이 악다구니를 치는 그녀의 입가를 막았다. 어른 손보다 훨씬 작은 하얀 손이 성주의 입을 막았다. 성주는 벌어진 동공으로 자신의 입을 막은 주인공을 멀뚱히 쳐다보았다. 대체 어디서 튀어나왔는지 알 수 없는 꼬마였다. 온몸에 붉은 비단 천을 둘둘 감고 얼굴에 하얀 가면을 쓴 새까만 머리카락의 소녀가 작은 손으로 성주의 입을 틀어막고 있었다.

그 아이가 두 다리로 성주의 허리를 휘어 감고 작은 손으로 입을 막는데도 성주는 작은 신음 소리조차 낼 수 없었다. 아이의 작은 손에서 도저히 믿기지 않는 힘이 느껴졌다. 성인 남자라도 견디지 못할 엄청난 힘이었다. 성주는 그 자리에서 주저앉았다.

엄청난 완력에 눌린 성주는 아이의 얼굴만 멀뚱멀뚱 바라보았다. 어떤 빛도 통과시킬 것 같지 않은 새까만 머리카락이 허리까지 내려오는 아이는 하얀 가면을 쓰고 있었다. 그 가면에는 작고 도톰한 붉은 입술이 선명하게 그려져 있었다.

그 아이는 아마도 붉은 여자의 뒤에 서 있었던 모양이었다. 성주가 붉은 여자에게 공포를 느낀 순간 아이가 재빠르게 튀어나와 성주의 입을 막은 것이 틀림없었다. 그 모습은 어린아이였지만 보통의 어린아이가 아니었다. 하얀 가면으로 가리고 있었지만 가면 저편의 차가운 눈빛은 붉은 여인보다 훨씬 더 무섭고 서늘했다.

그 아이가 다른 손으로 슬며시 성주의 가슴께를 더듬었다. 마침내 그녀의 가슴에 걸린 단단하고 차가운 그 금빛 물건을 작은 손이 움켜잡았다. 아이는 성주의 품에 있는 귀면의 눈동자를 단번에 꿰뚫어본 것이었다.

'어머니⋯⋯.'

성주는 입이 눌린 채로 눈물을 흘렸다. 그동안 수많은 위험을 피하고 또 피해왔지만 드디어 도망자 인생의 끝이 오고야 말았다. 눈앞에 있는 두 사람은 성주와 어머니가 도망칠 수 있는 상대가 아니었다. 성주는 이들을 따돌리고 숨기란 불가능하다는 것을 깨달았다. 아무런 설명이 없어도 성주의 본능이 알아챘다. 태어날 때부터 줄곧 도망을 다닌 그녀의 경험이 말해주고 있었다. 마치 뱀 앞에 얼어버린 개구리처럼 본능은 그들을 알아보았다.

"쉿! 쥐새끼가 듣겠구나."

성주의 귓가에 나지막한 여자아이의 음성이 울려 퍼졌다. 보통의 여자아이 목소리처럼 높고 느렸지만 너무나 차갑고 메말라서 도저히 여자아이의 목소리로 들리지 않았다. 그 목소리에는 훨씬 깊은 내공과 연륜이 스며들어 있었다. 그 순간 성주는 깨달았다. 그들은 성주와 어머니를 죽이려는 것이 아니었다. 그들은 오히려 성주 모녀를 맹렬히 뒤쫓는 이들을 경계하는지도 몰랐다.

"기다리고 있었습니다."

저 깊은 지하실 안에서 어머니의 음성이 울려 퍼졌다. 이 무시무시한 존재들의 방문을 어머니는 미리 알고 있었던 모양이었다. 저주와 불행의 기운을 빌리기 위해 어머니를 찾아오는 사람들은 있었다. 그래, 어떻게 알았는지 그들은 운명처럼 어머니를 찾아왔다. 그러면 어머니는 자신에게 있는 불행과 저주의 기운을 그들을 위해 사용해주었다. 어머니는 의뢰자가 죽이거나 괴롭히거나 복수하고 싶어 하는 사람에게 무시무시한 저주의 기운을 내려주었다. 그것이 모녀가 입에 풀칠이라도 하며 근근이 살아가는 방도였다.

그런데 이상했다. 이들은 어머니에게 불행과 저주를 부탁할 사람들이 아니었다. 성주는 그게 보였다. 어머니의 영향인지 그녀에게도 그런 것이 느껴졌다. 이들은 어머니보다 더하면 더했지 전혀 부족함 없는 힘을 가지고 있었다. 저주와 불행의 기운을 차고 넘치도록 가지고 있었다. 마음만 먹으면 그 무시무시한 기운을 살이 떨리도록 사용하고도 남을 사람들이었다. 그런 이들이 왜 어머니를 찾아온단 말인가. 어머니에게 의뢰할 사람들이 아니라면 모녀를 숙이고 어머니의 '그것'을 빼앗으려 할 텐데, 무언가 아귀가 맞지 않았다.

"딸아이는 관련 없으니 보내주세요."

얼굴도 보이지 않는 어둠 속에서 어머니의 차가운 음성이 들렸다. 그 음성에는 부탁과 협박이 반쯤 뒤섞인 것만 같았다. 그제야 새하얀 가면을 뒤집어쓴 여자아이가 스르르 힘을 뺐다. 아이는 성주의 품에 숨겨진 금빛 물건도 천천히 놓았다. 단단히 막고 있던 성주의 입도 풀어주었다. 아이는 언제 그랬냐는 듯 통 하고 튀어 오르더니 성주에게서 멀찍이 떨어졌다. 그리고 새빨갛게 불타오르는 붉은 여자와 함께 캄캄하고 습한 지하실로 사라졌다.

멍한 얼굴로 내팽개쳐진 성주는 한참 동안 그 자리에서 일어설 수가 없었다. 그녀는 열린 지하실 문을 통해 간헐적으로 들려오는 말소리에 귀를 기울였다. 두런거리는 소리가 들렸지만 무슨 내용인지는 알 수 없었다. 그런데 이상하게도 어머니만 주절주절 떠드는 것 같았다. 어머니를 찾아온 두 사람의 목소리는 전혀 들리지 않았다. 어머니의 음성 속에는 "가엾게…… 동정을…… 부디…… 연민을……"이라는 애원 어린 단어들이 섞여 있었다.

"지긋지긋해! 이제 정말 지겨워 죽을 것만 같아!"

성주는 미친 듯이 소리치며 달리기 시작했다. 차든 사람이든, 무엇이 앞을 막아서든 상관하지 않았다. 차라리 이대로 숨이 끊어진다면 그보다 더한 축복은 없을 것 같았다. 그런 생각으로 달리고 또 달렸다. 숨이 차서 더 이상 달릴 수 없을 때까지. 그러다가 목적지도 없이 눈앞에 멈춰 서는 버스에 몸을 실었다. 몇 번 차를 갈아타기도 했다. 버스는 행정구역을 넘어 낯선 곳으로 달리고 있었다.

정신을 차린 그녀는 한적한 교정에 서 있었다. 좁고 갑갑한 도로가 이어진 보통의 거리와 달리 느슨하고 한적한 길을 따라 양옆으로 가지런히 깎아놓은 잔디가 펼쳐져 있었다.

성주 또래의 젊은이들이 그녀의 인생에는 단 한 번도 없었던 여유로움을 만끽하며 잔디 위에 앉아 책을 보기도 하고 누워서 잠을 자기도 했다. 믿기 힘들 만큼 평화롭고 아름다운 곳이었다. 성주는 터덜거리는 걸음으로 교정 안을 거닐었다. 성주는 대학이라는 곳에 처음 와보았다. 세계가 달랐다. 그곳은.

지금껏 성주가 살아온 팍팍한 세상과 사뭇 다른 세계가 눈앞에 있었다. 이 평화로운 세계에 사는 여유 넘치는 사람들은 성주가 가진 어둠과 고통 따위는 전혀 모를 듯했다. 어머니의 세계와 완전히 다른 세계……. 그것이 바로 아버지의 세계라는 것을 깨달았다.

어머니의 짐에서 운명처럼 그 사람을 알아본 뒤로 성주는 남몰래 그분의 뒤를 밟았다. 하지만 아버지의 거처를 알아내기란 쉽지 않았다. 그분의 책을 낸 출판사에 전화를 걸어보았지만 누구도 연락처를 알려주지 않았다. 그분의 이름 옆에 나와 있는 대학에도 전화를 걸어보았지만 마찬가지였다. 낯선 이방인에게 친절하게 연락처를 알려주는 사람은 없었다. 용건도 제대로 말하지 못하는 못난 사람에게 고매한 교수를 연결해주는 친절은 어쩌면 없는 것이 당연했다.

그런데 절대로 다가가지 못할 것만 같았던 아버지의 자리가 의외로 가까이에 있었다. 조금 달리고 또 몇 번 차를 갈아타면 닿을 수 있는 곳에 그 사람이 있었다. 달리고 또 달려도 닿지 못할 것만 같았던 아버지의 세계가 하루면 닿을 가까운 곳에 있었다. 성주는 그것이 너무나도 놀라웠다.

성주는 교정을 누볐다. 교정은 생각보다 넓었다. 대학이라는 곳은 하나의 건물이 아니었다. 수십 개의 건물이 대학이라는 이름의 테두리 안에 넓게 퍼져 있었다. 그렇다고 길을 잃어버릴 만큼 복잡한 곳은 아니었다. 그런데도 성주는 몇 번이나 길을 잃었다. 의식적이든 무의식적이든 만남의 순간을 피하기 위해서인지 이상하게도 자꾸만 길을 잘못 들어섰다.

그분의 이름 옆에는 여러 말이 붙어 있었다. 책날개에 단정한 얼굴 사진과 함께 적혀 있던 시인, 수필가, 국문학자, 민속학자, 민속 연구가, 고대어 연구가, 민속음악 연구가……를 아우르는 그분의 직함은 국문학 교수였다.

마침내 성주는 그분의 이름자가 새겨져 있는 복도에 섰다. 복도 양편에는 연회색으로 칠해진 철문이 드문드문 늘어서 있고 철문마다 서로 다른 이름자가 검은 글자로 박혀 있었다. 성주는 그 이름자를 하나하나 눈으로 짚으면서 걸었다. 그리고 마침내 복도 끝에서 그 이름을 확인했다. 단단히 닫힌 연회색 철문을 앞에 두고 성주는 몰래 발길을 돌렸다. 더 이상 그 사람에게 다가가는 건 불가능했다. 어머니를 비난하며 호기롭게 말했지만 아버지라는 존재의 뒷걸음을 살짝살짝 밟을지언정 그 앞에 나설 용기는 애초부터 없었다.

성주는 이름을 확인한 것만으로도 충분했다. 그곳에서 자신과 관련된 그분의 이름을 확인하는 것만으로도 충분했다. 그렇게 홀린 듯 이름표를 바라보던 성주가 고개를 숙이고 발걸음을 감추며 뒤돌아설 때였다. 아무런 기척도 없었는데 갑자기 그녀의 위로 기다란 그림자가 드리워졌다. 복도 저쪽에서 길게 드리워진 그림자를 멍하니 바라보는 순간 운명이라는 것, 기적이라는 것, 인연이라는 것이 존재한다는 사실을 깨달았다.

"나를 찾아왔나요? 내 강의를 듣는 학생인가요?"

상상했던 것보다 차분한 음성이었다. 생각했던 것보다 훨씬 정갈한 모습이었다. 꿈꾸었던 것보다 귀한 체취였다. 목까지 단정하게 단추를 채운 검은 셔츠는 주름 하나 없이 깨끗했다. 중심을 잘 잡아 다린 회색 바지는 빛을 받아 은은하게 반짝였다. 어깨를 감싼 체크무늬 조끼는 흰색과 검은색, 그리고 회색 실이 오묘하게 어우러져 그의 고귀함을 대신 말해주는 것만 같았다.

무엇보다도 하얀 얼굴에 걸쳐진 검은 뿔테 안경은 그분의 고매한 인격, 호기심과 탐구심, 숭고한 학문적 열정을 말해주고 있었다. 책에서 보았을 때보다 더욱더 선명하게 그분의 됨됨이가 성주의 세포 하나하나로 느껴졌다.

아아, 이토록 고매한 정신을 가진 사람이라니! 이토록 고귀한 생명력을 가진 사람이라니! 이런 사람이 나의 생을 허락한 나머지 반쪽이었다니! 성주는 너무나 영광된 마음에 감정이 복받쳤다.

"학생이…… 아닌가요?"

그 짧은 한마디가 한없이 달콤하고 부드러워서 성주는 왈칵 눈물이 나왔다. 죽어도 첫 만남에서 눈물을 보이고 싶지 않았는데……. 상상 속에서도 힘들었던 이 꿈같은 만남에 제일 먼저 보인 것이 수치스럽게도 눈물이었다.

성주는 자신의 모습이 얼마나 추해 보일지 걱정스러웠다. 그녀는 애써 눈물을 닦으며 아무 말도 없이 그 사람의 옆을 스쳐 지나갔다. 그렇게 그냥 스쳐 지나가려고 했다. 그런 고귀한 존재의 피가 그녀의 혈관을 돌고 있다는 사실만으로도 그녀는 살아갈 수 있을 것만 같았다. 이제 그만 욕심 없이 살아갈 수 있을 것만 같았다. 어머니와의 끔찍한 도망자 인생을 청산하고 아버지와 같은 세계를 향해 나아갈 수 있을 것만 같았다.

그 순간 성주에게는 살아가야 할 가치 하나가 생겼다. 삶의 이유를 고민했던 그녀가 한순간에 달라졌다. 아아, 기적이란 그런 것이었다. 생각 속에서 일어나는 것이었다. 이 기적 같은 한순간을 통해 성주는 자신의 인생이 송두리째 바뀌는 느낌을 받았다.

아무런 대답도 없이 고개를 푹 숙이고 그분의 옆을 스쳐 지나가는 순간 그 고귀한 분이 성주 쪽으로 천천히 몸을 비트는 것이 느껴졌다. 놀랍게도 그분은 이 못난 존재를 살펴보고 있었다. 성주는 복도 저편을 바라보면서도 그분의 작은 움직임 하나하나까지 모두 느끼고 있었다. 그분의 시선 하나하나가 전부 느껴졌다. 기적처럼 그분이 자신을 바라보고 있다는 것을 느꼈다.

"잠깐만 기다려요."

그 고귀한 존재가 한마디를 내뱉는 순간 성주는 그 자리에 멈춰버렸다. 마치 도저히 거역하지 못할 명령에 반응하는 군견처럼 성주는 그 자리에서 움직일 수가 없었다.

"날 만나러 왔군요, 그렇죠?"

한없이 친절하면서도 엄청난 위엄이 느껴지는 그의 음성. 성주는 그 앞에서 어떤 것도 감출 수가 없었다. 그녀는 물기 어린 눈가를 재빨리 닦았다. 그리고 천천히 뒤로 돌아섰다. 아무도 없는 길고 고요한 복도에서 두 사람의 시선이 부딪혔다. 모든 것을 빨아들일 것만 같은 깊고 위엄 어린 눈이 그녀를 바라보았다. 성주는 모래알처럼 스스로가 작아지는 느낌이었다. 그 단정함과 고귀함 앞에서 자신의 모습이 부끄러울 정도로 비참하게만 보였다.

"연구실로 잠깐 들어오지 않겠어요?"

그는 대답도 기다리지 않고 먼저 연회색 철문 안으로 들어갔다. 한 걸음 한 걸음이 자로 잰 것같이 똑같은, 완벽에 가까운 그분의 걸음걸이를 보면서 성주도 비척비척 걸음을 뗐다.

거역할 수 없는 한마디 한마디에 그녀는 로봇처럼 움직이고 있었다. 달아나기엔 너무 늦었다. 아니, 달아나고 싶지 않았다. 차라리 이대로 저분의 세계에 들어갈 수만 있다면……. 지긋지긋한 모든 것을 다 지우고 자신의 존재를 저분의 세계에 귀속시키고 싶다는 강렬한 바람이 생각의 밑바닥에서 꿈틀거렸다.

성주는 너무나도 다른 아버지의 세계에 쭈뼛거리며 발을 디뎠다. 문 안쪽에는 그분의 세계가 있었다. 창가 근처에는 넓고 고풍스러운 책상과 의자가 문 쪽을 바라보도록 놓여 있었다. 중앙에는 편안해 보이는 소파와 테이블이 있고 양쪽 벽에는 어마어마한 양의 책이 빼곡했다. 그는 창을 등지고 앉아 성주를 바라보았다. 그녀는 무언가 큰 죄를 지은 사람처럼 앉지도 못한 채 소파 끝에 어정쩡하게 서서 바닥을 바라보았다.

"학생은 누군가요?"

성주는 아마도 그의 학생들과 비슷한 또래로 보였을 것이다. 하지만 그의 학생이 아니라는 것을 그도 알아챘다. 성주는 자신을 증명할 방법을 찾았다. 무엇으로 자신을 증명할 수 있단 말인가. 그녀는 떨리는 손으로 목에 걸린 기다란 줄을 끌어올렸다. 그녀의 품에 숨겨져 있던 차가운 목걸이가 스르르 위쪽으로 올라왔다. 성주는 목에서 목걸이를 풀었다. 금빛으로 반짝거리는 그것을 두 손으로 감싸 그분에게 내밀었다. 성주의 손은 세차게 흔들리고 있었다. 저주받은 금빛 눈동자가 빛을 받아 반짝거리는 순간 그 고귀한 남자의 눈도 빛났다.

"설마……."

"제…… 어머니의…… 물건입니다."

그분은 의자에서 몸을 일으키더니 그녀의 손바닥 사이를 눈여겨보았다. 그러고는 놀랍다는 듯 성주를 향해 허리를 기울였다. 그는 목걸이를 만지지도, 자세히 보지도 않았지만 한눈에 그것이 귀면의 눈동자라는 것을 알아챘다. 그 순간 그 목걸이의 주인이 누구인지, 그리고 그 목걸이를 가져온 이십대 중반의 여자가 누구인지도 알아챈 것만 같았다.

"그 사람의…… 딸이군요."

그는 자리에서 일어나더니 안락의자에 걸려 있는 회색 슈트를 입었다. 그분은 잠시 당황한 듯 보였지만 이내 평정을 되찾았다. 그는 결코 서두르지 않는 기품 있는 동작으로 코트를 입고 네모반듯한 가방을 들었다. 그는 교수실을 나갈 채비를 마친 뒤 성주를 바라보았다.

"좀 더 이야기를 했으면 좋겠군요."

그는 의향을 물어보듯 고갯짓을 했지만 대답을 기다리지는 않았다. 그의 모든 말은 거역할 수 없는 명령과도 같았다. 고귀한 위엄과 암묵적인 동의를 바탕으로 한마디 한마디가 이어지는 것만 같았다. 성주는 한없이 무거운 걸음으로 그의 뒤를 따랐다. 다정한 말투로 말을 걸어주기를 바랐지만 기다란 복도를 걷는 동안에도, 계단을 내려가는 동안에도, 그분의 차를 타고 있는 동안에도 더 이상의 대화는 없었다.

운전기사를 대동하고 뒷좌석에 나란히 앉았어도 그분은 단 한 번도 성주 쪽을 바라보지 않았다. 그분은 말투는 다정했지만 결코 다정하지 않은 감정이 느껴졌다. '그분은 나를 만나주지 않으실 거야'라고 말하던 어머니의 목소리가 귓가에 울려 퍼지는 것 같았다.

그분의 길고 검은 자동차를 타고 사람과 건물이 빽빽하게 들어찬 도시를 떠나 좀 더 한산한 동네로 접어들었다. 검은 자동차가 스르르 멈춘 그곳에는 흡사 커다란 사찰과도 같은 건물이 있었다. 고운 자갈이 촘촘히 깔린 너른 마당에서 이어진 높다란 돌계단 위에서 거대한 전통 기와집이 그녀를 내려다보고 있었다. 마치 낮은 산이 봉긋 솟아오른 듯한 높다란 언덕 위에 지어진 웅대한 건물은 바라보기만 해도 육중한 중압감에 가슴이 눌릴 것만 같았다.

그 거대한 건물은 성주를 향해 무언의 말을 건네는 것만 같았다. '이 풍요로운 세계는 너 같은 비천한 핏줄이 들어올 만한 곳이 아니다. 비루하고 미천한 존재여, 너의 자리로 돌아가라'고. 그 집이, 그 땅이, 아버지의 세계에 속한 모든 것이 그녀를 향해 말하는 것만 같았다. 그런 소리가 들려올수록 성주는 점점 필사적으로 바뀌어갔다.

'이곳에 속하고 싶다. 제발…… 이곳에 있고 싶다. 모든 것을 버리고 이곳에 들어오게 되기를. 나를 받아줘, 제발…….'

그녀는 간절한 바람을 품고 필사적으로 뛰는 자신의 심장 소리를 들었다. 이곳에 속하기 위해서라면 어떤 일이라도 하겠다는 결사의 심정이 되었다. 그저 바라보기만 해도 좋을 것만 같았던 아버지의 세계에 대한 욕심이 폭발할 것처럼 들끓었다.

그분의 차에서 내려 현관으로 들어서는 순간, 기다렸던 것처럼 잠겨 있던 문이 열렸다. 길고 높은 계단을 통과하자 아래위로 남색 한복을 입은 노인이 두 사람을 기다렸다. 그는 그림자처럼 그들의 뒤를 따랐다. 발소리조차 들리지 않는 신비한 노인이었다.

고귀한 그분의 뒤를 따라 방으로 들어갔다. 거대한 방이었다. 그 방에는 커다란 도서관처럼 책이 그득했다. 거대한 한옥 지붕은 웬만한 건물의 이삼 층은 될 정도로 높았다. 그 높은 천장까지 빼곡하게 책이 들어차 있었다. 교수실 벽에 가득했던 책과는 비교조차 되지 않았다. 한 사람이 이렇게 많은 책을 읽을 수 있을까 싶을 정도로, 그 앞에서 주눅이 들 정도로 많은 책이었다. 그 방에 들어서고 나서야 그분이 다시 입을 열었다.

"그것을 보여주겠나?"

성주는 마치 명령을 기다렸던 강아지처럼 그의 말이 떨어지자마자 호주머니에 넣어두었던 목걸이를 꺼냈다. 성주는 금빛 눈동자를 손바닥 한가운데에 놓고 두 손을 가지런히 펼쳤다. 그는 아까와 마찬가지로 서너 걸음 떨어진 곳에서 물끄러미 바라볼 뿐, 더 이상 다가오지도, 그것을 만지지도 않았다.

성주는 문득 그분의 어투가 살짝 바뀌었다는 것을 알아챘다. 그분은 모르는 사람을 대상으로 하는 막연한 존대가 아니라 좀 더 낮추는 듯한 어투를 사용하고 있었다. 성주는 그분의 어투에서 은근한 기쁨을 느꼈다. 그 작은 변화에도 그녀는 너무나 만족스러웠다.

멀게만 느껴지는 존칭을 쓰지 않고 은근한 낮춤말을 건넨 것만으로도 어쩐지 그분이 그녀를 그의 세계에 한 발 들여보내준 것만 같았다. 심장이 춤을 추고 몸이 솟구쳤다. 마치 등에 날개가 돋은 것처럼 말할 수 없는 기쁨이 밀려왔다.

그림자처럼 고요하게 뒤따르던 노인이 성주에게 다가왔다. 그는 한복 주머니에서 한복 색깔과 같은 남색 손수건을 꺼냈다. 그리고 조심스럽게 성주의 두 손에서 저주의 물건을 받았다. 그는 남색 손수건에 물건을 감싼 뒤 천천히 뒷걸음치며 방 밖으로 사라졌다.

성주는 믿기지 않았다. 저 물건을 지켜내기 위해 어머니와 함께 목숨을 걸고 도망치고 숨어왔던 평생이 모두 거짓말 같았다. 어쩌면 이렇게도 순순히 그녀의 손에서 그 물건을 가져갈 수 있는지. 그녀는 어쩌면 이리도 아무렇지 않게 그 물건을 내줄 수 있는지. 모든 것이 어리둥절하기만 했다. 하지만 그 모든 것이 자연스러웠다. 모든 것이 당연한 것만 같았다.

"살펴보고 돌려주겠네. 그동안 지금까지 살아온 이야기를 들려주겠나?"

그분은 방 중앙에 놓인 짙은 고동빛 소파로 다가갔다. 그는 다정한 얼굴로 소파의 한 곳을 가리켰다. 이번에도 성주는 이끌리듯 그가 지정한 자리로 다가가 앉았다. 그녀는 그가 자신의 맞은편에 앉을 거라고 생각했지만 그는 소파에 앉지 않았다. 그는 자신의 지정석인 듯 커다란 책상 뒤편의 의자로 돌아갔다.

방문 맞은편에 놓인 책상과 의자는 중앙을 바라보고 있었다. 팔각 격자무늬의 하얀 창호를 등지고 앉은 그의 커다랗고 고풍스러운 의자는 특히 등을 기대는 뒤판이 무척이나 길고 높았다. 거기서는 성주의 옆모습이 고스란히 보일 것이다. 그의 등 뒤로 팔각 창호를 통해 들어오는 빛은 더욱더 또렷하게 성주의 얼굴을 비출 테니까.

하지만 성주로서는 감히 창가를 등진 남자의 눈을 바로 마주볼 수가 없었다. 성주보다 높은 의자에 앉은 그는 성주를 찬찬히 관찰할 수 있었지만 성주는 그토록 보고 싶던 아버지의 얼굴을 쉽게 바라볼 수가 없었다.

"그동안 어찌 살아왔나?"

"아…… 어머니와 저는 여기저기를 떠돌아다녔습니다. 제가 기억하는 맨 처음은 탄광촌입니다. 그곳에서 갱부들을 위해 지은 연립주택에서 살았습니다. 전부 기억나는 건 아니고 띄엄띄엄 기억납니다. 방 하나에 부엌이 붙어 있는 곳이었습니다. 제가 거길 기억하는 건 어머니와 제가 처음으로 들어가본 따뜻한 방이었기 때문입니다.

그전에는 아마도 숲에서 살았던 것 같습니다. 숲이 아니면 그냥 거리에서 살았던 것 같습니다. 추우면 추운 대로, 더우면 더운 대로 거리를 떠돌았습니다. 그러다가 탄광촌에서 살게 된 겁니다. 갱부용 연립에서 저희는 연탄불을 때고 살았습니다. 정말 살기가 좋았습니다. 그동안 떠돌아다녔던 숲이나 거리와는 비교도 되지 않았습니다. 밤에도 춥지 않았고, 겨울에도 떨지 않았으니까요. 하지만 어느 날 새벽에 어머니는 제 손을 끌고 다른 곳으로 옮겨갔습니다. 저는 너무나 아쉬웠지만 어머니를 따라가는 건 당연한 일이었죠.

다음으로 저희가 머문 곳은 누군가가 떠나버린 빈집이었던 것 같습니다. 저희는 산골짜기에 아무도 살지 않는 폐허에 머물게 되었습니다. 누군가가 찾아내기 전에 저희가 선수를 쳐서 몸을 옮기면 조용히 숨을 수가 있었습니다. 그러지 못하면 어머니는 어머니를 뒤쫓아오는 사람들과 싸워야 했습니다.

처음에 어머니는 그 사람들과 싸우면 많이 다쳤던 것으로 기억합니다. 손을 사용하지 못할 정도로 다치거나 온몸에 화상을 입기도 했습니다. 하지만 시간이 지날수록 어머니는 강해졌습니

다. 하지만 어머니를 쫓아오는 사람들도 점점 더 무섭도록 사나
워졌습니다. 저희는 그렇게 도망치고 또 도망치고 또 도망쳤습니
다……."

그분의 질문이 떨어지기가 무섭게 성주의 입은 모든 것을 말하
기 시작했다. 어머니와 함께 도망치듯 사람들을 피해 다녔던 이
야기. 두 사람이 살아왔던 모질고 힘든 하루하루를 아무런 감흥
도 없이 주저리주저리 떠들어댔다. 노트에 적힌 이야기를 한 줄
한 줄 의미 없이 읽는 것처럼 스스로가 생각해도 참 재미없고 아
귀도 맞지 않게 제멋대로의 이야기가 흘러나왔다.

성주는 얼마나 모질고 힘든 세월이었는지를 제대로 표현하지
못했다. 어머니의 짐 속에 단단히 숨겨져 있던 아버지에 대한 증
거를 찾은 그날의 놀라움에 대해서도 성주는 참 딱할 정도로 무
덤덤하게 말했다.

얼마나 보고 싶었는지, 얼마나 그리워했는지, 얼마나 당신을
만나는 순간을 상상해왔는지에 대해 전하고 싶었지만 전할 수가
없었다. 성주는 별것 아닌 사실을 주절주절 늘어놓기만 하는 자
신에게 애가 탈 뿐이었다. 그래도 기승전결 없이 엉망진창인 이
야기였지만 어쩐지 아버지는 모두 알아들었을 것만 같았다.

"그래, 그랬구나."

단어 사이사이에 들어 있는 보이지 않는 의미까지 모두 알아버
린 것 같은 그분의 부드러운 음성을 듣는 순간 성주의 심장이 몹
시도 떨렸다.

혹시 그녀를 부정하거나 그녀에게 실망하는 아버지를 보지 않을까 불안해한 것도 사실이었다. 어머니의 말대로 어머니와 성주의 존재를 탐탁지 않게 생각하는 그분을 보게 될까 무서웠다. 하지만 아니었다. 그분의 말투와 표정에서 그런 느낌을 받지는 않았다.

대신 태생부터 지니고 있었을 것만 같은 그분의 한없이 정갈하고 단정한 음성만 그녀를 감싸주었다. 성주는 그 느낌이 너무나 좋았다. 한결같이 부드럽고 안정된 그 목소리가 듣기 좋았다. 더없이 고매하고 존귀한 그 모습이 좋았다. 그런 분이 자신의 생명의 반쪽이라니 너무나 감사하고 고마웠다. 소중한 핏줄에 심장이 뜨거워졌다. 이런 분이 어머니를 그렇게 혼자 버려두었을 거라는 생각은 들지 않았다. 성주는 모든 용기를 짜내 너무나도 궁금했던 것을 물었다.

"어머니는 왜…… 그렇게 혼자서 떠돌아다닌 건가요?"

팔각 격자무늬 창호를 등진 아버지의 그늘진 얼굴이 살짝 꿈틀거렸다.

"네 어머니는…… 내게 닥칠 저주를 걱정하며 내 곁을 떠났다. 미리 허락을 구하거나 의논을 하지도 않았다. 모든 것은 그 사람의 결정이었다. 내게는…… 고마운 사람이다."

"아……."

성주는 역시나 싶었다. 그래, 이토록 고귀한 분이 어머니를 떠나보냈을 리가 없다. 어머니를 내치고 쫓아냈을 리가 없다. 어머니는 스스로 떠난 것이다. 이토록 소중한 아버지를 구하기 위해서! 성주는 모든 것을 이해할 것만 같았다. 눈앞의 이 고귀한 존재를 위해서라면 성주도 무슨 일이든 하고 싶다는 생각이 본능처럼 밀려들었다.

어머니가 저주로 똘똘 뭉친 사람이라면, 아버지는 더없는 축복과 은총으로 가득한 사람이었다. 성주의 가슴이 감격에 겨워 두근댈 즈음 소리도 없이 방문이 열렸다. 남색 한복을 입은 노인이 다시 발소리도 없이 스르르 방 안으로 들어왔다. 노인은 성주가 앉은 소파 앞의 낮은 테이블에 그녀가 가져온 금빛 눈동자를 올려놓았다. 그는 그 목걸이를 푹신한 검은 벨벳 보석함에 담아왔다.

누군가가 한없이 공을 들여 칠하고 구워냈을 하얀 도자기 보석함이었다. 새하얀 도자기에는 붉은 열매와 푸른 이파리들이 세밀하고 촘촘하게 그려져 있었다. 유려하게 구불거리는 황금빛 다리가 도자기를 받치고 있었다.

노인은 성주의 눈앞에서 목걸이의 펜던트를 확인시켜주더니 사각 보석함의 뚜껑을 덮었다. 뚜껑은 모스크의 돔형 지붕처럼 중앙이 솟아 있었다. 뚜껑의 중심에는 보석함 다리와 마찬가지로 황금으로 만든 작은 도토리 문양이 있고, 그 주위로 장미 넝쿨이 세밀하게 새겨져 있었다. 아름다운 보석함에 담긴 저주의 눈동자를 보는 순간 성주는 얼굴이 화끈 달아올랐다. 볼품없이 두 손으로 목걸이를 내밀었던 것이 어쩌면 이리도 부끄럽게 느껴지는지 몰랐다.

노인은 말 한마디 없이 성주를 부끄럽게 만들고는 소리도 없이 아버지 쪽으로 다가갔다. 그리고 들릴 듯 말 듯 낮고 작은 목소리로 말했다. 생각에 잠긴 아버지가 천천히 고개를 끄덕이자 노인은 다시금 스르르 방을 빠져나갔다.

"이건 이제…… 저주를 담는 물건이 아니로구나. 이 물건의 정수精髓는 따로 보관해둔 모양이구나."

"네……에?"

성주는 그의 말을 단번에 알아들을 수가 없었다. 하지만 아버지가 물끄러미 바라보는 물건이 바로 그녀가 가져온 금빛 목걸이라는 걸 깨닫는 순간 그의 말을 조금씩 이해하기 시작했다.

"이게…… 다가 아니라는 건가요? 진짜 중요한 것은 따로 있는 건가요?"

"음……."

고귀한 아버지는 애매한 표정을 지었다. 그는 고개를 흔들지도, 끄덕이지도 않았다. 그저 깊은 생각에 잠긴 것만 같았다. 고민에 빠진 그 모습마저 너무나 진지하고 아름다워서 성주는 가슴이 떨렸다. 그의 작은 움직임 하나하나가 현귀해서 존경과 공대를 받기에 당연하고 합당해 보였다. 그의 온몸은 작은 세포 하나하나까지도 축복으로 가득 차 보였다. 성주는 생각에 잠긴 그분의 모습에 완전히 매료될 것만 같았다. 이토록 축복으로 가득 찬 사람의 피가 그녀에게도 흐르고 있다는 사실을 도저히 믿을 수가 없었다.

"겉모양은 그대로이나 중대한 것이 사라진 것 같구나."

"아아……."

그 순간 무언가가 성주의 머릿속을 스치고 지나갔다. 그러고 보니 이상했다. 목숨처럼 소중히 여기면서 잠을 자거나 깨거나 늘 목에 걸고 있던 저 귀한 목걸이를 어머니가 언제부터 벗어두기 시작했던가? 한시도 그녀의 목에서 벗어난 적이 없던 저주의 목걸이가 어느 순간부터 집 안 어딘가에, 어머니의 집 속 어딘가에 놓여 있었다. 왜일까? 당연하게 생각했던 일이 그제야 의문으로 다가왔다.

무언가가 달라진 것이다. 어머니의 목걸이가 언젠가부터 달라지고 있었던 것이 분명했다.

성주는 갑자기 얼굴이 새파랗게 질려버렸다. 목숨을 걸고 지켜내던 가장 소중한 것이 이 저주의 목걸이인 줄로만 알았는데. 이 목걸이를 지키기 위해 어머니와 자신의 인생을 걸었는데, 무언가가 완전히 잘못되었다는 생각이 들었다. 동시에 저주의 목걸이가 온전치 않다는 사실에 눈앞의 아버지와의 유일한 끈이 스르르 풀리고 끊어진 느낌을 받았다. 귀면의 눈동자가 작동하지 않음으로써 이대로 아버지의 세계에서 버려지는 건 아닌가 하는 두려움이 엄습했다. 어두운 그늘 아래 아버지의 얼굴에는 짙은 실망감이 어른거리는 것 같았다.

성주는 몹시도 두렵고 무서워서 온몸이 차갑게 굳었다. 그녀는 바짝바짝 말라가는 입술을 달싹거리며 간신히 입을 움직였다. 성주는 의자에서 미끄러지듯 차가운 바닥으로 내려가 무릎을 꿇었다.

"어머니와…… 이곳으로 다시 돌아올 수는 없는 건가요?"

성주는 모든 용기를 짜내 그 말을 했다. 이 축복받은 공간에 어머니와 자신의 지친 몸을 기댈 수는 없느냐고, 이제 지긋지긋한 도망자 생활을 청산하고 아버지의 그늘 아래서 살 수는 없느냐고 물었다. 이 짧은 한마디를 하기 위해 성주는 평생의 용기를 쥐어 짜냈다. 감히 뱉어서는 안 될 말을 꺼내는 것만 같고, 해서는 안 될 무례를 저지르는 것 같았지만 결국 성주는 그 말을 하고야 말았다. 마지막 지푸라기라도 잡는 심정으로.

그녀는 차마 아버지와 눈도 마주치지 못한 채 눈을 질끈 감고 고개를 숙였다. 얼음처럼 차가워진 손가락이, 깡마른 무릎이 그의 앞에서 볼품없이 떨렸다.

"……본래의 물건으로 돌려놓는다면…… 그리고 네 어머니가 본래의 역할로 돌아온다면…… 가능할지도 모르겠구나."

눈을 질끈 감은 그녀의 귓속으로 저음이 흘러 들어왔다. 믿지 못할 가능성 앞에서 성주는 천천히 눈을 떴다. 그리고 그 말이 자기 앞에 있는 고귀한 아버지의 입에서 흘러나온 것인지 확인하려는 듯 그의 얼굴을 올려다보았다. 해를 등진 그의 그늘진 실루엣 사이로 검은 안경이 반짝였다. 미동도 없는 그의 몸에서 안경의 작은 반짝임만이 유일한 변화였다.

모든 것이 멈춘 듯 고요하고 평온한 이 세계에 어머니와 성주가 들어올 수 있다는 엄청난 축복의 말에 성주는 가슴이 터질 것 같았다. 이 고귀한 공간에 들어올 수만 있다면 이제 끔찍하고 위험한 하루살이는 그만두어도 된다. 그렇게만 된다면…… 그럴 수만 있다면……. 성주는 심장이 터질 것 같은 기쁨에 저도 모르게 뜨거운 눈물을 펑펑 쏟았다.

어떻게 인사를 했는지, 어떻게 그 집에서 나왔는지, 어떻게 집으로 돌아왔는지 하나도 기억나지 않았다. 그녀의 마음은 둥실둥실 하늘에 떠 있었다. 그녀는 그렇게 가벼운 마음으로 캄캄한 지하실에 돌아왔다. 성주가 목에 걸었던 금빛 목걸이는 너무나도 아름답고 귀한 보석함에 담겨 있었다. 성주는 그 새하얀 보석함을 내밀면서 어머니를 바라보았다. 사각 도자기를 휘감은 금빛 넝쿨을 확인하는 순간 어머니의 얼굴은 새하얗게 변했다. 아무런 말을 하지 않았는데도 어머니는 그 보석함이 아버지의 물건임을 알아챘다.

"어머니, 우리 돌아가요. 그분 곁으로 가요. 우린 갈 수 있어요!"

어머니는 희망에 들뜬 순진한 딸의 얼굴을 보며 희망 대신 절망의 표정을 지었다.

"돌아갈 수가 없단다."

"왜요? 왜? 돌아와도 된다고 하셨어요. 저 목걸이를 본래대로 되돌린다면. 그리고 어머니가 본래의 역할을 한다면. 그러면 돌아와도 된다고 하셨어요."

"불가능해."

가슴을 치며 울어도, 애원해도, 빌어도, 소리쳐도 어머니는 고개만 흔들었다. 돌아갈 수는 없다고. 그분에게 다시는 돌아갈 수 없다는 말만 되풀이했다. 성주가 아무리 미친 듯이 소리쳐도 어머니는 그저 단단한 벽이었다.

어머니에 대한 감정에는 더 이상 애틋함도, 가엾음도 없었다. 사랑과 믿음 따위는 사라진 지 오래였다. 성주는 어머니가 끔찍하고 역겨웠다. 어머니는 그동안 꺼내지 않았던 비밀스러운 이야기까지 들려주며 이해시키려 했지만 성주는 아무것도 이해되지 않았다. 결국 말다툼에 지친 어머니가 숨겨왔던 이야기를 모두 꺼냈다.

"네가 단단히 착각하고 있는 게 뭔지 아니? 그 집으로 들어가면 언감생심 내가 부인이고, 네가 그분 딸 대접을 받을 거라 생각하는 거니? 애야, 아서라! 꿈도 꾸지 말아라. 그 집에서 나의 본래 역할이 뭔지 아니? 액막이란다. 액막이가 뭔지 아니? 모든 액을 대신 받는 천한 존재란다. 그분의 집안은 더없이 존귀하단다. 역대로 수백 년간 행복과 축복만 가득한 곳이었다. 감히 작은 불행도, 액운도 발을 디디지 못하도록 수많은 선생이 지키고 막아온 곳이었다. 대대로 그 집에 행운을 불어넣는 분도 계시고 대대로 그 집의 액운을 받아내는 천한 이들도 있다. 그 천한 일을 네 할머니가 했다. 네 할머니는 비록 액운을 막고 불행을 막는 천한 일을 했지만 그 능력은 참으로 어마어마했다.

본래 행운과 액운은 동시에 오는 것이라서 행운과 축복이 거대

277

한 만큼 액운과 불운도 거대했단다. 하지만 네 할머니는 모든 것을 받아내셨단다. 비록 그로 인해 천명을 다하지 못하고 이른 나이에 목숨을 잃었지만 그분의 능력은 참으로 놀라울 정도였단다.

네 할머니가 천명을 다하지 못하고 급작스럽게 세상을 뜨자 그분을 대신할 사람이 집 안에 줄줄이 들어왔다. 하지만 다들 며칠을 버티지 못한 채 사라지고 도망쳤다. 수백 년간의 행운만큼이나 거대해져버린 불운을 감당할 만한 자들을 도저히 찾기가 어려웠던 거지.

네 할머니의 뒤에서 그 집안 어른들을 보아왔던 나는 그곳을 벗어나고 싶지 않았다. 그분을 지키고 집안을 지키고 싶었다. 네 할머니의 일을 물려받고 싶었다. 하지만 내게는 그런 능력이 없었다. 그저 말로 간신히 벌어먹을 작은 신기神氣밖에 없었다.

그런데도 그분은 자비로운 마음으로 나를 내치지는 않았다. 어린 내가 혼자 살아갈 방도를 찾을 때까지 그 집에 머물게 해주셨다. 그래서 나는 네 할머니의 빈자리를 채우기 위해 찾아오는 수많은 사람들을 볼 수 있었다. 하지만 적절한 사람을 도저히 찾지 못하더구나.

그러던 어느 날이었다. 예기치 않은 일이었어. 누구도 예상치 못했지. 나조차도. 네 할머니조차도. 내 어머니가 받아내던 그 저주들이 모두 나를 향해 달려오기 시작했다. 내림이었다. 일부러 그런 것이 아니고, 누가 계획한 것도 아닌데 그런 일이 일어났다. 집안의 불운과 액운이 갑자기 나를 향해 달려오기 시작했다.

나는 미친년처럼 요동쳤다. 온몸이 쑤시듯 아프고 힘들었다. 내가 감당하지 못할 일들이 나를 향해 밀려왔다. 끔찍한 업을 벗어보려고 했지만 소용없었어. 온갖 저주가 나를 향해 밀려오는데도 죽을 기회조차 없었다. 참으로 끔찍한 시간이었다.

집안의 일손들 곁에서 살던 나는 집안의 액운을 감당하는 순간부터 방을 옮겼다. 그곳은 바로 그분이 묵고 계신 방 바로 옆이었단다. 대대로 집안의 액운을 받는 천한 사람들이 주인을 지켰던 그곳. 숨겨진 작은 비밀의 방이었단다. 나는 그곳으로 몸을 옮겼다. 내 어머니가 내내 지키던 그곳으로 말이다.

하지만 도저히 내가 감당할 수 있는 일이 아니었다. 나를 통과하고도 남은 액운과 불운들이 조금씩 집안으로 퍼져나갔다. 한 번도 없던 작은 사고들이 생기기 시작했다. 집 안의 그릇이 깨지고 거울이 깨졌다.

나는 너무나 부족했다. 내게 씌워진 업을 벗을 방법도 없었다. 이상하게도 집안의 모든 불행과 액운이 나에게로만 쏟아졌으니까.

나를 불쌍히 여긴 그분이 나를 데리고 먼 나라로 향했다. 지금 생각해보면 단순한 여행은 아니었어. 나는 단지 그분이 진행하는 연구라고만 생각했다. 그런 곳에 나 따위를 데려가다니 감사하기만 했다. 비록 그분에게 오는 액운들을 막기 위해 나를 데려갔다고 해도 그저 감사하기만 했다.

금빛 찬란한 낯선 이방인의 나라를 돌아다니는 중에 나는 그분의 말씀에서 너무나도 중대한 사실을 알게 되었다. 비록 나처럼 능력이 부족하고 보잘것없는 사람도 막대한 저주를 모두 받아내게 해주는 진귀한 물건이 있다는 것이었다. 그 물건은 고대로부터 비밀스러운 자들이 지니고 있던 저주받은 눈동자였다. 하지만 그 물건을 다루던 저주술사들의 명맥이 끊기면서 이제는 그저 내밀하게 보관되고 있다고 했다.

그리고 나는 기적처럼 그것을 손에 넣을 수 있었다. 정말 기적처럼……. 아마도 그건 내 주인의 행운이 만들어낸 기적이었을 것이다.

하지만 애야, 그건 그저 단순히 진귀한 물건이 아니었단다. 그것은 나에게 씌워지는 저주의 기운을 고스란히 받아들일 뿐만 아니라 그 저주를 발산하고 다스릴 수도 있는 기막힌 귀물鬼物이었단다. 그러니 그것을 잃어버린 자들은 어땠겠느냐. 그들은 목숨을 걸고 그 물건을 찾으려고 했다. 지금도 그 물건을 찾으려고 혈안이 되어 있지.

처음에는 생판 모르는 낯선 땅에서 찾아온 이방인이 훔쳐갔다고는 아마 상상도 못했을 거야. 주인이 가진 행운들이 나의 정체를 교묘히도 숨겨주었으니까. 하지만 결국 그들은 알아냈지. 나를. 내가 가진 저주의 기운을. 그리고 내가 훔친 그 물건을.

이런 내가 어떻게 그분의 집으로 들어간단 말이냐. 고귀함과 복운으로 가득한 그곳에 내가 어떻게 가득한 저주를 들고 들어설 수 있단 말이냐.”

“왜요? 왜 못 가요?”

"나는 그 물건을 통해 그 집안의 모든 저주를 받아낼 뿐만 아니라 그 이상의 저주들까지 끌고 다니게 되었어. 자석처럼 말이지. 나는 네 할머니의 일을 그대로 물려받아 지금도 그 집안의 모든 액운을 받고 있어. 그뿐만이 아니란다. 그 집안의 불운 이상의 것들이 나를 따라붙었단다. 내 주위에는 저주와 불운이 그득하게 되었다. 그건 귀면의 눈동자가 벌이는 일이지.

이제는 차마 그분의 근처에 다가갈 수 없을 정도로 끔찍한 저주들이 이 어미의 곁을 맴돌고 있단다. 그러니 나는 떠날 수밖에 없었다. 도망쳐 나올 수밖에 없었단다. 그러지 않으면 내가 가진 저주의 기운이 내 주변의 모든 것을 집어삼킬 기세였단다."

"그 물건을 넘겨주면 안 돼요? 놀려주면 되잖아요. 그러면 그걸 따라오는 사람들도 없을 것 아니에요."

"돌려주고 말 것도 없어. 그것이 나를 선택한 순간부터…… 그걸 돌려줄 방법이 없어졌어. 이젠…… 어쩔 수가 없어."

"왜요? 돌려주면 되잖아요! 돌려주면!"

성주의 울음소리를 들으면서도 어머니는 더 이상 말하지 않았다. 왜 돌려줄 수 없는지, 왜 모든 것이 늦었는지 설명하지도 않고 그저 안 된다는 말만 되풀이했다. 희망을 보았던 성주의 가슴은 더더욱 아프고 쓰라리기만 했다. 그분의 곁으로 돌아가고 싶은데. 그 밝고 아름다운 행복의 세계로 들어가고 싶은데 어머니는 그저 안 된다는 말뿐이었다.

그리고 마침내 그날 치밀어 오르는 역겨움에 치를 떠는 딸을 향해, 자신을 외면하는 그녀를 향해 어머니가 저고리를 벗었다. 허리까지 내려오는 진보라색 누빔 저고리를 벗고 그 안에 걸친 속저고리도 벗었다. 그러자 등가죽에 달라붙은 희끄무레한 회색 그림자가 보였다. 스르르 눈꺼풀을 여는 그 끔찍한 저주의 물건이 어머니의 몸을 삼켜버린 것이 보였다. 성주는 끔찍한 불행이 어머니를 삼킨 것을 보고는 눈을 감고 귀를 막았다. 불행의 생물에게 숙주가 되어버린 끔찍한 어머니의 모습에 아무런 말도 할 수 없었다.

"나는 이제 더 이상 액막이가 아니다. 나는 액, 그 자체가 되어버렸단다. 애야, 그러니 내가 어떻게 그 집안으로 들어가겠느냐. 수백 년간 행운과 복운을 지켜온 그곳에 내가 어떻게 한 발이라도 들이겠느냐."

어머니는 구슬프게 울었다. 어머니는 알고 있었다. 더 이상 방법이 없다는 것을. 그런데도 성주는 포기하지 않았다. 어머니의 말을 믿지 않았다. 안 될 줄 알면서도 어떤 방법으로든 아버지가 속한 빛의 세계로 돌아가고 싶었다. 성주는 어머니가 살고 있는 저주의 세계에서 벗어나고 싶었다. 지금껏 서로밖에 없었던 어머니를 희생시켜서라도 그러고 싶었는지 몰랐다.

"떼어버려요! 떼어낼 수 있어요! 해봐요!"

시퍼런 눈을 불같이 뜨고 단호하게 말하는 딸의 얼굴을 보면서 어머니는 아무 말도 하지 않았다. 그녀는 그저 슬퍼 보였다. 그녀는 그저 자신의 운명을 받아들인 것 같았다. 어머니는 그 순간 이미 모든 것을 알았는지도 몰랐다.

"그래, 그러자."

더 말하지 않고 순순히 고개를 끄덕이는 어머니는 그때 이미 생을 포기했는지도 모른다. 그저 자신을 포기하고 딸만이라도 빛의 세계로 내보내고 싶었을 것이다. 그때 성주는 몰랐다. 그런 어머니의 깊은 마음은 상상도 못했다. 그 마음이 얼마나 비참하고 서글펐을지 생각도 못했다.

어머니가 그녀의 두 손을 붙잡으며 그 말을 했을 때 눈치챌 수도 있었다. 이미 어머니가 자신의 생명을 포기했다는 것을. 하지만 성주는 눈치채지 못했다. 이미 아버지가 속한 행운의 세계에 완전히 마음을 빼앗겨버린 성주는 어머니의 말을 귓등으로 흘려버렸다.

"애야, 기억하니? 붉은 옷을 입은 그분을 기억하니? 하얀 가면을 쓰고 몸에 붉은 비단을 감은 그분을 기억하니?"

등을 내보인 어머니가 마지막으로 성주의 손을 붙잡으며 말했던 그것은 유언이었다. 그래, 그랬다.

"나와 같은 사람, 우리와 같은 사람에게 연민을 가진 분이다. 기억해라. 언젠가 그분의 도움이 필요할지 모른다. 나는 그분에게 연민을 부탁했다. 그분이 원하는 것을 알려드리고 그분의 연민을 얻기로 했다. 그분의 연민으로 나는 구원을 얻으려 했단다. 하지만 그 연민을 너에게 주련다. 혹시 네가 나와 같은 길을 가게 된다면…… 내가 원치 않은 네 할머니의 업을 받아 이 길로 들어서게 되었듯이 너마저 네가 원치 않는 이 길을 가게 된다면 애야, 그분을 기억해라. 그분은 연민을 가진 분이란다. 너를 구해주실 거야. 그분의 도움을 받아라, 알겠니? 이 어미의 말을 기억해라."

어머니가 몇 번이나 반복하던 말을 성주는 흘려들었다. 두 손을 부여잡고 간절히 반복하던 그 말이 유언인 줄도 모르고 그냥 흘렸다.

어머니는 알고 있었다. 그녀의 생명이 이미 귀물의 숙주가 되어버렸음을. 그것을 등에서 떼어내려고 하면 그녀의 생명이 모두 사라지고 만다는 것을. 그 끔찍한 일을 벌이는 것이 자신의 딸이라는 것도 운명으로 받아들이고 있었다.

뼈만 앙상하게 남은 어머니의 마른 등에서 저주받은 눈동자를 뜯어내려던 성주가 흘러내리는 핏줄기에 희생된 것은 저주받은 눈동자가 아니라 자신의 어머니라는 사실을, 어머니의 심장이라는 사실을 깨달았을 때는 이미 모든 것이 늦어버렸다. 평생 서로만 바라보고 살았는데…… . 성주는 어머니의 생명을 자신이 앗아버렸다는 사실을 깨달았다. 그리고 마지막 숨을 남긴 어머니가 끝까지 감추었던 말을 들려주었다.

"그 물건을 가진 뒤로 나는 한동안 제정신을 차리지 못할 정도로 고달픈 시간을 보냈다. 그 물건에 담긴 엄청난 저주의 기운은 내가 감당할 만한 것이 아니었다. 그래서 그토록 오랜 시간 주인 없이 모셔져왔을 것이다. 저주의 기운을 받들어 자신의 것으로 만들고 발산하는 데는 엄청난 희생이 요구되었다. 나는 나의 모든 인생을 버려야 했다. 모든 것을 온전히 내려놓아야 했다.

그리고 나는 마침내 모든 것을 내려놓았다. 볼품없었던 내 인생은 사실 쥘 것도 못 되었다. 그래서 나는 그것을 가질 수 있었다. 보잘것없이 하찮은 능력을 가진 나였지만 온전히 모든 것을 내려놓은 덕분에 저주받은 귀신의 눈동자가 나를 택했다. 내가 그놈을 택한 것이 아니라 그것이 나를 택했다.

그것을 받은 뒤로 나는 고귀한 집안에 내리는 모든 저주를 받을 수 있을 정도로 강성해졌다. 세상의 모든 저주가 내게로 들어왔다. 그리고 나는 그 저주를 사용할 수 있게 되었다. 누가 나에게 말하면 말하는 대로 그들의 저주를 받아서 되돌려주거나 다른 사람에게 보내는 힘을 가지게 되었다. 감당할 수 없는 힘이 내게 생겼다. 그래, 그것은 정말 감당할 수 없는 저주였다. 처음에 내가 그 저주를 대단치 않게 생각하고 어이없게도 엄청난 실수를 저지르고 말았다. 고귀한 그분에게 고스란히 끔찍한 저주의 기운이 전달된 것도 그래서였다.

행운을 온전히 받아주는 겹겹의 복운이 아니었다면 아마도 그분은 그대로 생명을 잃으셨겠지. 기나긴 세월 쌓아온 겹겹의 행운 덕분에 당시 그분은 간신히 목숨만 붙어 있었다. 그분이 산 것도 죽은 것도 아닌 상태에서 사경을 헤매던 그때 내가 할 수 있는 일은 하나였단다. 그것은 바로 그분께 드린 불운을 내 몸으로 되받아오는 것이었다.

아아, 내가 그분을 존경하고 사모하고 그리워하지 않았다고 말하면 거짓일 것이다. 하지만 그건 나만의 감정이었단다. 그분에게는 내가 무엇으로 보였을까? 내가 사람으로는 보였을까? 나를 사람으로는 생각해주었을까? 저주로 똘똘 뭉친 내가 복운으로 가득한 그분을 매일매일 뵈면서 어떤 마음을 가질 수 있었겠니? 산 것도 죽은 것도 아닌 그분을 깨우는 방술方術을 하다가 만들어진 것이 바로 너다.

아아, 미안하다, 애야. 사랑으로 태어났다고 말해주고 싶었는데……. 그분의 사랑 속에서 너를 가졌다고 말할 수 있다면 얼마나 좋을까. 그래서 이 말을 하고 싶지는 않았는데……. 그분은 기억도 나지 않는 그날, 사경을 헤매는 그분을 살리기 위한 방술로 네가 태어났단다. 그러니 그분에게는 너에 대한 기억이 없다. 너란 존재에 대한 짐작도 없다. 네가 그분 핏줄이라는 것을 그분은 꿈에도 모르실 게다. 미안하다. 이런 말을 해서 참으로 미안하다.”

어머니는 성주에게 끔찍한 인생을 함께하게 했으면서도 절대 미안하다는 말은 하지 않았다. 그래서 성주는 죄책감 없이 욕을 하고 원망을 할 수 있었다. 그런데 어머니는 사랑도 없이 생겨난 태생의 비밀을 모두 털어놓은 뒤 깊은 사죄와 용서만을 빈 채 떠나버렸다. 어머니의 심장에서 뿜어져 나온 핏줄기가 등줄기를 타고 흐르는 동안 어머니는 그렇게 용서를 빌며 숨을 멈추었다.

성주는 자신의 뿌리 한쪽이 영원히 이 세상에서 사라진 것을 그때야 알았다. 그것이 얼마나 고독한 일인지, 얼마나 서글픈 일인지, 얼마나 끔찍한 일인지를 그녀는 그 시간이 닥치고 나서야 알았다. 완전히 혼자 버려진 그녀는 세상을 원망하며 울고 또 울었다. 눈을 감은 어머니는 다시 돌아오지 않았다. 어머니의 마른 등에서 껌뻑이던 그 끔찍한 악마의 눈동자도 사라져버렸다.

어머니의 죽음을 받아들이기까지는 여러 날이 걸렸다.

그늘진 빈 땅에 어머니를 묻었다. 그녀의 곁에 저주받은 목걸이도 함께 묻었다. 어머니를 따라다니던 무시무시한 자들이 저주력을 잃어버린 목걸이를 보고 모든 것을 단념하길 바라면서. 성주는 어머니의 모든 물건을 메마른 땅에 묻었다. 어머니가 가지고 있던 아버지의 책도 묻었다. 어머니의 차가운 몸과, 아버지의 책을 묻으며 성주는 이 세상에서 자신의 자리가 사라졌다는 사실을 알았다. 어머니를 잃은 순간 성주의 세상도 사라진 것을 알았다.

성주는 세상에 하나뿐인 가족이 묻힌 차가운 땅에서 발을 뗄 수가 없었다. 그 마른 땅 위에서 며칠을 지냈다. 밤이슬을 맞으며 그곳에서 날을 보냈다. 도저히 어머니와 떨어질 수가 없었다. 그곳에 비록 어머니의 껍데기만 남았다 해도 떠날 수가 없었다. 어머니가 묻힌 그곳만이 세상에서 그녀가 디딜 유일한 자리였다. 성주에게는 이제 돌아갈 곳이 없었다.

그렇게 얼마 동안 지냈을까.

그렇게 낮과 밤이 몇 번이나 바뀐 뒤부터 그녀의 정수리가 근질거리기 시작했다. 이마가 근질거렸다. 두통이 밀려왔다. 머리가 지끈거렸다. 손가락이 부었다. 손가락 마디 사이로 바람이 불었다. 손톱이 빠질 것처럼 아파왔다. 머리가 아프고 손이 아프면서 이제 죽을 거라는 생각이 들었다. 끔찍한 고통이 밀려오는 그 순간 죽음이라는 축복이 찾아올 것만 같았다. 그래서 얌전히 기다렸다. 죽음이라는 은총이 덮치기를 조용히 기다렸다.

하지만 어미를 죽인 잔인한 자식에게 죽음이라는 축복은 허락되지 않았다. 몇 번이나 정신을 잃었다가 깨어나고 다시 잃었다가 깨어나던 어느 날 아침 그녀의 손에 금빛 반지가 끼워져 있었다. 빛나는 황금빛 반지였다. 처음 보는 그 반지는 처음 보는 것이 아니었다. 텅 비어버린 어머니의 목걸이 대신 그녀의 손에 그것이 끼워져 있었다. 반지의 중심에는 눈동자가 있었다. 동그랗게 그녀를 노려보며 금빛으로 번쩍이는 무시무시한 눈동자가 있었다.

이상한 것은 그것뿐만이 아니었다. 그 금빛 반지를 바라보는 것은 그녀의 눈이 아니었다. 그녀의 이마에서 무언가가 그것을 바라보고 있었다. 두 개의 눈을 합친 것보다도 더욱 크게 벌어진 끔찍한 눈동자가 성주의 이마에서 그녀의 손가락을 바라보고 있었다.

죽음을 맞이한 어머니가 염려하던 대로 그 끔찍한 운명이 자신에게 이어졌다는 것을 그녀는 누가 알려주지 않아도 알 수 있었다. 끔찍한 저주의 굴레에 그들 모두가 빠져버렸다는 것을 그녀는 알고 말았다. 악마가 성주를 택한 것이었다.

끔찍한 운명의 장난 속에서 눈물도 말라버렸다. 구슬피 부르는 어머니의 노랫소리만 귓가에 맴돌았다.

바람이 휘잉 귀를 스치고 지날 때마다 어머니가 부르던 구슬픈 노랫가락이 스쳐갔다. 지아비도 없이 아이를 낳은 어머니는 지아비를 부르는 노랫가락을 불렀다.

울도 담도 없는 집에서 시집살이 3년 만에
시어머니 하시는 말씀 애야 아가 며늘아가
진주낭군 오실 터이니 진주 남강 빨래 가라.

막연히 그 노랫가락이 어머니의 이야기라고 생각했다. 시어머니에게 구박받고 남편에게 버림받은 여자의 한 맺힌 이야기가 어머니의 것일지도 모른다며 노랫가락에 귀를 기울이기도 했다. 하지만 어머니의 인생은 그보다도 보잘것없었다. 그건 어머니의 슬픈 이야기가 아니라 어쩌면 어머니가 바라는 삶이었을지도 몰랐다. 그런 시집살이를 하면서도 앉아보고 싶었던 며느리의 자리, 아내의 자리. 성주는 어머니가 그 자리를 소망하고 갈망하며 그 안타까운 노래를 불렀던 거라고 생각했다.

그제야 어머니가 부르던 노래가 아프고 슬프게 느껴졌다.

어루 액이야 어허루 액이야 어루 중천의 액이로구나.

어루 액이야 어허루 액이야 어루 중천의 액이로구나.

어머니가 구슬프게 불러대던 액막이 타령이야말로 어머니의
삶을 담은 노래였다. 그토록 밝은 노래를 참으로 서글프게 부르
는 데는 그럴 만한 이유가 있었다. 어머니의 인생은 어머니가 도
저히 빠져나올 수 없는 굴레였다.

그리고…… 그 굴레가 다시 성주를 옥죄기 시작했다. 성주는
자신의 손가락을 바라보았다. 그녀가 두 눈을 감아도 그녀의 손
가락에 끼워진 굵은 금반지 속에서 어머니를 옭아맸던 커다란 눈
동자가 그녀를 바라보는 것이 보였다. 그녀의 정수리에 박힌 저
주의 눈동자가 번쩍이는 금빛 눈동자를 바라보고 있었다.

아버지의 세계로 들어가고 싶었던 작은 소망은 어머니도 성주
도 영영 그곳에서 멀어지게 했다. 마치 어머니와 성주라는 존재
가 끔찍한 횡액이라도 되는 것처럼 아버지와 아버지의 세계가 그
들을 밀어내고 거부하면서 모든 일을 꾸민 것처럼 느껴지기까지
했다. 아버지에게 속한 거룩한 행운은 저주받은 생명을 완강히
거부하며 아버지를 지켜내는 것이 분명했다.

더 이상 남지도 않은 눈물이 나오려 하자 눈알이 따끔거렸다.
그동안에도 성주의 이맛전에 박힌 세 번째 눈은 커다란 눈동자를
번뜩이며 성주를 통해 세상을 바라보았다. 그녀의 이마에서 데굴
거리는 눈동자가 바라보는 세상은 무채색에 가까웠다. 눈동자는
무채색에 가까운 세상에서도 유독 검은 어딘가를 주목했다.

성주는 두 눈을 감았다. 그녀가 아무리 잊으려고 발버둥을 쳐도 세 번째 눈동자는 그 검은 곳에서 눈을 떼지 않았다. 성주는 그곳에 가득한 검은 구름이 불행의 자국이라는 것을, 쓰리고 고달픈 삶의 흔적이라는 것을 알았다. 저주받은 눈동자는 그렇게 어둡고 탁한 곳을 찾아 성주를 데려가려고 했다. 어머니의 인생이 그랬던 것처럼.

그 불행을 떼어버리기 위해 어미의 등을 파헤치고, 저주의 눈동자를 꺼내려 했지만 남은 것은 차가워진 어미의 시신과 되물림된 저주의 눈동자뿐이었다. 목숨을 건 시도를 했지만 결국 더 깊은 불행 속으로 빠져들고 말았다. 마른 눈물도 나지 않는 깊은 괴로움 속에서 성주는 가슴을 때렸다. 마치 성주가 자신의 것이라는 듯 그녀의 손가락에서 번쩍거리는 금빛 눈동자가 성주를 바라보았다. 그 끔찍한 것이 성주 앞에서 커다란 눈알을 희번덕거리고 있었다. 비참하고 참혹한 결과였다.

차갑고 매서운 바람이 불었다. 성주는 고를 수 있는 선택지가 없었다. 그녀가 택할 수 있는 유일한 해답을 깨달은 순간, 성주는 안식처를 찾아 걸었다. 평생 도망을 다니는 동안 어머니와 성주의 어깨를 짓눌렀던 커다란 여행 가방과 함께였다. 너무나 고통스럽고 힘들었던 그녀의 짧은 삶을 마감하기 위해 어머니와 그녀에게 속한 모든 것을 온전히 떠안고 떠나기에 적당한 자리를 찾아 걸어갔다.

3

성주는 눈을 떴다. 잃어버린 기억의 조각들이 이제 모두 돌아와서인지 머리를 쪼갤 듯한 통증이 잦아들었다. 그러자 조금 전까지 흐릿하기만 하던 모든 것이 똑똑히 보이기 시작했다. 그녀가 어디에 있는지, 무엇을 하고 있는지, 또 무엇을 해야 하는지…….

그녀는 주위를 둘러보았다. 지독한 통증 속에서도 다리를 절며 걸음을 옮긴 덕분에 아버지의 집은 이제 보이지 않고, 듬성듬성하던 집과 넓은 도로도 사라져버렸다. 어느새 그녀는 꽤나 멀리까지 와 있었다.

"하…… 하아……."

그녀는 허망한 웃음을 지었다. 이것이 그 집과 그 집 사람들의 힘이었다. 아버지에게 속한 복운과 행운은 더럽고 추악한 저주의 기운을 이렇게 멀리 밀어내버리는 것이다. 성주는 자신이 인식하지도 못한 사이 참 멀리까지 쫓겨났음을 깨달았다.

그녀는 눈을 감았다. 그토록 생을 마감하려 했는데도 다시 살아나고 말았다. 그녀는 기댈 곳 없는 이 땅에 또다시 두 발을 디디고 있었다. 그것도 저주의 힘인지 몰랐다. 아무리 죽으려고 애를 써도, 아무리 끔찍한 저주를 끝내려고 해도 도저히 끊을 수 없도록 그녀를 놓지 않는 그 힘이…… 그녀의 인생을 담보로 잡고 있었다.

"하아아……."

성주는 깊은 한숨을 내쉬며 고개를 흔들었다. 두 눈을 감자 귓가에 소리가 들렸다. 바람 소리. 바람 사이에 묻혀 있는 또 다른 바람 소리. 바람 가운데 감추고 있지만 그냥 바람과는 다른 소리가 사사삭 그녀를 향해 다가오고 있었다. 언제나 그 소리를 피해 도망 다니고, 언제나 그 소리를 피해 숨었지만 여전히 그녀를 향해 다가오는 그 소리가 들렸다. 그것은 귀면의 눈동자를 되찾기 위해 수년간 어머니와 성주를 뒤쫓던 기척이었다.

"돌려주고 싶지만…… 돌려줄 수가 없어요. 그놈이 나를 택했어요. 어머니를 택한 것처럼. 나는 이걸 돌려줄 힘이 없어요."

그녀는 아무에게도 들리지 않을 그 말을 혼자 중얼거렸다. 다 놓아버리고 도망치자는 그녀의 말에 어머니가 했던 말을 똑같이 반복하고 있었다. 이제 성주는 슬픈 듯 고개를 흔들던 어머니가 되어 있었다. 이마가 근질거렸다. 조용히 모른 척하고는 모든 불행의 시간을 지켜보던 '그것'이 한껏 퍼진 고통의 영양분을 받아먹고 슬슬 움직이고 있었다.

"도와줘요. 누구라도 제발 도와줘요. 이 지옥에서, 이 저주에서 벗어나도록 도와줘요, 제발!"

성주는 그 자리에 무너지듯 내려앉았다. 줄줄 흐르는 눈물이 그녀의 마른 뺨을 적셨다. 대체 누가 이 끔찍한 저주를 끝낼 수 있단 말인가! 죽음으로도 막지 못하는 끔찍한 저주의 굴레를 누가 멈추게 한단 말인가! 성주의 머릿속에서 거센 회오리가 몰아치다 흩어졌다. 그녀가 알고 있는 모든 것을 동원해서라도 이 끔찍한 굴레에서 벗어나고 싶었다.

'그럴 수만 있다면…… 제발…….'

아버지의 얼굴이 그녀의 눈앞을 스치고 지나갔다. 표정 하나 변하지 않는 그의 얼굴이, 그녀를 바라보는 그늘진 얼굴이 스치듯 지나갔다. 주름 하나 없는 그의 양복이, 티 하나 없는 그의 태도가 성주의 머릿속을 스쳐갔다. 행운과 축복 속에서만 살던 그분은 성주를 구원할 수가 없었다. 그의 나지막하면서도 부드러운 목소리가 귀에 퍼졌다.

'조심하지 그랬니. 그랬다면 좀 더 너를 볼 수 있었을 텐데 안타깝구나.'

구원할 힘이 있더라도 부드러운 음성을 가진 그 반듯한 사람은 그녀를 구원하지 않을 것이다. 그가 보기에 지독한 불행에 휩싸인 성주는 오물을 뒤집어쓴 추악한 존재일 것이다.

성주의 미간이 좁혀졌다. 머릿속은 다시 거센 회오리로 가득 찼다. 그 회오리 속에 그 사람의 얼굴이 떠올랐다. 밝은 듯 거짓된 표정을 짓고 있지만 가슴속에 깊은 슬픔을 간직한 그 사람. 멈추었던 그녀의 심장을 다시 뛰게 해준 그 사람, 승덕의 음성이 들렸다.

'그래, 살자. 겨우 두 발을 디딜 땅 한 뼘씩이 필요할 뿐인데, 어디 이 땅에 발붙일 곳이 없겠니? 살자. 살아보자. 네가 디딜 땅은 내가 되어줄게.'

다정한 승덕의 음성이 귓가를 간질였다. 서로가 서로에게 두 발을 디딜 한 뼘의 땅이 되어주자던 그 사람의 서글픈 옆얼굴이 기억났다.

'인생이란 참…… 한 치 앞도 볼 수가 없구나.'

그녀를 보며 다시 살아갈 기운을 찾은 그 사람의 한마디가 떠올랐다. 아아, 정말로 인생이란 한 치 앞도 알 수 없는 것이다. 삶의 이유 하나를 간신히 찾아낸 그 남자는 그녀에게 삶의 이유가 되어줄 것 같았지만, 이제 그 의미는 황폐하게 버려지고 말았다. 그녀 주변의 모든 사람이 불행과 저주 속에 빨려 들어간다는 것을 뻔히 알면서도 어떻게 그 사람 곁에 머물 수 있을까.

그녀는 삶이 처량할 정도로 볼품없고 비정할 정도로 모질다는 것을 잠시 잊고 있었다. 이제 그 견디기 어렵도록 매섭고 독한 삶이 다시 그녀를 움켜쥐고 흔들어댔다.

'미안, 미안해요…….'

성주는 자신의 심장을 뛰게 해준 승덕을 향해 속죄의 눈물을 흘렸다. 아무리 속죄해도 그의 슬픈 눈빛을 바꿀 수 없다는 것을 알지만 이것밖에는 방법이 없었다.

'미안하다, 얘야. 미안하다…….'

심장에서 피가 뿜어져 나오는 가운데에도 마지막까지 용서의 말을 내뱉던 어머니의 얼굴이 떠올랐다. 독하고 사나운 인생을 오직 딸 하나만 바라보며 마지막까지 버텼던 가엾은 여인의 얼굴이 떠올랐다. 용서를 구해야 하는 것은 딸인데. 그 모진 인생을 알아주지 못하고 비난하기만 했던 철없는 딸이 무릎을 꿇어야 하는데도 기억 속의 어머니는 성주를 향해 용서의 말을 되풀이하고 있었다. 용서를 구하던 어머니의 입이 뭐라고 달싹거렸다.

'얘야, 잊지 말아라. 잊지 말아라……'

성주는 마지막 순간에 자신의 손을 부여잡고 뭔가를 말하던 어머니의 입술을 기억했다.

'우리와 같은 사람에게 연민을 가진 분이다. 기억해라. 언젠가 그분의 도움이 필요할지 모른다.'

어머니의 그 마지막 말이 고스란히 기억 속에서 되풀이되고 있었다.

'그분의 연민으로 나는 구원을 얻으려 했단다. 하지만 그 연민을 너에게 주련다. 혹시 네가 나와 같은 길을 가게 된다면…… 내가 원치 않은 네 할머니의 업을 받아 이 길로 들어서게 되었듯이 너마저 네가 원치 않는 이 길을 가게 된다면 얘야, 그분을 기억해라. 그분은 연민을 가진 분이란다. 너를 구해주실 거야. 그분의 도움을 받아라, 알겠니? 이 어미의 말을 기억해라.'

몇 번이나 반복하던 어머니의 그 말. 그저 흘리듯 넘겨들었던 그 마지막 유언이 어머니의 입을 통해 다시 기억 속에서 되풀이되었다. 한 번, 또 한 번, 다시 한 번…… 성주는 천천히 눈을 떴다. 어머니는 알고 있었을지 모른다. 성주에게 끔찍한 저주가 대물림될 것임을. 그래서 자신에게 주어진 연민을 딸을 위해 남겨놓은 것이 분명했다. 그들처럼 어둠과 암흑 속에 버림받은 이들에게 연민을 가진 그 사람…… 그 사람…… 그 붉은 옷을 입은 하얀 가면의 인형 같은 그 사람! 그 사람의 모습이 그녀의 머릿속을 가득 메웠다. 그녀라면…… 이 끔찍한 저주를 끝내줄 수 있단 말인가!

바로 그때였다.

"도망칠 수 있을 줄 알았느냐?"

한 무리의 사람들이 어느새 성주의 주변을 둥글게 에워싸고 있었다. 행운과 복운으로 가득한 고귀한 저택에서 충분히 멀어진 순간 그녀를 기다리고 있던 불행과 저주의 기운이 다가온 것이 분명했다.

성주는 천천히 고개를 들어 주위를 둘러보았다. 노란 눈알에 까만 눈동자를 희번덕거리는 거대한 매를 어깨에 올린 남자가 성주에게 다가오고 있었다. 매의 발에서 여전히 금빛 목걸이가 흔들리고 있었다. 어머니의 죽음과 함께 모든 저주의 기운이 사라져버린 껍데기에 불과하지만 그것은 어머니의 목걸이가 분명했다.

"으, 으흑!"

성주는 거친 흙바닥을 맨손으로 그러모으며 눈물을 삼켰다. 어머니의 목걸이를 손에 넣었다는 건 그들이 어머니의 무덤을 찾았다는 이야기였다.

……보지 않아도 그 무덤이 어떻게 되었을지 알 수 있었다. 기억이 모두 돌아온 성주는 저들 중 일부는 어머니의 목걸이를 빼앗기 위해, 또 일부는 어머니의 저주에 앙심을 품고 복수를 하기 위해 어머니를 뒤쫓고 있다는 것을 알았다. 아무리 숨어도 수십

년간 쫓고 쫓기면서 원수는 점점 늘어만 갔고 도망칠 곳은 점점 줄어들었다. 마침내 어머니는 무덤 속에서 마지막 안식을 바랐지만 그곳에서마저 쫓기다가 결국 끔찍한 시살弑殺을 당하고 말았을 것이다.

성주는 마른 흙더미를 자신의 눈에 비볐다. 고운 모래부터 거친 알갱이까지 그녀의 두 눈으로 파고들었다. 그녀는 눈앞의 어떤 것도 보고 싶지 않았다. 지옥에서 온 '그놈'은 성주가 어머니의 시륙弑戮에 분개하며 다툼을 시작하기를 바랄 것이다. 저들의 과거에 숨어 있는 깊은 탄식과 고통으로 배를 채우고 성주를 더욱 깊은 불행에 빠뜨려서 그 힘을 자신의 것으로 차곡차곡 모으기를 놈은 원하고 있었다.

복수를 위해 일어서는 것보다 모든 고통을 참고 무릎을 꿇는 것이 더욱 어려운 일이었다. 하지만 성주는 무릎을 꿇었다. 이제 성주는 더 이상 눈이 보이지 않지만 그녀를 둘러싼 적들…… 이미 오래전부터 알고 있는 그들을 향해 무릎을 꿇었다. 이 지긋지긋한 저주를 계속할 수는 없었다. 아무리 끔찍한 대가를 치르더라도 제발 저주의 사슬을 끊기를 바랐다.

"그만, 그만둬요, 제발……. 당신들은 나를 죽일 수 없어요. 아니, 나를 죽인다고 해도 당신들은 이 힘을 사용할 수 없어요. 당신들은 무시무시한 악마가 보이지 않나요?"

성주는 흙으로 뒤범벅된 눈을 질끈 감으며 사방을 향해 소리쳤다. 자신에게 기생하는 악마의 혀가 맛있는 음식 앞에서 기대하듯 날름거리는 것이 느껴졌다. 놈은 자신을 향해 다가오는 인간 군상의 깊고 어두운 마음을 읽어대고 있었다.

"흥, 대체 무슨 꿍꿍이지? 네 어미와는 다르다는 거냐? 웃기지 마라. 네게서도 똑같은 냄새가 나는구나. 감히 누굴 속이려고 하느냐!"

성주는 차가운 여자 목소리를 알아들었다. 그녀는 어머니에게 저주를 받은 사람이었다. 본래 그 여자도 저주를 걸던 술사였다. 그런데 어느 날 어머니에게 의뢰가 들어왔다. 저주를 내리는 술사에게 저주를 갚아달라는 의뢰였다. 어머니는 술사에게 저주를 모두 돌려보낸 다음 물주의 뜻대로 몇 배의 불행으로 앙갚음해주었다.

결국 술사로 일하던 여자는 자신이 걸었던 저주를 모조리 되돌려받은 것은 물론이거니와, 온 가족과 동업자들까지 몰살당했다. 간신히 목숨만은 부지한 저주술사가 어머니에게 복수하기 위해 벌써 10여 년 동안 거머리처럼 따라다니고 있었다.

"거짓이 아니에요. 진심입니다. 저주의 눈동자는 당신들의 어두움을 먹고 더욱더 강해질 겁니다. 그만두세요, 제발."

성주는 간곡히 목을 놓아 말했지만 그녀의 진심은 제대로 전달되지 않았다.

"귀면의 눈은 어디에 있느냐? 네 어미가 훔쳐간 것을 내놓아라. 저런 가짜가 아니라 진짜 우리 물건을 내놓으란 말이다!"

눈을 감은 성주를 향해 불같은 호통이 떨어졌다. 그녀의 어머니가 먼 이국땅에서 훔쳐온 저주의 눈동자를 찾아 몇십 년째 어머니와 성주의 뒤를 쫓아다니고 있는 승려들이었다. 그들은 저주의 기운이 사라진 어머니의 목걸이를 보며 결코 그것이 진본일리 없다고 생각하는 모양이었다.

"돌려주고 싶지만…… 진심으로 돌려드리고 싶지만…… 그럴 수가 없어요."

성주는 무릎을 꿇고 엎드렸다. 머리를 조아리며 등을 무방비 상태로 내놓았다. 내놓을 수만 있다면 누구에게라도 주고 싶었다. 그녀에게 밀려오는 불행과 저주의 기운을 내놓을 수만 있다면 그러고 싶었다. 하지만 그럴 수가 없었다. 놈은 성주의 정수리에 박힌 채로 탐욕스러운 눈동자로 다가오는 불행의 기운을 삼킬 준비만 하고 있었다. 놈은 스스로 원하지 않는 한 성주에게서 벗어나지 않을 것이다.

땅바닥에 고개를 숙인 그녀를 향해 한 발 한 발 다가오는 기운들이 느껴졌다. 그녀의 앞에는 어깨에 매를 올린 남자, 그녀의 뒤에는 샛노란 한복을 입은 여자와 건장한 남자 둘, 그녀의 주변에는 저주의 눈동자와 그 기운을 되찾으려는 이국異國의 승려들…… 눈을 감았는데도 모든 것이 너무나 또렷이 느껴졌다. 그 모든 걸 보는 건 성주의 두 눈이 아니었다.

성주는 손발을 덜덜 떨었다. 놈은 보고 있었다. 성주를 향해 다가오는 이들의 가장 어둡고 비밀스러운 기억을 하나하나 읽으며 그들을 살펴보고 있었다. 그 끔찍한 기억들을 뒤흔들어 고통에 쓰러지는 사람들의 불행을 먹어치울 기대감에 잔뜩 부풀어 있었다. 놈은 그들의 소원대로 성주를 떠나 그들의 것이 되어줄 생각 따위는 추호도 없었다. 그들이 가진 고통을 모조리 삼키고 성주의 이마 속에서 배를 불릴 준비만 하고 있었다.

"오지 말아요, 제발……. 잡아먹힐 거예요. 제발, 제발……."

성주는 땅바닥을 향해 중얼거렸다. 그녀의 간절한 바람이 무색하게도 그들은 더욱 급한 걸음으로 그녀를 향해 다가왔다. 그들은 성주에게서 퍼져나오는 강한 저주의 기운을 느끼면서 그녀가 어딘가에 그 저주의 기운을 담은 귀면의 눈을 숨겨놓았을 거라고 생각했다.

"내 거야!"

"아니, 내 거야!"

"본래 우리 것이었다!"

세 무리가 동시에 성주를 향해 달려들었다. 뼈만 앙상히 남은 길고 가는 그녀의 등을 향해 누가 먼저랄 것도 없이 뛰어올랐다. 그들은 무방비 상태인 성주로부터 저주의 눈동자를 빼앗기 위해 혈안이 되었다.

그 순간 성주의 안에 숨어 있던 놈이 번쩍 눈을 떴다.

"캬아아악!"

몹시도 귀에 거슬리는 괴물의 포효 소리가 들렸다. 그 끔찍한 소리를 내는 것은 다름 아닌 성주 자신이었다. 그녀의 이마에 있는 세 번째 눈동자가 활짝 열리면서 그녀에게로 날아오르는 세

무리의 사람들을 향해 희번덕거렸다.

입맛을 다시던 놈이 마침내 성주의 이마에서 튀어나와 그들을 바라보았다. 그러자 그들의 폐부 깊이 박힌 가장 아프고 쓰라린 기억들이 고스란히 보였다. 두 눈을 감은 성주와 달리 주먹만큼이나 크게 벌어진 놈의 눈동자는 그들을 향해 저주의 기운을 뿜어냈다.

"으…… 으악!"

"으아아악!"

사방에서 비명이 솟구쳤다. 예상치 못하게 성주의 이마 한가운데에서 저주의 눈동자를 발견한 그들은 놀라움과 끔찍함에 비명을 질러댔다. 그 눈동자와 눈빛이 부딪힌 순간 그들은 믿을 수 없을 만큼 끔찍한 고통에 온 정신을 잠식당하기 시작했다.

"으악! 으악! 끄아아악!"

숫자는 상관없었다. 허기에 지친 탐욕의 눈동자는 모든 불행의 기운을 미친 듯이 흡입하기 시작했다. 더불어 놈이 발견해낸 끔찍한 기억들이 눈동자를 바라본 모든 사람을 고통 속에 밀어 넣었다. 놈은 그들이 실제로 겪었던 고통을 더욱 아프고 괴롭게 만드는 재주가 있었다. 도저히 견딜 수 없는 기억의 산물이 되어버린 불행의 경험들이 모든 사람을 지옥으로 내몰았다.

그들 사이에서 가장 아프고 괴로운 사람은 다름 아닌 성주였다. 그녀는 게걸스럽게 벌렁거리는 놈의 욕망과 그 앞에서 산산이 부서져버린 가엾은 사람들의 끔찍한 기억을 느끼면서 형용할 수 없는 괴로움에 빠져들었다.

성주는 모든 것을 고스란히 느끼며 눈물을 흘렸다. 그녀는 자신을 향해 달려들던 모든 사람이 바닥을 뒹굴며 괴로워하는 모습을 보았다. 고통에 몸부림치며 머리를 잡고 쓰러질 자유조차 그녀에게는 허락되지 않았다. 그녀는 처음으로 알았다. 그녀의 어머니가 얼마나 고통스러운 나날을 살아왔는지, 얼마나 끔찍한 하루하루를 살아왔는지. 이토록 끔찍했을 거라곤 상상도 못했다.

'미…… 미안해요, 어머니.'

어떻게 이 끔찍한 저주를 끝낼 수 있단 말인가! 심장이 뜯어질 것만 같았다. 너무나 가슴이 아파서 갈가리 찢기는 것만 같았다. 그녀는 천천히 두 눈을 떴다. 흙으로 뒤범벅된 두 눈이 천천히 빛을 담기 시작했다. 바닥에 널브러진 사람들의 모습이 놈의 눈동자로 바라볼 때보다 더욱 회색으로 비쳤다.

그녀는 하늘을 바라보았다. 어느새 날이 어두워졌다. 검게 변한 산등성이 위로 새하얀 달이 그들을 내려다보고 있었다. 하얀 달 속에서 슬픔과 고통으로 뒤범벅된 어머니가 말하고 있었다.

'얘야, 잊지 말아라. 잊지 말아라…….'

평생 고통과 불행을 짊어지고 살아온 어머니가 그녀를 굽어보고 있었다. 한없이 가엾다는 눈동자로 성주를 바라보고 있었다.

'그분을 기억해라. 그분은 연민을 가진 분이란다. 너를 구해주실 거야. 그분의 도움을 받아라, 알겠니? 이 어미의 말을 기억해라.'

성주는 두 손을 모으고 하늘을 바라보았다. 어떻게 도움을 구해야 하는지도, 어떻게 해야 만날 수 있는지도 알 수 없었다. 하지만 그녀는 간절한 마음을 끌어 담아 저 먼 하늘을 향해 빌었다.

'나에게 연민을 가져주세요. 제발…… 이 끔찍한 대물림을 그만두게 해주세요. 저는 당신이 누구인지 모르지만 당신만이 나를 자유롭게 해줄 수 있음을 압니다. 제발…… 제발…… 제게 구원을 주세요. 당신의 그 능력으로 날 구해주세요. 저를 불쌍히 여기세요. 제발…….'

그녀는 간절한 마음을 담아 언젠가 보았던 그 무시무시한 붉은 여인을 간절히 불렀다. 자신의 입을 단단히 막았던 검은 머리카락의 인형 같은 아이도 떠올렸다. 성주는 간절한 마음으로 두 사람을 불렀다. 하지만 어머니에게 연민을 가졌다던 그 사람은 나타나지 않았다. 하늘 저 멀리를 바라보았지만 아무것도 변하지 않았다. 그녀의 간절한 바람 속에서도 사람들은 그녀 주위에 널브러져 괴로워하고 있었다.

그때였다. 그녀의 이마 한가운데에서 혀를 날름거리던 눈동자가 의미심장한 미소를 지으며 스르르 사라졌다. 놈이 느끼는 감정이 성주의 가슴으로 고스란히 전달되었다. 왜 갑자기 식욕을 멈추고 이마 속으로 사라져버린 것일까? 불안함이 밀려왔다. 누군가…… 근처에 있는 게 분명했다. 성주는 주변을 휘돌아보았다. 어둑해지는 사위 속에서 검은 그림자들이 스르르 나타났다. 언제부터 그곳에 숨어 있었는지 알 수 없을 정도로 오랫동안 아무런 기척도 없이 모든 것을 지켜본 것만 같은 이들이 속속 모습을 드러냈다. 그들은 아래위로 까만 양복을 차려입고 있었다.

"기억을 모두 찾았군요?"

한 남자가 한두 걸음 앞으로 다가왔다. 그는 여전히 바닥을 뒹구는 사람들을 힐끗 내려다보더니 예리한 눈빛으로 성주를 쏘아보았다.

성주는 그 남자를 기억했다. 그녀가 죽음에서 깨어나 강을 바라보던 그때 차가운 어투로 몰아세웠던 그 남자, 가끔 암자를 찾아와 미덕을 기쁨에 방방 뛰게 했던 그 남자, 현욱이었다.

성주는 이 남자가 무언가 다르다는 것을 알아챘다. 땅바닥에 널브러진 사람들에게 혀를 날름거리던 악마의 눈동자가 태도를 바꾼 것처럼. 너무나 맛있지만 너무나 위험한 음식을 앞에 두고 기대와 흥분에 부푼 악마의 눈동자가 숨죽이며 남자를 응시했다.

"귀면의 눈은 당신과 결합했군요. 목걸이도 반지도 더 이상 의미 없는 무용지물이 되었고요."

그는 모든 것을 지켜본 모양이었다. 그녀가 말하지 않아도 이미 모든 사실을 파악하고 있는 것이 분명했다. 성주는 손발이 덜덜 떨려왔다. 성주는 그 남자 앞에서 본능적인 두려움과 불안에 덜덜 떨고 있었다.

"당신에게서 귀면의 눈동자를 분리하는 건 의미가 없겠군요. 그렇다면…… 당신을 데려가야겠습니다."

그는 날카로운 눈빛으로 냉정하게 말했다. 성주는 그의 짧은 말이 무엇을 의미하는지 즉각 알아챘다. 그는 귀면의 눈동자가 필요한 것이다. 그것이 성주와 결합한 이상 떼어갈 수 없음도 알아챘다. 따라서 그는 귀면의 눈동자를 품은 그녀를 통째로 데려가겠다는 말이었다. 마치 그녀가 의미 없는 금빛 목걸이나 되는 것처럼. 아무런 생명 없는 물건, 단지 저주의 눈동자를 담은 그릇에 불과한 것처럼.

"아, 안 돼!"

그녀는 자신이 끌려가 어떻게 사용될지 상상도 되지 않았다. 귀면을 담은 그릇으로서 그녀에게 어떤 끔찍한 저주의 의뢰가 주어질지 알 수 없었다. 끔찍하고 무서운 상상 속에서 그녀의 정수리에 숨은 저주의 눈동자도 강한 거부감을 발산하기 시작했다.

"캬아아악!"

끔찍한 비명과 함께 저주의 눈동자가 벌어졌다. 이 위험한 남자에게 숨어 있는 엄청난 기운을 한입에 삼켜버리려는 듯 커다란 입을 한껏 벌렸다.

"진정지주眞正蜘蛛 결계!"

그 순간이었다. 고요하게 숨어 있던 검은 그림자들 사이에서 단단하고 촘촘한 밧줄이 그녀를 옥죄기 시작했다. 달빛에 반짝거리고 출렁거리는 아름다운 빛깔이 촘촘히 모이고 뭉치면서 가늘고 팽팽한 비단 천을 만들어내는 것 같았다. 그 단단하고 빼곡한 비단 천의 실이 한 올 한 올 성주의 온몸을 옥죄어왔다.

"이, 이게 무슨……."

공포에 질린 그녀는 눈을 크게 뜨고 눈앞의 남자를 바라보았다. 그는 이미 모든 것을 예견한 것처럼 이 끔찍한 저주의 물건조차 꼼짝하지 못할 단단한 결계 속에 그녀를 가두고 있었다.

"아아, 제발 그만둬요……."

한낱 저주의 도구로 그녀를 데려가려는 냉정한 눈빛의 남자를 바라보며 성주는 눈물을 흘렸다. 살고 싶었다. 아니, 죽고 싶었다. 아니, 살든 죽든 상관없었다. 그저 이 끔찍한 불행과 저주로부터 벗어날 수만 있다면 그런 것은 아무런 상관이 없었다.

"차라리 날…… 죽여줘요."

그녀의 눈에서 서글픈 눈물이 주르륵 흘러내렸다. 은빛으로 반짝이는 촘촘한 결계는 그녀의 이마에 박힌 저주의 눈동자를 꼼짝도 못하게 휘감은 채 그녀의 두 눈과 얼굴만 내놓았다. 그녀는 머리부터 발끝까지 고치가 된 것만 같았다.

"그만둬! 당장 그만두지 못해!"

그때였다. 그녀의 등 뒤에서 몹시도 화를 내고 있는데도 이상하게 한없이 따스하고 포근한 목소리가 들려왔다.

거세게 항의하는 그 목소리에는 상상할 수도 없을 만큼 따스하고 강한 열정이 담겨 있었다. 도저히 거부할 수 없는 그 목소리에 성주는 온몸의 힘이 빠지는 것만 같았다. 그녀의 심장을 다시 뛰게 만든 사람!

그 사람이 마침내 그녀를 찾아냈다.

4

날은 벌써 어둑어둑해졌다. 도로를 따라 푸르스름한 가로등만 드문드문 이어져 있었다. 산등성이 중간중간에 밝혀진 허연 불빛을 제외하면 이 근처에는 불을 밝힌 곳이 없었다. 사람들의 발길이 닿지 않는 곳이란 뜻이었다. 시 외곽이기는 해도 이처럼 개미 새끼 한 마리 지나지 않을 만큼 극도로 고요하고 완전히 침묵하는 이유는 자연적인 것이 아닐 듯했다. 이런 지독한 고요는 신성한 집행자들의 등장과 깊이 관련되어 있을 것이다.

컹컹컹! 커엉!

성주의 자취를 밟아오는 동안 복실이 강아지들은 가끔씩 낑낑대거나 코를 쿵쿵대다가 거친 울음을 쏟아내기도 했다. 성주의 체취 외에도 그녀를 뒤쫓는 사람들이 느껴지는 탓이었다. 허겁지겁 그들의 자취를 쫓아온 그곳에서 신성한 집행자들을 만난 것이 좋은 일인지, 아니면 나쁜 일인지 분간하기가 힘들었다.

승덕은 앞뒤 재지 않고 불같이 화부터 냈다.

"당장 그만두라고!"

낙빈과 미덕, 정현과 정희는 승덕과 몇 걸음 떨어져서 병풍처럼 둘러섰다. 그들은 지금 무슨 일이 일어났는지 파악하기 위해 컴컴한 주위를 돌아보았다. 겹겹의 결계에 묶여 옴짝달싹 못하는 성주가 한가운데에 서 있고 그녀의 발아래에서 낯선 사람들이 괴로워하고 있었다. 성주를 옥죈 것은 현욱과 같은 검은 양복 차림의 사람들이었다. 현욱의 명령을 받고 성주를 향해 강력한 결계력을 펼친 사람들은 어두운 나무와 수풀에 가려 잘 보이지 않았다.

승덕의 찢어진 청바지가 재빠른 걸음으로 현욱을 향해 나아갔다. 현욱을 향해 가는 그 몇 걸음 사이에 귀와 머리를 붙들고 괴로움에 떠는 사람들이 뒹굴고 있었다. 지금 승덕의 눈에는 발치에 뒹구는 사람들이 잘 보이지 않았다. 모든 것이 단순한 배경인 것처럼 희뿌옇기만 했다.

승덕의 눈에는 그저 그 사람만 보였다. 여린 몸뚱이가 은빛 거미줄에 둘둘 말린 채 마치 고치처럼 꼼짝도 못하는 그 사람. 불안이 가득한 까만 눈동자를 가진 그 여린 사람만.

"승덕 씨."

현욱은 잠시 눈을 감고 목소리를 낮게 깔았다. 그가 다시 눈을 뜨고 승덕과 마주했을 때는 더없이 차갑고 냉철한 이성理性이 승덕을 바라보고 있었다.

"기억을 되찾을 동안 저분을 돌보기로 한 약속은 이제 끝났습니다. 승덕 씨, 그녀는 이제 모든 기억을 되찾았습니다."

승덕의 가슴은 두방망이질하고 있었다. 알고 있었다. 기억을 되찾을 동안만 그녀를 암자에서 돌보기로 한 약속을.

"기억을 되찾는 동시에 그녀에게 숨어 있던 사악한 기운이 눈을 뜨고 말았습니다. 그 기운이 어디에 숨어 있는지 확실하지 않았지만 이제 분명해졌습니다. 그 사악한 기운은 저 여인과 분리될 수 없고 그 위험성은 보시는 것과 같습니다."

현욱은 지나칠 정도로 느리게 주변에 널브러진 사람들 쪽을 향해 손바닥을 펼쳤다. 모든 것의 원인이 성주라는 건 승덕도 짐작하고 있었다. 그녀에게 당해 뒹구는 사람들을 이미 지나쳐왔기 때문이다. 하지만 승덕은 단 한 발도 그녀의 앞에서 비켜서지 않았다.

"왜…… 왜 이 사람을 원하는 거죠? 왜 성주를 데려가려는 겁니까?"

성주에게 어떤 위험이 도사리고 있든 그녀가 어떤 위해를 가하든 승덕은 중요하지 않았다. 그가 알고 있는 여리고 약한 여인, 그 여인만이 중요했다. 현욱은 승덕과 어떤 말도 통하지 않을 것을 알았는지 고개를 흔들었다.

"승덕 씨, 봐요. 당신 뒤의 여자에게 무엇이 있는지를."

그제야 승덕은 고개를 돌려 뒤에 서 있는 성주를 바라보았다. 낙빈이 건네준 신안소원부의 힘으로 그녀를 친친 감은 수많은 결계의 실타래가 보였다. 승덕은 그 결계 안에서 간신히 얼굴만 내놓은 불쌍한 여인을 보았다. 그녀는 눈물이 그렁그렁한 눈으로 승덕을 바라보았다. 모든 것을 체념한 표정이었다. 승덕의 눈에 그녀의 얼굴을 휘감은 결계의 실타래가 조금 벌어지더니 그 안쪽이 보이기 시작했다.

"……!"

마침내 승덕은 성주의 이마에서 도저히 형용할 수 없을 만큼 무시무시한 세 번째 눈동자를 확인했다. 대체 언제부터 성주의 이마에 숨어 있었는지 모를 귀면의 눈동자가 불행하고 어두운 기운을 뿜어내는 것도 느껴졌다.

"성주야, 왜……."

승덕은 다리의 힘이 스르르 풀렸다. 지금껏 앞만 보고 달려온 그는 털썩 주저앉고 말았다.

"오빠, 제 안에 이런 것이 있어요. 미안해요. 저는…… 벗어날 수가 없어요."

승덕은 지끈거리는 편두통을 느꼈다. 오른쪽 관자놀이가 송곳으로 찌르는 것처럼 심한 고통으로 욱신거렸다. 갑자기 눈앞까지 흐려졌다. 푸른 원피스를 입은 단발머리의 승미가 흐려진 눈앞에 나타났다.

'오빠, 내 안에 악마가 사나 봐요.'

그 아이가 중얼거리는 소리가 성주의 목소리와 겹쳐졌다. 어린 승미가 서글픈 눈으로 승덕을 바라보았다. 승덕은 또다시 그 어린 손을 놓을 수는 없었다.

"아니야, 도와줄게. 할 수 있어. 새로운 인생을 시작할 수 있어. 내가…… 도와줄게."

"오빠, 안 돼요. 나는…… 안 돼요. 이게 나를 삼켜버렸어요. 이 것과 떨어지는 순간 저는 죽게 돼요. 저는 죽음으로만 해방될 수 있어요. 제가 생명을 부지하는 동안은 이 악마가 수많은 사람들을 괴롭힐 거예요. 그러니까 오빠…… 제게서 떨어져요, 제발. 내 안의 악마가 오빠를 봐요. 이 악마가 오빠의 불행을 알아보았어

요. 그리고 혀를 날름거려요. 오빠를 향해 끔찍한 상상을 해요. 오
빠…… 제게서 멀어져야 해요. 절대로 제 곁에 와서는 안 돼요. 악
마가 오빠의 심장을 파먹을 거예요. 오빠의 희망을 날려버릴 거
예요. 그러니 제게서 멀어지세요. 제게서 어서 도망치세요……."

성주는 두 눈을 감았다. 눈물이 흐르는 눈으로 승덕을 바라보
는 것도 너무나 가슴 아팠다. 자신의 두 눈을 통해 끔찍한 악마의
눈이 승덕을 맛있는 먹잇감처럼 노려보는 것도 참을 수 없었다.
승덕의 깊고 깊은 슬픔과 괴로움을 놈은 알아보았다. 그의 모든
것을 한입에 삼켜버리려는 듯 입맛을 다시고 있었다.

성주의 이마에서 데굴거리던 저주의 눈동자가 승덕에게서 눈
을 떼지 않았다. 승덕은 그 끔찍한 저주의 기운을 바라보며 모든
것을 어찌해야 할지 갈팡질팡했다. 하지만 승덕은 절대로 그녀의
앞에서 비켜설 수 없었다. 그 여린 손을 놓을 수는 없었다.

"승덕 씨, 저 여자는 당신의 여동생이 아닙니다. 그만 정신을
차려요."

승덕의 등 뒤에서 조금의 감정도 섞이지 않은 현욱의 차가운
음성이 들려왔다.

"우리는 저 사람이 필요합니다. 저 여자는 우리의 열쇠가 되어
줄 겁니다. 귀면의 눈동자는 흑단인형이 가진 헤르메스의 창을
찾을 열쇠가 될 수 있습니다. 그러니 그만 비켜나세요. 약속하죠.
저 여자를 해치거나 죽이는 일은 절대 없을 겁니다."

현욱은 말을 마치는 동시에 양옆으로 작은 손짓을 했다. 그러

자 어둠 속에 숨어 있던 두 개의 그림자가 바람처럼 다가와 승덕의 양팔을 붙잡았다. 그와 동시에 정현과 낙빈이 승덕을 향해 한두 발 다가왔다. 갑자기 팽팽한 긴장감이 감돌기 시작했다.

승덕은 무릎을 꿇은 채로 고개를 돌려 현욱을 바라보았다.

"해치지는 않더라도…… 당신들은 성주를 이용하겠지요? 당신들의 도구로. 이 사람을 이용하겠지요?"

촉촉하게 젖은 그의 눈동자가 흔들렸다. 현욱은 물기 어린 눈동자에 대답하지 않았다. 침묵은 무언의 긍정이었다.

"미안합니다. 비켜줄 수가 없어요. 나는…… 성주와 약속한 게 있어요. 미안합니다."

승덕은 천천히 자리에서 일어섰다. 그리고 결계에 꽁꽁 묶인 성주를 서글픈 얼굴로 바라보았다.

"성주야, 내 곁에 있기로 했지? 그래, 그러기로 했지? 우리는 서로에게 한 뼘의 땅이 되어주기로 한 걸 기억하지? 그러니 나는 목숨을 걸고 약속을 지킬 거다."

"안 돼요, 안 돼……!"

눈물을 머금은 비장한 목소리에 성주는 미친 듯이 소리쳤다. 절대로 그럴 수는 없다고 애써 고개를 저었다.

"안 돼요, 안 돼. 저는 오빠 곁에 머물 수가 없어요. 저는 어제의 제가 아니에요. 제가 얼마나 끔찍하고 괴로운 불행을 몰고 다니는지 오빠는 몰라요. 이제 오빠는 행복해져도 돼요. 그러니 그만둬요. 저따위는 그냥 내버려두고 암자로 돌아가세요. 제발……

제발요!"

성주는 미친 듯이 애원했다. 눈앞의 가엾은 남자를 멀리 떼어버리기 위해 미친 듯이 소리쳤다. 하지만 그 어떤 소리에도 승덕은 달라지지 않았다. 그는 두 팔을 벌리고 성주를 막아섰다. 그 누구도 그녀를 데려갈 수 없음을 온몸으로 말하고 있었다.

하염없이 눈물을 흘리는 두 사람을 보며 일행은 가슴이 찢어지도록 아팠다. 무엇이 옳은지 그른지를 판단하는 건 의미가 없었다. 정현도, 낙빈도, 정희도 가엾은 두 사람의 편에 서지 않을 수 없었다. 그들의 가족인 승덕이 결정한 이상 암자 식구들의 선택은 둘이 될 수 없었다. 그들은 승덕 곁으로 다가갔다. 그러자 승덕의 양옆에 선 두 명의 신성한 집행자들과 암자 식구들이 섞이면서 팽팽한 긴장감이 바늘처럼 날카로워졌다. 두 세력 사이에서 미덕만 발을 구르며 전전긍긍했다.

팽팽한 긴장감으로 모든 공기가 얼어붙은 것 같은 그 순간 새하얀 달빛이 꿈틀거렸다. 새하얀 달의 중심부에서 한없이 붉은 점이 움직였다.

성주는 그것을 멍하니 바라보았다. 그녀는 모든 공기를 바꾸는 작고 붉은 점에서 눈을 떼지 못했다.

아아, 그녀는 약속을 지켰다. 어머니와의 약속을 지켰다!

성주와 어머니에게 연민을 가진 그 사람이 나타났다.

그 약속을 지키기 위해서······.

5

그것은 꽃이었다. 새하얀 달빛 속에서 고고하게 고개를 든 붉은 꽃송이였다. 새하얀 눈밭 가운데에 홀로 피어난다 해도 기세가 꺾이지 않는 초연한 아름다움이 눈부신 꽃 한 송이였다. 그 아름다운 꽃이 삽시에 피어났다. 새하얀 달빛 속에 작은 점만 하던 꽃이 순식간에 부풀어 올랐다. 그리고 마침내 성주의 두 눈을 가득 채웠다. 그녀는 마치 시공간을 벗어난 존재처럼 순식간에 하늘을 날고 달을 밟으며 성주에게 다가왔다.

낙빈은 그 붉은 꽃송이를 발견한 순간 저도 모르게 뒷걸음쳤다. 예상치 못한 만남에 두려움이 컸다. 만나자고 말했는데……이렇게 만날 줄은 몰랐다. 너무나 갑작스러운 만남에 낙빈은 덜컥 겁이 났다. 낙빈은 저도 모르게 눈에 띄지 않는 곳으로 숨어들었다. 뒷걸음치는 낙빈의 하얀 한복 자락을 누군가가 꼬옥 쥐는 것이 느껴졌다. 돌아보니 미덕이 잔뜩 긴장한 얼굴로 낙빈의 옷자락을 잔뜩 구겨 쥐고 있었다. 작은 두 손이 긴장해 하얗게 질려 있었다.

"괘, 괜찮을 거야."

낙빈은 어린 동생을 향해 작게 속삭였다. 저 사람은 그저 두려워할 만한 사람이 아니라는 말을 해주고 싶었다. 적어도 낙빈에게는 그랬다. 그의 어머니를 알고 있는 사람, 언젠가 자신을 만나러 오던 그 사람이 몹시 두렵고 무서웠지만 적어도 그녀가 이유 없이 그와 미덕을 해치지는 않을 거란 사실을 잘 알고 있었기 때문이다.

붉은 여인을 바라보는 모든 사람의 눈빛이 불안과 공포에 휩싸여 있었지만 단 한 사람, 성주의 눈빛만은 달랐다. 그녀는 마치 오랫동안 기다려온 사람을 만나는 것처럼 눈가가 촉촉해졌다.

"정말로…… 왔군요……."

성주의 속삭임은 너무나 작아서 채 들리지 않았다. 성주의 앞에서 그녀를 단단히 막아선 승덕의 귓가에만 간신히 들릴 정도였다.

현욱과 승덕을 중심으로 팽팽했던 긴장감이 삽시에 붉은 여인에게로 모아졌다. 그녀의 등장을 감지한 순간 신성한 집행자들은 물론 낙빈 일행까지 그 붉은 여인에게 시선이 집중되었다. 하얀 달빛 속에서 튀어나온 붉은 여인은 황홀하도록 아름다운 얼굴에 등을 휘덮은 붉은 머리카락이 멀리서도 한눈에 알아볼 만큼 인상적이었다.

달빛 속에서 나타난 것은 그녀만이 아니었다. 하늘거리는 붉은 천을 휘감은 키 큰 여인의 어깨 위에 인형처럼 앉아 있는 또 다른 존재가 있었다. 레드블러드의 어깨에 살포시 기대앉은 그녀는 하얀 가면을 뒤집어쓴 흑단인형이었다.

언제나 그렇듯 그들은 한 치의 망설임도 없이 등장했다. 은밀하게 몸을 숨기는 법도, 은근하고 느리게 접근하는 법도 없었다. 그들은 재거나 미적대지 않고 삽시에 나타나 순식간에 다가왔다.

"저 사람들을…… 알고 있었니?"

승덕은 슬며시 뒤돌아 성주를 바라보았다. 그녀의 눈은 감격한 듯 일렁거렸다.

"제게…… 연민을 가지고 오는 분이에요. 저를…… 도울 유일한 분이랍니다."

승덕과 성주를 둘러싼 모든 사람이 달의 저편에서 다가오는 붉은 여인들 쪽으로 돌아서 있었다. 암자 식구들도, 신성한 집행자들도 모두 그들을 향해 몸을 돌린 채였다. 모두가 숨죽여 두 여인을 바라보는 그 짧은 순간 승덕과 성주는 그들만의 이야기를 나누었다.

"연민을…… 가졌다고?"

"네, 저와 같은 불행한 이들에게 연민을 가진 분입니다. 어머니와의 약속에 따라 제가 악마의 눈에서 해방되도록 도와주실 거예요. 제 간절한 바람을 듣고 오신 거예요."

"그 눈으로부터 해방될 방법은…… 없다고 하지…… 않았니?"

"……오빠."

성주의 까만 눈이 의미심장하게 승덕을 바라보았다. 한없이 슬프고, 한없이 또렷하고, 한없이 편안해 보이는 눈빛이 그를 바라보았다. 어쩐지 모든 것을 달관한 눈동자였다.

"……유일한 방법이 있어요."

승덕은 성주의 눈을 한참 동안 바라보았다.

"제가 이 끔찍한 괴물에게서 벗어날 방법은 이것뿐이에요. 욕심 없이 저를 연민으로 바라보는 사람만이 가능한 일이에요."

성주의 두 눈에서 주르륵 눈물이 흘렀다. 조금 느슨해진 결계 사이로 그녀의 이마 중심에 박힌 세 번째 눈동자가 껌뻑거리는 게 보였다. 저주의 눈동자는 이제까지와 조금 다르게 보였다. 탐욕스럽게 데굴거리던 눈이 가운데로 모아지더니 눈동자가 작게 뭉쳐지는 것만 같았다. 겁을 먹고 어딘가로 도망치려는 듯이.

"욕심이 없는…… 연민……."

승덕은 성주의 말을 반복했다. 암호 같은 말이 승덕에게는 이상하게도 똑똑히 이해되었다. 성주의 능력, 즉 악마의 능력을 이용하겠다는 욕심을 품고 그녀에게 다가오는 자는 그녀를 해방시킬 수 없다는 말이다. 악마의 그릇인 그녀의 목숨을 고스란히 유지시킨 채로 그 힘을 사용하려는 자는 그녀를 구할 수 없는 것이다. 대신 어떤 욕심도 없는 자라면 그녀를 구할 수 있다. 악마로부터…….

아아, 그 말은 악마를 이용할 마음이 없는 순수한 자만이 악마를 처치한다는 말이다. 그 순간 놈의 그릇인 성주 역시 해방될 것이다. 악마로부터, 그리고 끔찍한 인생으로부터. 성주는 삶을 끝내야만 해방될 수 있는 것이다. 연민을 가진 이! 그는 아무 욕심 없이 성주의 목숨을 끊을 수 있는 사람이라는 말이다! 그 모든 것을 깨달은 순간 승덕은 스르르 무릎을 꿇었다.

"우리, 서로에게 한 뼘이 되어주자고 하지 않았니? 서로가 디딜 한 뼘의 땅이 되어주자고?"

"오빠, 미안해요."

"이제…… 너마저 없어지면…… 나는 어떡하니? 이 세상에 발 디딜 곳 하나 없는 나는 어쩌냐?"

"오빠……."

성주의 눈에서도, 승덕의 눈에서도 하염없이 눈물이 흘렀다. 숨을 쉬고 발을 디딜 한 뼘의 땅조차 허락되지 않은 가엾은 이들은 야속한 세상에 속절없이 눈물만 흘릴 뿐이었다.

"결계를!"

현욱이 신음처럼 저음을 토했다. 엄청나게 빠른 속도로 다가오는 붉은 여인에게 대항하는 은빛 방어막이 만들어지기 시작했다. 씨실과 날실을 엮어내는 것처럼 아름답고 반짝거리는 비단실 같은 것들이 현욱과 검은 양복 차림의 사람들은 물론 성주와 암자 식구들 주변을 둥근 돔처럼 감싸며 착착 엮이기 시작했다.

낙빈은 그런 현욱의 어깨를 바라보았다. 평소처럼 검은 양복은 주름 하나 없이 말끔했지만 어쩐지 그의 등과 어깨는 훨씬 딱딱하게 굳어진 것만 같았다. 긴장한 그의 어깨는 그가 미처 흑단인형의 등장을 예상치 못했다고 말해주는 것만 같았다.

그러고 보니 그랬다. 현욱과 함께 흑단인형을 만날 때마다 신성한 집행자들의 준비는 대단했다. 이 정도 능력에 이 정도 인원이 다일 리가 없었다. 그 철저한 대비와 준비는 언제나 입이 쩍 벌어질 정도였다. 소호산에서도, AT섬에서도 그랬다. 하지만 오늘은 달랐다. 낮은 방어 수준의 훨씬 소규모 인원이 동원되었다. 딱딱하게 굳은 그의 뒷모습이 말해주듯 현욱은 오늘 흑단인형의 등장을 예상치 못한 것 같았다.

까마득히 머나먼 달빛 저편에서 어느새 몇십 미터 앞까지 다가온 레드블러드의 움직임에 맞춰 급하게 결계가 세워졌다. 눈앞의 풍광이 사라지고 새하얀 거미줄 같은 것이 시야를 가렸다. 하지만 이 정도의 결계가 얼마나 버틸지는 장담할 수가 없었다.

"흐음."

현욱은 작은 숨을 내쉬며 뒤를 돌아보았다. 승덕과 성주의 모습을 슬쩍 훑어보는 듯했다. 승덕은 하얀 실타래 같은 결계로 꽁꽁 묶인 여자를 붙들고 고통스러운 표정을 짓고 있었다. 승덕이 감정을 추스르고 이성을 되찾으려면 더 많은 시간이 필요했다. 하지만 현욱에겐 그럴 시간이 없었다. 흑단인형이 결계를 부수고 들이닥치기까지 시간이 얼마 남지 않았다.

"승덕 씨."

현욱은 몇 걸음 앞으로 걸어가 승덕의 어깨에 손을 얹었다. 눈물로 엉망이 되어버린 승덕은 고개를 숙인 채 현욱을 바라보지 않았다.

"흑단인형이 이곳에 오면…… 이 사람을 해칠 겁니다. 망설임 없이 그대로 해칠 겁니다. 시간이 없습니다. 이 여자를 데려가겠습니다."

"왜…… 왜죠?"

승덕은 울음 섞인 목소리로 되물었다. 왜 신성한 집행자들이 성주에게 집착하느냐고 묻는 것이다.

"저 눈동자가 헤르메스의 창과 감응하기 때문입니다. 우리는 저것이 필요합니다. 저것이 우리 손에 들어오면 흑단인형이 숨어 있는 곳을 찾아낼 수 있습니다. 잃어버린 헤르메스의 창도 찾을 수 있습니다. 무너져 내린 세계의 질서도 다시 세울 수 있습니다."

"하필이면 왜…… 하필이면 왜 이런 것이……."

승덕은 고개를 숙이고 있어서 얼굴이 전혀 보이지 않았다. 얼굴을 가린 채 출렁거리는 검은 머리카락만 그의 슬픔을 들려주었다.

"반대로 저 눈동자가 흑단인형의 손에 넘어가면 더더욱 끔찍한 일이 일어날 겁니다. 흑단인형은 우리가 가진 헤르메스의 창을 찾아낼 것이고, 세계는 멸망의 수순을 밟을 것입니다."

현욱의 말이 평소보다 조금 빠르게 느껴졌다. 서두르는 것이 분명했다.

그때였다. 찌억 하고 무언가 부서지는 소리가 들렸다. 현욱은 소리가 난 쪽으로 고개를 돌렸다. 눈앞의 새하얀 벽이 갈라지고 있었다. 고작 몇 분도 버티지 못하고 진정지주의 결계가 깨지고 있었다.

"시간이 없어요. 결계가 부서지기 전에 순간이동을 하지 않으면 그대로 잡혀버릴 겁니다. 비켜요. 그만 이 여자를 데려가겠습니다."

현욱은 더 이상 승덕을 기다리지 않았다. 그는 고개 숙인 승덕을 밀쳐내더니 옴짝달싹 못하는 성주의 몸을 왼손으로 감아올렸다. 승덕의 옆에 버티고 있던 검은 양복 차림의 두 사람도 현욱을 따랐다.

현욱은 너무나도 가볍게 성주를 들어올렸다. 마치 작은 인형을 들어올리는 것만 같았다. 현욱의 왼팔에 붙잡힌 성주의 눈은 불안으로 흔들렸다. 알 수 없는 곳으로 끌려가야만 하는 그녀는 유일한 희망을 잃어버린 채 절규했다.

"안 돼! 안 돼, 안 돼요! 날 그냥 내버려둬요. 제발…… 절 그냥 내버려둬요. 전 액막이가 아니에요. 액받이도, 도구도 아닙니다. 저도 사람입니다. 느끼고 생각하는 사람이에요. 제발…… 절 그냥 두세요. 제발……."

성주는 힘껏 버둥거렸지만 단단히 붙잡힌 몸은 조금도 움직이지 않았다. 데굴거리는 악마의 눈동자가 멀어져가는 승덕을 보며 그의 불행에 입맛을 다시는 것이 느껴졌다. 끔찍한 일이었다. 소중한 사람을 바라보며 그의 고통과 불행에 허기를 느끼는 악마가 자신의 속에 살고 있다는 것이 너무나도 비참했다. 성주는 오열했다.

"제발 그만두게 해줘요. 제발…… 나는, 나는 벗어나고 싶어. 제발…… 이것으로부터 벗어나고 싶어요, 제발……."

애달픈 목소리가 사방에 퍼졌다.

"곧 이동하겠다. 준비……."

현욱은 그런 애달픈 목소리에 귀를 기울이지 않았다. 감정 없이 차가운 얼굴이 조금씩 얇아지는 결계를 노려보고 있었다. 결계가 깨지는 순간 현욱은 또다시 공간 이동을 시작할 참이었다. 그것만이 '원하는 것'을 가지고 이 자리를 벗어날 유일한 방법이었다. 그의 눈이 매섭게 번쩍였다.

쩌어억!

드디어 틈이 생겼다. 손톱을 붉게 칠한 길고 하얀 손가락이 결계 안으로 들어왔다. 자지러지는 레드블러드의 카랑카랑한 목소리도 울려 퍼졌다. 이제 결계는 더 이상 버티지 못한 채 끊어지고 갈라졌다.

"지금이다!"

그 순간 현욱의 명령에 따라 현욱의 코앞에서 은빛 결계가 사르르 녹아내렸다. 순식간에 시공간을 구부려 순간이동을 시도하려는 바로 그 순간.

"……!"

시공간의 틈으로 한 발을 내딛으려던 현욱의 얼굴이 딱딱하게 굳어졌다. 그의 넓은 어깨가 차갑게 솟구치는 것만 같았다. 결계의 틈을 통과하려던 현욱은 한 발을 내딛다 말고 멈춰 섰다. 그러고는 천천히 뒤를 돌아보았다.

매섭게 치켜뜬 두 눈이 그의 등 뒤에 버티고 있는 승덕을 쳐다보았다. 볼품없이 헝클어진 승덕이 축 처진 머리카락 사이로 그를 바라보고 있었다.

6

현욱의 두 발은 딱딱하게 굳어버린 것처럼 움직이지 못했다. 움직이기는커녕 두 발이 점점 지구의 중력 안쪽으로 깊게 끌려 들어가고 있었다. 그의 두 발보다 더욱 단단하게 굳은 것은 그가 왼팔에 둘러 안고 있는 여자였다. 보이지 않는 엄청난 힘이 그 여자를 단단히 붙잡고 놓지 않았다. 마치 산이라도 옮길 듯한 힘이었다. 그 힘이 어찌나 강한지 현욱과 성주 주위의 땅이 바닥으로 꺼져가고 있었다. 마치 끔찍한 지각변동이 시작되려는 것처럼 그렇게 바닥이 움푹 파이며 아래로 가라앉았다.

"결국…… 이게 당신의 선택인가요?"

현욱은 매섭게 눈을 치켜뜨며 승덕을 바라보았다. 지금 그가 느끼는 힘은 평소 승덕이 보여주던 힘과 비교조차 되지 않았다. 현욱은 물리적인 힘은 물론이고 영적인 힘까지 일그러지게 하는 엄청난 염력이 자신을 옥죄고 있는 것을 느꼈다. 상상할 수 없을 만큼 강한 힘이었다.

"결국…… 운명을 거스를 수는 없는 건가요?"

그는 차갑게 얼어붙은 눈으로 의미심장한 말을 뇌까렸다. 승덕은 대답하지 않았다.

"고작…… 여자 하나 때문에."

현욱의 입이 일그러졌다. 그의 입술이 보기 싫게 한쪽으로 비틀어졌다.

"모두······."

현욱의 일그러진 입술 사이에서 이를 악무는 소리가 들려왔다. 그동안에도 그의 눈동자는 승덕에게서 한시도 벗어나지 않았다. 현욱은 승덕의 선택을 가엾게 생각하는지, 또는 끔찍하게 생각하는지 표정이 좋지 않았다. 그는 왼팔에 끼고 있던 성주를 바닥으로 내팽개쳤다. 그는 더러운 것을 만진 듯한 불쾌한 기분을 조금도 숨기지 않았다.

동시에 현욱에게 가해졌던 엄청난 압박이 순식간에 사라졌다. 승덕이 발휘했을 거라곤 믿기지 않을 만큼의 거대한 힘이 사라졌지만 현욱은 불쾌한 표정을 지우지 않았다.

"모두 철수하라."

현욱의 명령이 떨어지자 그들을 둘러싼 은빛 거미줄이 출렁거렸다. 금방이라도 부서질 것처럼 결계는 삽시에 약해져버렸다.

현욱은 승덕을 바라보았다. 머리카락이 잔뜩 얼굴을 뒤덮고 있는 승덕의 모습은 제정신으로 보이지 않았다. 상처받은 승덕은 지금 중대한 결정을 내린 것이 분명했다. 현욱은 더 이상 그를 설득하지도, 기다리지도 않았다. 현욱은 승덕의 염력이 사라지자 모든 작전을 깨끗이 중단해버리고 모든 신성한 집행자들에게 철수를 명령했다.

그는 오늘 흑단인형과의 조우를 예상치 못한 것이 분명했다. 그리고 냉철한 판단으로 희생을 최소화하기로 결정한 것으로 보였다.

"아저씨……."

미덕은 순식간에 사라져버리는 현욱을 바라보며 입을 달싹거렸다. 모두 철수하라는 말에 미덕도 포함되는지 아닌지 판단하기가 어려웠다. 미덕은 암자 식구들 편에 서 함께 있어야 할지, 신성한 집행자들 편에 서 사라져야 할지 알 수가 없었다. 하지만 미덕은 암자 식구들과 함께 그 자리에 남았다. 무시무시한 적을 마주해야 한다는 두려움보다 암자 식구들을 떠날 수 없다는 마음이 더 컸다.

미덕은 자신의 앞을 막아선 하얀 한복 자락을 꼭 쥐었다. 하얀 한복 속에서 낙빈이 파르르 떨고 있었다. 한복을 통해 오늘 하루 성주를 찾아다니며 고생한 이야기가 고스란히 미덕의 머릿속으로 흘러 들어왔다. 그 속에 승덕의 모습도 있었다. 하루 종일 평소답지 않던 승덕. 너무나도 논리적이지 못하고 계획적이지 못한 승덕. 어딘가 정신을 빼놓은 것처럼 허우적거리던 그의 모습이 의문처럼 남아 있었다.

미덕은 눈앞의 승덕을 바라보았다. 헝클어진 머리로 고개를 숙인 채 멍한 눈으로 성주를 바라보는 그의 얼굴은 가슴이 쓰라릴 만큼 불쌍하고 안쓰러웠다. 하지만 그런 감정을 더 느낄 틈도 없었다. 승덕과 일행을 감싸고 있던 진정지주의 결계가 사라지고 있었다.

현욱은 순간이동으로 모습을 숨겼다. 동시에 주변에 있던 검은 양복들 역시 속속 몸을 피했다. 그들이 사라지면서 주변을 둘러싼 반짝이는 결계와 성주를 감쌌던 겹겹의 결계도 삽시에 사라졌다.

결계가 사라진 순간 성주의 이마 한가운데에 자리한 거대한 악마가 데굴거리며 움직였다. 주변에 몰려든 강한 불행의 기운 사이에서 놈은 기분이 좋아진 것 같았다. 도저히 다 먹어치울 수 없을 만큼 끔찍하고 거대한 불행과 괴로움들 사이에서 놈은 데굴데굴 눈을 굴리며 콧노래를 부르는 것만 같았다.

"오빠, 안 돼요. 떨어져요. 내 안의 악마가 오빠를 이런 식으로 쳐다보는 걸 용서할 수가 없어요. 제발 제게서 멀어져요."

성주는 손을 들어 탐욕스럽게 침을 삼켜대는 이마 속 세 번째 눈을 가렸다. 하지만 가린다고 보지 못할 놈이 아니었다. 아무리 손으로 가리고 몸으로 가려도 놈은 저편에 있는 불행의 흔적을 똑똑히 볼 수 있었다.

"오빠, 날 보지 말아요. 제발 내게서 멀어져요. 나는 구원받고 싶어요. 하지만 그 마지막 모습을 오빠에게 보이고 싶지 않아요. 제발…… 제발…… 멀리 도망가요, 저로부터 멀어지세요. 제발!"

성주는 미친 듯이 소리 질렀다. 주변을 가리던 장막이 사라지면서 일행 앞으로 새빨간 여인의 모습이 나타났다. 붉은 여인의 어깨에는 하얀 가면을 쓴 인형 같은 여자아이가 새처럼 살포시 앉아 있었다. 레드블러드가 치렁거리는 머리카락을 바람에 날리고 붉은 구두를 또각거리며 코앞으로 다가올 때까지 승덕은 꼼짝도 하지 않았다. 그는 레드블러드와 흑단인형에게서 완전히 등을

327

돌린 채 성주만 바라보았다. 공포도 두려움도 한 남자의 집념을 방해할 수 없었다.

"오빠, 제발…… 보이고 싶지 않아요. 이제 그만. 나는 끝내야 해요. 오빠, 제발 떠나세요! 정현 씨, 정희 씨. 어서 오빠를 데려가 세요. 모두들 여기에 있으면 안 돼요. 제발 그만 돌아가세요!"

성주는 미친 듯이 빌었지만 승덕은 한 발도 움직이지 않았다. 승덕이 움직이지 않는 이상 정현도 낙빈도 움직일 수 없었다. 정 현은 승덕과 성주의 왼편에 서서 다가오는 레드블러드를 주시했 다. 정현은 등 뒤의 정희가 되도록 눈에 띄지 않도록 넓은 등으로 단단히 막았다. 낙빈은 성주의 뒤쪽에서 모두를 바라보고 있었다. 낙빈 역시 작은 등이지만 저보다 더 작은 미덕의 앞을 막아섰다.

레드블러드는 성주를 향해 또각또각 내딛던 붉은 구두를 멈추 었다. 그러고는 성주의 앞을 막아선 승덕의 등을 묘한 표정을 지 으며 바라보았다. 비웃음인지, 미소인지, 아니면 무표정인지 모 를 야릇한 표정이 그녀의 새하얀 얼굴을 스쳐갔다.

그 무엇도 움직이지 않는 팽팽한 긴장감 속에서 바람 한 줄기 가 그들의 앞을 스치고 지나갔다. 바람을 따라 레드블러드의 붉 은 머리가 휘날리고 그녀의 어깨에 앉은 흑단인형의 길고 까만 머리도 찰랑거렸다. 숨도 제대로 쉬지 못할 만큼 팽팽한 긴장감 속에서 여자아이의 목소리가 들려왔다.

"구원을 주러 왔다. 약속을 지키겠다."

새하얀 가면 속에서 목소리가 들려오자 성주는 하염없이 눈물을 흘리며 그 자리에 쓰러졌다.

"고, 고맙습니다. 구원을 원합니다. 저는…… 제발……."

성주는 땅에 머리를 박았다. 그런 그녀를 향해 의문 가득한 정현과 정희의 시선이 꽂혔다.

"구원이라니…… 대체……."

정현은 승덕과 성주, 그리고 붉은 여인들을 번갈아 바라보며 대체 구원이 무엇을 의미하는지 의문 가득한 표정을 지었다. 흑단인형 대신 대답한 것은 그 앞을 막아선 승덕이었다.

"불행한 영혼들을 구원하는 방법. 더 이상 떨어질 수 없을 정도로 하나가 되어버린 영혼과 육신을 구원하는 방법은 모든 생의 껍질을 벗고 생을 마감하는 것뿐이지."

상처받은 승덕의 얼굴이 성주의 얼굴을 물끄러미 바라보며 중얼거렸다. 승덕은 그들이 말하는 구원이 성주의 마지막을 의미한다는 것을 알아채고 있었다. 성주는 죽지 않는 이상 귀면의 눈동자에게 볼모가 될 수밖에 없는 상황이다. 귀면의 눈동자가 그녀의 신체와 하나가 되었으므로. 그러니 성주가 해방될 수 있는 유일한 방법…… 그것은 죽음밖에 없을 것이다.

성주는 체념한 듯 말하는 승덕을 보며 왈칵 눈물을 터뜨렸다. 그녀의 이마 중심에서 악마의 눈동자가 당황한 듯 데굴거렸다. 놈은 곳곳에 가득한 불행의 기운에 정신을 빼고 있다가 이제야 위험을 인식한 모양이었다. 불행으로 가득한 붉은 여인과 인형 같은 아이가 나타난 이유가 놈과 성주의 생명을 소멸시키기 위해서라는 것을 알아챈 것이다. 악마의 눈동자가 어지럽게 데굴거렸다. 빙글빙글 사방을 둘러보며 맴을 돌았다.

"생을 끝내다니 결국…… 죽는다는 말인…… 가요?"

정희는 정현의 등 뒤에서 겁먹은 얼굴로 성주를 바라보았다. 성주가 하염없이 눈물을 흘리며 고개를 숙였다.

"……제게 순수하게 죽음을 주실 분들이에요. 누구도 할 수 없는 그 일을 해줄 수 있는 분들입니다. 저분들은 어머니와 제게 연민을 가지고 계십니다. 모두 저를 이용하려고 했지만 저분들은 그렇지 않아요. 저는 그 연민을 기다리고 있었습니다. 그러니 다들 제발 암자로 돌아가세요. 제발 저를 혼자 두세요, 제발!"

성주는 필사적으로 소리쳤다. 너무나 상처가 많은 승덕에게 더 이상의 상처를 보탤 수는 없었다. 성주는 승덕에게 그런 모습을 보이고 싶지 않았다. 부모님과 동생의 죽음으로 이미 충분히 힘들고 지친 사람이었다. 그런 사람을 자신까지 힘들게 하고 싶지 않았다. 어린 낙빈과 미덕에게도 끔찍한 죽음을 보여주고 싶지 않았다. 그냥 혼자 조용히 가고 싶었다.

"하지만…… 아까 그 사람은 그러더구나. 저들은 네가 가진 악마의 눈동자를 차지하려는 거라고. 그것을 훔치려는 거라고."

승덕은 현욱의 말을 반복했다. 그는 흑단인형과 레드블러드가 나타난 이유도 신성한 집행자들과 다르지 않다고 했다. 귀면의 눈동자를 이용해 헤르메스의 창 반쪽을 찾아내려는 속셈이 있다고 말했다. 그러나 의심을 품은 승덕의 말에 성주는 천천히 고개를 저었다.

"아니요, 오빠. 그렇지 않아요. 저는 알아요. 제 어머니가 알았듯이…… 저분들이 가진 연민을 알아요. 나와 같은 사람들에게 품은 연민. 저분들은 구원을 주실 거예요. 저분들은 어머니와의 약속을 지키기 위해 나타난 거예요. 저는 알아요. 느낄 수 있어요."

성주는 간절한 얼굴로 승덕을 바라보았다.

"그러니 오빠, 제발 비켜주세요. 제발…… 제발……."

성주는 땅에 얼굴을 박고 고개를 숙였다. 흐르는 눈물이 주체되지 않아 고개를 들 수도 없었다. 성주의 간절한 애원에도 불구하고 승덕은 한 발도 움직이지 않았다. 그의 등 뒤에는 존재만으로도 서늘한 레드블러드와 흑단인형이 고요히 지켜보고 있었지만 승덕은 상관하지 않는 것 같았다.

승덕은 무엇이 다가오건 성주에게서 눈을 떼지 않았다. 헝클어진 머리카락 사이로 드러난 까만 눈동자는 그녀만 응시했다. 성주의 얼굴에서 그는 보았다. 상처받은 가엾은 여동생을. 그 아이를 보면서 상처받았을 자신의 부모님을. 그들을 모두 보낸 뒤에 혼자 남은 승덕 자신의 피폐하고 헝클어진 모습을. 가엾은 사람들의 얼굴이 차례로 성주의 얼굴 위로 흘러가고 있었다. 그들의 모습이 서글프고 아득해서 승덕은 차마 눈을 돌리지 못했다. 얼굴도 들지 못한 채 흑흑거리는 그 작고 마른 어깨가 너무나 까마득해 눈을 뗄 수가 없었다.

"이제…… 시간이 되었다."

망부석처럼 서 있는 승덕의 뒤에서 최후통첩처럼 낮은 목소리가 흘러나왔다. 승덕은 그 소리를 들었다. 문득 승덕은 소리에도 색과 빛이 깃들어 있고 진실과 거짓이 들어 있다는, 어느 연구서의 내용이 떠올랐다. 소리를 분석하고 분해하면 그 말이 참인지 거짓인지도 알아낼 수 있다는, 사람의 목소리에 관한 연구도 떠올랐다.

승덕은 흑단인형의 목소리에 집중해보았다. 소리에도 색이 있고 표정이 있다면…… 흑단인형의 목소리는 참으로 또렷하고 정직한 얼굴을 하고 있었다. 그 목소리에는 무엇도 가리지 않고 그 무엇과도 섞이지 않은 순수함이 있었다. 승덕은 모든 선입견을 버리고 그 소리에 집중했다.

청명한 푸른색……. 흑단인형의 짧은 한마디에는 순수한 색이 칠해져 있었다. 숨김없이 곧이곧대로 정직하게 말하는 올곧음이 있었다. 그 목소리에 그러한 생각들이 담겨 있었다.

땅에 머리를 대고 있던 성주는 흐르는 눈물도 닦지 못한 채 고개를 들었다. 성주의 앞을 막아선 승덕 너머로 붉은 여인과 그녀의 어깨에 앉은 검은 머리카락의 여자아이가 눈에 들어왔다. 붉은 여인은 몹시도 불쾌한 얼굴로 자신의 앞을 막아선 승덕을 차갑게 노려보고 있었다. 그런 여인의 어깨에 앉은 작은 여자아이가 속삭이듯 나지막이 말하고 있었다. 그녀의 목소리는 웅얼거림처럼 작고 낮았지만 너무나도 또렷하게 귓가로 흘러 들어왔다.

성주는 저도 모르게 온몸을 떨었다. 성주의 이마에 박힌 악마

는 그녀를 보고 미친 듯이 발광했다. 놈에게 몸이 있다면 분명 창
광하며 하늘로 솟아올랐을 것이다.

놈은 알아보았다. 이곳에 있는 수많은 먹음직한 먹잇감 중에서
도 최상의 먹잇감이 눈앞에 있음을! 한 사람의 몸에는 도저히 담
을 수 없는 숱한 불행과 풍파가 작은 몸에 터질 듯이 들어차 있는
것을 놈은 알아챘다. 가면을 뒤집어쓴 여자아이가 다가올수록 놈
은 한없이 침이 넘어가는 그녀의 끔찍하고 무시무시한 불행에 눈
이 멀어 미친 듯이 몸을 떨었다.

"그, 그만…… 그만……!"

성주는 자신의 의지와 상관없이 발악하는 끔찍한 악마를 진정
시키려고 애를 썼지만 아무 소용이 없었다. 끔찍한 악마는 그 맛
있는 먹잇감을 삼키기 위해 스멀스멀 성주의 몸을 장악하기 시작
했다.

"안 돼! 안 돼…… 안 돼!"

두려움이 가득한 성주의 비명이 사방을 메웠다. 갑자기 그녀는
자신의 이마 중심을 손으로 잡아 뜯기 시작했다. 이마에 박힌 악
마의 눈동자가 일그러졌다. 그러다가 성주는 온몸을 부르르 떨더
니 자신의 몸을 잡아 뜯기 시작했다. 자신의 목을 조르고 자신의
뺨을 때렸다.

"캬아악!"

거친 숨소리가 새어나왔다. 승덕은 성주의 두 손을 잡았다. 자
신을 학대하는 그 손을 잡아 뜯었다. 자신을 학대하는 그녀를 조

종하는 것은 악마의 눈동자였다. 승덕이 성주의 손목을 잡은 순간 징그러운 악마의 눈동자가 눈알을 굴려댔다. 놈은 승덕이 성주에게 몸을 대는 순간 승덕의 불행을 흡입하기 시작했다.

"으, 으아아악!"

승덕의 비명이 퍼져갔다. 마음을 단단히 먹고 있었지만 견딜 수 없을 만큼 아픈 기억들이 승덕의 뇌리를 어지럽히기 시작했다. 가엾은 동생의 마지막 모습이 떠올랐다. 감히 꿈에서도 다 볼 수 없었던 그 끔찍한 날의 기억이 떠올랐다.

고통과 괴로움에 탄식하던 부모님의 주름진 얼굴이 눈에 들어왔다. 그저 이건 염력일 뿐이라고, 악마도 아니고 끔찍한 저주도 아니라고 말하고 싶었지만 승덕의 입이 떨어지지 않았다. 바꿀 수 없는 과거 속에서 미친 듯이 소리쳐도 바뀌는 것은 없었다. 그의 눈앞에서 부모님의 자동차가 연기를 내기 시작했다. 도저히 막을 수 없었던 그 순간이 승덕의 머릿속에서 반복되었다. 검은 연기에 휩싸인 자동차 안에서 피투성이가 되어 정신을 잃은 두 분의 얼굴이 생생하게 보였다.

"으아아악!"

"안 돼!"

고통으로 일그러진 승덕의 외마디 비명과 함께 다시 성주의 목소리가 들려왔다. 승덕이 단단히 쥐고 있던 그녀의 가는 손아귀에서 삽시에 힘이 쭈욱 빠졌다.

"오빠, 피해요! 이제 더 기다릴 수가 없어요. 제발…… 절 자유롭게 해주세요. 제발요!"

"캬아악!"

성주의 말이 채 끝나기도 전에 사악한 외침이 그녀의 입을 타고 나왔다. 그 사악한 눈알이 다시 도르륵 구르더니 말할 수 없이 강력한 힘으로 승덕의 손아귀를 붙잡았다. 잠시 멈추었던 끔찍한 불행의 기억들이 또다시 승덕의 머릿속에서 반복되기 시작했다. 승덕은 끔찍한 불행 속에서도 정신을 잃지 않기 위해 애를 썼다. 그는 불행에 휩싸여 생각을 잃지 않기 위해 수년에 걸친 수련과 참선의 방법을 모두 동원했다.

성주는 악마에게 삼켜지려고 했다. 그녀가 악마로부터 자신을 지키기 위해 안간힘을 쓰며 발악하는 것이 눈에 보였다. 하지만 그것은 결코 녹록해 보이지 않았다. 그녀는 정신을 차리면 눈물을 흘리며 승덕을 밀어냈다가 다시 정신을 잃으면 사악한 눈동자에 집어삼켜지며 승덕을 끌어당겼다.

"오빠, 어서! 제발……!"

승덕은 절규하는 그녀를 보며 지금 당장 결정이 필요하다고 절감했다. 그러지 않으면 저 끔찍한 악마가 성주를 통째로 삼켜버릴 것만 같았다. 승덕은 그녀를 보내야 한다는 것을, 받아들여야 한다는 것을 통감했다. 그는 저도 모르게 두 손에서 힘을 뺐다. 온몸의 힘이 썰물처럼 빠져나가는 것이 느껴졌다.

"비켜라!"

그 순간 차갑고 강한 손이 승덕의 어깨를 잡아챘다. 길고 새하얀 손가락 끝에 새빨간 손톱이 반짝거렸다. 너무나도 차갑고 냉엄한 목소리가 승덕의 귀를 울렸다. 동시에 붉은 하이힐이 또각하고 승덕의 바로 옆에 한 발을 내딛었다. 승덕의 몸이 허물어질 것처럼 비틀거렸다.

휘익!

그때였다. 바람을 가르는 소리가 두 사람 사이에 끼어들었다. 회색 도복이 펄럭이며 붉은 여인의 몸을 반대쪽으로 밀어젖혔다. 붉은 여인의 길고 가는 몸이 뒤쪽으로 활처럼 휘었다.

승덕과 레드블러드 사이에 끼어든 것은 정현이었다. 정현의 굵은 눈썹이 하늘로 솟았다. 빠르고 간결한 동작이었지만 레드블러드는 정현의 몸이 닿기도 전에 재빨리 피한 후였다. 그녀는 매서운 얼굴로 갑작스러운 방해꾼을 쳐다보았다.

"두 사람을 그냥 내버려둬요."

정현은 승덕과 성주를 방해하지 못하도록 붉은 여인의 앞을 가로막았다. 어떤 일이 있더라도 두 사람을 방해하는 누구도 용서하지 않을 작정이었다. 정현은 흑단인형과 레드블러드에게 대항하는 것이 얼마나 위험한지 알고 있었다. 하지만 정현은 지금은 그 누구도 두 사람을 방해해서는 안 된다고 생각했다. 두 사람에게는 시간이 필요했다. 그것이 비록 이별을 준비하는 것일지라도.

"네가 감히……!"

레드블러드가 이를 악물며 입술을 파르르 떨었다. 그녀의 눈빛 속에 한없이 차갑고 무시무시한 기운이 번져갔다. 레드블러드는 금방이라도 정현을 공격할 태세였다. 하지만 그녀는 그러지 않았다. 정현은 그녀가 악의를 행동으로 표출하지 않는 이유를 알 것 같았다. 그녀의 어깨에 매달린 흑단인형이 레드블러드의 어깨를 지그시 누르고 있었던 것이다.

"오빠, 제발…… 이러지 마세요. 누구도 다쳐서는 안 돼요. 저만…… 저만 가면 돼요. 그리고 그게 제가 진정으로 원하는 거예요. 구원을 주세요, 제발…… 제게 구원을 주세요."

성주는 마지막 힘을 짜내 절규했다. 슬픔과 고통에 물든 그녀의 두 눈이 승덕에게 애원하고 있었다. 승덕은 그녀의 슬픈 눈에서 그녀가 진정으로 원하는 것이 무엇인지 알아차렸다. 결국 방법은 그것밖에 없었다.

마침내 승덕은 천천히 고개를 돌렸다. 성주만 바라보던 눈을 돌려 자신의 등 뒤에 서 있는 붉은 여인들을 바라보았다. 그리고 용감하게 그 사이를 파고든 정현의 어깨를 지그시 눌렀다. 그러고는 정현만 들을 수 있는 목소리로 낮게 중얼거렸다.

"정현아, 비켜다오. 부탁한다."

"형……."

"이야기를 좀 해야겠다. 비켜다오. 부탁한다."

"……."

"이제 어떤 일이 있어도 너는 끼어들어선 안 된다. 약속해라."

"……."

"약속해라. 부탁한다, 제발……."

정현은 승덕의 부탁이 너무나 진중하고 무거워서 도저히 거절할 수가 없었다. 정현은 승덕이 얼마나 그것을 원하는지 알 수 있었다. 정현은 천천히 고개를 끄덕였다. 그리고 승덕이 바라는 대로 뒤로 물러섰다. 정현의 곁에 있던 정희도 함께 뒤쪽으로 자리를 옮겼다. 승덕이 원하는 대로 두 사람으로부터 멀찍이 자리를 물렸다.

승덕은 여전히 성주의 앞을 가린 채 레드블러드의 어깨에 매달린 작은 여자아이에게 말을 걸었다.

"당신들은 진정으로 성주를 구원하기 위해 왔습니까? 아니면 저 악마의 눈동자를 빼앗기 위해 왔습니까? 분명 저 아이를 이용하려는 의도가 없는 것인가요? 진심으로 대답해주기 바랍니다."

승덕은 귀를 열었다. 말의 내용보다 말하는 사람의 음성에서 퍼지는 진실과 순수를 읽기 위해 귀를 열었다. 승덕의 질문에 레드블러드는 몹시도 불쾌한 표정을 지었다. 그 표정에는 참으로 저급한 질문을 한다는 못마땅함이 담겨 있었다.

흑단인형은 하얀 가면에 뚫린 까만 눈구멍을 빤히 바라보는 승덕을 마주 보았다. 흑단인형은 그의 눈 속에 있는 모든 것을 읽는 것처럼 한참 동안 승덕의 얼굴을 고요히 바라만 보았다. 마침내 하얀 가면 속에서 작은 음성이 흘러나왔다.

"위험한 장난감이 미천한 인간들의 손에 이용되길 원치 않는다. 구원을 통해 두 존재 모두 영원한 안식을 얻을 것이다."

승덕은 소리에 집중했다. 귀를 타고 들려오는 작고 낮은 음성을 읽었다. 그것은 숨김이 없는 정직한 소리였다. 차갑고 냉철하지만 전혀 숨김없이 있는 그대로의 날것을 말하는 음성이었다. 의심할 바가 없었다. 흑단인형은 진실을 말하고 있었다.

마침내 승덕은 천천히 눈을 떴다. 그의 눈에 맑은 눈물이 그렁그렁 맺혔다. 하지만 그의 입은 웃고 있었다. 작은 미소를 짓고 있었다.

"부디……."

그의 입이 살짝 움직였다. 곁에 있는 사람에게만 간신히 들리는 작은 소리가 퍼졌다.

"연민을 가진 사람이여…… 부탁합니다. 연민을 주기를…… 부탁합니다."

흔들거리는 승덕의 눈동자가 하얀 가면 너머의 까만 눈동자를 마주 보았다. 맑은 물이 맺힌 눈동자가 차마 입으로 다하지 못한 말을 하고 있었다. 그녀가 읽을 수 있도록 간절한 마음으로 말하고 있었다.

그 마음이 말을 멈춘 그 순간 레드블러드의 얇은 치맛자락이 펄럭였다. 동시에 그녀의 어깨에 매달려 있던 아이가 검은 하늘을 향해 펄쩍 뛰어올랐다. 그녀의 등 뒤에서 눈이 부시도록 환한 달빛이 반짝였다. 그녀를 바라보던 모든 사람이 눈을 가렸다. 한없이 환한 은빛 광선이 사방으로 퍼져나갔다. 은빛으로 반짝이는 것은 달빛만이 아니었다.

"안 돼!"

정현의 회색 도복이 붉은 비단을 향해 날아갔다. 아름다운 광선 속에 다른 빛도 섞였다는 것을 정현은 알아차렸다. 흑단인형의 등 뒤에서 긴 도검刀劍이 눈부시게 반짝인다는 것을 그만이 알아챘다.

흑단인형의 키만큼이나 길고 날카로운 유선형의 도검을 막기 위해 정현의 몸이 허공을 갈랐다. 두 사람의 몸이 공중에서 만나려는 그 순간에도 흑단인형의 도검은 움직이지 않았다. 대신 그녀의 길고 검은 머리카락 속에 숨어 있던 흑단처럼 검고 기다란 비녀가 정현의 팔꿈치를 지그시 누르고 들어왔다.

"으윽!"

예상치 못한 공격에 정현은 비명을 질렀다. 정현의 팔꿈치를 파고든 검은 비녀와 함께 새빨간 꽃과 노란 나비가 칠보로 새겨진 날카로운 머리핀이 정현의 무릎에 박혔다. 대체 언제 어느새 던졌는지도 모를 만큼 빠른 공격이었다.

"크으윽!"

정현의 표정이 고통으로 일그러지는 그 순간에도 흑단인형은 목표물을 바꾸지 않았다. 정현을 향한 공격은 그게 다였다. 귀찮은 방해물을 잠시 치워두는 정도뿐, 정현을 해치려는 의도는 명백히 없었다.

흑단인형은 마치 정현이 날아올 것을 예상한 것처럼 그를 한쪽으로 밀어두었다. 그가 주목한 은빛 도검을 꺼내지 않고 비녀와 머리핀을 사용한 것도 그래서였다. 정현을 밀쳐둔 흑단인형은 포

물선을 그리며 아래로 떨어져 내렸다. 그리고 마침내 바람 같은 솜씨로 그녀의 키만큼이나 길고 커다란 은빛 도검을 빼들었다. 너무나 가볍고 유연한 움직임이었다.

흐트러진 정현의 회색 도복 아래에서 묵직한 기운이 느껴졌다. 정현은 아래를 바라보았다. 붉은 입술로 미소 짓는 새하얀 얼굴이 정현의 허리를 단단히 붙잡고 있었다. 레드블러드가 중심을 잃은 정현의 몸을 엉뚱한 방향으로 끌어내렸다.

"안 돼!"

정현은 중심을 잃고 떨어져 내리면서 소리를 질렀다. 그의 눈으로 은빛 검에 물들어가는 성주의 모습이 들어왔다. 그리고 그보다 먼저 그 은빛 검을 홀린 듯 바라보는 서글픈 눈동자가 눈에 들어왔다. 아아, 그 은빛 검을 한없이 애타게 기다리듯 바라보는 승덕과 성주의 눈동자가 정현의 눈에 들어왔다. 네 개의 눈동자가 똑같은 곳을 바라보며 서글프게 흔들리고 있었다.

두 사람은 마치 기다렸다는 듯 서로의 손을 잡은 채 한곳을 바라보았다. 그들은 모진 세상에서 구원되기를 바라는 눈빛으로 맑게 반짝이는 하얀 달을 바라보았다.

"안 돼애!"

허공을 울리는 정현의 외마디 비명과 함께 달처럼 하얗게 빛나는 기다란 검이 승덕의 심장을 통과했다. 그와 동시에 승덕과 몸을 겹친 성주의 심장도 관통했다. 성주의 이마에서 데굴거리던 또 다른 존재에게는 모든 어둠을 삼켜버릴 듯한 검은 흑단의 비녀가 꽂혔다. 한 뼘이 넘는 검고 늘씬한 나무 비녀가 데굴거리는 악마의 눈동자로 파고들었다. 마침내 검은 비녀에 관통당한 검은 눈동자가 꼼짝도 못한 채 차갑게 굳어갔다.

"캬아아악!"

잔혹한 비명이 온 세계를 휘덮을 것처럼 울려 퍼졌다. 흑단인형의 오른손이 검은 비녀를 다시 뽑아내는 순간 커다란 악마의 둥근 눈알도 고스란히 딸려 나왔다. 작고 하얀 손가락이 그 거대한 눈알을 엄청난 악력으로 짓눌렀다. 까만 비녀에 꽂힌 채 꼼짝도 못하는 악마의 눈동자가 눈앞의 흑단인형을 바라보았다. 한없이 맛나게만 보이던 엄청난 불행의 아이가 바로 앞에 있었지만 놈은 그 아이를 먹을 수가 없었다. 아니, 이제는 그 무엇도 맛볼 수가 없었다.

파아악!

그녀의 작은 손아귀에서 끔찍한 눈동자가 산산이 부서졌다. 진득한 액체가 사방으로 흩뿌려지고 사방으로 튀었다.

토옹.

붉은 비단옷을 입은 아이가 하늘 높이 튀어 올랐다. 작은 공이 끝도 없이 튀어 오르듯 중력을 거스르고 높이 튀어 올랐다. 붉은 드레스를 휘날리던 레드블러드 역시 새하얀 달 속으로, 그리고 다시 어둠 속으로 사라졌다. 두 사람 모두 새하얀 달 속으로 빨려 들어가듯 그렇게 흔적도 없이 사라졌다.

모든 것이 한순간에, 너무나 순식간에 일어났다. 이것이 모두 현실이라는 것이 믿어지지 않을 정도로 너무나 짧은 시간에 벌어졌다.

"안 돼, 오빠! 안 돼요!"

정희의 자지러지는 비명 소리가 사방으로 울려 퍼지고 나서야 정현도, 낙빈도, 미덕도 모든 것이 현실임을 깨달았다. 정희의 회색 승복이 검은 밤을 꿰뚫고 승덕과 성주를 향해 달려갔다.

정희가 두 사람의 손아귀를 쥐고 미친 듯이 소리치고 울어대며 힘을 모으는 것이 느린 화면처럼 천천히 지나가고 있었다. 가망이 없는 줄 알면서도 그 손을 놓지 못하는 정희의 뒷모습을 보며 낙빈은 움직이지도 못했다. 하얀 한복이 차가운 바람에 나부낄 때도 낙빈은 딱딱하게 멈춰 선 나무처럼 움직이지 못했다.

"낙빈 오빠야…… 오빠야…….."

낙빈은 흰 한복을 부여잡고 있던 미덕의 말도 귀에 들어오지 않았다. 미덕의 작은 손이 하얀 한복을 세차게 흔들어도 낙빈은 미동도 없었다. 자신이 움직이는 순간 이 모든 일이 현실이 되어버릴까봐 낙빈은 숨도 멈추고 있었다.

거짓말. 모든 것이 거짓말이 분명했다.

"오빠, 낙빈 오빠! 낙빈아, 낙빈 오빠야아! 어떡해, 오빠야아!"

울음인지 발악인지 미덕의 목소리가 두 귀를 찢을 듯이 울려 퍼져도 낙빈은 움직이지 않았다. 낙빈은 보이지도 들리지도 않는 것처럼 망연한 얼굴로 얼음조각이 되어버렸다. 낙빈을 흔들어대던 미덕은 떨어지지 않는 걸음으로 정희에게 다가갔다.

까무러칠 듯 울고 고함을 치는 정희 곁에서 미덕은 그 얼굴을 보았다. 승덕은 분명 심장으로 붉은 피를 쏟아내면서도 한없이 편안한 얼굴이었다. 그와 함께 서로의 손을 단단히 붙잡은 성주의 얼굴도 보였다. 그녀 역시 고통스러워 보이지 않았다. 승덕과 함께 심장을 관통당한 그녀는 심장과 이마에서 피를 철철 흘리고 있었다. 하지만 지금껏 미덕이 보았던 그녀의 표정 중에서 가장 편안해 보였다.

"오빠, 제발…… 성주 언니, 제발……!"

정희는 이미 가망 없는 줄 알면서도 두 사람의 손을 놓지 못했다. 어쩔 수 없다는 것을 알면서도 그 손을 놓지 않았다. 정희는 있는 힘을 다해 희생보살에게 의지했다. 그들의 상처를 받아내기 위해 안간힘을 썼다. 그녀는 도저히 두 사람의 손을 놓을 수가 없었다.

정희 덕분인지 얼굴이 편안해 보이는 승덕의 입술이 파르르 떨렸다. 그의 입술 사이에서 붉은 선혈이 주르륵 흘러내렸다. 승덕은 무언가를 말하고 싶어 하는 듯했다. 하지만 이미 심장에 구멍이 뚫린 탓에 어떤 말도 흘러나오지 않았다. 그는 소리 없이 입술만 움직였다.

"시…… 싫어, 싫어……."

미덕은 무릎을 꿇었다. 어린 미덕도 모든 것이 끝났음을 느낄 수 있었다. 무엇을 물어보든 막힘없이 대답해주던 백과사전 같은 큰오빠가 이제 다시는 말 한마디도 할 수 없다는 것을 깨달았다.

"아……."

미덕은 승덕의 얼굴을 바라보았다. 다시 그의 입이 파르르 떨리면서 입술 사이로 흐르던 붉은 선혈이 굵어졌다. 이 마지막 순간 그는 무언가를 말하고 싶어 하는 것 같았다. 미덕은 흐르는 눈물을 닦았다. 그리고 승덕의 손에 자신의 작은 손을 갖다댔다. 두 손이 만나는 순간 승덕의 손이 미덕의 손을 힘주어 잡는 것이 느껴졌다. 그의 마지막 인사말이 미덕의 머릿속으로 흘러 들어왔다. 미덕은 승덕이 흘려내는 이야기를 고스란히 받았다. 미덕은 승덕의 마지막 인사를 들으며 하염없이 눈물을 흘렸다. 말로 다 할 수 없었던 고달픈 승덕의 일생이 미덕에게 전해졌다. 모두에게 전해주기를 바라는 승덕의 마지막 독백이 미덕의 가슴으로 흘러 들어왔다.

기나긴 이 밤은 너무나도 차가웠다.

도저히 견딜 수 없을 만큼 차가웠다.

모든 산과 들과 세계를 얼려버릴 것처럼 차가웠다.

마지막 인사를 하는 사람보다 살아남은 사람들의 세계가 더욱더 차고 날카로웠다.

제5화

독백

사랑하는 사람을 잃는다는 것은
살아가야 하는 이유를 잃는 것이다.
사랑하는 사람이 세상에 남아 있지 않다는 것은
한 사람의 인생에 종지부를 찍어야 할 때가 다가왔다는 것을 의미한다.
사랑하는 이들이 사라져가면서
내 존재의 의미는 하얗게 지워지고 있었다.
그리고 그 언제인가부터
나는 한 구의 시신으로 세상을 떠돌고 있었다.

1

나는 아마도 전생에 크나큰 죄를 지었을 것이다.

나에겐 징크스가 있었다. 지긋지긋하고 괴로운 징크스가. 그것은 평생 나를 따라다니면서 끊임없이 괴롭혀댔다. 그래서 나는 평생 사랑을 해서는 안 되는 인간이었다.

내가 사랑하는 모든 것은 세상을 떠나버린다. 단지 내가 그를 사랑했다는 이유로……. 그러니 나는 아마도 전생에 크나큰 죄를 지었을 것이다. 세상에서 가장 서글픈 아픔을 겪어야 할 만큼.

나는 아마도 거대한 죄를 지었음에 틀림이 없다.

내 기억 속에서 가장 오래된 그곳에는 내가 처음으로 온 마음을 다해 사랑하던 두 마리의 개가 있다. 나는 나보다 컸던 그 개들을 지금도 생생하게 기억한다. 그들의 밝은 금빛 털을 아래로 쓰다듬을 때 느껴지던 매끈하고 촘촘한 느낌도, 그 털을 위로 쓸어 올렸을 때 느껴지던 까슬까슬한 느낌도 생생하게 기억한다.

나에게 의지할 형제를 만들어주고 싶었던 부모님의 바람과 달리 너무나 오랜 기간 동생은 태어나지 않았다. 그래서 그분들은 형제가 되어줄 두 마리의 개를 나에게 선물했다. 그때 나는 아장

아장 걷기 시작하던 무렵이었다.

개들은 부드러운 연갈색 털을 휘날리는 커다란 레트리버였다. 아무리 어린아이라도 살갑게 대하고 지켜주는 엄마같이 순한 개였다. 개들은 때로는 형제, 때로는 어머니, 때로는 아버지가 되어주었다. 한참 동안 외동으로 자라면서도 한 번도 외로움을 느끼지 않았던 것은 언제나 나를 기다리고 있는 개들 덕분이었다.

우리 집은 살림이 넉넉했다. 증조부 대부터 내려온 집안 사업 덕에 넓은 양옥 안에서 레트리버를 키울 수 있을 정도였다. 물론 집 밖으로 넓은 마당도 있었다. 어머니는 나무를 사랑했다. 나무에서 느껴지는 맑은 기운이 좋다고 하셨다. 아름다운 드레스에 부드러운 실크 앞치마를 걸친 어머니는 종종 집 안 곳곳의 나무들을 매만지며 미소를 지으셨다. 그분의 손에 닿은 모든 것은 파릇파릇 생명이 솟아나는 것 같았다. 죽어가는 화분이라도 어머니의 손이 닿으면 얼마 지나지 않아 다시 살아나곤 했다. 식물뿐이 아니었다. 레트리버들과 나도 어머니의 품에서 한없이 건강하고 행복했다.

나는 호기심이 많은 아이였다. 어린 시절부터 곧잘 위험한 일을 감행하곤 했다. 어느 때는 책으로 가득한 아버지의 서재에 몰래 들어가 벽을 가린 책장을 밟고 올라가는 위험천만한 일을 벌였다. 어린 시절부터 나는 책이 좋았다. 그때는 읽는 것보다 책 냄새를 맡고, 책을 만지고, 책 주변을 기어 다니는 걸 좋아했다.

아장아장 걷는 어린아이가 책장을 위태롭게 밟고 올라가 곡예를 한 것도 모두 내 소중한 레트리버들 덕분이었다. 나의 위험한 모험이 시작되면 그들은 가끔 내 옷자락을 물고 말리기도 했고, 그래도 내가 고집을 피우면 위태롭게 책장을 밟고 올라서는 나를 지켜보며 위험한 사태에 대비했다. 높은 곳에서 떨어져도 걱정할 것이 없었다. 나의 개들은 그들의 부드러운 털과 몸으로 어린 나를 받아내어 내게 어떤 상처도 생기지 않게 했다.

어머니는 나의 형제 개들이 나를 너무나도 안전하게 지켜준다는 것을 누구보다 잘 알고 있었다. 그래서 나를 돌봐주는 보모보다 개들을 더욱더 믿고 의지하셨던 것 같다.

개들은 나를 지켜줄 뿐만 아니라 내가 걷고 달릴 수 있도록, 내가 공을 던질 수 있도록, 내가 하늘 높이 뛰어오를 수 있도록 나를 단련시켜주었다. 그들은 나의 형제이자 보모이자 스승이었다. 개들과 나는 진짜 형제나 마찬가지였다. 처음에는 절대로 안 된다고 반대하던 아버지가 개들과의 동침도 허락했다. 그들은 내 방의 넓은 카펫 위에서 잠을 자고, 나는 곁에 붙은 침대에서 잠이 들었다. 아버지가 동침을 허락한 것은 그들이 내 침대에는 절대로 오르지 않을 만큼 예의 바르고 총명한데다 다섯 살 무렵부터 책을 잡으면 곧잘 밤을 새울 정도로 책에 푹 빠져버린 나의 몹쓸 버릇을 감시하기 위해서였다.

나는 글을 알기 시작한 이후로 미친 듯이 책을 읽어댔다. 내용을 얼마나 이해했는지는 지금도 의문이지만, 나는 마치 굶주린 사람처럼 책을 먹어치우듯 읽어댔다. 내가 유일하게 고개를 들고 몸을 놀리는 것은 나의 형제 개들이 나를 이끌고 집 앞 잔디밭으로 데리고 나갈 때뿐이었다.

밤이 되면 나는 몰래 플래시를 켜고 이불 속에서 책을 읽었다. 책 읽는 걸 정말 멈출 수가 없었다. 결국 낮에 꾸벅꾸벅 조는 걸 이상하게 여긴 부모님은 자는 줄로만 알았던 어린 아들이 매일 밤 몰래 붉은 플래시를 켜고 이불 속에서 책을 읽어댔다는 걸 알아버렸다. 더욱더 놀라운 것은 고작 다섯 살인 아이의 시력이 너무나 볼품없이 떨어졌다는 사실이었다. 결국 아버지는 나의 형제 개들에게 내가 밤에 몰래 책을 읽지 않고 깊은 잠을 자도록 감시하라는 엄명을 내리고 나와 함께 자도 좋다고 허락한 것이다.

레트리버들과 함께 밤을 보내게 되면서 나의 밤은 숙면의 시간으로 변했다. 그들은 내가 몰래 일어나 다시 책을 읽는 것을 허락하지 않았다. 그들은 잠들지 못해 한숨을 쉬는 나의 곁에서 맑고 검은 눈으로 나를 바라보았다. 한없이 평화로운 눈동자와 말없는 대화를 하며 나는 잠에 빠져들었다. 그들의 포근한 품을 느끼며 잠이 들면 책이 없어도 아쉽지 않았다.

그들은 나의 둘도 없는 형제였고 친구였다. 조건 없이 나를 지켜보고 끊임없이 사랑을 쏟아주는 이들이었다. 그들의 사랑만큼 나도 그들을 사랑했다. 나는 말로 표현할 수 없을 만큼 그들을 사랑했다. 진심으로 아끼고 소중히 생각했다. 스스로 그토록 소중히 여겼다고 깨닫지 못했을 때도 그들의 존재는 더없이 소중했다. 그들은 내 생애 최초로 사랑을 나눈 존재였다.

그리고 그 어린 시절, 나의 끔찍한 징크스가 시작되었다.

여섯 살 여름이었다. 우리 가족은 여름마다 긴 휴가 여행을 떠났다. 거의 일 년 내내 아버지는 너무나도 바빴다. 국내는 물론이고 해외를 오가며 바쁜 일상을 보내야 했다. 덕분에 우리의 여름 휴가는 무척이나 소중한 가족의 시간이었다.

그해 우리는 바다가 보이는 해변 별장에서 휴가를 보내게 되었다. 그 별장은 조부모님 때 지어진 고풍스러운 한옥이었다. 문을 열면 너른 백사장이 눈에 들어오고 대청마루 반대편을 바라보면 빼곡한 소나무 숲이 아름다운 곳이었다. 조부모님 때부터 별장을 관리해온 노부부 덕분에 우리는 언제 별장을 찾든 늘 편안하고 즐거운 시간을 보낼 수 있었다.

그해 여름휴가는 조금 늦었던 것으로 기억한다. 아버지의 업무로 인해 우리의 휴가 일정은 여름이 끝나가는 초가을쯤이 되었다. 우리 가족은 별장에서 느긋한 시간을 보내고 있었다. 물론 나의 형제 개들도 함께였다. 그들은 낮이면 나와 함께 백사장을 누비고, 밤이면 내 곁에서 모기를 쫓아주었다.

그렇게 한가로운 어느 날이었다. 그날따라 집 안에 어른이 한 명도 없었다. 무슨 급한 일이 있었는지 기억나진 않지만 나와 나의 형제 개들만 남겨둔 채 모두 어딘가로 나가버렸다. 사실 그래도 위험할 것은 없었다. 나의 형제 개들은 어떤 보모보다도 나를 안전하게 보호해줄 것이기 때문이었다. 그것은 너무나도 분명한 사실이었다.

그날 나는 한옥 대청마루 아래 어두컴컴한 깊은 그늘 속에서 분홍 알약을 발견했다. 나는 호기심이 많은 아이였다. 여섯 살배기 아이는 그 분홍 알약을 확인하지 않고는 도저히 배길 수가 없었다. 더구나 그것은 참으로 맛나게 보였다. 분홍빛으로 반짝이는 알약이 시골 창고를 누비는 커다란 쥐들을 잡기 위한 쥐약이라고는 상상도 못하고 그 위험한 알약에 손을 댔다.

커엉!

나의 모습을 바라보던 영리한 내 형제 개가 짖기 시작했다. 한 번도 내게 화를 낸 적이 없었던 순하디순한 나의 형제가 나를 향해 짖어댔다. 나는 나의 형제가 내가 단단히 쥐고 있는 그 분홍 알약을 버리라고 말하는 것을 알고 있었다. 하지만 나는 그것이 단순히 떨어진 것을 주워 먹으려는 나의 행동을 말리는 정도로만 생각했다. 나는 꼭 쥔 주먹을 펴지 않았다. 나는 궁금했다, 그 분홍 알약의 맛이. 대체 어떤 성분들이 이 약을 만들었는지, 과연 맛을 보면 그 성분을 알아낼 수 있을지 궁금했다. 고작 여섯 살이지만 내 머릿속에 쌓인 지식의 양은 이미 방대했다. 밤을 새워가며 읽었던 책들 중에는 내 머리로 이해하기 힘든 화학에 관한 책들도 있었다. 나는 그 수많은 서적을 가능하면 다 확인하고 싶어 했다. 아는 것은 많지만 그걸 감당할 만한 인간적인 성숙함이 없는 시절이었다. 그래서 나는 주먹을 펴지 않았다.

커엉, 컹!

세차게 나를 나무라는 소리를 들으며 나는 눈을 꾹 감았다. 고

집을 꺾지 않으려는 몸짓이었다. 나의 형제 개들은 그런 내 생각을 빠르게, 즉각적으로 알아챘다. 너무나도 영특하고 총명한 나의 형제들은 나에게 덤벼들었다. 나의 개가 내 몸을 누르고 나를 넘어뜨린 것에 충격을 받은 나는 더 세게 주먹을 쥐었다. 그리고 더욱더 고집을 부렸다.

아아, 나는 기억한다. 위험한 장난을 치는 어린 꼬마를 향해 화를 내며 나무라던 아름다운 금빛 레트리버의 성난 얼굴을. 새하얀 이빨을 드러내며 나를 향해 짖어대던 나의 형제는 결국 내 작은 손에 코를 박았다. 커다란 개는 내 어린 손에 하나 가득 잡혀 있던 분홍 알약을 핥았다. 고집스럽게 단단히 쥐어져 있던 나의 손 안에서 한 움큼이나 되는 분홍 알약을 단 한 알도 남기지 않고 모두 삼켜버렸다.

그는 어린아이의 손뿐 아니라 검은 마루 밑에 남아 있던 작은 알약들과 알약을 올려놓았던 하얀 봉투와 알약 가루까지 남김없이 깨끗하게 핥아버렸다. 마루 사이의 빈틈에라도, 어린애의 손가락 사이에라도 그 위험한 물건이 남아 있을까봐 마지막 힘을 쥐어짜가며 한 점도…… 단 한 점의 가루도 남기지 않고 제 목구멍 안으로 삼켜버렸다.

……고통으로 울부짖던 금빛 털을 나는 기억하지 못한다.

기력을 잃고 퍼덕거리다가 네 다리를 가누지 못하고 쓰러져버린 개가 나무 막대처럼 딱딱하게 굳어져버렸을 때에야 어른들이 별장으로 돌아왔다는 것을 나는 들어서 알고 있을 뿐이다. 아버지와 어머니가 별장 일을 도와주는 아주머니와 함께 뜰 안으로 들어왔을 때는 이미 딱딱하게 굳어버린 충성스러운 개 한 마리와 죽어버린 형제 곁에서 목 놓아 우는 또 한 마리의 금빛 레트리버만 있었다고 했다.

개를 사지에 몰아넣은 나는 한옥의 한쪽 구석에 들어가 캄캄한 어둠 속에서 귀와 눈을 막고 몸을 웅크리고 있었다고 했다. 어른들은 나를 일으키고 말을 걸어보았지만 나는 갑자기 벙어리가 된 듯 아무 말도 못했다.

나의 살가운 형제 하나가 사라진 그날의 기억은 더 이상 나에게 남아 있지 않고 나는 그것을 되찾고 싶은 마음도 없었다. 너무나도 무섭고 끔찍한 기억이 돌아올까봐 오히려 두려웠다.

그날 이후 나는 실어증에 걸리고 말았다. 나는 모든 것을 외면한 채 책만 파고들었다. 내가 다시 기억하는 것은 별장을 떠나 나의 집으로 돌아왔을 때 내 눈에 보이는 것은 온통 글자, 글자, 글자뿐이었다는 사실이다. 나는 내 생명을 구한 레트리버 형제가 땅에 묻히는 것을 보지 못했다. 그를 너무도 사랑한 아버지가 손수 가꾸던 마당의 넓은 잔디 아래에 묻는 것을 나는 보지 못했다. 아버지는 그를 위해 작은 소나무도 심어주었다. 집으로부터 몇 걸음 되지 않는 곳에 나의 생명을 구한 나의 형제 개가 묻혔지만 나는 그것도 모른 채 글자 속에 빠져 있었다.

아아, 하지만 어쩌면 그리도 끔찍한 일이 있을까.

그것으로 끝난 게 아니었다. 형제가 분홍 알약을 삼켜버린 그날부터 또 다른 나의 금빛 형제는 식음을 전폐했다. 그가 좋아하는 음식을 아무리 갖다 바쳐도 입 한 번 대지 않고 물도 먹지 않았다. 그는 눈앞에서 분홍 알약을 먹고 죽어간 형제를 보았고, 말을 잃은 채 글자의 소용돌이에 잡아먹혀버린 또 다른 인간 형제를 보면서 삶의 이유를 잃어버리고 말았다. 그는 더 이상 보호해야 할 어린 형제도 없었고, 함께 상부할 동족의 형제도 없었다. 그가 식음을 전폐한 지 단 3일이 지난 어느 날 아침 그는 형제가 묻힌 차가운 땅에 고개를 파묻은 채 싸늘한 주검으로 발견되었다.

아버지는 형제 개들을 그 자리에 함께 묻어주었다. 아버지가 만들어준 나의 형제들은 그렇게 나를 떠났다. 아니, 나로 인해 이 세상을 등져야 했다. 내가 사랑했기 때문에 그들은 사라졌다.

나는 아마도 전생에 크나큰 죄를 지었을 것이다.

내가 사랑하는 모든 것이 세상을 떠나버렸으니까. 단지 내가 그를 사랑했다는 이유로……

세상에서 가장 서글픈 아픔을 겪어야 할 만큼.

나는 아마도 거대한 죄를 지었음에 틀림이 없다.

2

사랑하는 소중한 것을 잃는다는 것은 살아가는 이유를 잃어버리는 것이다.

사랑하는 사람이 곁에서 사라진다는 것은 그만큼 내 존재도 세상에서 지워진다는 것이다. 태어나 처음으로 애정을 느꼈던, 처음으로 내게 소중했던 두 마리의 개를 잃어버린 이후 나는 말을 잃어버리고, 생각을 잃어버리고, 세상을 잃어버렸다.

나는 그저 기계처럼 미친 듯이 책만 읽어댔다. 재미가 있어서도 아니었다. 무언가 알고 싶거나 지식을 쌓으려는 것도 아니었다. 단지 내가 살고 있는 이 세계, 이 현실에서 벗어나기 위해 나는 글자라는 세계를 선택했던 것 같다. 두 눈 가득 글자만 채워 넣어 시간 속을 흘러가는 모든 것에 무관심해지고 싶었던 것 같다. 아버지와 어머니는 수많은 병원을 전전하며 나를 치료하려고 애를 썼지만 심각한 마음의 병에 걸린 나는 글자라는 방을 만들어 놓고 그 단단한 벽 안에서 한 걸음도 나오지 않았다.

이해하지도 못할 두꺼운 책에 코를 박고 미친 듯이 읽어대던 내게는 어떤 것도 눈에 들어오지 않았다. 책을 보는 것 외에 기계적으로 밥을 먹고 옷을 입는 등 생존에 필요한 최소한의 것만 간신히 했다. 나는 세상에 있어도 없어도 드러나지 않는, 한 꺼풀 지워진 반투명한 인간이 되어버렸다.

당연히 내게는 친구가 한 명도 없었다. 친구를 사귈 의지도 없었다. 나는 어떤 대상에게도 애착을 느끼지 못했다. 그건 또다시 소중한 것을 잃어버릴지 모른다는 두려움 때문이었는지도 모르고, 아니면 내 스스로 살아갈 이유를 도저히 찾을 수 없었기 때문이었는지도 모른다.

나의 하루하루를 채워주는 것은 사방에 널린 글자와 책이었다. 삶의 이유를 모른 채, 목적을 갖지 못한 채 살아가는 인간에게 가장 중대한 일은 바로 시간의 소모였다. 나는 그것을 위해 닥치는 대로 글을 읽었다. 그것이 나의 유일한 취미였다.

아아…….

내가 그 아이를 만난 건 바로 그날이었다.

책 속에 코를 박고 얼굴을 들지 않는 나를 데리고 아버지는 검은 세단에 올라탔다. 아버지의 차가 어디로 가는지 나는 조금의 관심도 없었다. 그때도 내 눈에는 온통 하얀 종이와 글자만 가득했다. 혹시 곁눈으로라도 세상의 모습이 비쳐질까 나는 두려웠다.

아버지는 책으로 얼굴을 가린 나를 데리고 어딘가로 향했다. 코를 자극하는 소독약 냄새가 강하게 맡아졌다. 눈으로 보이지는 않아도 코로 느껴지는 냄새에 병원이라는 것을 알았다. 아버지는 나를 조심스럽게 이끌다가 어딘가에서 발걸음을 멈추었다. 아버지는 내 귀에 나직이 속삭였다.

"승덕아, 이 아이란다. 네 동생이야. 승미란다."

아버지의 목소리가 나긋나긋해서였을까. 무언가 평소와 다른 목소리에 나는 작은 호기심을 느꼈던 것 같다. 나는 나와 세상을 차단해주던 두꺼운 책을 나도 모르게 스르르 내렸다. 두꺼운 책이 내려가면서 내 눈에 제일 먼저 들어온 것은 베이지색 벽이었다.

낯선 공간이었다. 내가 알지 못하는 공간에서 침대 위에 앉은 어머니의 모습이 보였다. 아, 그 순간 몇 년 만에 어머니의 얼굴을 제대로 본다는 생각이 들었다. 내가 알고 있는 몇 년 전의 그 얼굴보다 훨씬 크고 퉁퉁 부은 얼굴이 내 앞에 있었다. 화장도 하지 않고 몹시 힘겨워 보이는 표정인데도 어머니는 부드럽게 웃고 있었다. 한없이 맑은 웃음으로 팔 아래를 내려다보고 있었다. 그곳에 하얀 보자기 같은 것에 싸인 발그레한 뭔가가 꿈틀거리고 있었다.

"오빠, 안녕?"

어머니의 입에서 나온 인사였지만 나는 그 빨간 아이가 말하는 것이라고 생각했다. 도저히 사람 같지 않은, 작고 빨간 생명체가 어머니의 팔에 안겨 있었다. 아아, 그 작디작은 생명체가 입을 오물거리는 게 눈에 들어왔다. 주름진 눈은 단단히 감겨 떠지지도 않는데 피부색보다 좀 더 진한 색깔의 입술이 살짝 움직였다.

그 순간 나는 나의 세계, 나의 전부였던 두꺼운 책을 툭 하고 떨어뜨렸다. 하지만 나는 책을 줍지 않았다. 그 경이로운 순간에 아버지도 어머니도 움직이지 않았다. 다만 작고 연약한 그 아이가 갑자기 작은 입을 크게 벌리며 내 쪽의 공기를 마시려는 듯 하품을 하는 모습이 보였다.

아아, 그 순간 나는 나를 감싸고 있던 단단한 글자의 벽에서 탈출했다. 그 작은 아이는 폐쇄되어 있던 나의 세계에서 한순간에 마술처럼 나를 끄집어냈다. 믿기지 않을 만큼 단번에 내 두 손을 잡고 나를 현실 세계로 데려왔다. 그 순간 나는 깊은 사랑에 빠지고 말았다. 그것은 운명과도 같은 일이었다. 더없이 아름답고 연약한 천사 앞에서 무릎을 꿇을 수밖에 없는 숙명과도 같은 것이었다. 그 순간 나는 그 아이를 사랑하게 되었다. 평생토록 그 아이를 지켜줄 거라고 맹세했다. 나를 위해 목숨을 바친 나의 금빛 형제들 대신 내가 그 아이의 레트리버가 되어줄 거라고 맹세했다.

나는 시시때때로 그 아이를 보며 사랑에 빠졌다. 세상에 있을 수 없을 정도로 사랑스러운 그 아이를 보면서 몇 번이나 사랑에 빠지고 또다시 사랑에 빠졌다.

승미를 또다시 사랑하게 된 어느 날이 생각난다. 그것은 훈훈한 꽃향기 때문이었다. 흙장난을 하던 어린 여동생이 위태로운 걸음으로 뒤뚱거리며 내게 다가왔을 때 나는 까만 눈에 동그란 볼을 가진 그 아이의 얼굴을 눈부시게 바라보았다. 작은 손과 원피스 앞자락에 흙을 가득 묻힌 지저분한 여자아이가 티 없이 말간 얼굴로 방긋 웃고 있었다.

그 아이가 하얀 손을 더럽히면서 땅에서 파낸 그것을 나에게 내밀었다. 그 아이가 내민 것은 마당 구석, 개들의 묘지 주위에 피어난 노란 민들레였다. 말간 얼굴로 방긋 웃는 지저분한 여자아이가 흙가루로 새까매진 손톱을 내보이며 불쑥 내민 노란 민들레 향기를 맡으며 나는 그 아이를 사랑하지 않을 수 없었다.

누군가가 나에게 '시스터 콤플렉스sister complex'라고 했더라도 당시의 나는 단 한마디도 반박하지 못했을 것이다. 아니, 누군가가 나를 향해 그런 말을 했다면 오히려 나는 싱긋 기쁜 웃음을 지었을지도 모른다. 나의 유일한 친구는 동생 승미였고, 내게 가장 소중한 것도 그 아이였다. 나는 그 아이 그대로를 사랑했고, 그 아이 그대로를 지켜주고 싶었고, 또 그 아이 역시 내 곁에서 영원히 머물기를 바랐다.

그 아이 그대로를, 그대로의 모습을 사랑했기에 나는 한 번쯤 이상하다, 신기하다고 생각할 만한 한 가지 사실에 대해 단 한 번도 의문을 갖지 않았다. 생각만으로 무언가를 움직이고 이동시키는 동생의 '특별한 힘'에 대해 나는 특별할 것이 없는 일로 받아들였다.

나와 승미에게 그 아이의 능력은 아주 평범한 일일 뿐이었다. 내가 귀신같이 체스를 잘했던 것처럼 승미의 능력도 그런 것이라고밖에 생각하지 않았다. 단, 승미의 능력을 아는 사람은 나밖에 없었다. 우리에게 승미의 능력은 좀 비밀스러운 것이었다. 왜냐하면 승미의 능력은 부모님이 숨겨놓은 무언가를 훔쳐 먹거나 꺼내는 등의 비밀스러운 용도로 사용되었기 때문이다. 이를테면 어느 날은 하루 종일 둘이 주스를 빨아대는 통에 어머니가 높다란 찬장에다 주스를 감춰놓은 적이 있었다. 어머니가 부엌에서 나간 뒤 우리는 승미의 능력을 사용해 그 주스를 꺼냈다.

한때 나는 '초능력'이란 것에 관심을 가진 적도 있었다. 그러나 승미의 능력을 '초능력'이라고 생각해본 적은 없었다. 승미도 마찬가지였다. 우리는 그저 비밀스러운 장난을 칠 때만 사용하는 우리 둘만의 '못된 짓' 정도로만 여겼다. 승미의 능력이 우리에게는 어쩐지 당연한 것으로 생각되었다.

　그런 우리가 승미의 능력이 보통의 것이 아님을 깨달은 건 바로 세계적인 초능력자가 방송에 나온 직후였다. 당시 한 방송사가 세계적인 초능력자의 한국 방문을 계기로 그의 초능력 쇼를 보여주었다. 그 쇼를 보고서야 우리는 승미의 능력이 결코 일반적인 것이 아님을 알게 되었다.

　그날은 모든 집이 그러했듯 우리 집 역시 세계적인 초능력자가 나오는 방송을 틀어놓고 그가 보여주는 신기한 능력들을 구경하고 있었다. 나와 승미 역시 부푼 가슴으로 그의 모습을 지켜보았다. 그리고 우리 네 식구가 화면을 응시하고 있는 동안 나와 승미의 얼굴은 점점 새파랗게 질려갔다.

　TV 화면이 보여주는 세계적 초능력의 이능異能은 승미의 것과 별반 다르지도, 대단하지도 않았다. 화면 속의 방청객들이 놀라며 소리를 지르고 우리 부모님마저 박수를 치며 감탄사를 연발하는 동안 승미와 나의 표정은 점점 질려가고 있었다. 단 한 번도 초능력이라고, 대단하다고, 특별하다고 생각해본 적이 없는 승미의 능력이 사람들이 놀라서 탄성을 지를 정도로 대단한 능력이라는 것을 우리는 그날 처음으로 알게 되었다.

　그것은 기쁜 일이 아니었다. 그것은 마치 평범한 일상에 만족하고 행복해하는 사람에게 다가와 '사실 당신은 외계인이었소'라고 말하는 것과 같은 느낌을 주었다. 그 아이는 자신이 남들과 다르다는 사실에 잔뜩 겁을 집어먹은 것 같았다. 그 때문에 쇼를 보는 동안 점점 새파랗게 질려가며 금방이라도 울음을 터뜨릴 것만 같았다. 그 이후로 나와 승미 사이에는 더 이상 그 아이의 능력에 대해 아무런 말도 오가지 않게 되었다.

하지만 나의 사랑스러운 동생은 자신의 능력이 누군가를 불행하게 만든다고 생각하게 되었다. 나는 결코 그 사실을 믿지 않으려 했지만 참으로 이상한 일이었다. 사람의 생각은 그 사람에게만 멈추어 있지 않았다. 한 사람의 생각은 다른 사람에게로 흘렀다. 마치 물처럼, 당연한 것처럼 흘렀다. 눈에 보이지 않는데도 생각은 멈추지 않고 주변으로 퍼지고 우리의 머릿속으로 스며들었다. 나는 언젠가부터 나도 모르게 그 아이의 능력이 불행의 씨앗이라는 생각을 하게 되었다. 스스로 느끼지 못할 만큼 조금씩 조금씩 그렇게 생각하기 시작했다.

승미가 처음으로 자신의 능력이 누군가를 불행하게 만든다고 생각한 것은 차도에서 갈팡질팡하던 그 절름발이 강아지 때문이었다. 온 동네를 돌아다니며 음식을 얻어먹는데도 언제나 배가 홀쭉하게 들어가 있던 그 강아지는 태어날 때부터 한쪽 다리가 비정상적으로 짧은 탓에 버림을 받은 녀석이었다.

승미가 다니는 초등학교 근처에 살던 그 불쌍한 강아지를 승미는 등하굣길에 자주 돌봐주었다. 승미는 종종 녀석이 좋아하는 먹이를 준비해 나누어주는 착한 아이였다. 동네 아이들이 돌멩이를 던지며 놀릴 때면 제가 대신 돌을 맞으며 강아지를 감싸주고, 언젠가 강아지가 작은 사고를 당했을 때는 쉴 새 없이 눈물을 흘리며 걱정하던 아이였다.

　세상이란 어떤 의미가 있고 어떤 법칙이 있기에 가끔은 이토록 가혹한 시나리오가 준비되어 있는 것인지 알 수가 없다. 신은 너무도 가혹한 일들을 아무런 느낌 없이 인간의 삶이라는 길목에 내던져버린다. 사랑하는 동생 승미가 소중히 여기며 동정하던 그 절름발이 강아지가 승미의 손에 죽게 된 것은 바로 그런 잔인한 신이 마련한 하나의 사건이었다.

　등교를 서두르던 그 아이는 도로 한복판에 갇혀버린 불쌍한 강아지를 발견했다. 쌩쌩 지나치는 커다란 차들 사이에 완전히 갇혀버린 절름발이 강아지는 금방이라도 차에 치일 것처럼 위태로워 보였을 것이다. 승미는 그 가엾은 강아지를 구하기 위해 자신의 능력을 사용해버렸다.

　아아, 그것은 그 아이가 초등학교를 다닐 때였다. 당시 고등학생이었던 나는 매일 승미와 함께 등교했다. 가는 길이 달랐지만 소중한 동생을 바래다주지 않으면 안 된다고 생각했다. 내가 지각을 하는 건 상관없었다. 소중한 동생과 함께 가는 길이 소중했다. 아이의 순수하고 맑은 마음이 담긴 이야기를 들으며 나는 항상 행복한 웃음을 지었다. 그래서 나는 한 번도 거르지 않고 동생의 등굣길을 함께했다.

　그날도 아침 일찍 등교 준비를 하고 함께 집을 나왔다. 그런데 한쪽 다리를 절뚝거리는 강아지가 차들이 쌩쌩 지나가는 큰 도로 중간에서 어쩔 줄을 모르고 서성대는 모습이 눈에 들어왔다. 아마도 그 가엾은 개는 이미 교통사고까지 당해 다리를 더욱 심하게 절었던 것 같다. 녀석은 완전히 공포에 휩싸인 채 쌩쌩 내달리는 차들 사이에서 어쩔 줄 몰라 했다.

그 광경을 지켜보는 모든 사람이 딱한 마음에 발을 동동 굴렀다. 매섭게 달리는 차 사이로 금방 사고가 난다고 해도 이상하지 않았다. 그때였다. 승미는 자신의 능력을 사용하면 그 강아지를 안전하게 옮길 수 있을 거라고 생각했다. 당시 승미의 능력을 알고 있는 것은 그 아이와 나뿐이었다. 지금까지 승미는 나만 있는 곳에서 꽤 무게가 나가는 짐들도 들어올리곤 했다. 작은 강아지쯤은 충분히 들 수 있을 거라고 판단했을 것이다.

그 아이는 강아지를 단단히 붙잡고 공중으로 살짝 띄워서 안전한 보도로 옮기려고 했다. 승미는 우선 염력으로 강아지를 붙잡고 1미터가량 둥실 띄웠다. 그런데 문제가 있었다. 그전까지 승미가 들어올린 것들은 물건, 그러니까 움직이지 않는 무생물이었다. 승미는 살아 있는 것도 별다르지 않을 거라고 생각하고 그 강아지를 옮기려고 했던 것이다.

하지만 강아지는 몸이 공중으로 떠오르자 더럭 겁이 났던 모양이다. 작은 강아지는 자신의 몸이 보이지 않는 어떤 힘에 의해 공중으로 올라간 순간 갑자기 있는 힘껏 발버둥을 치기 시작했다. 승미는 개가 발버둥을 칠 것이라곤 상상도 못했다. 작은 개는 순식간에 승미의 염력을 벗어나고 말았다. 한쪽 다리를 절뚝거리는 강아지가 여지없이 차도 위로 떨어졌다. 그 작은 몸이 회색 도로에 떨어진 순간, 마치 기다렸다는 듯 육중한 자동차 바퀴가 그 위로 지나갔다. 그 작고 연약한 몸은 그 자리에서 납작하게 뭉개지고 말았다.

아아, 붉은 선혈이 사방으로 튀었고 알 수 없는 기관들이 차가운 바닥 위로 흘러나왔다. 말할 수 없을 정도로 처참한 모습이었다. 나는 승미의 얼굴을 가렸다. 그 어리고 나약한 눈을 내 품에 안고 끔찍한 것들을 보지 못하게 하려고 애를 썼다. 하지만 이미 그 아이는 모든 것을 보고 말았다. 내 품에서 사시나무처럼 파르르 떨고 있는 작은 어깨가 모든 것을 말해주고 있었다.

그날부터였다. 나의 사랑스러운 동생은 자신에 대한 공포를 쌓아가기 시작했다. 그 아이는 자신의 초능력이 불행을 일으키는 근원이라 생각하게 되었다. 자신의 능력에 대한 저주와 두려움은 가히 상상이 불가능할 정도였다. 아이의 믿음은 서서히 퍼져갔다. 내 동생이 스스로에 대해 갖는 의문과 공포는 주변 사람들까지 물들였다.

마침내 나의 부모님마저 내 동생의 이능을 알아채게 되었다. 그분들은 승미가 생각하던 대로 그 능력이 악하고 끔찍한 것이라고 믿어버렸다. 나는 믿지 않았지만…… 그 생각이 점점 내게도 흘러 들어왔다. 세상에 둘도 없는 나의 사랑, 나의 세계가 무너지기 시작했다. 급기야 어리고 불쌍한 나의 승미는 병원에 갇히고 사람들과 격리되어야 할 정도로 심각해지고 말았다.

아이를 가두고 격리하자 상태는 심각해졌다. 그 아이에게 필요한 것은 위로와 사랑이었다. '너의 능력은 축복이다', '너는 결코 저주를 받은 것이 아니다', '너의 능력은 악마의 힘도, 끔찍한 불행도 아니다'라고 말해줄 사람이 필요했다. 너는 여전히 사랑스럽고, 너는 여전히 따스한 마음을 가진 내 동생이라고 말했어야 했다. 그래, 내가 그렇게 했어야 했다!

사랑하는 이에게, 그것도 유일하게 의지하던 이에게 배신당하는 사람의 마음은 얼마나 쓰라린가. 삶의 이유를 몰라 삶을 지탱해줄 버팀목 하나가 필요한 사람에게, 동아줄에 의지해 대롱대롱 세상에 매달려 있는 사람에게 남아 있던 실낱같은 희망마저 끊긴다는 것은 얼마나 잔인한 일인가! 마지막 순간까지 그 아이는 나에게 의지했다. 나만은 자신을 이해하고 자신을 악마가 아닌 사람으로 봐준다고 생각했다. 아이는 나를 믿었다. 아이는 믿고 의지하는 핏줄이 자신의 병을 고쳐줄 거라고 믿고 기다렸다.

그렇게 나만을 바라보며 삶을 지탱하던 그 아이를 죽음으로 내몬 것은 바로 나였다.

병원을 전전하던 승미의 상태는 악화되기만 했다. 능력이 발현될 때마다 승미는 병원을 옮겨야 했다. 그렇게 병원을 전전하던 끝에 결국 집 2층에 거대한 철문이 달린 그 아이만의 치료실이 만들어졌다. 말이 치료실이지 사실은 감옥이었다. 승미를 모든 것으로부터 차단하는 엄청난 감옥을 집 안에 만든 뒤로 우리 집은 더욱더 차갑고 무섭게 변해갔다.

그러던 어느 날…… 그 일이 일어났다.

아버지와 어머니가 탄 자동차가 브레이크가 고장 난 거대한 탱크로리에 부딪힌 것은…… 결코 내 어린 동생의 탓이 아니었다. 경유를 실은 탱크로리의 브레이크에 중대한 결함이 있었다. 너무나도 불행하게도 그 거대한 차체에 짓눌린 채 목숨을 다한 것은, 그래 너무나 불행한 일이긴 했지만 단순한 사고, 사고였을 뿐이다.

"내 탓이에요! 나 때문에 돌아가신 거예요! 내 탓이에요!"

그 아이가 그렇게 외쳤던 것은 실제로 그 일을 벌인 것이 자신이라는 의미가 아니었다. 단단한 철창 안에 갇힌 그 아이는 모든 불행이 자기 탓이라고 외쳤지만, 그것이 사실이 아니란 것을 누구보다도 잘 알고 있었다. 가엾은 승미는…… 나에게 한 가지 대답을 듣기 위해 그렇게 말하고 있었다.

'네 탓이 아니다. 네 탓이 아니라 두 분의 운명이었을 뿐이다. 너는 아무 잘못도 없다. 너는 아무런 잘못도 하지 않았어. 여전히 너는 내 소중한 동생이고 난 너를 사랑한다.'

승미의 잘못이 아님을, 승미의 불행이 다른 사람을 불행하게 만든 것이 아님을, 그 아이가 벌인 일이 아니라 다른 사람들의 부주의에 의한 사고였을 뿐임을, 어쩔 수 없이 어느 곳에서나 일어날 수 있는 일반적인 사고였을 뿐임을 알고 있는 나는 그날 나의 동생에 대한 변함없는 사랑과 믿음을 확인시켜주었어야 했다. 그러나 나의 입은 가장 잔인한 저주를 내뱉고 있었다.

"그래, 맞아. 모두 네 탓이야. 부모님은 너 때문에 돌아가셨어. 내게 묻지 않아도 네가 잘 알고 있잖아? 아무 말도 하지 마, 제발. 그만 나를 놔줘. 너무 피곤해⋯⋯."

나는 그 아이를 죽이고 싶었는지 모른다. 감당할 수 없는 존재로부터 벗어나기 위한 사악한 몸짓이었는지 모른다. 그 아이의 상태가 어떤지, 그 아이의 마음이 어떤지를 뻔히 알고 있는 내가 내뱉은 말은 결국 그 아이를 죽이기 위한 몸부림이었는지도 모른다.

나는 잠결에라도 그 아이의 목소리를 들었는지 모른다. 살려달라고, 구해달라고, 나는 세상을 불행하게 만드는 아이가 아니라고, 내 안에 악마가 사는 게 아니라고, 나를 사랑한다고, 나는 여전히 오빠의 사랑스러운 동생이라고, 그렇게 말해달라고 절규하는 소리를 들었는지도 모른다.

그러나 나란 인간은, 그처럼 악독하고 잔인한 나란 인간은 다음 날 자기 목을 두 손으로 감싼 채 죽을힘을 다해 누르고 있는, 파랗게 질린 승미의 시체를 차가운 욕실에서 발견하는 순간까지 이불을 뒤집어쓴 채 깊은 잠에 빠져 있었다. 꿈도 꾸지 않은 깊은 잠에 빠져 있었다.

한 사람을 죽음으로 몰아넣은 채.

사랑하는 사람을 죽음으로 몰아넣은 채.

그날 밤 나는 잠이 들어 있었다.

사랑했던 나의 동생을, 이 세상에 나밖에 믿고 따를 사람이 없던 그 아이를 떠나보내고 나서 나는 내게 주어진 모든 행복을 거부했다. 나는 절대로 행복할 수 없다고, 아니 행복해서는 안 된다고 생각했다. 그리고 나를 위로하던 연인 서영에게 아무런 말도 없이 이별을 고했다.

사실은 나의 거짓된 말과 행동, 그리고 나의 사악한 본성에 놀라 사랑하는 사람의 얼굴을 똑똑히 바라볼 수 없었는지도 모른다. 아니, 사실은 내가 사랑하는 사람은 모두 내 곁에서 사라져버리는 나의 몹쓸 징크스…… 그 저주받을 징크스 때문이었는지도 모른다. 적어도 내 곁에 있지 않는다면, 내가 곁에 머물지 않는다면 죽지는 않을 거라고…… 나 같은 사악한 영혼과 함께 있지 않으면 행복하게 오래오래 살 수 있을 거라고 생각했다.

신은 잔인했다. 그토록 아름답고 사랑스럽던 서영이 내 곁을 떠나 다른 사랑을 찾았는데도 신의 추적은 집요했다. 나를 한순간 사랑했다는 것만으로, 아니 내가 한순간 그녀를 사랑했다는 것만으로 신은 나에게서 영원히 그녀를 데려가버렸다. 그녀를 자신의 목숨보다 더 사랑하는 사람에게서 그녀를 앗아가버렸다.

모든 불행의 원인은 승미가 아니었다. 나였다.

내가 사랑하던 모든 것이 사라졌다.

내가 그들을 죽게 했다.

나는 영원히 용서받지 못할…… 영원히 저주받을 수밖에 없는 끔찍한 괴수였다.

사랑하는 이들을 하나씩 잃어버린다는 것은 내가 살아가야 하는 이유를 하나씩 잃어버리는 것이다. 사랑하는 사람이 세상에서 사라진다는 것은 더 이상 이 세계에 내가 살아남아 있을 이유가 없다는 의미다. 전생에 지은 죄가 많은 나는 사랑하는 사람을 하나씩 떠나보냈고, 또 내 스스로 하나씩 죽여갔다.

처음 성주를 만났을 때 나는 그녀를 행복하게 해주고 싶었다.

그녀를…… 이 세상 누구보다도 행복하게 만들 수는 없더라도 두 눈을 감는 순간 그래도 행복한 순간이 있었음을 기억하게 해주고 싶었다. 행복을 모르고 허망하게 가버린 가엾은 동생 대신 그녀를 행복하게 해주면 이 살인자의 죄가 천 분의 일, 만 분의 일이라도 용서받을 수 있을 거라고 생각했다. 성주는 세상의 슬픔만 보고 떠난 내 동생이 너무 가엾고 불쌍해서 신이 내려준 마지막 기회라고 생각했다.

할 수만 있다면…… 죽은 동생을 대신해 세상이 아주 불행한 것만은 아니라고…… 가끔은 아름답기도 하다는 것을 알려주고 싶었다. 자기 자신보다 자신을 더욱 사랑하고 걱정해주는 이가 있다는 사실도 알려주고 싶었다.

그러나 나는 신에게 버림받은 몸, 전생의 죄악으로 신의 노여

움을 산 몸. 신은 내게 그런 희망을, 그런 기회를 허락할 리가 없었다. 내 마지막 소원을 들어줄 리가 없었다.

기회를 받았다고 생각한 것은 나의 헛된 착각이었다.

내가 사랑하던 사람들이 내 품에서 붉은 피를 토하며 죽어갈 때 나는 차라리 그 모습이 나이길 간절히 바라고 원하고 기도했다. 처음부터 사라지는 것은 나여야 했다. 내가 사랑하는 사람들이 내 업보로 슬프게 죽어가는 대신 나란 인간이 처음부터 그녀들이 당했을 모진 고통을 감당하며 이 세상에서 사라져야 했다.

나의 금빛 형제 개들을 잃고…….

사랑하던 부모님을 잃고…….

사랑하던 승미를 잃고…….

사랑하던 서영을 잃고…….

그리고 사랑을 주려 했던 성주마저 잃게 되리라는 사실을 알았을 때 나는 나를 세상과 이어주는 동아줄이 모두 끊어졌음을 느꼈다.

사랑하던 사람들이 떠난 뒤 나는 이미 시체였는지도 모른다. 나는 살아야 할 이유를 잃어버린, 이승의 줄이 아무것도 남아 있지 않은 그저 걸어 다니는 시체였는지도 모른다. 사랑하는 그들이 떠난 하루하루 나는 그저 움직이는 좀비에 지나지 않았는지도 모른다. 나는 이미 예전부터 시체가 되어 있었는지도 모른다.

한 뼘짜리 작은 땅덩이마저 나에게 허락되지 않았다. 내가 숨을 쉬며 살아갈 곳이 이 넓은 우주 어디에도 없었다. 아아, 그래서 나는 진심으로 원하지 않을 수가 없었다. 이 끝없는 불행이 끝나기를. 지극한 연민으로 나의 마지막 사랑이 죽는 그 순간, 나 역시 마지막 숨이 끊기기를 소망했다. 참으로 지극히도 은혜로운 사은으로 나는 눈을 감을 수 있게 되었다.

나에게 남은 마지막 숨을 적어도 홀로 마감하지 않아도 된다는 축복.

적어도 나의 불행으로 인해 사랑하는 사람이 먼저 눈을 감지 않아도 된다는 축복.

이제 설 곳 없는 이 메마른 땅덩이를 고통스럽게 배회하지 않아도 된다는 축복.

아아, 나는 그 마지막 축복을 받았다.

마지막으로 눈을 감는 순간, 성주와 함께하는 것.

그녀의 손을 잡고 내 마지막 숨을 멈출 수 있다는 것은 내게 주어질 수 있는 가장 뜨거운 축복이었다.

안녕, 세상이여…….

안녕, 나의 불행이여…….

이제 나는 눈을 감는다.

설 곳을 찾아 배회하던 나의 길고 길었던 여정을 끝낸다.

아아,

그러니 제발, 슬퍼하지 말기를.

안녕…….

나는 축복을 받은 것이니, 제발 나를 불쌍히 여기지 말기를.

안녕, 안녕…….

함께하지 못하고 떠나는 나를 용서하렴.

안녕…… 나의 형제들아.

안녕…….

-8권에 계속

신비소설 무 7 예정된 이별의 시간

초판 1쇄 발행 2016년 6월 21일
초판 2쇄 발행 2017년 4월 10일

지은이 · 문성실
펴낸곳 · 달빛정원
펴낸이 · 전은옥

출판등록 · 2013년 11월 14일 제2013-000348호
주소 · 04004 서울 마포구 월드컵로10길 27, 201호(서교동, 세화빌딩)
전화 · 02-337-5446
팩스 · 0505-115-5446
전자우편 · garden21th@naver.com
블로그 · blog.naver.com/garden21th

ⓒ 문성실 2016

ISBN 979-11-87154-12-9 04810
    979-11-951018-6-3 (세트)

이 도서의 국립중앙도서관 출판예정도서목록(CIP)은 서지정보유통지원시스템 홈페이지(http://seoji.nl.go.kr)와
국가자료공동목록시스템(http://www.nl.go.kr/kolisnet)에서 이용하실 수 있습니다. (CIP제어번호: CIP2016013297)